Himmel un Ääd

Brigitte Glaser, Jahrgang 1955, stammt wie ihre Heldin aus dem Badischen und lebt und arbeitet seit über dreißig Jahren in Köln. Bei Emons erschienen ihre Katharina-Schweitzer-Romane »Leichenschmaus«, »Kirschtote«, »Mordstafel«, »Eisbombe« und »Bienen-Stich«. Sie ist außerdem die Autorin der Kurzkrimisammlung »Bitter und Böse« sowie der Stadtteilkrimis »Tatort Veedel« im Kölner Stadt-Anzeiger. Die bisherigen 33 Kurzkrimis erschienen im Emons Verlag in einem Sammelband.
Näheres über die Autorin: www.brigitteglaser.de

Dieses Buch ist ein Roman. Handlungen und Personen sind frei erfunden. Ähnlichkeiten mit lebenden oder toten Personen sind rein zufällig.
Im Anhang finden sich Rezepte für Schaumschlägereien.

BRIGITTE GLASER

Himmel un Ääd

KÖLN KRIMI

Katharina Schweitzers sechster Fall

emons:

Bibliografische Information der Deutschen Nationalbibliothek
Die Deutsche Nationalbibliothek verzeichnet diese Publikation in der Deutschen Nationalbibliografie; detaillierte bibliografische Daten sind im Internet über http://dnb.d-nb.de abrufbar.

Umschlagmotiv: fotolia.com/SC-Photo
Umschlaggestaltung: Tobias Doetsch
Druck und Bindung: CPI – Clausen & Bosse, Leck
Printed in Germany 2013
Erstausgabe 2012
ISBN 978-3-89705-933-7
Köln Krimi
Originalausgabe

Für Martina

EINS

Wer in Köln hoch hinauswill, der feiert gern weit oben. So auch Dr. Dirk Bause, der Gastgeber des heutigen Abends im LVR-Turm. Klein wie Napoleon, aber deutlich dicker als der berühmte Franzose stolzierte er an der breiten Fensterfront entlang, deutete in Feldherrenmanier auf die Stadt zu seinen Füßen und dabei immer wieder auf ein Haus, irgendwo zwischen Dom und dem alten Polizeipräsidium gelegen, und erzählte jedem, ob er es hören wollte oder nicht, dass in ebendiesem Fünfziger-Jahre-Billigbau seine Karriere begonnen hatte. Bause hatte sein Geld in der IT-Branche gemacht, schon frühzeitig die Morgenluft der digitalen Welt geschnuppert und aufs richtige Pferd gesetzt. Deshalb saß er heute nicht mehr in dieser billigen Zwei-Zimmer-Wohnung, sondern direkt am Rhein im mittleren der drei neu gebauten Kranhäuser, das er seinen Gästen bei seinem Rundgang selbstverständlich ebenfalls zeigte.

Software wurde in allen Bereichen gebraucht, entsprechend bunt gemischt war die Gästerunde des heutigen Abends. Ich erkannte zwei alternde Talkmaster und einige WDR-Leute, die schon mal bei mir in der »Weißen Lilie« gegessen hatten. Bei den anderen Gästen konnte ich nur spekulieren.

Die Herrenrunde rechts hinten, Hände in den Hosentaschen, breitbeinig, bereit, die Stadt mit Füßen zu treten. Bauunternehmer?

Die Männer in feinerem Zwirn direkt vor der Silhouette des nachtblau leuchtenden Musical Dome, die mit hastigen Blicken kontrollierten, ob jemand ihren Winkelzügen lauschte. Banker?

Das Klübchen in perlgrauen Anzügen, ganz nah beim Kölschfass, mit fiebrigem Zockerblick das Bier hinunterschüttend. Bankrotteure?

In der lautstark schwadronierenden Truppe im Vordergrund, die die glitzernde Stadt unter sich vergessen zu haben schien, erkannte ich einige Gesichter aus der Presse. Lokalmatadore der Kommunalpolitik, die mal wieder im Kölner-Politik-Eintopf rührten und ihn mit deftigem Klüngel würzten.

Die Damen in edlem Schwarz daneben sahen eindeutig nach Kultur aus. Versteinert wie frischgebackene Witwen blickten sie über den Rhein zu den golden glänzenden Dächern des Museums Ludwig. Trauerten sie den Zeiten nach, als die Stadt noch Geld für so prachtvolle Projekte ausschütten konnte? Oder fühlten sie sich nur unwohl inmitten der von Männern dominierten Runden?

Nein, ganz hinten gab es eine weitere Frauengruppe: gestandene Mittfünfzigerinnen mit Hüftgold, Falten, gefärbten Haaren und allem, was zum Altern dazugehörte. Aus dieser Runde löste sich eine Lady in quietschbuntem Seidenmantel und spazierte nickend zwischen den verschiedenen Grüppchen umher. Was hatte sie mit dieser Stadt oder mit Bause zu schaffen? Was oder wen suchte sie?

Ich folgte ihrem Gang und blieb bei Leuten hängen, die ich bisher nicht im Fokus gehabt hatte. Ein fröhlicher Zirkel, alle jung. Bauses Kinder mit Freunden? Hey, da war ja Minka! Ich guckte zweimal hin, bis ich mir sicher war. Altrosa Spitzen, Spaghettiträger, die blonden Locken offen. Aufgebrezelt ein echter Schuss! Kein Vergleich zu der blassen jungen Frau mit Pferdeschwanz, T-Shirt und Jeans, die sie bei mir in der »Weißen Lilie« trug, wenn sie auf dem Spülposten arbeitete.

Der quietschbunte Seidenmantel pausierte bei den jungen Leuten und begrüßte eine kleine Kugel in einem weinroten Paillettenkleid. Die Einzige in dieser Backfischrunde, die nicht jung und schlank war, zudem die Einzige von all den Bause-Gästen, die ich wirklich gut kannte. Adela Mohnlein. Sie rief: »Betty, wie schön!«, und schüttelte fröhlich die Hand der Seidendame.

Kurz darauf zwängte sich Adela zwischen zwei junge Männer, die sie in die Backen zwickte, um dann Minka an ihren Busen zu drücken. Adela halt!

Meine Freundin und Mitbewohnerin war früh pensionierte Hebamme und zu dieser Feier eingeladen, weil sie vor über zwanzig Jahren Frau Bauses Kinder entbunden hatte. »So was verbindet ungemein«, erklärte sie, wenn ich mich mal wieder darüber wunderte, wen sie in dieser Stadt alles kannte.

Zwei Hüftgold-Damen, die sich nicht einigen konnten, ob die Crème brûlée oder die Espressomousse mehr Kalorien hatte, zwangen mich mental auf meinen Posten am Buffet zurück und ließen mich zur Lötlampe greifen, als die Wahl auf Crème brûlée fiel. Ich karamellisierte die Zuckerschicht, wünschte guten Appetit.

»Nichts mit Schokolade?« Ein Zwerg mit papageiengrüner Krawatte drängte die Hüftgold-Damen zur Seite und baute sich vor mir auf. Alles an ihm wirkte falsch proportioniert: lange Arme, kurze Beine, ein schwerer Bauch, kaum Haare auf dem Kopf, dafür buschige Augenbrauen.

»Leider nicht mehr.« Ich rang mir ein bedauerndes Lächeln ab.

»Wo sind die kleinen Schokoladentörtchen geblieben?«

Er musterte verächtlich meine Rundungen, als wären sie ein Indiz dafür, dass ich die Törtchen selbst gefuttert hatte. Mit einem Durchschnittskörper und einem Allerweltsgesicht konnte ich nämlich nicht dienen. Rotlockig, weißhäutig, sommersprossig, einen Meter achtzig groß, mehr als achtzig Kilo schwer, das war ich. Unübersehbar. Als graue Maus könnte ich mich nicht mal zu Karneval verkleiden. Bei kleinen Männern wette ich gern mit mir selbst, ob ihnen so große, schwere Frauen wie ich gefallen. Bei dem Zwerg vor mir tippte ich eindeutig auf Nein.

»Schlecht kalkuliert, was?«, giftete er weiter. »Schokolade geht doch immer, da kann man nie genug auffahren, merken Sie sich das. Und wo krieg ich jetzt einen Energieschub für den Rest des Abends her?«

»Mars?«, schlug ich vor. »Die nächste Tankstelle ist um die Ecke.«

Das fand der Mann nicht witzig. Miesepetrig deutete er auf die Crème brûlée. »Geben Sie mir halt eines von den Dingern.«

Wieder warf ich die Lötlampe an, und in meiner Phantasie röstete ich damit den fetten Bauch meines Gegenübers. Dieser direkte Kontakt mit unangenehmen Gästen war ein Grund, weshalb ich das Catering-Geschäft hasste.

Ich war Köchin, verdammt! Ich konnte nicht wie Ecki um Gäste herumscharwenzeln. Unwirsch nahm der Giftzwerg den Nachtisch entgegen und gesellte sich zu der Kommunalpolitikerrunde. Froh, ihn los zu sein und auch sonst niemanden bedienen zu müssen, verschränkte ich meine Hände hinter dem Rücken und richtete den Blick auf die andere Seite des Raumes.

»Dreißig Jahre CB-Computer Bause«, prangte in knalligem Orange auf Plakaten und Fahnen, mit denen man den Raum dekoriert hatte, und bei diesem runden Geburtstag der Firma ließ sich Bause nicht lumpen. Ich hatte keine Ahnung, was er an Miete für die achtundzwanzigste Etage des LVR-Turms bezahlte, aber ich wusste genau, was Ecki ihm für das Catering berechnete. Die Summe konnte ich in der »Weißen Lilie« selbst bei höchster Auslastung an einem Abend nicht erwirtschaften, nur deshalb hatte ich mich auf dieses Außer-Haus-Geschäft eingelassen.

Für Ecki war der gute Deal Wasser auf seine Mühlen. Er würde gern in der »Weißen Lilie« den Abendbetrieb zugunsten von häufigerem Catering zurückfahren, nur auf Business-Lunch setzen, aber da biss er bei mir auf Granit. Catering und anderer Event-Schischi waren ein verlässlicher Streitpunkt zwischen uns beiden.

Ecki passte gut in diese luftigen Höhen. Mit zu viel Wiener Walzer im Blut schlängelte er sich vergnügt mit Champagnerkelchen durch die Gästetrauben. Nein, er spielte nicht wie Bause Herrscher über die Stadt, ihm fehlte es schlicht an Bodenhaftung. Er war ein Traumtänzer. Bevorzugt pausierte er in den kleinen Damenrunden, die sein Tablett nicht nur um einige Gläser erleichterten, sondern seine Scherze und Komplimente mit aufgeregtem Teenagerkichern quittierten, selbst die schwarzen Witwen lachten leise. Wiener Schmäh, Kaffeehaus-Charme, das gefiel den Kölnerinnen. Konnte ich gut nachvollziehen, denn darauf war ich selbst mal reingefallen.

Nicht nur Ecki und der Champagner erhielten regen Zuspruch, auch das Kölsch floss in Strömen, gern als Herrengedeck mit einem Kabänes genossen. Die offiziellen Reden des Abends waren lange vorbei, die Schlacht am Buffet war – sah man von einigen Nachzüglern beim Nachtisch ab – geschlagen. Der lustige Teil des Abends konnte beginnen. Musikalisch wurde er mit einem Stück der Bläck Fööss eingeleitet. Es würde nicht lange dauern, bis man sich schunkelnd in den Armen lag und gemeinsam eines der vielen kölschen Lieder schmetterte. Die meisten Feste in dieser Stadt endeten irgendwie karnevalistisch.

Aber noch war es nicht so weit. Die Musik zu leise, das Gelächter zu dezent, die Alkoholmenge zu gering, viele Gespräche zu ernst. Ich rechnete hoch, wie lange es dauern würde, bis ich heute ins Bett kam. Noch zehn Minuten gab ich den letzten Nachzüglern für eine Crème brûlée. Dann würde ich die Lötlampe wegstecken, die leer gefegten Schüsseln und Platten in die Kisten packen, alles mit dem Aufzug nach unten bringen, im Kleintransporter verstauen, damit nach Mülheim fahren und dort die Spülmaschine anwerfen. Vier Uhr, schätzte ich, würde es schon werden, bevor ich endlich zu Hause war. Das hieß drei Stunden Schlaf, morgen früh musste ich auf den Großmarkt.

Weil sich weit und breit keiner mehr für die letzten Crèmes brûlées interessierte, ging ich schon mal nach hinten und holte die Geschirrkisten. Wieder zurück, bemerkte ich sofort, dass meine Lötlampe fehlte. Eine der schwarzen Witwen hatte sie sich geschnappt. Wie eine Pistole hielt sie sie in der einen Hand, in der anderen hielt sie ein Blatt Papier. Beides, Papier und die Flamme der Lötlampe, richtete sie auf den Typen mit der grünen Krawatte, der spätestens jetzt jedem im Raum auffiel, weil alle wie gebannt auf dieses schwarz-grüne Paar starrten.

»Schluss mit lustig! Das mache ich mit deinen Verträgen, du krummer Hund«, rief die Witwe erregt, zündete das Papier an und warf es in seine Richtung. Während der Mann das brennende Papier von sich abstreifte, sprang die Frau auf ihn zu, hielt ihm die Flamme mitten ins Gesicht und zischte: »Und dir soll es nicht besser gehen!« Es knisterte, als die Flamme auf die Augenbrauen traf, der beißende Geruch von verbrannten Haaren verpestete die Luft.

Der Mann schrie, jemand packte die Frau von hinten, die sich aber schnell befreite. Sie ließ die Lötlampe fallen, straffte ihren Rücken und strich mit einer trotzigen Bewegung durch ihr schwarzes Haar. Niemand hinderte sie, als sie wie ein Racheengel ohne Eile den Saal verließ. Leise wimmernd verbarg der Mann sein Gesicht zwischen den Händen und schlug dann hastig den Weg in Richtung Toiletten ein. Allen im Raum hatte es die Sprache verschlagen, umso deutlicher konnte man die Bläck Fööss aus den Lautsprechern singen hören: »Drink doch eine met, stell dich nit esu ahn.«

Ich gab dem Abend eine Fünfzig-fünfzig-Chance, dass all die Bankrotteure, Schaumschläger, Angeber, Saboteure, Giftspritzen und Jongleure in diesem Raum bald das bequeme Mäntelchen des Vergessens über den unangenehmen Vorfall legen und fröhlich miteinander feiern und schunkeln würden. Aber als ich in das Gesicht von Dirk Bause blickte, wusste ich, dass ich falschlag.

Das Fest war gelaufen. Finito, Ende, aus. Bauses Gesichtsfarbe wechselte in Windeseile zwischen Rot und Weiß, ein für viele Kölner recht typisches Farbenspiel. An jedem FC-Spieltag konnte man sehen, wie sich die Fans im lustvollen Wechsel von Rot und Weiß, von Spannung und Erlösung badeten. Aber in Bauses Gesicht lag nichts Lustvolles und nichts Erlösendes. Der Mann sah aus, als hätte er gerade sein persönliches Waterloo erlebt.

ZWEI

Hinterher ist man immer klüger, hinterher weiß man immer, was man hätte sehen, hören oder spüren können. Wenn ich bei dem Bause-Fest all das gewusst hätte, was ich heute weiß, dann wäre ich der schwarzen Witwe nachgelaufen, hätte mir Minka vorgeknöpft, den Giftzwerg unter die Lupe genommen oder Adela besser zugehört. Vielleicht hätte ich dann zumindest den zweiten Mord verhindern können.

Früher war ich mal davon überzeugt, Katastrophen und Unglücksfälle riechen zu können, eine maßlose Selbstüberschätzung, wie ich heute finde. Katastrophen scheren sich nicht um feine Nasen, sie kommen überfallartig daher, schlagen über dir zusammen, rammen dir Schwerter in den Leib, ziehen dir den Boden unter den Füßen weg, wirbeln dein Hirn durcheinander, zerquetschen dein Herz, treiben dich in den Ruin oder nehmen dir das Leben. Und immer, wirklich immer treffen sie dich unvorbereitet.

Ich hatte also keine Ahnung, was sich über mir und um mich herum zusammenbraute, als ich in dieser Nacht das schmutzige Geschirr in den Aufzug lud. Ich war nur müde und wollte bald ins Bett.

Eingeklemmt zwischen Kisten mit dreckigem Geschirr, den unangenehmen Geruch von Essensresten in der Nase, fuhr ich mit dem Aufzug nach unten. Im Parterre angekommen, stolperte ich aus der Tür. Ich konnte mir aussuchen, ob meine Benommenheit vom Müll, vom Tempo des Aufzugs oder von meiner Müdigkeit herrührte. Wie auch immer, nach Stunden in diesen schwindelnden Höhen tat es gut, wieder festen Boden unter den Füßen zu haben. Ein Nachtzug rumpelte über die Hohenzollernbrücke, ein eiliger Radfahrer strampelte Richtung Innenstadt, zwei vorwitzige Ratten huschten über die Straße. Mehr war nicht los vor dem LVR-Turm um zwei Uhr morgens. Die Stadt schlief. Das wollte ich auch, doch es würde noch Stunden dauern, bis ich ins Bett kam. Ich packte das Geschirr in den Transporter, stieg ein und rief Ecki auf dem Handy an. Klar würde er nachkommen und mir beim Spülen helfen, sowie von den Herrschaften keiner mehr was zu trinken haben wollte.

»Geh, Kathi, kannst schon anfangen. Dauert eh nimmer lang hier oben.«

»Wer's glaubt, wird selig!«, pflaumte ich ins Telefon, bevor Ecki auflegen konnte. Ich wusste genau, dass er sich kein Bein ausreißen würde, um zeitig bei mir in der Spülküche zu stehen. Ich schwor mir, mich so schnell nicht mehr für eine Catering-Nummer breitschlagen zu lassen. Ich wollte schon losfahren, als ich im Seitenspiegel etwas Rotes auf den Wagen zulaufen sah.

»Rück mal rüber, Schätzelchen!« Adela öffnete die Fahrertür mit Schwung, drückte mir ihre Pumps in die Hand und scheuchte mich auf den Beifahrersitz. »Ist lang her, dass ich zum letzten Mal so ein großes Auto gefahren habe. Der Rückwärtsgang ist wo?«

Ich deutete auf die Zeichen am Schaltknüppel, stellte die Schuhe auf den Boden und wedelte mir frische Luft zu.

»Mir haben vielleicht die Füße gequalmt!«, stöhnte Adela. »Kann weder stehen noch laufen in den Dingern. Versteh gar nicht, warum ich sie mir gekauft hab.«

»Sie machen dich fünf Zentimeter größer. Mit den Schuhen bringst du es immerhin auf eins zweiundsechzig.«

»Eins fünfundsechzig, Schätzelchen, aber das ist nicht der Grund. Wenn man so klein ist wie ich, kommt es auf ein paar Zentimeter mehr oder weniger nicht mehr an. Nein, sie haben mich im Schaufenster angelacht, und ich bin auf sie reingefallen. Genau wie auf dieses rote Kleid. Ist viel zu eng! Wenn wir in der ›Weißen Lilie‹ sind, musst du mir den Reißverschluss aufmachen, damit ich den Bauch rauslassen kann.«

Aber erst mal klemmte Adela den Bauch unter das Lenkrad, so weit musste sie den Sitz vorziehen, um an die Pedale zu kommen. Dann startete sie den Wagen. Noch etwas holpernd lenkte sie ihn auf den Auenweg. Bis zur Zoobrücke konzentrierte sich Adela aufs Fahren und sagte kein Wort. Ich sackte in einen seligen Dämmerschlaf, aus dem ich nur wiederauftauchte, weil mich jemand hartnäckig am Arm stupste.

»Weißt du, wer die Frau in Schwarz und der kleine Dicke waren?«

Adela, jetzt sicher den fremden Wagen steuernd, wirkte frisch wie der junge Morgen und hatte diese Neugier im Blick, mit der sie einen wahnsinnig machen konnte. Zumindest einen kleinen Happen konnte ich ihr vor die Füße werfen: »Er ist Schokoladenliebhaber.«

»Das kann er mit der Wampe schlecht verheimlichen, und um Schokolade haben die zwei bestimmt nicht gestritten.« Adela kurbelte das Fenster herunter, bestimmt in der Absicht, mir durch Frischluft mehr als einen Drei-Wort-Satz zu entlocken. Dass ich trotzdem nichts mehr sagte, war kein Problem, so redete Adela halt selbst: »Betty war nach dem Eklat völlig außer sich! – Übrigens, hast du diesen bunten Mantel gesehen, den sie getragen hat? Ein bisschen zu grell für ihr Alter, findest du nicht? – Wie auch immer, die Frau in Schwarz hat dem Dicken eine Schneise in die Augenbraue geflammt. Sieht verboten aus, ist aber nichts Dramatisches, der brauchte nicht mal einen Arzt und wird sich schnell erholen. Aber die Stimmung auf der Party war natürlich komplett im Eimer. Jetzt denkt doch keiner mehr an das schöne Firmenjubiläum, sondern nur an die Flammenwerferin. Natürlich habe ich Betty gefragt, um was es bei dem Streit ging. Leider kennt sie die zwei nicht. Klar, sie kann ja nicht alle Kunden ihres Mannes kennen.«

Durchs offene Fenster zog der Duft von Holunderblüten ins Auto. Zart, frisch und prickelnd, der Geruch des Frühsommers. Von dem hatte ich in diesem Jahr noch nicht viel mitbekommen. Ich arbeitete einfach zu viel. Heute war es so schön gewesen, ich hätte mich am Rhein in die Sonne legen können, anstatt dieses blöde Catering anzunehmen. Immerhin brachte mich der Frühlingsduft auf eine Idee.

»Ich muss unbedingt Holunderblüten auf die Speisekarte setzen!«

»Mein Gott, du denkst immer nur ans Kochen«, regte sich Adela auf. »Interessiert dich denn gar nicht, was die zwei auf der Bause-Sause zu verhackstücken hatten? Eine Schönheit übrigens, die Frau in Schwarz, groß, schlank, so der klassisch griechische Typ, und dann der kleine Dicke.«

»Um Liebe ging's sicher nicht«, brummte ich.

»Soll man nie ausschließen, Schätzelchen. Aber hat sie nicht von einem Vertrag geredet? Miese Geschäfte? Ob die zwei sich zufällig begegnet sind? Oder hat sich die Frau diesen Auftritt vorgenommen, weil sie wusste, dass sie den Dicken trifft? Ganz sicher wollte sie ihn öffentlich bloßstellen, mehr noch, sie wollte ihn verletzen. Ich meine, das musst du erst mal bringen! Mit dem Bunsenbrenner auf einen losgehen. Die Attacke hätte auch viel weniger glimpflich ausgehen können.«

»Bestimmt kann dir Betty Bause morgen genau erzählen, warum die zwei sich in den Haaren gelegen haben.« Ich wollte nicht mehr über das Bause-Fest reden, eigentlich wollte ich überhaupt nicht mehr reden. Ich wollte nur noch schlafen, aber vorher musste der Spül erledigt werden, sonst würden wir morgen früh in Teufels Küche kommen.

»Da musst du eine ordentliche Wut haben, um so auf einen loszugehen. Wenn wir Liebe ausschließen, dann hat der Dicke sie vielleicht um viel Geld betrogen. Was denkst du? Ist er so ein eiskalter Zocker?«

»Holunderblüten in Bierteig mit Weinschaumsoße ...«

»Und Bause selbst! Blass wie eine Wand war der, als hätte ihn der Schlag getroffen. Der hat sich nicht nur darüber aufgeregt, dass ihm die zwei sein Fest versaut haben. Da steckt mehr dahinter. Selbst Betty weiß nicht mehr genau, womit er eigentlich das viele Geld verdient. Sicher nicht nur, indem er brav Software für Hinz und Kunz entwickelt. Damit schafft man es nicht in eines der Kranhäuser. Riskante Aktienkäufe? Windige Immobiliengeschäfte?«

»Oder als Sorbet?«

»Ist ja gut, Katharina«, gab Adela klein bei und sagte nichts mehr, bis wir auf dem alten Kopfsteinpflaster an den WDR-Kulissen für »Die Anrheiner« entlangrumpelten und vor uns die schicken Neubauten am Rhein auftauchten. Über uns rollte eine Linie 18 über die Mülheimer Brücke. »Hast du eigentlich mit dem Typen vom Wasser- und Schifffahrtsamt wegen der ›Schiffsschaukel‹ gesprochen? Der war doch auch auf dem Bause-Fest, oder?«

Er war da, und ich hatte nicht mit ihm geredet. Die »Schiffsschaukel«! Ein schwimmendes Bistro auf dem Rhein, es soll mal am Mülheimer Ufer liegen, ein neues Restaurant-Projekt von Ecki und mir. Ein Amsterdamer Hausboot-Architekt hatte uns einen schönen Entwurf dafür gemacht, aber der war sein Geld nicht wert, solange es keine Genehmigung für eine Anlegestelle gab.

Wenn es solche Schiffe in Rodenkirchen gab, wieso nicht in Mülheim?, hatten wir gedacht, aber leider war das Ganze nicht so einfach. Über diese Hürden und Stolpersteine hätte ich mit dem Typen vom Wasser- und Schifffahrtsamt reden sollen. Ganz unverbindlich, nur mal so ins Blaue hinein. Natürlich auch darüber, wie man eventuelle Schwierigkeiten am besten aus dem Weg räumen könnte.

»Ich kann das nicht, Ecki!«, hatte ich gejammert.

»Geh, Kathi, ich würd's ja machen. Aber ich bin ein Zug'reister, ein Niemand in dieser Stadt, du dagegen bist die Chefin der ›Weißen Lilie‹. Alle haben s' schon gegessen bei dir. Außerdem bist eine imposante Frau, charmant, klug und so weiter.«

Aber ich konnte es wirklich nicht. Ich konnte nur sagen, das und das habe ich vor, geht das oder geht das nicht? Ich hasste das Herumlavieren und Katzbuckeln, ich war kein Typ fürs Klüngeln. Eigentlich wusste Adela das ganz genau, aber für dieses tolle Projekt sollte ich eine Ausnahme machen, weil es wahrscheinlich sonst nichts werden würde. Vielleicht, vielleicht auch nicht, jetzt auf gar keinen Fall.

»Oder als Holundersirup in Buttermilch zu Sushi-Lachs?«

»Du hast nicht mit ihm geredet«, seufzte Adela, die in der Zwischenzeit in die Keupstraße abgebogen war und den Wagen vor der »Weißen Lilie« parkte. »Lass uns das Geschirr machen, damit du endlich ins Bett kommst. Los, sperr die Tür auf!«

Das tat ich, und gemeinsam schleppten wir das dreckige Geschirr vom Auto in die Küche.

»Danke, übrigens«, sagte ich zu Adela, als ich ihr den Reißverschluss öffnete.

»Ah, tut das gut!«, seufzte sie erleichtert, als ihr Bauch sich endlich ausdehnen durfte. Dann tätschelte sie mal wieder meine Hand, weil sie für ihr Leben gern Hände tätschelte, und schnurrte: »Mach ich doch gerne, schließlich muss ich morgens nicht mehr früh aufstehen.«

Das stimmte natürlich. Für ihre paar und sechzig Jahre war sie überhaupt unverschämt fit, auch wenn sie gelegentlich über ihren Rücken und die kaputten Knie klagte.

»Berufsbedingter Verschleiß, Schätzelchen. Was glaubst du, wie viele Babys ich auf Knien geholt habe. Aber ich will nicht über Zipperlein reden, jetzt frisch ans Werk!«

Sie band sich eine Schürze um die roten Pailletten und spülte mit der Handbrause den gröbsten Dreck von dem Geschirr. Ich setzte die Teller danach in den Spülkorb und startete die Maschine. Ein paar Minuten später hieß es ausräumen, neu laden und immer wieder ausräumen, neu laden. Als eingespieltes Team kamen wir gut voran.

Was für ein Glück, dass ich vor Jahren, als ich bei Spielmann im »Goldenen Ochsen« arbeitete und ein Zimmer suchte, bei Adela gelandet war! Eine Freundin wie sie findet man nicht alle Tage. Nicht nur, weil sie, mitten in der Nacht und ohne einen Cent dafür zu verlangen, mit mir dreckiges Geschirr spülte. Die nächste Spülmaschine ratterte. Noch einmal raus zum Auto die restlichen Teller holen, dann hatten wir es geschafft. Aber dem war nicht so.

Wahrscheinlich hält jeder einen Moment inne, wenn ihn der kalte Hauch des Todes streift. So auch wir, als wir in dieser Nacht einen Leichenwagen von der Mülheimer Freiheit kommend ganz langsam auf uns zurollen und direkt hinter dem Transporter anhalten sahen. »Bestattungshaus Maus« stand in goldenen Buchstaben auf dem schwarzen Autolack.

»Ein Cadillac Fleetwood, Baujahr 1966«, murmelte Adela, »wunderschönes Auto.«

»Irmchen Pütz oder Egon Mombauer«, murmelte ich und ging rüber zum Altenheim, um von dort aus einen Blick auf unser Haus zu werfen. Sowohl bei Irmchen Pütz als auch ganz oben bei Mombauer brannte morgens um halb drei Licht. Kein gutes Zeichen. Aber ein wenig hoffte ich immer noch, dass ich mich irrte.

»Mein Beileid«, sagte der Bestatter und gab Adela die Hand. »Wo müssen wir hin?«

»Da fragen Sie mich zu viel.« Adela sah zu mir herüber.

»Sie haben uns gar nicht angerufen?«

Während wir stumm verneinten, hinkte Irmchen Pütz in einem altmodisch geblümten Morgenmantel mit ihrem Stock auf die Straße. Das Blümchenmuster passte genauso wenig zu der schrumpeligen kleinen Frau wie zum Leichenwagen.

»Mombauer, zweite Etage«, piepste sie aufgeregt und deutete mit dem Stock nach oben. »Der Notarzt ist noch da.«

Der Bestatter gab sein Beileid nun an Irmchen weiter, aber die schüttelte den Kopf, schließlich war sie mit Mombauer weder verwandt noch verschwägert. Daraufhin machte Herr Maus, wenn er denn so hieß, seinem Kollegen im Auto ein Zeichen, gemeinsam hoben sie einen Sarg aus dem Wagen, ließen sich von mir die Haustür aufhalten und balancierten die sperrige Kiste durchs Treppenhaus.

Mombauer! Das war nicht gut, gar nicht gut. Noch vor zwei Tagen hatte er so gesund und munter gewirkt, wie halt ein Achtzigjähriger gesund und munter wirken konnte. Zäh und dickköpfig noch dazu.

»Es hat ganz fürchterlich gerumst!« Irmchen Pütz hinkte auf mich zu. Es erleichterte sie sichtlich, ein vertrautes Gesicht zu sehen und endlich alles erzählen zu können. »So laut, dass ich aufgewacht bin. Danach totale Stille, hab schon gezweifelt, ob ich wirklich was gehört habe, aber dann habe ich gedacht, besser, du siehst nach.« Irmchen schnaufte, während ich sie mit sanftem Druck in Richtung Restaurant und Küche dirigierte, gefolgt von Adela mit einer Kiste Dreckstellern in den Händen. Ich setzte Irmchen auf einen Küchenhocker, Adela schob die Teller in die Maschine und setzte Teewasser auf. »Tee hilft immer« war eine ihrer Devisen.

»Weißt du, Katharina, vor einem Jahr habe ich ihn doch zu einem Informationsabend der evangelischen Kirchengemeinde geschleppt. ›Vorbeugen im Alter‹. Mombauer ist ja noch fünf Jahre älter als ich. Erst wollte er nicht mit, Männer wollen ja eigentlich nie zu solchen Veranstaltungen. Die denken doch immer, dass sie sich schon irgendwie alleine durchbeißen –«

»Bitte komm zum entscheidenden Punkt, Irmchen!« Es war zumindest einen Versuch wert, ihre Rede abzukürzen. Die letzte Spülmaschine lief, ich wollte immer noch ins Bett.

»Vor allem haben sie gesagt, dass man gegenseitig auf sich aufpassen soll«, fuhr sie unbeirrt fort, »und deshalb haben Mombauer und ich uns unsere Wohnungsschlüssel anvertraut, falls was passiert. Da steckt ja keiner drin in unserem Alter ...«

»Und du bist dann mit seinem Schlüssel nach oben gegangen?«

»Ich wollt mich ja nicht blamieren, indem ich zu früh den Krankenwagen rufe, und dann schnarcht er da oben selig, alles doch nur ein Traum, und ich stehe als trottelige Alte da.«

Ich nickte. Eigentlich war Irmchen keine Umstandskrämerin und auch keine Plaudertasche. Es war die Aufregung, die sie ohne Punkt und Komma reden ließ. Verständlich, trotzdem wollte ich nicht den Rest der Nacht mit ihr verbringen.

»Du hast ihn also gefunden?«

»Erst habe ich geklingelt und geklingelt, und als sich nichts rührte, bin ich rein. Vor der Badezimmertür hat er gelegen, wollt wahrscheinlich pinkeln. Wir Alten leiden ja alle unter Konfirmandenbläschen. Der Notarzt ist ruck, zuck da gewesen. Gegenüber im Altenheim ist heute Nacht noch einer über den Jordan. Vielleicht hat der Sensenmann gedacht, nehme ich doch noch 'nen Zweiten mit, dann muss ich so schnell nicht mehr nach Mülheim kommen.«

»Das Herz?«, fragte Adela, reichte Irmchen eine Tasse Tee und hatte wieder diese Neugier im Blick.

»Herzstillstand«, bestätigte Irmchen. »Ein schöner Tod. Wenn ich es mir aussuchen könnte, mein Favorit.«

»Ist er denn allein gewesen?«

Ich schickte Adela einen warnenden Blick. Mir war nicht nach Detektivspielchen. Wenn ich an Mombauer dachte, plagten mich andere Sorgen. Das hatte ich jetzt davon, dass ich bei unserem letzten Treffen nicht Nägel mit Köpfen gemacht hatte!

»Natürlich ist er allein gewesen!« Irmchen rollte die Augen, erstaunt darüber, dass jemand etwas anderes annehmen konnte. »Wer hätte denn bei ihm sein sollen? Sabine kommt doch höchstens an Weihnachten vorbei und seine Schützenbrüder nur an seinem Geburtstag. Er war ein richtiger Einsiedler, nicht wahr, Katharina?«

Ich nickte. Bei unseren zufälligen Begegnungen auf der Straße oder im Treppenhaus hatte Irmchen gelegentlich das Gespräch auf Mombauer gebracht. Manchmal deutete sie seine tragische Familiengeschichte an, über die sie sich allerdings nie näher ausließ. Wie gesagt, Irmchen war keine Plaudertasche, eigentlich war sie sehr diskret.

»Und die Wohnung? Irgendwas anders gewesen als sonst?«, machte Adela unbeirrt weiter.

»Ob Sie es glauben oder nicht, ich bin nie bei ihm oben gewesen. Unser Verhältnis war nicht so, dass wir uns gegenseitig zum Kaffee eingeladen haben.« Irmchen nahm endlich einen Schluck Tee und nickte Adela zu, die das natürlich als Aufforderung zum Weiterfragen verstand.

»Es gibt ja Dinge, die einem auch in einer fremden Wohnung sofort ins Auge stechen. Ein umgefallener Stuhl, Blutspritzer an der Wand …«

»Blut? Nein, da war kein Blut.« Irmchen war sich ganz sicher, und Adela fragte: »Vielleicht ein umgekipptes Glas?«

Während Irmchen den Kopf schüttelte, räumte ich lautstark die letzten Teller aus der Maschine und verstaute sie polternd in den Geschirrschränken. Ein Störmanöver ohne direkten Erfolg. Adela, topfit, würde aus Irmchen Mombauers gesamte Lebensgeschichte herauskitzeln und noch bis morgen früh mit ihr in meiner Küche sitzen, wenn mir nicht einfiel, wie ich sie zum Schweigen und Irmchen zurück in ihre Wohnung bringen konnte.

Der Bestatter erwies sich als Lösung. Er stand plötzlich in der Küche.

»Wir sind jetzt so weit. Nächste Angehörige? Können Sie uns da weiterhelfen?«

»Natürlich!« Irmchen nickte eifrig. »Mombauer hat nur eine einzige Tochter, Sabine. Heißt auch Mombauer, hat nie geheiratet.«

»Adresse? Telefonnummer?«

»Habe ich oben. Am besten, Sie kommen mit. Dann muss ich nicht noch einmal Treppen steigen.« Irmchen erhob sich, griff nach ihrem Stock und hinkte davon. »Danke für den Tee«, rief sie, bevor sie mit dem Bestatter im Treppenhaus verschwand.

»Meinst du, wir können sie allein lassen?«, fragte Adela und tat besorgt.

»Und ob! Irmchen hat ihren Friedenskirche-Frauenkreis. Wenn die nicht alleine sein will, muss sie nur zum Telefon greifen. Los, ab nach Hause!« Ich drängelte sie aus der Küche, löschte alle Lichter und schloss die »Weiße Lilie« zu.

Diesmal setzte sich Adela brav auf den Beifahrersitz und überließ mir das Steuer. Ich startete den Wagen.

»Weißt du, wie viele alte Menschen umgebracht werden, ohne dass es jemand merkt? Weil die Ärzte oft ohne nähere Untersuchung der Leiche den Totenschein ausstellen. Da muss man doch zumindest mal nachhaken dürfen«, rechtfertigte sie ihre Fragerei.

»Aber die meisten sterben eines natürlichen Todes«, behauptete ich, und erstaunlicherweise widersprach Adela nicht. Aus den Augenwinkeln sah ich den Grund dafür. Adela gähnte mehrfach, und als ich in die Kasemattenstraße einbog, war sie eingeschlafen. Dafür hatte ich alle toten Punkte dieser Nacht überwunden; ausgerechnet jetzt, wo ich ins Bett fallen könnte, fühlte ich mich nicht mehr müde.

»Aussteigen«, sagte ich laut.

»Willst du nicht erst parken?«, nuschelte sie, als sie merkte, wo wir waren.

»Nein. Ich fahr direkt zum Großmarkt. Dann kann ich mich danach noch ein paar Stunden aufs Ohr hauen.«

Ich wartete, bis Adela, die Pumps unter den Arm geklemmt, die Haustür geöffnet hatte, dann fuhr ich los.

Ein zarter Grauschleier kündigte das Ende der Nacht an, und auf dem Rhein hing silberner Tau. Die Severinsbrücke gehörte nur mir allein. Auf der anderen Seite des Flusses ragten die imposanten Kranhäuser ins Wasser, dahinter verschwamm das Siebengebirge im morgendlichen Dämmerlicht. Köln war selten so schön wie in dieser sommerlichen Frühe. Nur da besaß die Stadt die Eleganz einer in Würde gealterten Dame, die Neuem gegenüber durchaus aufgeschlossen war.

Aber die Schönheit der alten Lady Köln interessierte mich an diesem Morgen nicht die Bohne, mich beschäftigte die Sache mit Mombauer. Nicht die Frage, ob er umgebracht worden war oder nicht. Wenn einer mit einundachtzig auf dem Weg zum Pinkeln an Herzversagen starb, dann war das eindeutig, da gab es für mich nichts zu rütteln, mochte Adela unken, so viel sie wollte. Nicht die Umstände seines Ablebens machten mir Sorgen, sondern die Tatsache, dass er tot war.

Mombauer war nämlich mein Vermieter. Natürlich wusste ich, dass ein Mietvertrag mit dem Tod des Vermieters seine Gültigkeit nicht verlor, aber mein Pachtvertrag für die »Weiße Lilie« lief Ende des Monats aus. Noch vor ein paar Tagen hatte Mombauer mir eine Verlängerung um zehn Jahre angeboten, aber aus leidvoller Erfahrung wusste ich um das ewige Auf und Ab in der Gastronomie und wollte mich nicht durch einen langfristigen Vertrag knebeln lassen. Fünf Jahre hatte ich vorgeschlagen. Weil wir uns nicht einigen konnten, vertagten wir eine Entscheidung, und jetzt hatte ich den Salat. Was, wenn die Erben das Haus in der Keupstraße nicht behalten, sondern verkaufen wollten? Was, wenn sie für die Pacht einen unverschämten Preis fordern würden? In beiden Fällen hatte ich eine unglaublich miese Verhandlungsbasis.

Rückblickend weiß ich, dass mich die Sorge um die »Weiße Lilie« blind und taub machte für alles andere, was um mich herum geschah.

Das ist das Heimtückische an Katastrophen: Damit sie mit voller Wucht zuschlagen können, schicken sie als Vorhut gern ein kleines Unheil vorbei. Während man dieses mit voller Kraft aus der Welt zu schaffen sucht, bauen die Katastrophen aus dem geschützten Hintergrund heraus die wirklich harten Nummern auf.

Ecki meldete sich, als ich vor dem Schokoladenmuseum durch die erste rote Ampel gestoppt wurde.

»Jetzt hat's doch noch so lang gedauert! Wie schaut's aus? Brauchst mich noch?«

»Mombauer ist tot«, überfiel ich ihn. »Herzstillstand. Er ist einfach umgekippt.«

»Dumm, hast den Vertrag nicht unterschrieben«, brachte Ecki mein Problem mit Mombauer auf den Punkt. »Aber wer weiß, wofür's gut ist?«

Für mich auf gar keinen Fall.

»Mach dir nicht ins Hemd, Kathi! Bist eine solvente Pächterin mit einem gut laufenden Beisel. So eine will man behalten, nicht rausschmeißen. Wenn nicht, mach was Neues. ›Schiffsschaukel‹, Catering, was weiß ich! 's geht im Leben immer weiter.«

Ecki und sein ewiger Optimismus! Er konnte gut daherreden, mit der »Weißen Lilie« hatte er eigentlich nichts am Hut. Allein hatte ich die aufgebaut, als der Traum von unserem gemeinsamen Restaurant geplatzt war. Dafür Kredite aufgenommen, die noch lange nicht abbezahlt waren. Ich hatte mich durch die schlechte Anfangszeit gekämpft, einen Kundenstamm gewonnen, mir als Köchin einen Namen gemacht. Viel Schweiß und Tränen, viele endlose Arbeitstage, viele schlaflose Nächte. So was klopfte man nicht einfach in die Tonne.

»'s wird einen Weg geben, Kathi, 's gibt immer einen. Mach dich nicht verrückt, bevor's einen Grund dafür gibt. Ungelegte Eier bleiben ungelegte Eier.«

Manchmal übertrug sich etwas von Eckis Salzburger-Nockerln-Leichtigkeit auf mich, so wie jetzt. Warum immer mit dem Schlechtesten rechnen? Vielleicht würde ich mit Mombauers Erben schnell handelseinig werden? Vielleicht konnte ich sie im Preis sogar ein wenig drücken? In etwas besserer Stimmung fuhr ich weiter zum Großmarkt.

Noch schlief die Stadt, die Straßen im frühmorgendlichen Köln waren auto- und menschenleer, die U-Bahn-Baustelle an der Bonner Straße verwaist, in dem grauen Betonklotz Ecke Schönhauser Straße nirgendwo ein Licht. Aber gegenüber auf dem Großmarkt hatte der Tag längst begonnen.

Holländische Lkws spuckten ihre Ladungen aus, Gabelstapler kurvten in aberwitzigem Tempo zwischen den Hallen hin und her, in den Rinnsteinen verfaulten aussortierte Salatköpfe, den Straßenbelag pflasterten platt gefahrene Tomaten.

In der großen Markthalle eilte ich an Bergen von Rhabarber und Spitzkohl und an meterhohen Paletten mit Erdbeeren vorbei. Immer wieder musste ich einer der wendigen Eidechsen ausweichen, mit denen in den Hallen die Waren hin und her transportiert wurden. Das geschäftige Treiben täuschte nicht über die leeren Marktstände hinweg, die sich in den Hallen schleichend vermehrten. Dicke Geschäfte wurden hier schon lange nicht mehr getätigt. Die Discounter machten ihre Deals bei den großen Versteigerungen in Straelen oder Venlo, die kauften nicht mehr hier ein. Die Großmarkthändler lebten mehr schlecht als recht von den Wochenmarkthändlern und Restaurants, doch immer mehr von ihnen gaben auf.

Mein erster Weg führte mich zur Imbissbude in der großen Halle. Ohne einen Kaffee im Bauch würde ich nicht gut handeln können. Früher hatte ich den Kaffee oben auf der Galerie getrunken, als es das Großmarktrestaurant noch gab, durch dessen breite Fensterfront man das Treiben in der Markthalle verfolgen konnte.

Was war das für ein Lärm und für ein Gewusel gewesen! Großmarkthändler und ihre Kunden hatten sich dort mit den Nachtschwärmern der Stadt gemischt. Lange Zeit war die Galerie der einzige Ort in Köln gewesen, wo man morgens um fünf ein paniertes Kotelett essen konnte. Der Ort, wo gleichzeitig Geschäfte gemacht und ein Junggesellenausstand gefeiert wurden, wo man sich über Preise stritt oder einen philosophischen Disput zu Ende führte, weil die Bars an der Zülpicher schon geschlossen hatten. Tabak-, alkohol- und kaffeegeschwängert die Luft, lärmend und bunt das Publikum, fett und schwer die Koteletts, die Serviererinnen mit allen Wassern gewaschen und nie um eine Antwort verlegen. So war es gewesen, das Leben im Bauch der Stadt!

Leider war die Galerie schon seit einigen Jahren dicht, der Betrieb so wenig rentabel wie die Markthalle, alles dem Untergang preisgegeben. Discounter und Supermarktketten waren die neuen Herrscher im Geschäft mit Lebensmitteln. Sie bestimmten Preise und Waren, schrumpften sich das Sortiment passend. Blumenkohl ja, Rübstiel nein, nur drei Sorten Äpfel und höchstens zwei Sorten

Kartoffeln, Erdbeeren en masse, dafür kaum Schwarze Johannisbeeren …

»Lilienwirtin, ich han 'ne Sparjel, sujet Feines hatt ich ald lang nit mih, dat wör jet för Üch!«

Kurt Berger war zu mir an den Stehtisch getreten und orderte ebenfalls einen Kaffee. Ich schätzte den alten Mann nicht nur wegen seines guten Gemüses. Im Gegensatz zu anderen Händlern hatte er in meinen schlechten Zeiten nicht mit den Rechnungen gedrängelt, sondern auch mal vier Wochen gewartet, bis ich sie bezahlen konnte.

»Guck ich mir gleich an«, antwortete ich. »Muss noch ein bisschen wacher werden, sonst haut Ihr mich übers Ohr. Im Gegensatz zu Euch war ich heute Nacht noch gar nicht im Bett.«

»Geschlossene Gesellschaft bis in die Puppen, oder wat?«

»Catering im LVR-Turm.« Ich rollte mit den Augen.

Berger nickte verständnisvoll. »Ihr müsst och ens lure, wo Ihr blievd. Die Lück han et Jeld nimmer lockersitzen, die kaufen eher bei Aldi 'n Fertiggericht, als dat se mal jot esse jonn. Jetzt hann ald widder zwei Restaurants dichtjemat in Köln. ›Himmel auf Erden‹ un ›Pfeffer & Salz‹. Toplagen im Belgischen Viertel und in der Südstadt, trotzdem pleite. Und wisst Ihr, wat da jetzt is? ›All-inclusive‹, dat is so wat Neumodisches, so 'ne Art schicker McDonald's! Ja, wat bei uns ald lang esu es, fäng bei üch jetzt och an. Dat die Jroßen die Kleinen plattmachen.«

»Jetzt malt mal den Teufel nicht an die Wand!« Ich drückte den leeren Pappbecher zusammen und warf ihn in den Müll. Es wurde Zeit, dass ich meine Einkäufe erledigte.

»Jläuvt et mir, ich dät mich freue wie 'ne Schneekönig, wenn ich mich irre dät. Verjesst dä Sparjel nit!«, rief er mir hinterher.

Aber zuerst lief ich zu Signore Coldini, um zu sehen, was er an frischen italienischen Kräutern im Sortiment hatte und ob es die herrlichen Ochsenherztomaten schon gab. Gab es noch nicht, dafür wilden grünen Spargel, Kräutersalat, frische Zuckerschoten, jungen Spinat, bildschöne Kräuterseitlinge.

»Perfetto, signora …« Die behutsame Bewegung, mit der er einen der Pilze aus der Kiste nahm, diesen dann drehte und wendete, als wäre er ein roher Edelstein, die Art, wie er die Augen schloss, wenn er daran schnupperte, all das mochte ich, weil ich darin bei aller Show

die Leidenschaft für gute Ware spürte. Und niemand konnte diese Leidenschaft besser ausdrücken als die Italiener.

Weiter ging es zu Harun Üzümcü, dem Herrscher über Berge von Trockenfrüchten, Nüssen und Kernen. Pinienkerne und getrocknete Aprikosen brauchte ich, und ja, ich nahm auch von den Berberitzen, die er mir in den höchsten Tönen anpries.

Der Obststand von Mathilde Kleber war mein nächster Halt. Drei verschiedene Sorten Rhabarber und Bornheimer Erdbeeren, wirklich zuckersüß, gab es bei ihr. Die Kirschen hingegen brauchten noch ein paar Tage Sonne, vielleicht würde ich nächste Woche welche nehmen.

Nachdem ich zwischendurch immer schon mal weißen Spargel probiert, aber nicht gekauft hatte, beendete ich meine Einkaufsrunde an Bergers Stand. Ich bohrte den Daumennagel in die Schnittstelle, sofort trat Flüssigkeit aus, dann brach ich eine Stange entzwei und biss hinein. Berger hatte mir nicht zu viel versprochen, frischer und in besserer Qualität würde ich weißen Spargel hier nicht finden.

Außerdem hatte er noch Sauerampfer und Portulak im Angebot, nicht zu vergessen die rot-weißen französischen Radieschen und die kleinen neuen Kartoffeln. Wir feilschten um Preise und Mengen, wurden wie immer irgendwie handelseinig, und ich machte mich auf in die nächste Halle, um dort den Fisch auszusuchen. Fleisch kaufte ich nicht hier. Direkt vor meiner Haustür auf der Frankfurter Straße hatte ich einen Metzger entdeckt, der nur artgerecht gehaltene Tiere schlachtete und mir gern Sonderwünsche erfüllte.

Gegen sechs Uhr war der Transporter beladen, und ich machte mich auf den Heimweg. Die Rheinuferstraße war jetzt schon gut befahren. Pendler aus dem Umland, Lkws mit Waren für die Stadt, frühe Radler auf dem Weg in ihre Büros. An den Zebrastreifen sammelten sich die ersten Fußgänger. Mit ihren Reinigungsmaschinen vollführten Straßenreiniger einen eleganten Slalom um Mülleimer und Laternenpfähle. Vor mir verpestete ein orangefarbener Wagen der Kölner Abfallwirtschaft, beladen mit dem Dreck der Stadt, die Luft. Ich konnte ihn hinter mir lassen, als ich auf die Severinsbrücke abbog.

Der Morgentau über dem Fluss hatte sich verzogen, erste Sonnenstrahlen spiegelten sich im Wasser. Auf der anderen Rheinseite turnten die Frühschicht-Arbeiter durch das Gerippe des Lufthansa-Hochhauses. Von der Deutzer Freiheit wehte mir der Duft frischer Brötchen in die Nase.

Die Stadt erwachte. Dafür würde ich jetzt schlafen gehen.

Als ich die Treppen zu unserer Wohnung in der Kasemattenstraße hinaufstieg, dachte ich wieder an Mombauer. Ich musste mich mit irgendetwas betäuben, damit dieser blöde Pachtvertrag nicht als Endlosschleife durch meine Gehirnwindungen turnte. Ein Bier würde mir guttun.

Leider bot unser Kühlschrank nur ein einziges Getränk: Adelas Pfirsich-Eistee, ihr Lieblingsgetränk, sowie das Thermometer mehr als zwanzig Grad anzeigte. Diese süße Plörre rührte ich nur in allerhöchster Not an. Also kramte ich in der Speisekammer und förderte eine Flasche Trollinger zutage, den Kuno immer aus dem Schwäbischen mitbrachte.

Während im Hinterhof die Vögel den frühen Morgen bezwitscherten, trank ich den Wein in kleinen Schlucken und wartete darauf, dass er die Gedanken an Mombauer einlullte und die unterdrückte Müdigkeit wieder nach oben schwemmte. So recht wollte der Trollinger meine Gedanken auch nach dem zweiten Glas nicht außer Gefecht setzen, also beschloss ich, es mit Hinlegen und Augenschließen zu probieren, und schlich in mein Zimmer.

Durch die schweren weißen Vorhänge drang schon der Morgen, aber im Zimmer herrschten noch die Wärme der Nacht, das Ticken des Weckers und Eckis leises Schnarchen. Ich kuschelte mich an den schlafenden Mann, der sofort den Arm um mich legte und seine Hand sanft um meine rechte Brust schmiegte. Er roch nach Sonne und frischem Heu, und vielleicht ist es dieser Duft von Sommer-auf-dem-Lande gewesen, in den ich mich damals in Wien zuerst verliebte.

War's tatsächlich schon fast ein Jahr, dass Ecki jetzt mit mir zusammenlebte? Wie schnell die Zeit verging, wie schnell etwas Sensationelles zum Alltäglichen wurde! Als ich nach dem Tod von Tante Rosa aus dem Schwarzwald zurückkehrte, war er erst eine Woche länger als geplant, dann zwei geblieben.

Irgendwann erzählte er, dass er den Job in dem Tokioer Restaurant abgesagt hatte, in dem er auf dem Poissonnier-Posten seine Sushi-Kenntnisse perfektionieren wollte. Zur selben Zeit brauchte ich in der »Weißen Lilie« eine Schwangerschaftsvertretung für Eva, und so ergab es sich, dass Ecki in Service und Küche einsprang.

Ecki, der ewige Herumtreiber und Weltenbummler! Ein Wunder eigentlich, dass wir nach dem Trennungsdesaster in Brüssel, dem ewigen Hin und Her, wieder eine Annäherung geschafft hatten und jetzt als Paar zusammenlebten. Hätte ich nicht für möglich gehalten.

Schließlich hatten wir uns in all den Jahren so einiges zugemutet. Affären, heftige Streitereien, sinnlose Kämpfe, rücksichtslose Solotouren, gegenseitige Vernachlässigung, die ganze Palette an Beziehungssünden. Genauer wollte ich gar nicht mehr daran zurückdenken. Vergeben und vergessen.

Nicht dass es nicht immer noch genug Dinge gab, derentwegen wir uns in die Haare kriegten, aber als Paar hatten wir in ruhiges Fahrwasser gefunden. Das war gut so, denn ich hatte zu viel um die Ohren, als dass ich unentwegt das Feld der Liebe beackern könnte. Regelmäßig wässern und düngen, gelegentlich das Unkraut herausrupfen, so sah ich unsere Beziehung.

Ich schob mich noch näher an Eckis warmen Körper, atmete im Rhythmus des Schlafenden und glitt endlich hinüber ins Reich der Träume.

Der Morgen begann mit dem üblichen Weckerkrähen, wie es überhaupt ein üblicher Morgen in unserer Vierer-WG war. Adela und ich wohnten nun schon fast acht Jahre zusammen. Vor ein paar Jahren hatte sich Adela in Kuno verliebt, und als der schwäbische Kommissar in Pension ging, war er zu uns gezogen. Wir drei kamen so gut miteinander klar, dass für mich kein Anlass zum Ausziehen bestand. Und Ecki komplettierte nun unser Kleeblatt.

Als ich dem Schreihals von Wecker den Saft abdrehte, schlief Ecki noch wie ein Stein.

»Los, raus aus den Federn, wir müssen arbeiten gehen!«

Ich schüttelte ihn, aber ohne Erfolg. Während ich aus dem Bett kroch, zog Ecki sich die Bettdecke über den Kopf und drehte sich um. Jeden Tag das gleiche Spiel. Immer musste ich zuerst ins Bad. Das Bad hatte Kuno vor mir benutzt und wie üblich seine morgendliche Überschwemmung hinterlassen.

»Kuno!«, brüllte ich durch den Hausflur.

»Ist beim Bäcker«, rief Adela zurück.

Also wischte ich mal wieder die Fliesen trocken, bevor ich mit kaltem Wasser meinen Kreislauf für den Tag ankurbelte. Dann warf ich Ecki aus dem Bett, schlüpfte in den Bademantel und tapste barfuß und mit nassen Haaren in die Küche.

Es war mein kleiner morgendlicher Luxus, beim Frühstück so zu tun, als müsste ich noch lange nicht in den Tag starten. Adela, frisch geföhnt und gefährlich munter, hatte den Frühstückstisch gedeckt, Kuno war mit Brötchen und einem Stapel Zeitungen zurückgekehrt.

»Hochwasser, Kuno«, schimpfte ich. »Einmal mit dem Lappen durchzuwischen ist doch wirklich nicht die Welt.«

Kuno grummelte irgendetwas Unverständliches und vertiefte sich schnell in die Zeitung.

»Eilert«, sagte Adela, als sie mir einen Kaffee einschenkte. »So heißt der Mann.«

Ich verstand gar nichts und wollte nichts verstehen, bevor ich nicht etwas im Magen hatte. Mhmm, Kuno hatte meinen Lieblingsschinken mitgebracht.

»Dafür meckere ich bei den nächsten drei Überschwemmungen nicht«, sagte ich in Richtung Zeitung und steckte mir ein Stück Schinken in den Mund.

»Sechsunddreißig Millionen Euro für d' Renovierung von dere Flora. Die lasset sich b'scheiße, wo's geht. Rechnen könnet die Kölner wirklich nit. Aber d'r Steuerzahler bleche lasse, des könnet se«, gab die Zeitung zurück.

»Stuttgart 21 ist auch nicht von schlechten Eltern«, ärgerte ich ihn.

»Ich habe heute Morgen schon mit Betty Bause telefoniert«, grätschte Adela dazwischen.

»Da merksch ja auch, wie groß der Widerstand ischd. Weil rechne, des könnet mir Schwabe. Und dass des mit dem Bahnhof ins Uferlose geht, des weiß doch jeder, der ä bissele Grips im Schädel hat.«

»Oben bleiben, ja, ja«, spottete ich.

»Und Betty weiß jetzt, wie der Mann mit der grünen Krawatte heißt«, trumpfte Adela auf. »Eike Eilert.«

»Eilert! Des sagt mir ebbes!« Kuno ließ die Zeitung sinken und kratzte sich den fast kahlen Schädel, auf dem wie auf einem Brachland hie und da ein paar graue Haare sprossen. »Isch der aus d'r Politik?«

»Keine Ahnung. Betty ist der Name wieder eingefallen, weil Dirk ihr den Dicken gestern vorgestellt hatte. Die Frau in Schwarz leider nicht, und den Gatten hat Betty heute nicht nach dem Streit der beiden fragen können. Der ist schon früh aus dem Haus, wahrscheinlich, um Schadensbegrenzung zu betreiben.« Adela türmte gut gelaunt Wurst, Käse und zwei Radieschen auf ein Brötchen, froh darüber, dass sie endlich mit ihrem Thema Gehör fand. Mir sagte der Name »Eilert« gar nichts.

»Betty kennt auch Egon Mombauer, ist ein alter Schützenbruder ihres Vaters. Es hat sie sehr gewundert, dass er so plötzlich gestorben ist«, setzte Adela hinterher.

»Adela! Mombauer war einundachtzig. Da kann man schon mal umfallen und tot sein ohne Fremdeinwirkung.« Ich verdrehte die Augen. Wenn Adela nur nicht immer ihre Nase überall da hineinstecken würde, wo sie irgendetwas Interessantes witterte!

»Oder ischd der aus d' Wirtschaft? Ischd der in die G'schicht mit dem Rheinauhafen verwickelt g'wese?«, überlegte Kuno weiter.

»Servus!« Ecki kam im Gegensatz zu mir immer schon angezogen zum Frühstück. Er trug diese helle Leinenhose und das geringelte Hemd, in dem er wie ein weit gereister Matrose wirkte und Ferienstimmung ausstrahlte. »Frische Semmeln! Wem müssen wir danken? Kuno?« Er deutete eine Verbeugung in dessen Richtung an, bevor er mich auf den Mund und Adela auf die Wange küsste.

»Was machst jetzt mit der Mombauer-G'schicht?«, fragte er dann.

»Mombauer?« Kuno tauchte hinter seiner Zeitung auf. »Wer ischd jetzt des scho wieder?«

Ecki erklärte es ihm, und ich fragte: »Ob ich heute schon mit seiner Tochter telefonieren soll?«

»Manchmal ist es gut, mit der Tür ins Haus zu fallen, manchmal schlecht.« Ecki wiegte den Kopf hin und her und biss gleichzeitig in sein Honigbrötchen. »Man müsst halt wiss'n, was für ein Typ sie ist.«

»Ich rede mal mit Irmchen, die kennt die Frau. Ich fahr heute früher in die ›Weiße Lilie‹, muss in einer Viertelstunde los«, informierte ich Ecki. »Der Speiseplan für die neue Woche, Arîn will dabei sein.«

»Oder hat der Eilert ebbes mit dem SPD-Spendenskandal zu schaffe?«, suchte Kuno weiter.

»Du kommst noch dahinter, Herzchen. Wenn der alte Bulle in dir

Witterung aufnimmt, verfolgt er hartnäckig auch noch die kleinste Spur. Ist nur eine Frage der Zeit.« Adela tätschelte ihrem Liebsten kurz die Hand und schnappte sich das letzte Croissant aus dem Brotkorb, als irgendwo in der Wohnung ein Handy klingelte. »Ist deins«, sagte sie zu Ecki. »Meins ist ausgeschaltet.«

Die beiden hatten den gleichen Klingelton.

»Ich mag's nicht, wenn ich in der Früh schon telefonieren muss«, murrte Ecki, verschwand aber dennoch mit einem zweiten Brötchen in der Hand. Adela ließ sich von Kuno ein Stück Zeitung geben, ich trank eine weitere Tasse Kaffee und ging mein Arbeitspensum für den Tag durch. Dienstage waren immer besonders anstrengend. Wochenanfang – montags war die »Weiße Lilie« geschlossen –, Einkaufstag, neuer Speiseplan. Und wenn ich es recht im Kopf hatte, waren wir heute ausgebucht.

»Geh, Kathi, musst allein fahrn. Ich komm später«, verkündete Ecki, als er vom Telefonieren zurückkehrte.

»Hey, wir brauchen dich heute in der Küche. Und wenn das Wetter so bleibt, sind am Abend auch die Außentische besetzt, und du musst wahrscheinlich zwischen Küche und Service springen.« Ich hasste es, wenn Ecki so kurzfristig umdisponierte und meine Planungen durcheinanderbrachte.

»Speiseplan könnts ohne mich machen, vorbereiten auch. Ich bin schon da, bevor's richtig losgeht«, wiegelte Ecki meine Bedenken ab. »Ich muss los. Servus.« Er drückte mir einen flüchtigen Kuss auf den Mund, winkte den beiden anderen zu, und weg war er.

»Oder ischd der in dem Müllg'schäft drin g'hängt?«

Adela bot mir das letzte Brötchen an, aber mir war der Appetit vergangen. Ich ärgerte mich über Ecki. Nicht nur, weil er später zur Arbeit kommen würde. Eher, weil er nicht mal andeutete, was er vorhatte. Freiräume hin oder her, ein bisschen mehr könnte er schon erzählen, was er so allein immer trieb.

»'s ischd auf alle Fälle eines von dene windige Kölner G'schäftle gewesen, da bin i mir ganz sicher«, hörte ich Kuno hartnäckig seine Suche nach Eilert fortsetzen, als ich schon an der Tür war und mich auf den Weg zur Arbeit machte.

Motorisierte Besucher einer Möbel-Küchen-Fahrrad-sonst-wie-Messe blockierten die Straßen um die Messehallen und damit meinen

Weg zur Arbeit. Wenn es nach mir ginge, dürften die alle nur per Bahn anreisen. Vom Deutzer Bahnhof aus war das komplette Messegelände fußläufig super zu erreichen, da brauchten die Leute nicht die eh schon dicht befahrene Justinianstraße und die Deutz-Mülheimer zu verstopfen. Ich hätte heute den Auenweg nehmen sollen. Zu spät.

Arîn wartete schon, als ich den Wagen vor der »Weißen Lilie« parkte. Sie saß auf dem Mäuerchen des kleinen Spielplatzes auf der anderen Seite der Regentenstraße, kaute Sonnenblumenkerne und spie die Schalen ins Gebüsch. Zwei Bewohnerinnen des nahen Altenheims, die Arme auf ihre Rollwägelchen gestützt, leisteten ihr Gesellschaft. Arîn hatte ihnen von den Sonnenblumenkernen abgegeben, daran nuckelten sie eher lustlos herum, aber das Weitspucken machte ihnen sichtlich Freude. Arîn schaffte es am weitesten, aber die beiden Alten, vom Ehrgeiz gepackt, versuchten ihr nachzueifern und spuckten, was das Zeug hielt.

Ein Junkie in Trainingshosen, dessen Augen wie zwei Kirschen in Buttermilch schwammen, schlurfte langsam durch den Kernehagel an den dreien vorbei und durchwühlte den Papierkorb an der Ecke nach Pfandflaschen, ohne fündig zu werden.

Vom Spielplatz her lärmte eine Traube von kleinen türkischen Jungen, die kickten. Allesamt gewiefte Straßenfußballer und hier im Quartier zu Hause. Ein kräftiger Schuss, der Ball flog in weitem Bogen über den Platz und landete direkt zwischen den zwei Rollatoren. Sofort schoss ein schmales Kerlchen aus dem Gestrüpp hervor. Arîn pflaumte ihn auf Türkisch an und deutete abwechselnd auf die alten Frauen und die Fenster der »Weißen Lilie«. Schon einmal hatte so ein Möchtegern-Poldolski eine meiner Scheiben zerschossen. Sichtbar unbeeindruckt von Arîns Redeschwall, griff der Kleine den Ball und sah zu, dass er Land gewann. Die alten Ladys spuckten ein paar Kerne hinter ihm her.

Mülheim, das merkte man hier schnell, zählte nicht zu den Sightseeing-Höhepunkten von Köln. Mülheim war laut und dreckig, hatte wenig schöne und viele üble Ecken. Aber Mülheim war auch bunt und vital, Mülheim boomte und brummte, deshalb – und natürlich weil die Geschäfte gut liefen – fand ich es gut, mit der »Weißen Lilie« mittendrin in diesem pulsierenden Veedel zu hocken. Bis Ende des Monats noch saß ich hier fest im Sattel, aber die weitere Zukunft der »Weißen Lilie« war durch Mombauers Tod wackelig geworden. Doch darum würde ich mich später kümmern.

»Hey, wir müssen den Wagen ausräumen«, rief ich Arîn zu. »Bert braucht ihn wieder.« Bert war Koch im Altenheim und lieh mir den Transporter aus, wenn ich ein großes Auto brauchte.

Das Mädchen reichte einer der beiden Alten zum Abschied die Tüte mit den restlichen Sonnenblumenkernen und kam zum Auto gelaufen. Heute trug sie ein paar schwarze Leggings unter einem Jeans-Minirock, darüber eine weiße Baumwollbluse und eine schmale Weste mit kleinen Spiegelchen und indischen Stickereien. Unter dem modischen Pony blitzten wache Mandelaugen, ein dicker Lidstrich à la Brigitte Bardot verstärkte deren Ausdruck.

Schon seit einigen Monaten beobachtete ich mit Wohlwollen, wie Arîn mehr und mehr ihren eigenen Stil entwickelte. Sie liebte kräftige Farben, mischte Orientalisches mit Westlichem und war nicht mehr die unscheinbare kleine Kurdin, die vor vier Jahren ihre Lehre bei mir begonnen und die ich danach übernommen hatte.

»Nicht schon wieder Spargel«, stöhnte sie, als ich ihr die Kisten mit den weißen Stangen in die Hände drückte. »Den ganzen Mai und Juni nichts als Spargel, Spargel, Spargel. Warum gibt es bei uns nie Brokkoli?«

»Weil Brokkoli ein völlig überschätztes Gemüse ist«, wies ich sie zurecht, packte mir die Kühltasche mit dem Fisch und lief damit in die Küche. »Im Vergleich zu Spargel eine Beleidigung. Und jetzt hör auf, über den Spargel zu meckern, lange musst du ihn nämlich nicht mehr schälen. Am Einundzwanzigsten, an Johanni, ist Schluss, ab dann wird kein Spargel mehr gestochen. Gilt auch für Rhabarber! Und bis dahin nutzen wir jede Gelegenheit, um Spargel zuzubereiten. Weil es dann wieder ein Jahr dauert, bis man frischen und guten kriegt. Saisonale Küche, regionale Produkte dann auf die Speisekarte setzen, wenn sie reif sind, ist ein Credo –«

»Schon gut, schon gut«, unterbrach sie mich. »Kann mich trotzdem nicht damit anfreunden. Wenn ich nur an diese stinkende Spargelpisse denke. Also, wenn ich mal mein Restaurant aufmache, dann –«

»– kannst du kochen, was du willst, aber jetzt holst du erst noch den Rest aus dem Auto«, machte ich der Diskussion ein Ende. »Es gibt nämlich noch Portulak, Kräutersalat und Zuckerschoten.«

»Zuckerschoten. Ich liebe Zuckerschoten!«, freute sich Arîn, eilte wieder nach draußen und schleppte die restlichen Einkäufe nach drinnen. Ich räumte alles in die entsprechenden Kühlkammern und verschaffte mir gleichzeitig einen Überblick über den Warenbestand.

»Wie willst du den Spargel diese Woche machen?«, fragte Arîn mit Papier und Bleistift in der Hand, nachdem wir mit dem Aus- und Einräumen fertig und in unsere Kochklamotten geschlüpft waren.

»Unbedingt roh als Carpaccio. Du musst sie in ganz feine Streifen hobeln, auch wenn das viel Arbeit ist«, gab ich vor, als ich sah, wie Arîn eine Schnute zog. »Die sind so frisch, das muss ich ausnutzen. Dazu klein gehackte Walnüsse und hart gekochte Eier und eine Vinaigrette mit Walnussöl. Alles aufgeschrieben?« Ich machte erst weiter, als Arîn nickte. »Zum Thunfisch legen wir den Spargel in einen milden Ziegenfrischkäse auf Blätterteig, dann gibt es noch die badische Variante mit Kratzede und Schwarzwälder Schinken …«

»Zum Lamm ein Mandelcouscous mit Zuckerschoten«, schlug Arîn vor, nachdem sie alle Spargelgerichte notiert hatte.

Arîn ließ gern Gerichte der orientalischen Küche in unseren Speiseplan einfließen. Dieser Küche, genauer der kurdischen, gehörte ihre Leidenschaft. Ihre Familie stammte aus dem türkisch-syrischen Grenzgebiet und lebte wie viele Kurden im Exil. Die Verwandtschaft war über ganz Europa verstreut. Per Mail sammelte sie bei Tanten und Cousinen eifrig Rezepte traditioneller Gerichte, aber es interessierte sie auch, welche Einflüsse das Gastland auf die Küche hatte. Sie wollte eine neue, eine moderne kurdische Küche entwickeln, weltoffen und vielfältig wie die Kurden selbst, und irgendwann damit ein eigenes Restaurant eröffnen. Noch war das ein Traum, aber das konnte sich ändern. Auch die »Weiße Lilie« hatte mal mit einem Traum begonnen.

»Gute Idee«, stimmte ich ihrem Vorschlag zu, »das Lamm peppen wir dann mit einem kleinen Kräutersalat optisch auf. Hast du noch einen Vorschlag für eine Vorspeise mit Zuckerschoten?«

»Ein Salat mit den französischen Radieschen? Und Katharina, die Berberitzen würde ich gerne mit Rhabarber kombinieren, als orientalisch-europäische Allianz.«

»Wird ein bisschen herb sein, ist aber einen Versuch wert. Dazu brauchen wir aber unbedingt einen süßen Gegenpol. Was aus dem Norden, ein Soufflé vom Lübecker Marzipan.«

»Und zu den Erdbeeren ein Milchreispudding?«

»Du mit deinem Milchreispudding«, lachte ich. »Nein, heute kommt deine Leib- und Magenspeise nicht auf die Karte. Die Erdbeeren als Sorbet mit Champagner und als Salat zur bayrischen Creme. Und natürlich Mousse au Chocolat für die Schokoladenjunkies. – Hast du alles?«

»Gleich!« Eilig schrieb sie die Liste zu Ende.

»Gut. Dann kann Eva daraus die Speisekarte fabulieren. Überleg, was du ihr über Berberitzen erzählst, die kennt sie bestimmt nicht. Und wir machen uns ans Vorbereiten. Hast du einen Überblick, was wir noch an Fond haben?«

Das Ansetzen von Fonds gehörte in Arîns Zuständigkeitsbereich. Sie verschwand in Richtung Kühlkammer.

»Fisch sieht gut aus, Gemüse auch, Huhn ist so gut wie alle«, rief sie, bevor sie zum Pass zurückkam. »Aus dem restlichen Hühnerfond kann ich Mombauer eine Suppe machen, die isst er immer so gern«, schlug sie vor.

Mombauer! Den hatte ich in der letzten Stunde erfolgreich verdrängt. Schon seit Jahren bezog er bei uns eine Art Mittagstisch. Der eigenbrötlerische Alte konnte nicht kochen und hasste Restaurantbesuche und Essen auf Rädern gleichermaßen. So hatte er bei uns eine tägliche warme Mahlzeit abonniert – eine Solonummer, weil er mein Vermieter war. Das Essen hatte Arîn ihm immer nach oben gebracht.

»Tot?« Arîn schüttelte ungläubig den Kopf. »Wie kann der denn tot sein? Am Samstag war der munter wie ein Fisch im Wasser und zu Scherzen aufgelegt. Hat mich gefragt, ob ich beim Schützenfest mit ihm ins Festzelt gehe, damit seine Schützenbrüder vor Neid erblassen. ›Arîn‹, hat er gesagt, ›von so einer schönen jungen Frau wie dir träumen die alle.‹ – ›Na klar‹, habe ich geantwortet, ›mit einer Kurdin taucht da eh keiner auf.‹ Und jetzt kein Schützenfest, keine Hühnersuppe mehr. Ich versteh das nicht. Wieso ist der plötzlich tot? Ich meine, der war doch nicht krank oder so.«

»Manchmal klopft der Tod nicht an, da kommt er ohne Vorankündigung.« Das klang ein bisschen nach salbungsvoller Grabrede, aber ich tat mich schwer, die rechten Worte zu finden.

»Wann hast du mir denn sagen wollen, dass er tot ist? Nach seiner Beerdigung?«

Trauer oder Angst parierte Arîn gern mit wütenden Angriffen. Im Laufe der Zeit hatte ich gelernt, darauf mit Geduld zu reagieren. Es war verständlich, dass Mombauers Tod sie mehr schockierte als mich. Von uns allen hatte sie den engsten Kontakt zu dem alten Mann gepflegt, nicht nur weil sie ihm jeden Tag sein Essen gebracht und er ihr dafür immer ein bisschen Geld zugesteckt hatte. Nein, die beiden mochten sich. In Arîns Gegenwart war Mombauer nicht so verschlossen wie sonst, und Arîn redete gern mit ihm.

»Er war wie ein *bapîr*, ein Opa, für mich. Hier in Köln habe ich doch keinen. Den in Kumlu sehe ich nur alle paar Jahre mal, und der andere Großvater ist schon tot gewesen, als ich auf die Welt gekommen bin«, fügte sie schon weniger stachelig hinzu.

»Ist ja gut, Mädchen«, seufzte ich, holte den Tagesverbrauch an Spargel und Rhabarber aus der Kühlung und fischte zwei Schäler aus der Schublade. Einen drückte ich Arîn in die Hand, mit dem anderen begann ich zu schälen. Auch nach Mombauers Tod erledigte sich die Arbeit nicht von selbst, wir mussten mit den Vorbereitungen loslegen. Als Arîn einen flotten Schälrhythmus gefunden hatte, machte ich mich auf den Weg zum Telefon, das schon eine Weile hartnäckig klingelte.

Eva, die heute überraschend früh in der »Weißen Lilie« auflief, kam mir zuvor. Sie klemmte sich den Hörer ans Ohr, schickte mir ein Begrüßungslächeln und griff automatisch zum Reservierungsbuch. Ohne Evas wunderbaren Service wäre die »Weiße Lilie« nie das geworden, was sie jetzt war. Da hätte ich noch so gut kochen können. Seit der Geburt des kleinen Ole arbeitete sie nicht mehr Fulltime, sondern teilte sich den Service mit Ecki.

»Tut mir leid, die große Tafel ist für heute Abend komplett ausgebucht. Moment, da muss ich die Chefin fragen.« Eva legte die Hand auf die Muschel. »Acht weitere Essen, kann ich einen Außentisch anbieten? Die Eschbachs.«

Stammkunden, er war Redakteur beim Stadt-Anzeiger, sie arbeitete beim WDR. Sie kamen oft mit Freunden und Kollegen. Da konnte ich schwer Nein sagen, obwohl wir draußen eigentlich kein Essen servierten.

»Genau«, sagte Eva ins Telefon, »es sieht nicht nach Regen aus. Außerdem bringen Sie sowieso immer Sonnenschein mit.«

»Sonnenschein! Ich glaub's nicht, Eva. Dass du immer so rumschleimen kannst. Ihr Tellertaxis seid euch für nix zu schade«, frotzelte Arîn.

»Wenn ich bei den Gästen nicht auf Schönwetter mache, kriegt so ein Poltergeist wie du kein einziges Essen verkauft.« Eva griff sich eine von Arîn geschälte Spargelstange und biss hinein. »Ohne mich, du kleiner Kochtrampel, wärst du arbeitslos. Mhmm, sind die gut!«

Eva knabberte den Spargel wie eine Salzstange weg, griff nach dem nächsten. Arîn klopfte ihr auf die Finger, Eva zog die Hand schnell weg, um dann mit der anderen nach einer Spargelstange zu grapschen, aber Arîn reagierte genauso flink.

»Aua«, stöhnte Eva und pustete auf ihre Finger.

»Wenn du welche essen willst, schäl sie selbst«, gab Arîn ungerührt zurück.

»Schluss, ihr zwei«, beendete ich die Kabbelei. »Eva, ich vertraue wie immer auf deine Speisekartenpoesie. Berberitzen sind eine orientalische Vitamin-C-Bombe, mehr dazu kann Arîn dir sagen. Und Arîn, wenn du mit Spargel und Rhabarber fertig bist, ruf Minka an und frag, ob sie heute zwei Stunden früher kommen kann.«

»Kommt Ecki nicht?«, fragte Eva besorgt. »Ich habe nämlich nur bis um zehn einen Babysitter.«

»Doch, aber er kommt später!«

Wieder kroch Ärger in mir hoch. Ecki hätte ich heute wirklich schon bei den Vorbereitungen gebrauchen können. Aber nein, etwas anderes war wichtiger. Manchmal verhielt sich Ecki wie ein Privatier, der nach Lust und Laune entschied, ob er arbeitete oder nicht. An anderen Tagen schuftete er wie ein Berserker und gab in der »Weißen Lilie« den gleichberechtigten Partner. Ohne erkennbare Regel sprang er zwischen diesen Rollen hin und her. Ich hätte es ihm gern allein übel genommen, aber an diesem Spiel war ich beteiligt.

Arbeitsvertrag, Gehalt, Position in der Küche, Rolle im Service, nichts von alldem hatten wir festgelegt. Wenn ich einen Vorstoß dazu machte, winkte Ecki mit den Hinweis ab, wie sehr er dieses Formalzeugs hasste. Wenn Ecki stöhnte, dass es so nicht weitergehen könne, dann passte es mir wieder oder gerade nicht in den Kram. Doch dieses schwammige Hin und Her tat uns nicht gut, wir mussten dafür eine Lösung finden. Je schneller, desto besser.

Heute frage ich mich, ob alles anders gekommen wäre, wenn Ecki und ich nicht immer alles auf die lange Bank geschoben hätten. Aber in jenen Tagen war mein Kopf nur auf Mombauer gepolt. Wie ein Damoklesschwert schwebte der ablaufende Pachtvertrag über mir. Wenn ich mich mit den Erben nicht einigen konnte, dann brauchte ich keinerlei Arbeitsverhältnisse für die »Weiße Lilie« zu klären, dann würde es die »Weiße Lilie« bald nicht mehr geben. Also schluckte ich den Ärger wegen Eckis Abwesenheit hinunter und stieg endlich die Treppen hoch, um bei Irmchen Pütz nach der Telefonnummer von Sabine Mombauer zu fragen.

Auf mein Klingeln meldete sich niemand. Ich wollte schon wieder nach unten gehen, als es über mir knarzte und knackte. Ich schielte zur Decke und wartete auf weitere Geräusche. War das Irmchens Stock, der über mir klackte? War sie in Mombauers Wohnung? Immer zwei Stufen auf einmal nehmend stieg ich nach oben. Die Wohnungstür war angelehnt, ich klopfte, rief: »Hallo«, bekam keine Antwort. Vorsichtig schob ich die Tür auf und trat in einen dunklen Flur.

An der spartanischen Garderobe hing Mombauers grün-graue Schützenuniform, frisch aus der Reinigung. Ganz in Plastik eingehüllt würde sie auch bleiben, wenn man Mombauer nicht darin beerdigen würde. Das konnte ich mir bei dem Alten durchaus vorstellen. Zum Mülheimer Schützenfest war er immer aus seiner Höhle gekrochen. Noch im letzten Jahr hatte ich ihn mit geschwellter Brust im Schützenzug mitmarschieren sehen.

»Irmchen?«, rief ich in den Flur hinein, der ein wenig nach Franzbranntwein oder etwas Ähnlichem roch. Nach irgendeinem Mittelchen halt, um die alten Knochen zu beruhigen und die Einsamkeit zu vertreiben. Ich schielte links in eine geöffnete Tür: ein düsteres Schleiflackdoppelbett, das eine mit einem olivgrünen Überwurf bedeckt, das andere mit benutztem Kissen und zurückgeschlagenem Plumeau. Das Bett hatte Mombauer gestern Nacht zum Pinkeln verlassen, um nie mehr zurückzukehren.

»Ach, du bist es!«

Irmchen steckte den Kopf durch eine Tür weiter hinten und winkte mich mit ihrem Stock zu sich. Auch dieser Raum ein Bollwerk gegen die Außenwelt. Schwere Vorhänge, die das Licht aussperrten, die Wände vollgestellt mit Gelsenkirchener Barock, in der

Mitte ein Tisch gleicher Machart, bedeckt mit einer Sperrholzplatte, auf der eine aufwendige elektrische Eisenbahn aufgebaut war. Gleise und Brücken, Lokomotiven und Waggons, Miniaturhäuser und Zwergenkirchen, kleine Bäume, mit winzigen Kieselsteinchen ausgelegte Wege. Altherren-Basteleien. Die Leidenschaft eines Einsiedlers.

»Sabine, das ist Katharina Schweitzer, die Besitzerin der ›Weißen Lilie‹«, erklärte Irmchen der Frau auf der anderen Seite der Bahnanlagen. Fast so groß wie ich war sie, aber im Gegensatz zu mir hager und mindestens zehn Jahre älter. Um die fünfzig, schätzte ich, das braune Kurzhaar schon grau gesprenkelt. Der Mund ein Strich, der dem Versuch, ihm mit Lippenrouge etwas von seiner Strenge zu nehmen, hartnäckig widerstand. Ihr Blick hatte Enttäuschung im Schlepptau. Ob nur von Männern oder vom Leben insgesamt, ließ sich nicht herauslesen.

»Mein Beileid.« Ich reichte ihr die Hand über den Tisch, sie nahm sie entgegen. Unter unseren Händen kreuzten sich zwei friedliche Schienenstränge. Zu gern würde ich sie als gutes Omen für die anstehenden Verhandlungen nehmen, auch wenn mein erster Eindruck von Sabine Mombauer dagegensprach.

»Wir suchen Mombauers Testament«, erklärte Irmchen. »Stell dir vor, er hat nie mit Sabine darüber gesprochen. Dabei haben die das auf dem Informationsabend der Kirchengemeinde doch ausdrücklich gesagt! Dass man seine Angelegenheiten ordnen soll, damit die Angehörigen wissen, wo sie suchen müssen, wenn das Unausweichliche geschieht.«

Die herausgezogenen Schubladen des Gelsenkirchener Schranks enthielten Plastikbäumchen und Verkehrsschildchen, in den Vitrinen glänzten Lokomotiven, das ganze Möbelstück diente als Eisenbahndepot. Da gab es nichts Papierenes. Es war vor allem Irmchen, die eifrig weitersuchte; Sabine Mombauer dagegen wirkte unentschlossen. Kraftlos zog sie mal die eine, mal die andere Schublade heraus.

War es für mich gut oder schlecht, wenn Mombauer kein Testament hinterlassen hatte? Im Kopf spielte ich die Möglichkeiten durch. Ein paar Monate würde es sicherlich dauern, bis die Erben bestimmt waren und die Zukunft des Hauses entschieden war. Diese paar Monate könnte ich die »Weiße Lilie« natürlich weiterführen, vielleicht war das sogar gut. Sollte ich jetzt überhaupt schon mit Mombauers Tochter darüber sprechen?

Als deren Handy klingelte, schreckte ich aus meinen Gedanken hoch, und Sabine Mombauer wirkte mit einem Mal sehr lebendig. Eilig nestelte sie das Gerät aus ihrer Tasche, ging damit nach draußen in den Flur und drehte uns den Rücken zu.

»Tommi, wie gut, dass du zurückrufst!« Sie sprach laut und hektisch, wir konnten jedes Wort verstehen. »Ja, heute Nacht. Herzstillstand. Klar bin ich froh, dass er so gestorben ist. Wer ist nicht froh, wenn ihm Pflege, Altenheim und so weiter erspart bleiben?« Ihre Stimme hatte etwas Glucksendes, eine leicht hysterische Geschwätzigkeit. »Das Haus? Nein, ich weiß noch nicht, was mit dem Haus geschehen soll, ich weiß noch nicht mal, ob Vater ein Testament verfasst hat … Durchaus möglich, dass er mir nur den Pflichtanteil vermacht hat. Nein, ich habe keine Ahnung, wo das Testament steckt. In den Schränken hab ich nur Kram für seine blöden Eisenbahnen gefunden … Klar weiß ich noch, dass du als Kind gerne damit gespielt hast. Ich habe sie gehasst, meine Mutter hat sie gehasst. Damals stand sie noch auf dem Dachboden, erinnerst du dich? Jetzt hat er damit das ganze Wohnzimmer zugestellt. Die Spielzeugeisenbahn als Mittelpunkt seines Lebens. Das ist so erbärmlich, verstehst du …? Das Haus? Das ist wirklich lieb von dir, Tommi, dass du mir beim Verkauf deine Hilfe anbietest, aber wie gesagt … Ja, ich melde mich bei dir, sowie ich Neuigkeiten habe, auch wegen der Beerdigung. Nein, ich weiß noch nicht, wann die sein wird, in drei, vier Tagen halt. Wirklich ganz lieb, wenn du es einrichten kannst zu kommen. Weißt du, es ist mir jetzt schon alles zu viel.«

Mit einem tiefen Seufzer beendete Sabine Mombauer das Gespräch und kam langsam zurück ins Wohnzimmer.

»Also hier ist es bestimmt nicht«, stellte Irmchen fest, die in der Zwischenzeit in jeder Ecke des Schrankes nachgesehen hatte. »Vielleicht hat er es bei einem Anwalt deponiert?«

»Woher soll ich das wissen?« Mit nervösem Schulterzucken und irgendwie nicht richtig in die Spur gesetzt irrte Sabine durch das Wohnzimmer.

»Es hilft nichts, dann müssen wir uns jetzt die Küche vornehmen!« Irmchen griff nach ihrem Stock, Mombauers Tochter folgte ihr, ich blickte auf die Uhr. Zehn Minuten noch, so lange konnte ich die Suche nach dem Testament verfolgen und entscheiden, ob ich heute mit Frau Mombauer über den Pachtvertrag redete oder nicht. Dann musste ich in die »Weiße Lilie« zurück.

Die Küche ging nach Osten, durch die geöffnete Balkontür schien eine kräftige Mittagssonne. Eine alte Wohnküche registrierte ich, bestimmt zwanzig Quadratmeter groß, mit schwarz-weiß gekacheltem Fußboden. Der erste Raum der Wohnung, in dem man den Frühsommer, das Wetter, das Draußen spürte. Mombauer hatte sie mit einer Nullachtfünfzehn-Küchenzeile und einer Sitzecke mit Eckbank ausgestattet.

In meinem Kopf beamte ich all die langweiligen Möbel weg, riss die Vorhänge von den Fenstern, strich den Raum in Sonnengelb, zauberte weiße Holzmöbel hinein. Was wäre das für eine wunderschöne Küche! Und wo ich schon dabei war, entrümpelte ich auch die anderen Zimmer, rupfte die vergilbten Tapeten von den Wänden, ließ überall Licht herein und stellte mir Raum für Raum hell und freundlich vor. Weiß war meine Lieblingsfarbe, Mombauers Wohnung in Weiß sähe wunderbar aus.

Wurde es nicht endlich Zeit, sesshaft zu werden, jetzt, wo Ecki zurückgekehrt war? Schluss mit den Wanderjahren, Schluss mit der Wohngemeinschaft, die – so schön das Zusammenleben mit Adela und Kuno sein konnte – nichts Eigenes war, immer doch ein Wohnen auf dem Sprung blieb. Was, wenn ich für Ecki und mich diese Wohnung mietete?

Der Gedanke elektrisierte mich, mein Puls tourte höher. Gemach, gemach, bremste ich mich, pass auf, dass du dir diesen Traum nicht sofort versaust. Du musst erst mit Ecki reden, dann überlegen, wie man mit dieser Sabine Mombauer am besten verhandelt. Fall diesmal nicht mit der Tür ins Haus! Lass dir Zeit, versuch es mit Diplomatie oder schick besser Ecki vor, beschwor ich mich selbst.

»Guck mal, die ist doch von dem Geschirr, das deine Mutter so gern gehabt hat.«

Irmchen präsentierte der Mombauer-Tochter eine blau-weiß geblümte Kaffeetasse, die sie in den Tiefen des Küchenschranks entdeckt hatte. Auch in diesem Raum übernahm Irmchen bei der Suche nach Mombauers Testament die Regie, während Sabine tatenlos die Kaffeetasse umklammert hielt und vor sich hin starrte.

»Das Essservice dazu habe ich mitgenommen, als ich damals ausgezogen bin«, murmelte sie. »Das habe ich immer noch. Aber ich benutze es nicht, denn jedes Mal, wenn ich es sehe, muss ich dran denken …« Dann hörte sie auf zu reden. So als wären ihr die Worte ausgegangen oder als gäbe es keine Worte für das, was noch aus ihrem Mund wollte.

»Ach, Kindchen!« Irmchen griff das Unausgesprochene auf, indem sie kurz ihre Suche unterbrach und einen sanften Blick auf Mombauers Tochter richtete. »Vielleicht kannst du ihm ja jetzt, wo er tot ist, vergeben. Weil, das haben sie uns auch gesagt in dem Vortrag der Kirchengemeinde. Dass man nicht nur seinen Nachlass regeln soll, sondern auch versuchen muss, mit sich ins Reine zu kommen, bevor man vor den Schöpfer tritt.«

»Der war doch immer mit sich im Reinen!« Das Lachen der Frau klang künstlich und bitter. »Er hat sich doch nie etwas vorgeworfen!«

»Weißt du's?«, fragte Irmchen, schon wieder mit Suchen beschäftigt.

Von einer Sekunde auf die andere verdunkelte sich die Küche, draußen verdeckte eine graue Wolke die Mittagssonne. Über dieser Küche hingen noch andere Schatten. Unzähmbare Erinnerungen, nie Ausgesprochenes, schwarze Kindheitswolken, was wusste ich.

»Hier ist auch nichts.« Irmchen schob die unterste Küchenschublade zu. »Und nun?«

Ich wusste plötzlich, was zu tun war, und ärgerte mich, dass es mir nicht früher eingefallen war.

»Wir können Arîn fragen«, schlug ich vor und erklärte den beiden die Sache mit Mombauers Mittagstisch.

»Klar weiß ich, wo das ist«, sagte die, als ich sie anrief. Keine Minute später stand sie bei uns in der Küche. »Im Schlafzimmer, unter seinem Bett. Soll ich die Kiste holen?«

Als Sabine nickte, verschwand sie, um gleich darauf einen braunen Pappkarton auf den Tisch zu stellen. »Da ist alles drin, was ihm wichtig ist. Bis auf die Eisenbahn.«

Vorsichtig legte Sabine den Deckel zur Seite, ganz obenauf in einer Plastikhülle lag ein handbeschriebenes Blatt, auf dem dick »Mein letzter Wille« stand.

»Genauso haben sie uns das bei dem Informationsabend der Kirchengemeinde erklärt!« Irmchen nickte zufrieden, weil sie Mombauer nicht vergebens zu dem Treffen mitgeschleppt hatte, und ich wusste immer noch nicht, ob es gut oder schlecht für mich war.

Es gab also ein Testament. Ich beobachtete aufmerksam das Gesicht der Tochter, als sie das Blatt überflog. Erbte sie das Haus? Ihre Miene verriet nichts.

»Er vermacht Ihnen seine Eisenbahn«, raunte sie Arîn zu und steckte das Blatt in die Handtasche. »Interessieren Sie sich dafür?«

»Nicht die Bohne«, gab Arîn zurück. »Aber ich habe ihm gern zugesehen, wenn er damit gespielt hat. Da war er immer so fröhlich und so lebendig.«

»Na ja, dann können Sie sie versilbern.«

Arîn sah sie fragend an.

»Mein Vater hat viel Geld in dieses Hobby gesteckt.« Sabine stockte, bevor sie das Wort »Hobby« aussprach, damit keiner von uns ihre abgrundtiefe Verachtung für die Freizeitbeschäftigung ihres Vaters entging. »Und es gibt viele andere Männer, die diesem merkwürdigen Steckenpferd frönen. Schauen Sie im Internet nach. Sie bekommen für das Zeugs bestimmt einen guten Preis.«

»Was ist das denn für eine? Wie ist die denn drauf?«, las ich hinter Arîns gerunzelter Stirn. Ich schüttelte kaum merklich den Kopf, darauf konnte ich ihr im Augenblick keine Antwort geben.

»Wie weit bist du mit dem Spargel und dem Rhabarber?«, fragte ich stattdessen.

»Erledigt.«

»Okay. Als Nächstes die Zuckerschoten fädeln. Ich komme auch gleich runter, dann können wir durchstarten.«

Arîn nickte und wollte schon gehen, als Sabine sie am Arm packte und zu der Kiste zog.

»Was ist das?«, fragte sie und deutete auf zwei rote Ringbücher in der Kiste.

»Das sind Alben. In den letzten Monaten hat er alle Fotos sortiert und eingeklebt. Von Ihnen gibt es ganz viele.« Vorsichtig hob Arîn eines der Bücher aus der Kiste und legte es vor Sabine Mombauer auf den Tisch.

Diese befühlte mit ihren dürren Fingern den kartonierten Einband und zögerte mit dem Öffnen. Ihr Blick wanderte aus der Küche hinaus zum wieder blauen Himmel, als könnte ihr dieser sagen, ob zwischen den Buchdeckeln vor ihr auf dem Tisch süße Kindheitserinnerungen oder die Büchse der Pandora warteten. Ob es vielleicht besser war, gar nicht hineinzuschauen. Aber dann öffnete sie mit einer energischen Bewegung das Album, und auf ihrem Gesicht machte sich Erleichterung breit.

»Die sind bei Tante Hanna entstanden.« Sie strich über ein paar Fotos, die irgendeinen Mittelmeerstrand zeigten, und forderte uns zum Mitgucken auf. Auf fast allen waren Sabine im Teenageralter und ein kleiner Junge zu sehen. Mal tobten die zwei im Wasser, mal aalten sie sich im Sand, mal bissen sie in ein Stück Wassermelone. Auf ganz vielen streichelten sie irgendwelche Tiere, einen Hund, eine Katze, einen Esel.

Mombauers Tochter lächelte, die Zeit musste schön für sie gewesen sein. Das Bild, das den kleinen Jungen mit einer Schlange um den Hals zeigte, kommentierte sie allerdings mit einem angewiderten »Igitt« und blätterte schnell weiter.

»Bis heute kapiere ich nicht, warum ausgerechnet Reptilien Tommis Lieblingstiere sind«, erklärte sie. »Immer und immer wieder ist er mit welchen angekommen. Weiß der Henker, wo er die aufgetrieben hat. Geckos und Salamander konnte ich grade noch ertragen, aber wenn er mal wieder eine Schlange entdeckt hat, habe ich jedes Mal schreiend Reißaus genommen.«

Damit hatten Sabine Mombauer und ich etwas Gemeinsames. Bei Schlangen stellten sich auch mir sofort alle Nackenhaare zu Berge. Aber meine Nackenhaare stellten sich auch auf, weil ich immer noch nicht wusste, wie ich mein Problem mit dem ausgelaufenen Pachtvertrag angehen sollte.

»Hier, das war in Hannas Haus. Da sind wir mal Weihnachten bei ihr gewesen, das letzte Jahr vor Mutters Tod.«

Sie präsentierte uns eine fröhliche Tischgesellschaft. Ein bunter Plastiktannenbaum im Hintergrund, ein prall gefüllter Teller vor jedem Gast. Ein jüngerer Mombauer, eingerahmt von zwei Frauen, schob sich lachend einen Tintenfischarm in den Mund. Mir fiel auf, dass ich den alten Mann nie hatte lachen sehen. Arîn knuffte mich in die Seite und zeigte auf die Uhr.

»Wir müssen«, sagte ich und reichte Sabine Mombauer die Hand zum Abschied. Die nahm sie automatisch, kaum bereit, von dem Album aufzusehen.

»Danke, dass Sie gekommen sind«, murmelte sie und deutete auf ein Bild mit einem Leuchtturm. »Das war ein Ausflug zum Far de la Mola, da habe ich mit Tommi ein Katzenjunges entdeckt …«

»Erben Sie das Haus?«, stakste ich. »Dann sollten wir in den nächsten Tagen mal über meinen Pachtvertrag reden …«

Aber Mombauers Tochter hörte überhaupt nicht zu. »Und das ist in Far des Cap de Barbaria, da habe ich immer mal leben wollen«, flüsterte sie beim nächsten Bild.

Ich zuckte resigniert mit den Schultern. Sabine Mombauer turnte ihrer Vergangenheit nach. Das schien ihr zu gefallen, denn ihre Stimme hatte jetzt einen viel weicheren Klang.

Es war der falsche Zeitpunkt, um mit ihr über die Zukunft sprechen zu wollen. Aber wann dann? Hätte ich doch bei meinem letzten Gespräch mit Mombauer auf eine Einigung gedrängt! Aber rückblickend war man immer schlauer, und zumindest in den nächsten Stunden würde ich keine Zeit haben, weiterzugrübeln. In der Küche wartete viel Arbeit auf uns.

Beim Hinunterlaufen ein Blick auf die Uhr. Heute fehlte uns eine halbe Stunde von der Vorbereitungszeit. Blitzstart also. Arîn überbot auf dem Gemüseposten beim Fädeln der Zuckerschoten ihre persönliche Bestzeit. Ich gönnte mir noch einen Augenblick der Konzentration. Optimales Timing, effizientes Arbeiten, darum ging es. Was, wann, wie am besten? Also startete ich mit den Nachtischen. *Mise en place*, alle Zutaten holen und bereitstellen. Zuerst die Vanillemilch aufkochen, mit der zweiten Hand Gelatine einweichen, zwischendurch Erdbeeren putzen, pürieren, stehen lassen. Finger in die Milch, richtige Temperatur, schnell mit der Bavaroise weiter. Eier schaumig schlagen, Zucker zufügen, Milch in feinem Strahl dazu. Fliegender Wechsel. Champagner, Zitrone, Zucker zu den Erdbeeren, ab in die Eismaschine. Zurück zur Gelatine. Ausdrücken, erhitzen, unterrühren, ab in den Kühlschrank. Wecker stellen. Aufräumen und sauber machen.

»Ich habe Minka übrigens nicht erreicht.« Arîn drängte sich mit einem dampfenden Topf neben mich ans Waschbecken und tauchte die blanchierten Zuckerschoten ins Eiswasser. »Mailbox.«

»Noch vier Essen mehr«, rief Eva durch die Tür. »Hoffentlich sagen noch welche ab, sonst sind wir überbucht. Was habt ihr heute als Amuse-Bouche?«

»Kichererbsen-Tartelette mit Avocadocreme, Portulak, roh gehobeltem Spargel und Hirschschinken.«

Ich fischte mein Handy aus der Hosentasche und drückte auf Eckis Nummer. Ich brauchte ihn jetzt dringend hier, aber er war nicht erreichbar.

Verdammt! Mehr Zeit, mich aufzuregen, blieb nicht, hier musste es vorangehen. Gerade mal zwei Nachtische und die Gemüse waren vorbereitet.

»Arîn, fang bei den Vorspeisen mit dem rohen Spargel an! Dem tut es gut, eine Zeit in der Marinade zu liegen.«

»Als ob ich das nicht wüsste!«

Ich kümmerte mich um das Amuse-Bouche und die Schokoladenmousse. Zwischen Speise- und Kühlkammern hin und her laufen, alle Zutaten besorgen. Schokolade, Eier, Zucker, Olivenöl, Avocado, Zitrone, Crème fraîche.

»Wo ist die Pfeffermühle?«

Arîn reichte sie mir. »Komisch, dass der mir die ganze Eisenbahn schenkt …«

»Ein großes Geschenk. Wahrscheinlich ist die wirklich wertvoll.« Eier trennen, Eischnee schlagen, Schokolade schmelzen.

»Ich meine, er kann doch nicht verlangen, dass ich mir die Eisenbahn in mein Acht-Quadratmeter-Zimmer stelle. Ich habe nie so getan, als ob ich die Anlage gut finde. Olivenöl!«

Ich schob ihr die Flasche hin. »Brauch ich sofort wieder!« Eigelb schlagen, Zucker und geschmolzene Schokolade dazu, dann das Olivenöl, sehr fein, wohl dosiert. »Er hat dich gern gehabt, deshalb hat er dir die Eisenbahn geschenkt.« Eischnee unterheben, in kleine Glasschalen füllen, ab in die Kühlung. »Wo ist der hohe Rührbecher?«

Arîn fischte ihn aus der heißen Spülmaschine und warf ihn mir zu.

»Aber die Tochter ist doch komisch, oder? Sie hasst ihn noch, obwohl er jetzt tot ist.«

»Hassen? Meinst du wirklich? Bei den Fotos hat sie in schönen Erinnerungen geschwelgt.« Über dem Rührbecher höhlte ich die Avocados aus, schnell Zitronensaft drüber, damit das Avocadogrün nicht grau wurde. »Hat er mal mit dir über seine Frau gesprochen?«

»Nur, dass sie gestorben ist, als Sabine siebzehn war.«

»Da kann sie noch nicht alt gewesen sein. War sie krank?« Ich pürierte Avocado mit Crème fraîche, würzte mit wenig Knoblauch, Salz und Pfeffer und füllte die Masse in eine Spritztülle.

»Keine Ahnung. Wie viel Geld, schätzt du, bringt die Eisenbahn?« Arîn schlängelte sich mit einem Topf hart gekochter Eier an mir vorbei zur Spüle.

»Nicht mein Metier. Wenn er dir Kochmesser geschenkt hätte, könnte ich dir sofort sagen, was die wert sind.« Ich sauste in die Vorratskammer, holte die Tarteletten, warf die Schneidemaschine für den Hirschschinken an. Hauchdünne Scheibchen nur, sonst war der Geschmack zu dominant. »Ist der rohe Spargel fertig?«

»So gut wie. Ich muss nur doch die Walnüsse rösten, dann mache ich mich an das Soufflé. Oh, sorry!« Ihr Handy klingelte. »Ich mach ganz schnell«, versprach sie.

Für Privatgespräche war jetzt wirklich keine Zeit.

»Es geht los! Fünfmal Amuse-Bouche«, rief Eva durch die Tür. »Ist Ecki immer noch nicht da?«

»Freilich bin ich da!« Gut gelaunt wehte Ecki in die Küche, verschwand sofort in dem schmalen Raum, in dem unsere Spinde standen, und kam schnell in Kochklamotten zurück. »Erst Küche, später fliegender Wechsel zum Service. Oder was meinst, Kathi?«, fragte er beim Händewaschen. Zum Schluss band er sich sein Piratentuch um den Kopf.

»Mach mit Arîn den Gardemanger-Posten, dann sehen wir weiter.« Ich griff mir den Spritzbeutel, füllte Avocadocreme in die Tarteletten. Keine Zeit, den Ärger auf Ecki noch mal hochkochen zu lassen.

»Kannst gleich die nächsten sechs machen«, meldete Eva beim Abholen.

»Bist schlecht gelaunt?«, flüsterte mir Ecki beim Begrüßungskuss ins Ohr.

»Du bist spät dran!«

»Geh her, ich bin genau richtig!« Er klemmte den Torchon an der Schürze fest. »Arîn, womit soll ich anfangen? Arîn?«

Ich sah, dass sie sich zu den Kühlkammern verzogen hatte und immer noch telefonierte.

»Mach Schluss, Arîn«, befahl ich.

Sie nickte und kam zurück. »Das war Minka. Sie ist krank.«

»Verdammt«, fluchte ich.

»Was Ernstes?«, fragte Ecki.

»Die Kotzerei«, antwortete Arîn. »Ihr ist was furchtbar übel aufgestoßen.«

»Noch mal vier Amuse-Bouches!« Eva packte sich die vorbereiteten Tellerchen auf den Arm. »Als Vorspeise zweimal Zuckerschoten, viermal Carpaccio, einmal Suppe. Als Hauptgang viermal Thunfisch, dreimal Schwarzwälder Schinken, einmal ohne Hollandaise, nur mit zerlassener Butter.«

»Minka ist krank«, informierte ich sie, bevor ich für alle laut ihre Bestellung wiederholte.

»Auch noch den Spül! Als ob wir heut nicht genug zu tun hätten«, stöhnte Eva. »Immer kommt es knüppeldick. Also dann: Packen wir's an!«

»Yes, we can«, krähte Arîn.

»Verrücktes Huhn!«, lachte Ecki. »Geh her und sag, was ich machen soll.«

Der Wecker klingelte. Meine Bavaroise! Schnell noch die nächsten Amuse-Bouches und dann ab zum Kühlschrank. Fingerprobe bei der Bayerischen Creme, höchste Zeit, die Sahne unterzuheben. Gesagt, getan. Jetzt noch den Teig für die Marzipansoufflés.

»Arîn, was ist mit dem Rhabarber-Berberitzen-Kompott?« Testen. »Noch was Zucker?« Dann Wechsel auf den Fleisch- und Fischposten.

Ab an den Herd! Zischende Gasflammen, Pfannen, schnell hin und her geschoben, der Teig für die Kratzede in Windeseile gerührt, den Thunfisch *à point*, die Spargel im Wasser, die Prise Zucker, den Stich Butter nicht vergessen.

Eva: »Zweimal Lamm, einmal Carpaccio ohne Walnüsse.«

Ich: »Verstanden, Arîn?«

Die letzten Amuse-Bouches, fünf für die Eschbachs.

Eva: »Beste Grüße von Herrn Eschbach, kommst du noch an seinen Tisch?«

Ich: »Wenn ich hier wegkomme« und: »Hast du das, Ecki?«

Slalom zwischen Herd und Pass, Karambolagen am Kühlschrank.

Arîn und Ecki: »Pass doch auf!«

Wieder Fisch, die Pfanne zu heiß, schnell neue Butter.

Eva: »Wo sind die Kratzede?«

Ein Sprint zum Pass, die Pfanne glühend, egal. Kaltes Wasser auf den Brandfleck, keine Zeit für Schmerz, pures Adrenalin, weiter ging's.

Fisch, Fisch, Lamm, Lamm. Ran an die Schneidemaschine, der Schwarzwälder Schinken hauchdünn.

Arîn: »Dein Blätterteig!«

Dampf aus dem Ofen, gerade noch gerettet.

Ecki: »Die Vorspeisen sind durch, ich geh in den Service.«

Arîn und ich unisono: »Erst das Geschirr!«

Lärm, Hitze, Dampf, Kälte, Tempo, Schweiß, alles egal, überall Highspeed.

Eva: »Dreimal Sorbet, zweimal Bavaroise.«

Licht am Ende des langen Tunnels. Nein, nein, noch zweimal den Schwarzwälder, einmal den Fisch.

»Arîn, mach du Nachtisch!«

Chaos am Pass, aufgetürmtes Geschirr, kein Platz zum Anrichten. Lautes Fluchen bei Küche und Service. Ecki in Hochform, bringt die Spülmaschine auf Touren, ein Held der Arbeit.

Eva: »Hauptgänge durch, fünfmal Rhabarber, zweimal den Käse.«

Jetzt endlich: das Ende in Sicht.

Eine Stunde später waren wir durch. Die letzten Nachtische draußen, die Gäste beim Kaffee, die Küche ein Schlachtfeld. Arîn und ich lehnten erschöpft am Pass und teilten uns eine Flasche Wasser. Als diese leer war, schleppte Arîn sich zur Anrichte und ich mich zum Herd. Mit langen, langsamen Bewegungen wischten wir über die Arbeitsflächen, bespannten die Resteschüsseln mit Folie, trugen sie, ohne zu hetzen, in die Kühlung. Abwechselnd schlurften wir zum Geschirrspüler, zogen das saubere Geschirr heraus, ließen es abtropfen, füllten den zweiten Korb, schoben ihn in die Maschine, drückten den Startknopf. Das wiederholten wir so lange, bis kein schmutziges Geschirr mehr da war. Dann stellten wir die Maschine aus, und die Küche verwandelte sich in einen Ort der Stille. Die akkurat gestapelten Teller, die gewienerten Arbeitsflächen, die blinkenden Schaumschläger, die geschrubbten Gasflammen. Alles strahlte in ruhiger Ordnung und tat so, als hätte es die Hektik des Abends nicht gegeben.

Arîn und ich lehnten wieder am Pass, teilten uns eine zweite Flasche Wasser und betrachteten die Küche mit schläfrigem Wohlgefallen.

»Kannst du deine Cousine Gülbahar fragen, ob sie für Minka einspringen kann, falls die noch krank ist?«, fragte ich gähnend, weil ich schon an den nächsten Tag dachte.

»Klar!« Arîn gab mir das Wasser zurück. »Aber ich denk nicht, dass das nötig ist. Minka ist morgen bestimmt wieder fit.«

»War hart heute, aber du warst verdammt gut«, lobte ich Arîn und blätterte die Post durch, die Eva mir hingelegt hatte. »Mal sehen, wie lange es noch dauert, bis du flügge bist und irgendwo anders kochen willst als in der ›Weißen Lilie‹.«

»So schnell wirst du mich nicht los.«

»Guck mal, wer uns schreibt«, sagte ich und reichte ihr die Postkarte von Holger weiter. »Er verlässt das ›Louis Carton‹, bleibt aber in Paris, hat eine Stelle als Gardemanger im ›La Coupole‹. Mannomann, da traut er sich jetzt aber was zu! Die Brigade im ›La Coupole‹, das sind bestimmt zwanzig Köche.«

»Er schreibt auch, dass er uns und die ›Weiße Lilie‹ vermisst und uns in seinem nächsten Urlaub besuchen wird.« Arîn reichte mir die Karte zurück. »Ist bestimmt verdammt hart, da zu arbeiten. Und so weit weg von zu Hause.«

»Klar ist es hart. Aber wenn du in unserem Job etwas werden willst, musst du in ein paar renommierten Häusern geschuftet haben. Hat nicht nur Nachteile. Man lernt viel, trifft die unterschiedlichsten Kollegen und kommt herum in der Welt. Du willst doch auch nach New York, London und Sydney, oder?«

Arîn zuckte leicht mit den Schultern. Ein heikles Thema, ich hätte es so spät nicht mehr anschneiden sollen. In ihrer Phantasie hatte Arîn schon überall gekocht, und der Traum von ihrem kurdischen Restaurant war wahr. Aber in der Realität traute sie sich den Sprung weg von zu Hause noch nicht zu. Da war sie in einem lähmenden Zwiespalt gefangen.

Manchmal hatte ich den Eindruck, dass ich ihr mehr zutraute als sie sich selbst. Aber auch Holger hatte sehr lange gebraucht, bevor er sich aus unserer kleinen, familiären Brigade hinaus in die große Welt gewagt hatte.

»Du hast Los Angeles vergessen«, ergänzte Arîn trotzig. »Da will ich unbedingt mal hin.«

»Na also. Aber jetzt machen wir erst mal Feierabend.«

Ecki fuhr den Wagen nach Hause. Kurz vor der Mülheimer Brücke setzte ein sanfter Sommerregen ein. Ich lehnte den müden Kopf an die leicht geöffnete Fensterscheibe und schloss die Augen. Das Auto holperte über einen Poller und rüttelte mich kurz durch. In meinem Kopf rauschte der Tag vorbei. Am Auenweg kitzelten erneut die Blüten des Holunders in der Nase, der durch den Regen noch eine Spur intensiver roch. Dieser Duft und Eckis Heu mischten sich mit den Fotos aus Mombauers Album, und ich dachte an Urlaub und daran, wie lange ich schon keinen mehr gehabt hatte. Zwei oder drei Jahre? Die Reisen ins Badische mochte ich nicht zählen, Familienbesuche waren für mich kein Vergnügen und kein bisschen erholsam.

Vielleicht konnten Ecki und ich Anfang September, bevor das Wintergeschäft begann, die »Weiße Lilie« eine Woche schließen und eine Fahrradtour durch die Wachau machen? Mal hören, was Ecki dazu sagte. Aber nicht jetzt. Heute wollte ich über gar nichts mehr reden. Eigentlich wollte ich nur noch schlafen, als wir in der Kasemattenstraße die Treppen hochstolperten. Aber Ecki hatte andere Pläne.

Er komplimentierte mich in mein Zimmer, wo das Bett frisch bezogen war und auf dem Fensterbrett ein Strauß weißer Lilien stand, und verschwand in der Küche. Ich konnte mich nicht erinnern, dass Ecki jemals mein Bett bezogen hatte. Und wann hatte er mir zum letzten Mal Blumen geschenkt?

Die Flasche in der einen, zwei Gläser in der anderen Hand, kam Ecki aus der Küche zurück.

»Die Nacht ist jung und der Champagner kühl. Ein Glasl, Kathi, und du fühlst dich wie im Himmel.«

»Planst du die nächste große Reise, oder warum willst du Schönwetter machen?«, fragte ich alarmiert.

»Geh, Kathi, was bist immer so misstrauisch?«

Ecki ließ den Korken knallen, deutete eine Verbeugung an und kam mit den Gläsern auf mich zu. Mhmm, dieser Sommerduft, dieses schiefe Lächeln, diese feurigen Augen, dieser prickelnde Champagner. *»Only trust your heart«*, sang Diana Krall, Ecki kannte meine Lieblingsmusik. Er beherrschte die Kunst der Verführung.

»Mir ist nach Nachtisch«, gurrte er und nahm mir das Glas aus der Hand. »Pflaume und Pfirsiche.« Schon drängte er mich mit Küssen zum Bett, öffnete fiebrig die Blusenknöpfe, fuhr mit den Händen unter den BH, befreite meine Brüste, leckte mit spitzer Zunge meine Warzen und schob gleichzeitig meine Hose nach unten. Meine Müdigkeit löste sich in Wohlgefallen auf, und ich beteiligte mich elektrisiert an diesem immer wieder neuen Ausziehspiel. Kissen und Plumeaus flogen zur Seite, das nackte Laken, mehr brauchten wir nicht. Eckis Zunge mischte den Schweiß meiner Haut mit winzigen Schlucken Champagner, im Bauchnabel, auf den Brustwarzen, überall. Ich krallte meine Hände in seine Pobacken und drängte ihn zum Zustoßen. Es folgten Variationen. Mal welche, die er, mal welche, die ich mochte, mit denen wir unsere Lust weiter ankurbelten, bis sie sich in meinem Fall durch einen gellenden Schrei und bei Ecki mit einem gewaltigen Stöhnen entlud.

Wohlig erschöpft, die Füße in die Luft gereckt, lagen wir beide danach bäuchlings auf dem Bett und tranken den restlichen Champagner. Glück und Fröhlichkeit lagen in der Luft.

»Champagner und Sex. Gleich können wir zwei wunderbar schlafen«, schnurrte Ecki und leerte sein Glas.

Leider hatten Sex und Champagner nur bei ihm diese einschläfernde Wirkung, in meinem Kopf klopfte das Pachtproblem wieder an. War Sabine Mombauer eine Frau, mit der ich handelseinig wurde? Sie wirkte so verbittert und verbiestert. Typen wie sie hatten es schwer und machten alles schwer. Mein Eindruck war, dass sie mit allem, was ihren Vater betraf, nichts zu tun haben wollte.

Wenn sie also das Haus geerbt hatte, wovon ich ausging, so wollte sie damit keine Arbeit haben. Was, wenn ich ihr Arbeit abnehmen würde? Zum Beispiel indem ich die Wohnung des alten Mombauer mietete und die Entrümpelung gleich mit übernehmen würde?

»Ecki?« Ich drehte mich zu ihm um und rüttelte ihn leicht an den Schultern. »Was hältst du davon, wenn wir zusammenziehen?«

»Geh, Kathi. Gib eine Ruh, ich möchte schlafen«, nuschelte er.

»Es sind drei Zimmer und eine große Wohnküche. Wir müssten nicht so aufeinanderglucken wie hier, wir hätten Platz, jeder hätte sein eigenes Zimmer …«

»Ich brauch kein eigenes Zimmer, ich brauch meinen Schlaf …«

»Aber grundsätzlich fändest du es auch schön, wenn wir zwei zusammenziehen?«

Ecki brummte etwas, das ich der Einfachheit halber als »Ja« interpretierte, und drehte sich auf die andere Seite.

Die Vorstellung, mit Ecki Mombauers Wohnung zu beziehen, gefiel mir immer besser. Morgen, wenn er wach und fit war, würde ich mit ihm ausführlich darüber reden. Aber die Tochter bereitete mir Bauchschmerzen. Vielleicht sollte ich zunächst mit einem Anwalt sprechen? Oder konnte man meine Verhandlung mit Mombauer als mündlichen Vertrag hindrehen? Einer von Eschbachs Freunden war Anwalt.

Siedend heiß fiel mir ein, dass ich die Eschbachs heute Abend komplett vergessen hatte. Die fühlten sich immer besonders gebauchpinselt, wenn ich nach dem Essen noch ein paar Worte mit ihnen wechselte. Der Tag war einfach zu anstrengend gewesen, und dann auch noch Minka krank. Noch einmal stupste ich Ecki an.

»Was, denkst du, ist Minka so übel aufgestoßen?«

Mit Mühe drehte er sich zu mir und öffnete noch einmal die Augen.

»Was Minka so übel aufgestoßen ist, frag ich mich.«

»Geh, Kathi, gib endlich eine Ruh! Wer will schon wirklich wissen, was anderen auf den Magen schlägt?«, grummelte er und drehte sich wieder auf die andere Seite.

Stimmt. Ich wollte es eigentlich nicht wirklich wissen. Ich wollte doch nur das Denken abstellen, die Sorgen vertreiben, endlich Schlaf finden. Ich lauschte dem sanften Sommerregen und spürte den warmen Atem von Ecki neben mir.

»Na, komm schon, Schlaf! Nimm mich mit auf die andere Seite …«

DREI

Der Schlaf kam und brachte dunkle Träume mit, ich wachte mit einem Gefühl der Beklemmung auf. Ecki hatte sich an eine Außenkante des Bettes gerollt, so als hätte ich ihn heute Nacht verstoßen. Ich stolperte ins Bad. Das kalte Wasser kurbelte den Kreislauf an, vertrieb aber die Beklemmung nicht. Ich schlüpfte in meine Sportsachen. Adela wartete mit einem Kaffee und den Walking-Stöcken. Mittwochs drehten wir immer eine Runde durch den Rheinpark. Kaum aus der Tür, gab ich ein scharfes Tempo vor, Adela hechelte hinter mir her.

»Findest du nicht, dass der Schriftzug den ganzen Turm verschandelt?« Adela schnaufte und deutete mit einem ihrer Walking-Stöcke hinauf zu dem bunten RTL-Logo am alten Messeturm. »Demnächst wird er bestimmt RTL-Turm heißen, so wie die Köln-Arena jetzt Lanxess-Arena und das Müngersdorfer Stadion jetzt Rhein-Energie-Stadion heißt. Wer weiß, wie lange die Mülheimer Brücke noch Mülheimer Brücke bleibt und du sie umsonst befahren darfst? Ich trau den Kölnern durchaus zu, dass sie die an irgendeine Bank verscherbeln, die dann Wegezoll fürs Benutzen nimmt. Irgendwas läuft falsch in dieser Stadt, verdammt falsch.«

»Und du läufst überhaupt nicht, du stehst nur noch.«

Ich schubste sie mit einem meiner Stöcke an, rammte diese dann in den Kies und marschierte weiter. Ich war noch halb in meinem Traum gefangen und hing diffusen Bildern nach: rennende Füße im dunklen Wald, ein Tross Flüchtlinge beladen mit Gepäck, Minka und ich vor einem schweren Ochsenkarren. In dem Traum ging es um Vertreibung, auch Ecki hatte eine Rolle gespielt. Auf einer trostlosen Industriebrache hatten wir auf verschiedenen Seiten eines Zauns gestanden. So wie die Königskinder, die nicht zusammenkommen konnten.

»Und die Katholen klagen auch schon, dass sie bald arm wie Kirchenmäuse sind. Stell dir vor, sie verscheuern den Dom an eine von diesen durchgeknallten amerikanischen Kirchen? Dann musst du vielleicht keinen Eintritt bezahlen, dafür nachweisen, dass du nie abgetrieben hast, bevor du dir das Richter-Fenster von innen anschauen darfst.« Adela warf einen besorgten Blick auf die andere Rheinseite, wie um sich zu versichern, dass das Kölner Wahrzeichen tatsächlich noch an Ort und Stelle stand. »Oder an einen neureichen Russen. Der würde bestimmt Eintritt verlangen.«

»Ich mache mir keine Sorgen um den Dom, ich mache mir Sorgen um die ›Weiße Lilie‹«, sagte ich. »Was, wenn die Mombauer die Pacht nicht verlängert oder das Haus verkauft?«

Adela drohte wieder stillzustehen. Um das zu verhindern, beschleunigte ich das Tempo. Ich musste in Bewegung bleiben, diese Beklemmung aus den Gliedern kriegen.

»Vielleicht ein guter Grund, dass du endlich mit der ›Schiffsschaukel‹ zu Potte kommst.« Adela schnaufte schwer und schrie gegen den Autolärm an, der von der Zoobrücke zu uns herunterdröhnte.

Ich legte ein gutes Tempo vor. Tapfer versuchte Adela mit ihren kurzen Beinen mit mir Schritt zu halten.

»Die ›Schiffsschaukel‹ ist ein Saisongeschäft, das reicht nicht zum Leben und zum Sterben.«

»Du weißt, was ich meine.« Adela rammte ihre Stöcke in die Erde und blieb wieder stehen. »Es ist nicht gut für eure Beziehung, wenn ihr so weiterarbeitet.«

Ich überlegte, ob ich Adela von der Wohnung erzählen sollte. Würde sie traurig sein, wenn ich auszog? Oder würde es sie erleichtern, weil sie dann die Wohnung mit Kuno allein hätte? Ich wusste es nicht. Besser, ich hielt noch den Mund. Die ganze Angelegenheit war vage genug. Wieder ging ich schneller. Ich wollte, dass sich dieser Kloß in mir löste, ich wollte mich nicht von der Angst, die »Weiße Lilie« zu verlieren, verrückt machen lassen. Vertreibung! Als ob die »Weiße Lilie« das Paradies wäre. Aber schneller laufen half nicht.

»Wenn wirklich alles schiefgeht und du die ›Weiße Lilie‹ räumen musst, kannst du Eilert fragen.« Adela blieb wieder stehen und zwang mich dadurch zum Anhalten. Der Weg hatte sich verändert, er war jetzt ungepflegt und sumpfig, durchzogen von den Wurzeln der Pappeln und Trauerweiden. Zoobrücke und Jugendpark lagen lange hinter uns. Ich sah auf die Uhr. So schnell hatten wir es selten bis hierher geschafft.

»Stell dir vor, Kuno hat herausgefunden, dass Eilert im Immobiliengeschäft ist«, setzte Adela nach.

»Der Giftzwerg ein Immobilienhai? Das passt.«

»›Hai‹ ist der falsche Begriff, eher die kölsche Variante: Mer kenne uns, mer helfe uns, mer donn uns nit wieh. Eilert hat beste Kontakte zu den Häuptlingen der Kölner Kommunalpolitik und ist durch den Rheinauhafen reich geworden. Hat sich da frühzeitig eingekauft. Als es dann nach jahrelangen Verzögerungen endlich mit der Bebauung losgegangen ist, hat er gute Geschäfte gemacht. Die Büroetage im Kranhaus, in der Bause mit seiner Firma sitzt, gehört Eilert, und nicht nur die. Neuerdings soll er auch in Gastronomie machen, aber Genaueres dazu hat Kuno noch nicht herausgefunden.«

»So einen Klüngelfritzen brauch ich nicht. Kann mir genau vorstellen, was so einer an Courtage nimmt! Die ›Weiße Lilie‹ hast du damals ganz alleine gefunden.«

»Das stimmt schon, Schätzelchen, aber damals waren andere Zeiten, und zudem hatte ich auch noch mehr Zeit. Seit Kuno und ich politisch aktiv sind, haben wir viel zu tun. Wenn wir nicht gegen stadtplanerische und sonstige Katastrophen zu Felde ziehen, wer dann? Leute wie du haben für so was keine Zeit. Wenn ich bedenke, was man allein mit dem Geld machen könnte, das nur für unsinnige Papierpläne verheizt wird, die dem Parteienklüngel geschuldet sind. Spielplätze, Kindergärten, ganz zu schweigen von den Gemeinschaftshäusern, von denen es grade in den ärmeren Stadtteilen viel mehr geben müsste. Aber da drängt es keinen hin, denn das sind alles keine Prestigeobjekte, mit denen man angeben kann. Hab ich dir eigentlich erzählt, dass Kuno und ich an einem Camp für gewaltfreien Widerstand teilnehmen? Man muss vorbereitet sein …«

Ich hörte nicht mehr richtig zu. Stadtpolitik, das neue Steckenpferd von Adela und Kuno! Diese ewigen Diskussionen, was man in der Stadt alles besser machen könnte, gingen mir auf die Nerven. Als Pensionäre hatten sie dafür Zeit, genauso wie für diesen komischen Eilert oder für Spekulationen über den Tod des alten Mombauer. Ich hatte keine Zeit für so was. Ich musste ein Restaurant führen, Geld für Ecki und mich und für drei Angestellte erwirtschaften, zusehen, dass die »Weiße Lilie« weiterhin gut lief.

Da war er wieder, der Klumpen Angst. Er übersäuerte meinen Magen, schnürte mir die Luft ab. Den Rückweg lief ich noch schneller als den Hinweg, ließ Adela weit hinter mir. Auf dem Rhein glitzerte die Sonne, im Rheinpark blühten die Blumen, Kinder jubilierten,

Spatzen pfiffen. Eine Sei-ohne-Sorge-Szenerie, eine Das-Leben-ist-schön-Welt. Aber sie kriegte mich nicht zu fassen, sie war weit weg von mir, die Angst hielt mich fest im Griff. So fest, dass ich nichts mehr sehen und hören wollte, nur lief, lief und lief, bis Adela ihren Walking-Stock in meinen Rücken bohrte.

»Hörst du nicht, dass dein Handy klingelt?« Adelas Gesicht war puterrot, so schnell zu laufen war nichts für sie. »Kannst du mir mal sagen, warum du heute so rasen musst? Eine alte Frau ist doch schließlich kein D-Zug.«

Adela schickte mir einen Blick, der gleichzeitig Ärger und Besorgnis ausdrückte. Sie war es gewohnt, dass ich beim Laufen Rücksicht auf sie nahm, und sie verstand nicht, was mit mir los war. Aber die Angst war flüchtig wie Gas, wendig wie eine Schlange, hart wie Stein. Sie ließ sich weder in Worte fassen noch mit Worten vertreiben.

»Gehst du nicht ran?«

Auf dem Display sah ich, dass Arîn anrief. Sie wollte wissen, ob ich etwas von Minka gehört hatte. Minka, dachte ich, ist wirklich mein kleinstes Problem.

»Hast du mit Gülbahar gesprochen?«, fragte ich.

»Ja, aber die kann heute nicht auf dem Spülposten aushelfen, erst morgen.«

»Minka taucht bestimmt noch auf. Ist ja noch Zeit, bis sie mit der Arbeit anfangen muss.« Und wenn nicht, dachte ich, müssen wir wie gestern den Spül übernehmen. Ist nicht schön, geht aber.

»Was ist mit Minka?«, wollte Adela wissen, und ich erklärte es ihr. »Merkwürdig, dass sie nicht erreichbar ist –«

»Adela!« Es ging mir auf die Nerven, dass sie hinter jeder Unregelmäßigkeit ein Geheimnis vermutete.

»Hast du dich nicht auch gewundert, sie auf dem Bause-Fest zu sehen? Zauberhaft, dieses Kleidchen und die Frisur! Die Kleine hat die Männer angezogen wie Motten das Licht. Hast du gewusst, dass sie Bauses Putzfrau ist?«

Hatte ich nicht. Aber von dem Vierhundert-Euro-Job bei mir konnte sie schließlich nicht leben.

»Betty hat sie eingeladen, weil Betty alle eingeladen hat, die sie nett findet. Sie sagt, dass Minka eine echte Perle ist. Alles immer tipptopp sauber, dabei freundlich und zuverlässig.«

»Was will man mehr?«, murmelte ich und ging in Gedanken schon den Arbeitstag durch. Gleiche Karte wie gestern, wieder ausgebucht. Was sollte ich mit Sabine Mombauer machen? Zuerst mit Irmchen sprechen, wie Ecki mir empfohlen hatte? Ecki. Den brauchte ich heute wirklich schon für die Vorbereitung. Sein Handy war ausgeschaltet. Was hatte ich erwartet?

Während ich auf dem Weg zur Arbeit wieder mal im Stau stand, dachte ich weiter über meine Angst nach. Jetzt fand ich sie mit einem Mal übertrieben und fehl am Platz. Schließlich war noch lange nicht aller Tage Abend, die Chancen, dass ich einen neuen Pachtvertrag für die »Weiße Lilie« bekam, wahrscheinlich sogar höher, als die Keupstraße verlassen zu müssen.

Abwarten und Tee trinken also. Aber ich hasste Schwebezustände. Nicht zu wissen, woran ich war. Optionen waren mir ein Graus. Ich liebte gerade Wege und klare Vorgaben. Da konnte man mir noch so oft sagen, dass das Leben eine Achterbahn war, mein Leben sollte eine Straße mit Warn- und Vorfahrtsschildern und ordentlichen Verkehrsregeln sein.

Wütend drückte ich auf die Hupe, weil sich ein Laster vor mir in die Schlange drängelte. Hätte ich doch bloß den Zehn-Jahres-Vertrag unterschrieben! Irgendwie wäre ich da schon wieder herausgekommen, wenn ich gewollt hätte. Hätte. Hätte.

Die Keupstraße präsentierte sich bei meiner Ankunft erstaunlich leer: keine kleinen Fußballer, keine Rollatoren, keine Arîn. Stattdessen inspizierte ein dürrer Mann mit der geckigen Grazie eines Storches die heruntergelassenen Rollos der »Weißen Lilie«, rüttelte dann an der Eingangstür und studierte anschließend die Klingelschilder von Mombauer und Pütz an der Wohnungstür.

»Wen suchen Sie denn?«, fragte ich.

»Oh!« Er tänzelte herum.

Seinen Schal mit dem auffällig bunten Blumenmuster erkannte ich wieder. Auf dem Bause-Fest hatte er auch so einen Hawaiischal getragen, damals jedoch nicht wie jetzt auf einem weißen, sondern auf einem dunklen Leinenanzug.

Ich schätzte ihn auf Mitte fünfzig, er konnte aber auch sechzig sein. Das Alter war bisher pfleglich mit ihm umgegangen: kein Doppelkinn, kein Hängebauch, keine Glatze, stattdessen sah ich auf einen drahtigen grauen Einstein-Lockenkopf und in allerweltsblaue Augen.

»Arbeiten Sie hier in diesem Restaurant?«, fragte er mit einem Lächeln, das an Erfolg gewöhnt war.

Als ich nickte, kam er auf mich zu. Ich konnte ihn mir gut am Meer oder in einem Segelboot vorstellen. Auf dem Bause-Fest hatte ich ihn umringt von den Fünfzig-plus-Damen gesehen. Bestimmt hatten diese ein so gut erhaltenes Männerexemplar zu schätzen gewusst.

»Ich suche Minka Nowak. Sie arbeitet doch hier, oder? Wissen Sie, ich war mit ihr am Wiener Platz verabredet, und als sie nicht kam, dachte ich, dass sie vielleicht schon arbeiten ist.«

Er lächelte charmant. Ob er damit auch eine so junge Frau wie Minka begeistert hatte? Was er wohl von ihr wollte?

»Sie fängt immer erst gegen acht an. Kann ich ihr etwas ausrichten?«

»Sagen Sie ihr einfach, dass ich hier war und sie unbedingt sprechen muss.«

»Und wer will sie sprechen?«

»Oh, pardon. Hier ist meine Karte.«

Mit der Karte in der Hand sah ich ihm nach, wie er in Richtung Clevischer Ring eilte. Wobei »eilte« das falsche Wort war, er schwebte fast. Man konnte glatt glauben, dass seine Füße den Boden nicht berührten.

»Was war das denn für einer?«

Ich hatte Arîn nicht kommen hören. Mit gerunzelter Stirn blickte sie mit mir gemeinsam dem Mann nach.

»Keanu Chidamber«, las ich von der Karte ab. »Meister in Lomi-Lomi- und Hot-Stone-Massage. Er wollte Minka sprechen.«

»Ist er verheiratet?«

Ein Blick, und ich wusste, dass Arîn die Frage tatsächlich ernst meinte.

»Hab ich nicht drauf geachtet. Ist bei Männern in seinem Alter aber anzunehmen.«

»Das ist bestimmt der Dreckskerl, der ihr das Herz gebrochen hat!«

»Wem hat er das Herz gebrochen?«

»Minka. Gestern hat der Schlappschwanz mit ihr Schluss gemacht.

›Ich kann meine Frau doch nicht verlassen …‹ Das übliche Blablabla. Nachdem er ihr vorher das Blaue vom Himmel versprochen hat. Weggehen wollt er mit ihr, nach Spanien. Ganz große Liebe, hat Minka gesagt, aber dann hat er kalte Füße gekriegt. Deshalb ist sie doch gestern nicht zur Arbeit gekommen. Die konnte gar nicht mehr aufhören zu heulen, aus purer Verzweiflung hat sie gekotzt wie ein Reiher. – Was hat er von Minka gewollt?« Unwirsch deutete sie mit dem Kopf in Richtung Zebrastreifen, wo der Mann in Weiß auf Grün wartete.

»Er hat gesagt, dass er mit ihr verabredet war und sie nicht gekommen ist, er sie aber dringend sprechen muss.«

»Will auf Schönwetter machen, der Hosenscheißer. Aber Typen wie der bleiben Wackelkandidaten. Ich kann nur hoffen, dass Minka das kapiert und nicht wieder was mit ihm anfängt.« Arîn fischte ihr Handy aus der Tasche und wählte hektisch eine Nummer. »Sie geht einfach nicht ans Telefon. Seit gestern Abend geht sie nicht mehr ans Telefon. Ich habe ihr den AB vollgequatscht, tausend SMS geschickt, keine Reaktion. Das macht mich echt panisch.«

»Wahrscheinlich hat sie sich die Decke über den Kopf gezogen und will keinen sehen.« Zumindest ich hatte bei Liebeskummer so reagiert. »Los, komm, wir müssen anfangen zu arbeiten.«

Arîn rührte sich nicht vom Fleck. »Katharina, ich mache mir wirklich Sorgen. Was, wenn sie sich was angetan hat? Tabletten, Pulsadern oder so?«

»Ach, komm schon, für so was ist Minka nicht der Typ!« Wobei ich ehrlicherweise gar nicht wusste, für was Minka der Typ war.

Bis zu dem Bause-Fest hatte ich sie für eine unauffällige, scheue, junge Frau gehalten. Sie kam aus Polen, das wusste ich aus ihren Papieren, war vor ein paar Jahren als Au-pair-Mädchen nach Deutschland gekommen und hängen geblieben. Bei mir arbeitete sie erst seit ein paar Monaten, und mehr wusste ich nicht über sie.

»Ich habe einen Ersatzschlüssel für ihre Wohnung, aber ich traue mich nicht alleine hin –«

»Auf keinen Fall. Wir kommen wieder in Teufels Küche, wenn wir nicht pünktlich mit der Arbeit anfangen.«

»Ist gar nicht weit. Buchforst, mit dem Auto fünf Minuten. Und wenn ich weiß, dass ihr nichts passiert ist, kann ich viel besser arbeiten.«

In Arîns Blick lag diese Mischung aus Flehen und Hartnäckigkeit, und ich merkte, dass ich mich allmählich von ihren Sorgen anstecken ließ.

»Also gut«, gab ich nach einem Blick auf die Uhr nach.

Fünf Minuten später parkte ich den Wagen vor einem dieser langweiligen vierstöckigen Fünfziger-Jahre-Häuser, die es in Köln überall zuhauf gab. Klingeln, abwarten, erneut klingeln. Dann öffnete Arîn die Haustür. Zielsicher stieg sie in die dritte Etage, sie war nicht zum ersten Mal hier. Noch mal klingeln, rufen, abwarten, wieder klingeln. Immer noch zögerte sie.

»So sperr schon auf. Wir haben nicht den ganzen Tag Zeit«, drängte ich.

Vorsichtig öffnete sie die Wohnungstür.

»Minka«, rief Arîn wieder. »Minka, bist du da?«

Drei offene Türen luden zum Eintreten ein, aber ich konnte nicht sagen, dass ich mich wohl dabei fühlte, so unerlaubt in einer fremden Wohnung zu stehen. Doch nun waren wir schon mal drin und sollten die Sache auch zu Ende bringen.

»Das Badezimmer zuerst«, schlug ich vor, und Arîn nickte stumm. Sie ließ mir den Vortritt, blieb aber dicht hinter mir.

Nach einem kurzen Blick auf eine leere Wanne waren wir beide froh, dass wir die Bilder von einer in Blut badenden Leiche ad acta legen konnten. Im Schlafzimmer, dem nächsten möglichen Schreckensort, ließ uns ein ordentlich gemachtes Riesenbett ohne toten Körper und leere Tablettenröhrchen ebenfalls aufatmen. Natürlich starrten wir eine Weile die große Plakatwand hinter dem Bett an. »Die Geheimnisse der Yoni-Massage«, stand unter dem Foto einer überdimensionierten, von einer Frauenhand kaum bedeckten Vulva.

»Yoni-Massage?« Ich sah Arîn fragend an.

Sie deutete auf all die Ölfläschchen, Tinkturen, die neben dem Bett standen.

»Das ist ihr großer Traum, ein eigener Massagesalon. ›Wenn du Zauberhände hast‹, sagt Minka immer, ›kannst du damit reich werden. Leute geben viel Geld aus, damit sie sich in ihrem Körper wohlfühlen.‹ Aber noch hat sie gar nichts damit verdient, sondern nur für irgendwelche Fortbildungen geblecht.«

Arîn wusste ziemlich viel über Minka. Mir war bei der Arbeit gar nicht aufgefallen, dass die beiden Mädchen sich angefreundet hatten.

»Habt ihr zwei viel miteinander gemacht?«

»Minka ist echt supernett. Wir können toll miteinander reden. Beruf, Familie, Pläne und so. Dieses Massage-Zeugs ist echt ihr Ding, so wie meines das Kochen ist. ›Man muss an seine Träume glauben‹, sagt sie immer. Deshalb hab ich gestern auch zu ihr gesagt, dass sie den Typen auf den Mond schießen soll. ›Denk an deine Träume‹, hab ich gesagt. ›Für deinen Massagesalon brauchste nicht nach Spanien, den kannste auch in Deutschland oder in Polen aufmachen.‹ Oder?«

»Yoni-Massage«, murmelte ich. Machte der Mann mit dem unaussprechlichen Namen nicht Yoni-Massage? Nein, das war Lomi-Lomi, las ich auf der Karte nach und konnte mir weder unter dem einen noch unter dem anderen etwas vorstellen. Nicht mein Metier, dachte ich, und bei Metier fiel mir sofort ein, was an Arbeit in der »Weißen Lilie« auf uns wartete. »Minka hat sich nichts angetan, los, lass uns gehen.«

»Wir haben noch nicht überall nachgesehen. Was ist mit Küche und Wohnzimmer?«

»Okay. Ich das Wohnzimmer, du die Küche.«

Im Wohnzimmer waren nur die Farben Sonnengelb und Orange zu Hause, nicht zu vergessen das Rot der Sofakissen. Ein warmer Kuschelort, wo es eine Freude sein musste, auf der Couch zu liegen und es sich gut gehen zu lassen. Auf dem Tischchen davor stapelten sich Bücher und DVDs zu Massagetechniken. »TouchLife-Massage«, las ich auf einer DVD, »Shiatsu« auf einer anderen. Dazwischen lag ein Prospekt über ein spanisches Hotel mit Wellnessbereich, das »El Solare« hieß.

Als ich ein Buch über ayurvedische Ölmassage hochhob, entdeckte ich das Heft darunter. Ein normales, dünnes DIN-A5-Schulheft, auf dessen Heftschild »Weiße Lilie« stand. Ich konnte nicht anders, ich musste es öffnen.

Akkurat aufgelistet fand ich darin notiert, an welchen Tagen die »Weiße Lilie« ausgebucht war und an welchen nicht. Zudem abfotografierte Seiten aus dem Reservierungsbuch mit Namen und Telefonnummern von Gästen, Kopien von Speisekarten, Kopien von Rechnungen und Tagesabschlüssen. Niemals war ich davon ausgegangen, dass einer meiner Leute sich für diese Belege interessierte, die wir in der Schublade unter der Kasse sammelten, bevor ich sie alle vierzehn Tage in den Ordner für den Steuerberater abheftete.

Wie hatte Minka diese Informationen zusammengetragen? Wozu brauchte sie sie?

»Komm mal her«, rief ich in die Küche, und als Arîn kam, zeigte ich ihr das Heft. »Weißt du, was das soll? Warum hat sich Minka alles über die ›Weiße Lilie‹ notiert?«

»Ich habe keine Ahnung«, murmelte sie überrascht.

»In Läden, die größer sind als der unsrige, nennt man das Werksspionage.«

»Spionage? Jetzt übertreibst du aber.«

»Wie würdest du das sonst nennen? Diese Informationen können nur der Konkurrenz nutzen.«

»Was denn für Konkurrenz?«, echote Arîn blöd.

»Was weiß ich?«, polterte ich zurück und merkte an der Lautstärke meiner Stimme, wie sehr mich diese Entdeckung aufregte. »Vielleicht ist das Heft der Grund, weshalb sie nicht mehr in die ›Weiße Lilie‹ kommt? Die kann was erleben, wenn sie wiederauftaucht.«

»Bestimmt gibt es eine Erklärung dafür«, verteidigte Arîn die Freundin tapfer.

»Darauf bin ich wirklich gespannt«, erwiderte ich und steckte das Schulheft ein. Minka Nowak, meine stille Spülfrau, wurde mir langsam unheimlich.

»Hat Minka dich mal ausgefragt, wie es in der ›Weißen Lilie‹ war, bevor sie bei uns angefangen hat zu arbeiten? Wollte sie von dir wissen, wie ich den Speiseplan mache oder die Preise kalkuliere?«, löcherte ich Arîn auf dem Rückweg mit Fragen.

»Klar haben wir über die Arbeit geredet, aber doch nicht über Preise und so was. Ich habe ihr zum Beispiel erzählt, wie es war, als Holger noch in unserer Brigade war, oder wie sie die Betonleiche im Altenheim gefunden haben. Aber sie hat mich nicht ausgefragt. Das hätte ich doch gemerkt.«

»Es sei denn, sie war sehr raffiniert.«

Der scheuen, verhuschten Minka hätte ich niemals zugetraut, dass sie heimlich Informationen über die »Weiße Lilie« sammelte. Stille Wasser … Ich traute eigentlich allen, die bei mir arbeiteten, ohne gegenseitiges Vertrauen funktionierte so ein kleiner Betrieb nicht.

Selbst wenn sich meine Befürchtungen in Luft auflösten und Minka diese Informationen aus ganz harmlosen Gründen gesammelt haben sollte, nahm ich es ihr übel, dass sie mein Vertrauen missbraucht hatte.

»Hinterlistig und gemein ist das«, schimpfte ich. »Wenn sie etwas wissen wollte, hätte sie mich doch fragen können.«

Aber sie hatte nicht gefragt, weil man solche Informationen nicht aus Jux und Dollerei sammelte. Für wen war es interessant, Interna aus der »Weißen Lilie« zu kennen? Für jemanden, der ein eigenes Restaurant aufmachen wollte? Aber Minka wollte nicht in die Gastronomie, sie wollte ins Massage-Fach. Und jeder Gastronomie-Anfänger bekam Informationen zur Gründung eines Betriebs bei der Industrie- und Handelskammer gratis. Konkurrenz? Wer sollte das sein? In Mülheim gab es drei, vier Restaurants, in denen man gut essen konnte. Wir existierten seit Jahren friedlich nebeneinander, hatten alle unsere Nische gefunden. Wenn in Mülheim ein neues Restaurant aufmachen sollte, hätte sich das in der Szene herumgesprochen, aber ich hatte nichts gehört. Also wozu?

»Ich fange mit Spargelschälen an«, sagte Arîn beim Aussteigen. »Oder hast du andere Pläne?«

»Und du hast wirklich keine Ahnung, warum sie die Informationen gesammelt hat?«, fragte ich, als ich die »Weiße Lilie« aufschloss.

»Ich versteh das nicht. Das passt doch gar nicht zu ihr. Sie interessiert sich überhaupt nicht für Küche und Kochen«, polterte Arîn unglücklich.

Auch sie schien der Fund des Schulheftes durcheinandergebracht zu haben. Ich hatte nicht den Eindruck, dass sie mit Minka unter einer Decke steckte oder dass sie mich anlog, um Minka zu schützen. Oder doch?

Das war das Fatale an Enttäuschungen, man wurde misstrauisch. Ich verfluchte Minka und das verdammte Heft. Sie hatte mich betrogen, nur sie. Arîn war mir gegenüber immer loyal gewesen wie alle meine Mitarbeiter –

»Das Telefon«, unterbrach sie meine Gedanken. »Soll ich gehen oder …«

»Ich geh schon. Fang mit dem Spargel an.«

Es war Sabine Mombauer, die anrief. »Ich muss Sie so schnell wie möglich sprechen. Passt es Ihnen, wenn ich gleich vorbeikomme?«

Darum musste ich mich kümmern, das war meine Baustelle. Minka konnte warten. Also konzentrierte ich mich auf Sabine Mombauer. War es ein gutes oder ein schlechtes Zeichen, dass sie mich so dringend sprechen wollte?

Keine Minute später stakste Mombauers Tochter in die »Weiße Lilie«. Sie musste bereits beim Telefonieren im Haus gewesen sein oder vor der Tür gestanden haben. Sie lehnte ihren schmalen Körper an eine freie Stelle an der Wand. Erschöpfung stand ihr ins Gesicht geschrieben.

»Kaffee?«, fragte ich.

»Nein, nein, ich bin schon nervös genug. Aber einen Kräutertee nehme ich gerne.« Mit einem leisen Stöhnen löste sie sich von der Wand und schleppte sich zu meinem großen, alten Eichentisch. An ihren Lippen konnte ich ablesen, dass sie die Stühle zählte, die um den Tisch standen. »Das reicht auf alle Fälle«, murmelte sie und krallte die Hände in eine der Stuhllehnen. »So viele werden es nicht.«

»Pardon?«, fragte ich, stellte ihr den Tee hin und bot ihr einen Platz an einer Ecke des Tisches an.

»Der Leichenschmaus. Können Sie das morgen übernehmen? Ich weiß nicht, wie viele kommen. Schützenbrüder, ein paar Eisenbahnfreunde, Nachbarn, die spärliche Verwandtschaft. Die Beerdigung ist um ein Uhr. Ginge es danach bei Ihnen?« Sie sah mich an, als würde sie sofort zusammenbrechen, wenn ich Nein sagte.

Leichenschmaus, warum nicht? Eine Gefälligkeit würde das Verhandeln über die Pacht bestimmt erleichtern, nur aufwendig durfte das Ganze nicht sein. »Bis um fünf Uhr ist das bei uns kein Problem. Streuselkuchen und Schnittchen?«

»Hach, Sie wissen gar nicht, was Sie mir damit für eine Last abnehmen.« Die schmalen Lippen zogen sich leicht nach oben, als sie sich umständlich auf den Stuhl setzte. »Streuselkuchen, ja sicher. Bei den Schnittchen bitte nur Käse, nichts von toten Tieren.« Sie fingerte sich zittrig den Kaffeelöffel aus der Tasse und versuchte, den Teebeutel damit auszuwringen. Es gelang ihr erst beim dritten Mal. »Für mich ist das alles zu viel«, klagte sie. »Die Beerdigung, die ganzen Anrufe, die ich jetzt machen muss, und dann die Wohnungsauflösung.«

»Sie erben das Haus?«

»Ja. Und ich weiß nicht, ob ich mich darüber freuen soll.«

Ohne weiter darüber nachzudenken, beschloss ich, aufs Ganze zu gehen. »Ich könnte das Entrümpeln für Sie übernehmen, wenn Sie mir die Wohnung vermieten«, warf ich in den Ring.

Ecki hatte nicht Nein gesagt gestern Nacht, und hier galt es, zuzugreifen, bevor der Zug abgefahren war.

»Ehrlich? Sie wollen dieses dunkle Loch mieten?« Sie sah mich an, als wollte ich ihr eine tote Maus abkaufen. Dabei fuhr sie mit der Hand über die Rillen des alten Eichenholzes. Abgebissene Fingernägel, registrierte ich.

»Vorhänge weg, Tapeten runter, ein neuer Boden, ein weißer Anstrich, dann ist das eine tolle Wohnung. Hell und freundlich.«

»Hell und freundlich.« Der Tonfall war schrill, der Mund wieder ein waagrechter Strich, die Teetasse umklammerte sie wie einen Rettungsanker. Ein paar hektische kleine Schlucke, bevor ihre Stimme zur normalen Tonlage zurückkehrte, und sie sagte: »Vielleicht kann die Wohnung für einen Fremden wirklich mal hell und freundlich sein.«

»Heißt das, dass Sie mir die Wohnung vermieten?« Jetzt galt es, Nägel mit Köpfen zu machen. Natürlich konnte man die Wohnung hell und freundlich herrichten. Ich glaubte nicht daran, dass sich dunkle Geheimnisse oder schreckliche Erlebnisse in Wänden festsetzten und sich auf Nachmieter übertrugen. So etwas gab es nur im Horrorfilm.

Weitere kleine Schlucke, dann ein nervöser Seufzer. »Im Augenblick ist mir alles zu viel. Da kann ich nichts entscheiden. Geben Sie mir ein bisschen Zeit.«

Ich tat so, als ob das kein Problem für mich wäre. »Allerdings miete ich die Wohnung nur, wenn Sie mir die Pacht für die ›Weiße Lilie‹ verlängern. Ich habe darüber vor ein paar Tagen mit Ihrem Vater gesprochen. Wir hatten uns auf einen Fünf-Jahres-Vertrag geeinigt. Leider nur mündlich, schriftlich haben wir das Ganze nicht mehr fixieren können.«

Kein Gespräch mit einem Anwalt, keine Erkundigungen bei Irmchen Pütz. Ich konnte nicht anders, die Versuchung war zu groß, das Pachtproblem mit einem Schlag aus der Welt zu schaffen.

Sie nickte auf eine unbestimmte Art und Weise, sodass ich nicht wusste, ob sie mich wirklich verstanden hatte. Ihr Blick war verschwommen und diffus, die ganze Frau irgendwie nicht berechenbar.

»Wissen Sie, eigentlich ist es eine schöne Vorstellung, dass Menschen sich in unserer alten Wohnung wohlfühlen könnten«, flüsterte sie. »Ja, das könnte mir gefallen. Ich rede mit meinem Cousin Tommi darüber. Der kennt sich mit Hausverwaltung und solchen Dingen aus. Aber erst muss ich diese Beerdigung überstehen.«

»Wir kommen natürlich auch. Ein Uhr, sagten Sie?«

»Ostfriedhof«, ergänzte sie beim Aufstehen und griff umständlich nach meiner Hand. »Ich bin Ihnen ja so dankbar.«

»Das machen wir doch gerne.«

Sie nickte automatisch und ging in Richtung Ausgang. »Wenn nur der morgige Tag schon vorbei wäre«, jammerte sie leise, bevor sie die Tür hinter sich schloss.

Obwohl ich mal wieder ohne jegliches diplomatische Geschick agiert hatte, fand ich, dass ich mich in dem Gespräch nicht schlecht geschlagen hatte. Zumindest versaut hatte ich nichts. Sogar richtig stolz war ich, dass ich ihr, ohne rot zu werden, den Fünf-Jahres-Vertrag als beschlossene Sache verkauft hatte.

Aber was nützte mir das? Sabine Mombauer war keine Frau mit Handschlagqualität. Ihre Welt war nicht trittsicher. Ärmel-hochkrempeln-und-durch kannte sie nicht. Biegsam wie ein Schilfrohr kam sie mir vor. Sie war eine, die man schubsen konnte und die sich dann mal zu der einen, mal zu der anderen Seite neigte.

Dafür erwachte in mir frischer Kampfgeist. Für die »Weiße Lilie« würde ich in voller Rüstung und mit ganzem Einsatz ins Feld ziehen.

Wenn ich an diesen Mittwochnachmittag zurückdenke, dann sehe ich mich nicht in voller Rüstung kämpfend. Nein. Ich sehe immer den Kopf des Knurrhahns vor mir. Wie er da vor mir auf dem Boden lag. Wie die nagelspitzen Zähne in seinem breiten, hässlichen Maul nichts Gutes verhießen. Wie er mich aus toten Augen blöd anstarrte. So blöd, wie ich wahrscheinlich Ecki angestarrt hatte, nachdem er den Fisch geköpft hatte.

An diesem Tag war mein Liebster erstaunlich früh und sichtlich gut gelaunt zur Arbeit gekommen. Mich begrüßte er mit einem leidenschaftlichen Kuss, Arîn mit einer angedeuteten Verbeugung. Beschwingt schlüpfte er danach in seine Kochjacke und band sich sein schwarzes Tuch um den Kopf. Dann sah er immer ein bisschen wie ein abenteuerlicher Pirat aus. So liebte ich meinen Ecki. Ich mochte es, wenn er seine Leichtigkeit und seinen Optimismus in unsere Küche brachte. Die letzte Nacht hatte uns beiden gutgetan.

»Wie geht's, wie steht's?«, fragte er Arîn, und die erzählte ihm sofort von Minkas Verschwinden.

Ecki hatte dafür eine einfache Erklärung, auf die bisher keine von uns beiden gekommen war. »Vielleicht ist s' nach Polen? Was Familiäres?«, schlug er vor.

Arîn griff gierig nach diesem Strohhalm. Die Vorstellung erleichterte sie, dass Minka überraschend nach Hause gemusst hatte. Polen erklärte für Arîn auch, warum Minka nicht an ihr Handy ging.

Aber ich glaubte nicht an eine Familienangelegenheit, ich glaubte, dass Minkas Verschwinden etwas mit dem verräterischen Schulheft zu tun hatte. Es macht mich heute nicht froh, dass ich in diesem Punkt den richtigen Riecher gehabt hatte.

Ecki griff nach Schleifstein und Messer, und ich holte Minkas Heft aus der Tasche und legte es vor ihm auf den Tisch. Erst scharrte das Messer noch munter über den Wetzstein, aber je weiter Ecki las, desto langsamer wurden seine Bewegungen, bis er Messer und Schleifstein ganz zur Seite legte und nach dem Heft griff.

»Das gibt's doch nicht«, wiederholte er ein paarmal und blätterte vor und zurück. Die Sache traf ihn nicht weniger hart, als sie mich getroffen hatte. Vertiefen konnten wir das Thema nicht, weil Eva eintraf. Nicht dass Eva die Neuigkeiten nicht hören sollte, aber sie kam nicht allein in die Küche.

In ihrem Schlepptau war jemand, den ich schon ein paar Monate nicht mehr gesehen hatte. Wilde Dreadlocks zu einem Pferdeschwanz zusammengebunden, immer noch dürr wie ein Strich – Dany brachte die Erinnerung an die Spielmann'sche Küche in die »Weiße Lilie«.

»Ich hab in der Gegend zu tun und wollt mal Hallo sagen.« Die Hände in den Hosentaschen, grinste er mich schief an.

Ich mochte den schlaksigen Kerl, wirklich. In Spielmanns »Goldenem Ochsen« hatten Dany, Holger und ich gemeinsam auf dem Gardemanger-Posten gearbeitet. Dany als Lehrling, Holger als Commis und ich als Chef de Partie. Wir drei waren ein tolles Team gewesen und hatten ein paar wirklich harte Sachen miteinander durchgestanden. Das verband uns bis heute. Bevor Holger nach Paris gegangen war, hatte er bei mir in der »Weißen Lilie« gearbeitet, und Dany kam gelegentlich hereingeschneit. Spontan, unangemeldet, so wie heute.

Eigentlich freute ich mich immer, ihn zu sehen, aber heute passte mir sein Besuch gar nicht in den Kram. Die Minka-Sache drückte, außerdem musste ich in Ruhe mit Ecki über die Mombauer-Wohnung reden, am besten, noch bevor der Abendbetrieb losging.

»Die Sache mit der Glasfront find ich echt affengeil.«

Dany deutete auf die gläserne Wand, die ich zwischen Küche und Restaurant hatte bauen lassen, damit die Gäste uns beim Kochen zugucken konnten. Ein Fehler, fand ich heute, weil mich diese Guckerei oft nervte. Sagte ich aber nicht, keine Zeit für Diskussionen. Ich sah auf die Uhr. Gut, eine Viertelstunde würde ich uns geben und Dany dann rausschmeißen.

»Super Idee, dass bei dir alle an einem Tisch essen müssen. Table d'Hôte und so. So ein bisschen französisch war ja immer dein Ding«, schwärmte Dany.

Ja, meine große Tafel war im Laufe der Jahre von den Gästen wirklich angenommen worden. Die Leute mochten dieses familiäre Ambiente mitten in der Großstadt. Vielleicht funktionierte das aber nur in Köln, weil die Kölner gern und ohne Scheu mit jedem Fremden quatschten.

Auf alle Fälle hatten wir heute wieder Full House, und ich verteilte die ersten Arbeiten: Arîn das Gemüse, Ecki den Fisch, ich das Fleisch. Während ich die Lammschulter parierte, erzählte mir Dany, was er gerade so trieb.

Er hatte ein Engagement bei einer Rockgruppe, die die nächsten zwei Abende im Mülheimer »Palladium« spielte. Von den Beatsteaks hatte ich noch nie etwas gehört, aber ich wusste, dass das ein Job nach Danys Geschmack war. Im Gegensatz zu mir hatte Dany nie mit feiner Küche Karriere machen wollen.

Nach dem jähen Ende des »Goldenen Ochsen« suchte er sich eine ungewöhnliche Arbeitsstelle nach der anderen. Eine Saison hatte er auf einer österreichischen Alm gekocht, ein Jahr in einer französischen Klosterküche und war dann irgendwann nach Köln zurückgekehrt. Jetzt kochte er also für eine Rockgruppe, die mir überhaupt nichts sagte.

»›Kanonen auf Spatzen‹ ist meine Lieblings-CD von denen«, rief Arîn begeistert. »Sind die live so witzig wie in ihren Videos?«

»Noch besser! Die sind schon verdammt cool, die Jungs.«

Ich ließ die zwei über Musik fachsimpeln und dachte wieder an Minka und ihr Schulheft. Sie konnte die Informationen über die »Weiße Lilie« nicht für sich selbst gesammelt haben. Aber für wen dann? Was hatte Kurt Berger bei meinem Großmarkteinkauf erzählt? Dass schon wieder zwei gut eingeführte Kölner Restaurants aufgegeben hatten, weil sie von einer Restaurantkette verdrängt wurden.

Ketten! Schon wenn ich daran dachte, stieg mir die Galle hoch! Lebensmittel, Kühlschränke, Möbel, Fotos, Kosmetika, alles gab es nur noch in Ketten. Bald würde es auch Bücher, Kunst und Beerdigungen nur noch in Ketten geben. Soziale Kontakte, Tanz-, Geschäfts-, Sport- und Ehepartner, alles konnte man über Ketten buchen. Quadratisch, praktisch, gut, durchschnittlich, langweilig. Wo blieben das Besondere, die Lust auf Ausreißer, das Schräge, das Eckige, das Verbotene?

Ich bekam Brechreiz bei der Vorstellung, dass Leute bei Reisen nach Rom, Paris oder Tokio freiwillig in den gleichen Fresstempeln aßen wie zu Hause. Freiwillig! Ohne einmal regionale Spezialitäten zu probieren.

Natürlich wusste ich, dass in der Gastronomie Ketten schon lange auf dem Vormarsch waren. Aber all die Hamburger-, Fritten- und Pizza-Läden bedienten doch eher den Low-Budget-Bereich. In der gehobenen Gastronomie zahlte sich Individualität und persönliche Handschrift noch aus. Bisher war ich jedenfalls nur wegen zu wenigen Gäste, Lebensmittelkontrolleuren, Schutzgelderpressern oder eines nicht verlängerten Pachtvertrags nervös geworden. Musste ich mir jetzt wegen einer Ketten-Konkurrenz Sorgen machen?

»Was? Das ›All-inclusive‹?«, rief Arîn aus. »Aber da arbeitet Minka als Garderobiere, wenn sie nicht bei uns auf dem Spülposten steht.«

»›All-inclusive‹?« Ich horchte auf. Hatte Kurt Berger nicht auch davon gesprochen?

»Was ist das für ein Laden? Arbeitest du da?«, fragte ich Dany.

»Eher gehe ich stempeln«, schwor Dany. »›Himmel auf Erden‹, wo ich gearbeitet habe, ist von denen plattgemacht worden. Helen Maibach, der der Laden gehörte, dreht seither ziemlich am Rad und versucht, den ›All-inclusive‹-Leuten an den Karren zu pissen. Glaub nicht, dass sie was erreichen wird. Ich bin froh, dass Eigentum, Karriere und so nicht mein Ding sind. Ich mach, was kommt. Rockgruppen verköstigen, Guerilla-Kochen und so weiter. Und bei dir läuft es gut?«

»Kann nicht klagen«, antwortete ich und fügte in Gedanken »noch nicht« hinzu. Hatte Minka etwa für »All-inclusive« spioniert? Hatten die sie bei mir eingeschleust? Wollten die mich auch plattmachen? Wer waren die? Kaum hatte ich ein Problem halbwegs im Griff, tauchte das nächste auf. Wieso konnte das Leben nicht einfach gemächlich dahinplätschern und mich meine Arbeit tun lassen? Wieso mussten Probleme immer gehäuft auftreten?

Im Hintergrund läutete das Telefon, Eva meldete vier neue Reservierungen. »Damit sind wir wieder bis auf den letzten Platz ausgebucht. Was habt ihr heute als Amuse-Bouche?«

»Einen Wasabi-Schaum mit grünem Spargel in Blätterteig. Statt des Lammfilets gibt es heute ein Lammragout mit Aprikosen«, rief ich ihr zu.

Ausgebucht, die »Weiße Lilie« lief spitze. So schnell würde mich nichts und niemand plattmachen, aber Vorsicht hieß die Mutter der Porzellankiste. Gastronomie war ein Kamikazegeschäft. Manchmal war man schneller weg vom Fenster, als man sich dies vorstellen konnte. Ich musste mehr über diese Restaurantkette wissen, deshalb wendete ich mich Dany zu.

»Lass uns uns bald mal nach Feierabend treffen. Die Sache mit ›All-inclusive‹ interessiert mich brennend! Und jetzt, sorry! Wir müssen. Du kennst das Geschäft.«

»Arîn hat meine Nummer …« Er klopfte auf den Pass, hob die Hand zum Abschied, und weg war er.

Wie immer, bevor es richtig losging, spielte ich im Kopf alle anstehenden Aufgaben durch. Wir waren schon wieder spät dran. Aber bevor die Gäste kamen und wir uns nur noch in kurzen Befehlen verständigen konnten, musste ich mit Ecki über die Wohnung reden. Ich drehte mich zu ihm um. Zum Fischfiletieren arbeitete er am Platz unter dem Fenster, etwas abseits von Arîn und mir.

Erst in diesem Augenblick fiel mir auf, dass er sich an dem Gespräch mit Dany überhaupt nicht beteiligt hatte, und was ich sah, überraschte mich noch mehr. Der Knurrhahn lag völlig unberührt vor ihm, das Kochmesser in seiner Hand zitterte, und sein Blick war nach draußen gerichtet. Ich ging auf ihn zu.

»Bist du krank?«, fragte ich und strich ihm über sein Piratentuch.

Er schüttelte meine Hand ab und murmelte: »Das Messer ist nicht scharf. Wo ist der Wetzstein?«

In blindem Aktivismus pflügte er das Besteck in den Schubladen um, bis er da fündig wurde, wo er den Wetzstein vorhin abgelegt hatte.

Erinnerte er sich daran, dass er seine Messer vorhin geschliffen hatte? Ich verstand nicht, was mit ihm los war. Niemand konnte so schnell einen Fisch zerlegen wie Ecki. Er war der beste Poissonnier, den ich kannte.

Was war in der letzten Stunde mit ihm geschehen? Wohin war seine Leichtigkeit verschwunden? Was war ihm so aufs Gemüt geschlagen, dass er nicht mal seinen Fisch filetieren konnte? Hatte ich ihn etwa mit meinen Sorgen um die »Weiße Lilie« angesteckt? Was anderes kam mir überhaupt nicht in den Sinn.

Gott, wie blind ich war!

»Ich habe mit Sabine Mombauer geredet«, erzählte ich, um ihn aufzumuntern, auf dem Weg zurück an den Herd. »Stell dir vor, sie ist nicht abgeneigt, uns die Wohnung zu vermieten und den Pachtvertrag zu verlängern. Das sind doch tolle Aussichten, oder?«

»Trautes Heim, Glück allein!«

In Eckis Stimme war ein fremder Ton, angesiedelt irgendwo zwischen Verachtung und Durchdrehen. Er sah mich nicht an. Das frisch geschärfte Messer in der Hand, starrte er nur auf den Knurrhahn. Die Wucht, mit der die Klinge auf den Fisch traf, katapultierte den Kopf vom Tisch, ließ ihn quer durch die Küche schlittern und direkt vor meinen Füßen landen.

»Ecki, was ist los?«, wiederholte ich ein ums andere Mal, aber er hörte mich nicht.

Er hieb nämlich dem Fisch mit einem brachialen Schlag den Schwanz ab, holte sich den nächsten Fisch aus der Kühlung und schwang erneut das Messer.

Ich hatte in meinem Leben schon mit einigen durchgeknallten Köchen arbeiten müssen. Typen, die Pfannen durch die Küche oder Messer an die Wand warfen, aber so einer war Ecki doch nicht. Noch nie hatte ich erlebt, dass ihn etwas bis zur Raserei aufregte. Eigentlich regte er sich doch überhaupt nicht auf, Lässigkeit war sein Credo, und Wut war für ihn ein Fremdwort.

Und jetzt zersäbelte er den nächsten Fisch und hörte erst damit auf, als Eva die Ankunft der ersten Gäste meldete.

»Pack mer's halt«, murmelte er, und endlich sah er mich kurz an. »Jetzt nicht, später«, sagte sein Blick. Dann enthäutete und filetierte er den Fisch ruhig und routiniert, als ob nichts gewesen wäre.

Was blieb mir anderes übrig, als auf eine Erklärung zu einem späteren Zeitpunkt zu warten? Jetzt, wo Eva im Fünf-Minuten-Takt weitere Gäste meldete und wir uns dem täglichen Wahnsinn stellen mussten. Klar mussten wir kochen, aber es lief nichts rund an diesem Abend. Wir arbeiteten schwerfällig, unser Tempo stimmte nicht, gar nichts stimmte. Wir kamen uns am Pass beim Anrichten in die Quere, Ecki ließ den Fisch zu lange in der Pfanne, Arîn verkochte zwei Portionen Spargel, bei meinem Lammragout kriegte ich die Balance zwischen Rosmarin und Aprikosen nicht hin.

Auch an diesem Abend tauchte Minka nicht auf, wieder mussten wir den Spül erledigen. Und wenn an so einem Tag der Wurm drin war, dann richtig. Arîn verbrühte sich den Arm, Ecki schnitt sich in den linken Handballen, und ich stellte fest, dass wir vergessen hatten, die Schokoladen-Variationen für den Nachtisch vorzubereiten.

Als Eva mir auch noch zuflüsterte, dass ein Gast sich bei der Chefin persönlich über das Essen beschweren wollte, wusste ich, dass an diesem Abend die Scheiße bergan lief.

Natürlich ging ich erst ins Restaurant, nachdem das letzte Marzipansoufflé über den Pass gewandert war. Das machte ich immer so. Oft hatte sich bis dahin der Ärger des Gastes verflüchtigt, oder er hatte nicht so lange warten wollen.

Als mir Eva den Meckerfritzen des heutigen Abends zeigte, wusste ich sofort, dass meine Hoffnung, mich nach einer kurzen, freundlichen Entschuldigung wieder verdrücken zu können, vergeblich war. Der Kerl war auf Krawall gebürstet, der wollte Dreck über mir ausschütten. Das hatte dieser Giftzwerg auf Bauses Empfang nämlich schon mal getan. Wie, hatte Adela gesagt, dass er hieß? Eimert, Eiler oder so ähnlich.

Diesmal trug er keine grüne, sondern eine lila Krawatte, und die angebrannten buschigen Augenbrauen ließen ihn diabolisch wie den

Bösewicht aus einem Stummfilm aussehen. In seiner Begleitung befand sich eine auf langweilige Art attraktive Blondine. Ich nahm nicht an, dass es seine Frau war, tippte eher auf Escort-Service.

»Verraten Sie mir doch mal, wie Sie das machen, Frau Schweitzer, dass Sie in jedem Kölner Restaurantführer gut dastehen!«

So klein er von der Statur her war, seine Stimme war gewaltig. Die hätte auch einem Riesen zur Ehre gereicht. Jeder am Tisch, ob er wollte oder nicht, musste mithören. Zum Glück waren schon viele Gäste gegangen, und ich sah, wie Eva sich bei den restlichen mit der Rechnung beeilte. Setz dich nicht hin und beug dich bloß nicht runter, befahl ich mir und zwang so ein Wie-bitte-ich-versteh-nicht-Lächeln auf mein Gesicht.

»Also, ich weiß nämlich wirklich nicht, woran das liegt. Fisternöllche mit Ihren Kritikern? Oder tun Sie Ihnen sonst Gutes? Am Essen kann es nicht liegen. Die Spargel zu weich, der Fisch zu trocken, der Riesling zu warm.« Wieder sprach er in diesem jovialen rheinischen Singsang, in dem selbst eine grobe Beleidigung nicht so schlimm klang, wie sie war. »Und überall steht, dass Sie täglich die Schokoladen-Variationen auf der Karte haben. Ich bin ein echter Schokoladen-Fan! Mit Leib und Seele, man sieht es ja auch. Und nach dem miesen Hauptgang hätte ich mich so gerne damit versöhnen lassen! Aber was hör ich da? Es gibt heute keine Schoko-Variationen. Steht aber überall, dass es die immer gibt. So was geht wirklich nicht, Frau Schweitzer! Also wenn ich fies wäre, würde ich das Betrug am Kunden nennen.«

Ich blickte weiter zu ihm hinunter, variierte meine Gesichtsmuskulatur zu einem leichten Bedauern, bot einen Cognac, einen Espresso, eine hausgemachte Praline an und ahnte doch, dass dem rheinischen Giftzwerg nichts an einer gütlichen Einigung lag.

Ich wiederholte die üblichen Floskeln: »Es tut mir so leid, wie schade, dass ...«, und schob noch die ganze Nachtischpalette als Versöhnungsangebot hinterher. Dabei hätte ich den Kerl am liebsten an seiner lila Krawatte aus dem Restaurant geschleift und mit einem kräftigen Tritt in den Hintern auf die Straße gesetzt.

Da ich mich dazu auf keinen Fall hinreißen lassen durfte, blieb nur ein einziger Ausweg: Rückzug.

Aber Eva wandte mir den Rücken zu, Arîn kam nicht ins Restaurant gehuscht, um mir zuzuflüstern, dass man mich dringend in der Küche brauchte, und Ecki, der den Kerl doch mit einer Portion Wiener Schmäh hätte einlullen können, tauchte nicht auf.

Ich war so schlecht im Verstellen, ich konnte einfach nicht mehr bedauernd oder fürsorglich gucken. Eimert-Eiler merkte das ebenfalls und legte genüsslich nach: Miserable Köchin, Hochstaplerin, gekaufte Kritiken und so weiter.

»Für mich hat es sich heute nicht gelohnt, auf die schäl Sick zu wechseln. Und bestimmt bin ich nicht der Einzige, dem es nicht geschmeckt hat. Wissen Sie, viele trauen sich nicht, was zu sagen, aber ich finde das wichtig. Und jetzt hab ich es gesagt. Also, nix für ungut, jeder hat mal einen schlechten Tag.«

Ich hasste diese Typen, die einen erst zu Boden prügeln, einem dann die Hand reichen und behaupten, dass alles nicht so gemeint gewesen sei.

»Ich glaube, es ist besser, Sie gehen jetzt«, zischte ich mit dem letzten Rest von Beherrschung.

»Nichts lieber als das.« In aller Ruhe legte er die Serviette zur Seite, stand auf und nickte seiner Begleitung zu. Mit einem Siegerlächeln in meine Richtung bot er ihr den Arm.

»Er hat noch nicht bezahlt«, signalisierte mir Eva, als sie den Aufbruch der beiden bemerkte.

Das war im Augenblick mein geringstes Problem.

»Lass mich nie mehr mit so einem Typen allein«, flüsterte ich ihr auf dem Weg in die Küche zu.

Dort war der Herd schon geputzt, und die Arbeitsflächen waren gewienert, Arîn war beim Fegen und schob gerade den Kopf des Knurrhahns aufs Kehrblech.

»Wo ist Ecki?«, fragte ich.

»Er ist schon gegangen.«

Der Fischkopf stank. Die Schuppenhaut glänzte faul, und zwischen den spitzen Zähnen hatten sich auf den Boden gefallene Essensreste verhakt. Sogar amputiert war der Knurrhahn noch ein gefräßiges Biest. Sein Anblick ekelte mich, und übel stieß mir dieser ganze beschissene Tag auf.

Arîn warf den Kopf in die Mülltonne. »Ich fahr mal noch ins ›All-inclusive‹. Vielleicht weiß man dort was von Minka.«

Ich nickte lahm. Sollte sie. Aber ohne mich. Mir reichte es für heute.

»Sag Gülbahar Bescheid. Damit wir morgen den Spülposten besetzt haben«, schickte ich müde hinterher.

Zu Hause traf ich Adela und Kuno beim Packen an. Ich hatte vergessen, dass die zwei in ein Camp fuhren, um gewaltfreien Widerstand zu trainieren. Und ich hatte keine Ahnung, ob es Sinn machte, Kunos Nierenwärmer oder Adelas Heizdecke mitzunehmen.

»Wo ist Ecki?«, fragte Adela, als sie mir ihren nagelneuen Schlafsack vorführte.

»Braucht eine Auszeit«, nuschelte ich und öffnete die Kühlschranktür. Immerhin standen zwei Flaschen Wulle-Bier neben Adelas Pfirsich-Eistee. »Kuno«, sagte ich, während ich den Flaschenöffner am Kronkorken ansetzte. »Es wird Zeit, dass du dich mit Kölsch anfreundest. Ich stelle auch nicht immer Tannenzäpfle in den Kühlschrank, nur weil ich aus dem Badischen komme.«

»Du stellst überhaupt koi Bier in den Kühlschrank. Du trinkschst es nur«, gab Kuno zurück.

»Du siehst total fertig aus, Schätzelchen. Hast du Stress mit Ecki?«, fragte Adela.

»Nein, nein. Es war nur ein verdammt harter Tag.«

Ich nahm einen Schluck aus der Flasche. Das Wulle-Bier schmeckte gar nicht schlecht.

Adela glaubte mir nicht, sie blickte besorgt, aber ihre Sorge ging in die falsche Richtung. Ich hatte keinen Stress mit Ecki. Ecki hatte Stress mit etwas oder jemandem, redete aber nicht mit mir darüber. Das machte er gern.

Wenn für ihn etwas schwierig oder kompliziert wurde, dann tauchte er ab. Seit wir gemeinsam in der »Weißen Lilie« arbeiteten, kam es regelmäßig vor, dass Ecki nach der Arbeit verschwand und irgendwann spätnachts oder frühmorgens zu mir ins Bett gekrochen kam. »Auszeit« nannte er das. Wo er jeden Tag mit mir in der Küche stehe und jede Nacht mit mir im selben Bett verbringe, da brauche er Zeiten nur für sich allein, weil er sonst verrückt werden würde, erklärte er mir. Und nein, ich dürfe nicht nachfragen, was er dann tue, damit würde ich seinen Freiheitssinn beschneiden, auch in einer festen Beziehung dürfe es Geheimnisse geben.

Ecki hatte mich früh gelehrt, dass ich mir keinen Mann nach meinen Wünschen backen konnte, also lernte ich, diese Auszeiten zu akzeptieren. Meist gelang mir das ganz gut, aber heute nach dieser Sache mit dem Knurrhahn stresste es mich, dass ich nicht wusste, was Ecki so aus dem Gleichgewicht gebracht hatte. Zudem stresste es mich, dass ich deshalb mit Sabine Mombauer nicht weiterverhandeln konnte. Es stresste mich, dass Minka möglicherweise für die Konkurrenz arbeitete, es stresste mich, dass der Giftzwerg die Rechnung nicht bezahlt hatte.

Während ich das kalte Bier trank, sah ich den beiden Pensionisten bei ihren Reisevorbereitungen zu. Kuno packte für Adela eine Taschenlampe, Adela für Kuno eine Tafel Schokolade ein. Ihre Fürsorge füreinander rührte mich. Plötzlich beneidete ich sie um dieses selbstbestimmte Rentnerleben, wo sie in bürgerschaftlichem Engagement eine Aufgabe gefunden hatten. Wo sie Zivilcourage zeigten. Wo sie sich auf Neues einließen. Fremde Menschen kennenlernten. Wo sie gemeinsam etwas taten. Ich dagegen kümmerte mich nur um die »Weiße Lilie« und drehte mich darin wie in einem Hamsterrad. Wann hatte ich das letzte Mal über den Tellerrand hinausgeguckt?

Langsam tat das Bier seine beruhigende Wirkung. Ich sagte den beiden Gute Nacht und ging Zähne putzen. Im Bett spürte ich jeden einzelnen Knochen. Mein Körper war dankbar für die Waagrechte, aber mein Geist wehrte sich gegen die betäubende Wirkung des Alkohols. All meine Sorgenkinder meldeten sich zurück, drängelten sich wechselseitig in den Vordergrund, wollten alle befriedigt werden. Ganz überforderte Mutter, befahl ich ihnen, ruhig zu sein, was sie natürlich nicht taten.

Ich versuchte sie zu ignorieren, indem ich mich an einen unbeschwerten Tag mit Ecki in der Wachau zurückträumte, wo wir als frisches Paar mal gewesen waren: die Donau so blau, der Wind so sanft, der Himmel so heiter, die Häuser so schmuck, die Marillen so reif, der Bauer so freundlich, das Essen so gut, die Küsse so süß. Ein Tag, an dem die Welt aus einem Guss erschien und wir zwei darin unseren Platz gefunden hatten.

Ein bisschen durfte ich mich in Gedanken an die Donau setzen und in die perfekte Welt jenes Tages eintauchen, aber dann kehrten die Plagegeister zurück und forderten Lösungen von mir, die ich ihnen nicht geben konnte. Ich wälzte mich hin und her, zerknüllte das Kopfkissen, ging dreimal aufs Klo und vermisste Ecki. Seinen Atem in meinem Nacken, seinen Bauch an meinem Rücken, seine Hand an meiner Brust. War es Liebe, wenn man nicht mehr ohne den anderen einschlafen konnte?

Ich sah schon die Morgendämmerung ins Zimmer kriechen, als er endlich kam. Er scheute den Weg ins Bad, entledigte sich nur ungelenk seiner Hose, bevor er ins Bett plumpste, um sofort in einen komaähnlichen Schlaf zu verfallen. Er stank nach billiger Kneipe und schlechter Gesellschaft. Ich drehte mich von ihm weg. Heute nahm ich ihm sein Abtauchen übel.

Morgen wird alles wieder viel besser ausschauen, tröstete ich mich. Ich hatte keine Ahnung, wie sehr ich mich irrte.

VIER

Der Ostfriedhof lag weit draußen. Da, wo sich das Städtische schon völlig verlor und schmale Häuser, kleine Marktplätze und bescheidene Kirchen zeigten, dass Köln an seinen Rändern nichts weiter war als eine Kette eingemeindeter Dörfer. Der Brücker Mauspfad markierte das Ende der Besiedlung. Dahinter erstreckten sich die weitläufigen Wälder des Königsforstes, in die der Friedhof eingebettet war.

Ich parkte den Wagen. Wieder ließ ein strahlender Frühsommertag die Welt leicht und luftig erscheinen. Als ich den Wegweiser entdeckte, wusste ich, dass ich schon mal hier gewesen war. Auch an einem Sommertag, aber an einem glühend heißen. Wo es Erlösung bedeutet hatte, dem überhitzten Beton der Stadt zu entfliehen und ein wenig frische Waldluft zu atmen.

Nicht auf dem Friedhof war ich gewesen, sondern im schattigen Biergarten des Restaurants »Zu den sieben Wegen«, zu dem das Schild wies und das, durch ein paar Bäume versteckt, schräg gegenüber dem Friedhofseingang lag. Der Biergarten hatte Kühle versprochen, und das Restaurant eine vorzügliche Küche. Spielmann hatte mich zum Essen eingeladen. Noch in den guten Zeiten. An eine ausgezeichnete Tomatenterrine erinnerte ich mich, an einen leichten Wind auf der feuchten Haut und daran, wie ich an Spielmanns Lippen gehangen, wie ich während des ganzen Essens nach seinen Berührungen gegiert hatte.

Damals wäre ich für ihn durchs Feuer, sogar durch die Hölle gegangen. Der große Spielmann, mein Held, mein Ein und Alles. Völlig verrückt nacheinander hatten wir nach dem Essen nicht warten können und noch auf einem von Büschen mäßig geschützten Rasenstück wild und riskant miteinander geschlafen. Danach nackt und schweißgebadet nebeneinander gelegen und in einen von milchigen Wolken verhangenen Nachthimmel geguckt.

Lang, lang vorbei. Das Restaurant war verschwunden, es gab nur noch ein Hotel, Spielmann gab es nicht mehr und auch die Katharina nicht, die ich damals gewesen war.

Es tat nicht gut, an die Vergänglichkeit der Liebe zu denken, nicht nach diesem Vormittag. Da hatte ich mich mit einem verkaterten

Ecki gestritten, der von einer gemeinsamen Wohnung nichts wissen wollte. »Ich brauch keine eigene Wohnung und kein eigenes Zimmer, ich brauch meine Freiheit, Kathi. So eine enge Zweierwirtschaft ist nichts für mich. Weißt, was ich dann denk? Sonntags zur Messe, vorm Fernsehkastl hocken, raus mit dem Dackel, und jeder Satz fängt mit einem ›Wir‹ an …«

Immer, wirklich immer, wenn ich in unserer Beziehung etwas verändern wollte, drängte er mich in diese miese Spießerecke. Ich hätte heulen mögen, stattdessen war ich arbeiten gefahren. Hatte in der »Weißen Lilie« Streuselkuchen gebacken, Brötchen geschmiert und den Tisch für den Leichenschmaus gedeckt.

Ich lief hinüber zu dem von einer Bruchsteinmauer umsäumten Eingang des Friedhofs. Gestern der Besuch von Dany, heute die Wiederentdeckung dieses Restaurants, ich wollte nicht, dass die Erinnerung an Spielmann so viel Raum beanspruchte.

Spielmann war Vergangenheit, und die Fehler, die ich mit ihm gemacht hatte, brauchte ich nicht zu wiederholen. Nie mehr würde ich mich einem Mann ganz hingeben, mich für ihn aufgeben. Was ich wollte, war so wichtig wie das, was Ecki wollte.

Was Nähe und Distanz anging, waren wir beide empfindlich. Die Spießerecke, in die er mich stellte, nichts als Abwehr und Angst seinerseits. Also mussten wir um einen gemeinsamen Weg ringen, Kompromisse finden. Was die gemeinsame Wohnung betraf, wollte ich allerdings nicht so schnell klein beigeben. Zugegeben, es war kein guter Zeitpunkt gewesen, den zerzausten, unausgeschlafenen, Aspirin schlürfenden Mann damit zu überraschen.

Heute, nach der Arbeit, in der Kasemattenstraße ohne Adela und Kuno würde ich einen weiteren Versuch starten. Ich atmete tief durch. Die Bäume, die Sonne, die Wärme stimmten mich optimistisch.

Kiefern mit ungewöhnlich schlanken, langen Stämmen reckten sich in den blauen Himmel. Sie wirkten ein wenig exotisch. So als wären sie nicht von hier, so als hätte man sie aus südlicheren Gefilden hierher verpflanzt. Sie gaben dem Ort eine Leichtigkeit, die das filigrane Schattenspiel ihrer Äste auf dem englischen Rasen, in den man sie gepflanzt hatte, verstärkte. Neben diesen Exotenkiefern wuchs auf dem Friedhof die ganze Palette einheimischer Laubbäume. Die Gräber duckten sich unter ihnen hinweg oder wurden von ihren Blättern verdeckt.

Als ob sie wüssten, wie klein und mickrig sie im Vergleich zu dem sich ewig wandelnden Wald waren. Ein ungewöhnlicher Friedhof. Hatte sich der alte Mombauer diesen ausgesucht? Oder war es die Entscheidung seiner Tochter gewesen, ihn hier zu beerdigen?

Ein paar Mülheimer Schützen in Uniform liefen an mir vorbei in Richtung Trauerhalle. Ernst dreinblickende alte Männer, die es für ihre Pflicht hielten, Mombauer das letzte Geleit zu geben. Geburten, Hochzeiten, Sterbefälle, immer waren die Schützen zur Stelle. Ich wartete noch auf Arîn und Eva, wir hatten uns hier am Eingang verabredet. Die Luft roch unverwechselbar nach Wald. Mit einem Mal kam es mir vor, als wäre ich viel weiter weg von der Stadt, als ich tatsächlich war. Der Himmel, die Erde, die Luft, alles war anders hier. Mein Blick folgte einem aufgeregten Vogelpärchen, das sich zwischen den Bäumen jagte.

Ein Blick auf die Uhr, nicht mehr viel Zeit. Wo blieben Arîn und Eva? Ich beschloss, den Schützen hinterherzugehen, sah sie schon in der garagenähnlichen Trauerhalle verschwinden und fand auch mich wenig später in dem kühlen Raum wieder. Der aufgebockte Sarg, Sabine Mombauer, Irmchen Pütz, ein paar alte Männer, die Schützen. Nicht viele, die dem alten Mombauer die letzte Ehre erwiesen. Kein Wunder bei dem Einsiedlerleben, das er geführt hatte.

Ich nickte den Anwesenden zu und setzte mich in eine Bank weit hinten, in der Hoffnung, dass Arîn und Eva gleich kommen würden und sich dann zu mir setzen könnten. Auch nach den allgemeinen Worten des Pastors, der Mombauer wohl niemals begegnet war, tauchten die zwei nicht auf. Schon wurde der Sarg nach draußen gerollt. Die spärliche Gästeschar, inklusive mir selbst, folgte. Vielleicht hatten sich Eva und Arîn verpasst, vielleicht hatte Evas altes Auto mal wieder gestreikt, vielleicht hatten sie den Ostfriedhof nicht gefunden, vielleicht hatten sie sich in der Zeit geirrt.

Während ich mit den Trauergästen dem Sarg folgte, dachte ich an die anderen Toten, die ich in den letzten Jahren zu Grabe getragen hatte: Jupp Schwertfeger, der Adelas Leidenschaft für alte Autos teilte. Konrad Hils, der Mann meiner Freundin Teresa, den ich erschlagen in einem Steinbruch unterhalb der Schwarzwaldhochstraße gefunden hatte. Und Rosa, meine Patentante.

Immer wenn ich mir in Erinnerung an sie ihr Lieblingsstück von Billie Holiday, »Travelin' Light«, auflegte, schmerzte es mich, dass ich sie in den letzten Jahren vor ihrem Tod so selten besucht hatte, dass wir beide stur wie alte Schwarzwaldbauern nach unserem letzten Streit nicht mehr miteinander geredet hatten.

Ob Sabine Mombauer auch bedauerte, dass sie sich mit ihrem Vater nicht ausgesöhnt hatte? Sie trug dieselbe Hose und dieselbe Bluse, die sie bereits gestern und vorgestern getragen hatte. War sie so durch den Wind, dass sie nicht mehr die Kleidung wechselte? Oder war es ihr der Vater nicht wert, etwas Neues anzuziehen? Warum hatten weder Zeit noch Distanz bei ihr den Groll auf den Vater versiegen lassen? Was nahm sie ihm so übel?

Ich dachte an die Fotos von der jugendlichen Sabine, an das von dem lachenden Mombauer zwischen den zwei Frauen. Bilder von einem fröhlichen Familienleben, Sabine, ein aufgeweckter Teenager, Mombauer, ein lebensfroher Mann. Für beide musste es irgendwann danach einen Bruch gegeben haben. Mombauer war knurrig und bissig geworden, hatte sich in seiner dunklen Wohnung eingeigelt. Seine Kontakte, sah man von Arîn ab, auf das Allernötigste beschränkt. Und Sabine wirkte, als hätte sie schon lange den sicheren Boden unter den Füßen verloren.

Was war geschehen? Hatte der Tod von Frau und Mutter Vater und Tochter auseinandergebracht? Mombauer war erst Anfang vierzig, Sabine siebzehn gewesen. Ein schwieriges Alter für ein Kind, um die Mutter zu verlieren.

Was machte ich mir überhaupt Gedanken über sie? Bevor ich nicht mit Ecki über die Wohnung geredet hatte, konnte ich sowieso nicht mit Sabine Mombauer weiter verhandeln. Warum musste Ecki immer alles so kompliziert machen? Warum konnte er nicht ein einziges Mal von den gleichen Dingen begeistert sein wie ich? Alles wird gut, redete ich mir zu, bevor mein Ärger wieder hochkochte. Heute Abend, in Ruhe.

Unser Leichenzug passierte ein großes Feld nummerierter Bäume.

»Baumgräber«, flüsterte mir Irmchen Pütz zu, »gibt es erst seit zwei Jahren hier.«

An Mombauers Grabstelle stand eine dieser dem Himmel zustrebenden Kiefern. Die Totengräber ließen den Sarg nach unten, die Schützen rollten ihre Fahne aus und ließen sie über dem offenen Grab hängen, bis der Pastor mit seinen Gebeten fertig war. Ich lauschte dem Rauschen des Waldes und sah zum lichten Geäst der Fichte hoch. Möge Mombauers Seele in helle Weiten getragen werden, nachdem sie im Leben in einer so düsteren Wohnung gefangen gewesen war.

In der Ferne bellten Hunde und störten die Ruhe des Waldes und der Toten. So als wäre die Stille des Friedhofs eine Täuschung, so als wäre dies hier kein friedlicher Ort. Je näher ich dem Eingang kam, desto mehr verstummte das Bellen. Noch einmal betrachtete ich die schlanken Kiefern, die Himmel und Erde miteinander verbanden, und atmete tief durch.

Die Hunde irrten sich. Dies war ein Ort der Ruhe und des Friedens.

Vom Eingang her sah ich Eva und Arîn eiligen Schritts auf mich zukommen.

»Ihr seid viel zu spät«, rief ich ihnen zu. »Habt ihr euch in der Zeit vertan?«

Dann erst bemerkte ich Evas ungewöhnlich ernsten Blick und Arîns rot geheulte Augen. Die Hunde hatten doch recht. Es waren keine friedlichen Zeiten.

»Was ist passiert?«, wollte ich wissen.

Statt einer Antwort rupfte Arîn hastig einen zerlesenen Express aus ihrer Handtasche, hielt ihn mir unter die Nase und deutete auf einen Artikel im Lokalteil. Ich erkannte Minka auf dem Foto sofort.

»Wer ist diese Frau?«, las ich und erfuhr, dass man sie bei Stammheim tot aus dem Rhein gezogen hatte. Die Polizei bat um Mithilfe, weil bei der Toten nichts gefunden worden war, was auf ihre Identität schließen ließ.

Ich gab Arîn die Zeitung zurück. Da hatte ich grade einen Toten beerdigt, und noch bevor ich den Friedhof verlassen hatte, wurde mir die nächste Leiche präsentiert. Minka war tot. Ich muss einen Kranz bestellen, dachte ich, was ziemlicher Blödsinn war.

»Selbstmord«, murmelte Eva. »Ich hätte nie gedacht, dass Minka sich wegen einer unglücklichen Liebe umbringt.«

»Wieso hat sie mich nicht angerufen? Wieso bringt sie sich um? Wieso hat sie nicht um Hilfe geschrien?«

Noch viele weitere Wieso-Fragen brüllte Arîn uns wütend und verzweifelt entgegen. Eva blickte unvermindert ernst, und ich stand einfach nur da. Die Sonne schien immer noch, Vögel tschilpten, Bienen summten, von irgendwoher zog mir der Duft von Jasmin und jungen Tannen in die Nase. So als wäre die Welt licht und leicht, als ginge das Leben weiter. Und natürlich tat es das.

Die Schützen zogen mit zusammengerollter Fahne an uns vorbei. Irmchen Pütz fragte, ob ich sie mitnehmen könnte, und Sabine Mombauer blickte besorgt und fragte: »Das geht doch klar mit dem Leichenschmaus?«

Wir müssen bei der Polizei anrufen, dachte ich. Aber das kann warten. Eines nach dem anderen.

»Es ist alles vorbereitet«, sagte ich. »Wir müssen nur noch Kaffee kochen.«

Und so schickte ich Arîn und Eva zu Evas Auto, packte Irmchen Pütz in meinen Wagen und startete den Motor.

»Nimm nicht die Bergisch Gladbacher«, empfahl Irmchen. »Die ist immer verstopft.«

Ihrem Rat folgend irrte ich ein wenig durch die östlichen Stadtviertel, um dann auf der Zufahrt zur Zoobrücke in einem Messestau zu landen.

»Ich möchte so ein Baumgrab«, erklärte Irmchen. »Am liebsten eine Linde, die duftet im Frühjahr so schön.«

Alle warteten schon, als ich eine halbe Stunde später den Wagen vor der »Weißen Lilie« parkte.

Kaffee kochen, Streuselkuchen schneiden, Schnittchen auftragen. Geübte Griffe, Alltagsgeschäft. Nicht lange, und die Trauergäste waren mit allem versorgt. Während Eva sich um Getränkenachschub kümmerte, ging ich zurück in die Küche, wo Arîn am Fenster stand und hinaus auf die Keupstraße starrte, wo die Sonne ihr lustiges Spiel mit Licht und Schatten trieb.

»Gib mir noch mal die Zeitung«, sagte ich.

»Ich versteh das nicht«, meinte sie, als sie mir den Express reichte. »Minka hatte doch Pläne, die war kein Sensibelchen, die konnte sich durchbeißen. Ich bitte dich, Katharina. Wegen eines verheirateten Typen!«

»Ein Moment abgrundtiefer Verzweiflung? Der Wunsch, dem Schmerz ein rasches Ende zu bereiten? Die Anziehungskraft des Wassers?«

Arîn sah mich an, als ob ich kompletten Unsinn reden würde.

»Alle Erklärungen dafür sind unzulänglich«, gab ich zu.

»Und was ist mit ihrer kleinen Tochter? Die war ihr Ein und Alles, die hat sie sehr geliebt. Hält dich die eine Liebe nicht am Leben, selbst wenn dich die andere zu vernichten droht? Oder wiegen Lieben unterschiedlich schwer?«

Das Gewicht der Liebe! Auf dieses Terrain wagte ich mich besser nicht. Lieber hielt ich mich an den Fakten fest.

»Minka hatte eine Tochter?«

»Ja. Sie muss jetzt drei oder vier sein. Der Vater war total in Minka verknallt, wollte sie unbedingt heiraten. Minka hat die Panik gepackt. Wollte nicht, dass ihr Leben mit Anfang zwanzig gelaufen war. Hat dem Typen den Laufpass gegeben und das Kind allein gekriegt. Es lebt bei Minkas Eltern in Krakau. Minka ist nach Deutschland gegangen. Wegen des Geldverdienens, aber vor allem weil sie sich in Massagetechniken fortbilden wollte. Sie hatte einen Traum, verdammt! Deshalb kapiere ich nicht, dass sie wegen eines Typen derart durchdreht. Wie geht das? Vergisst man, wer man ist? Hast du Ahnung von so was? Wolltest du dich wegen einer Liebe jemals umbringen?«

Sie funkelte mich an, als hätte ich ihr bisher eine wichtige Lektion des Lebens vorenthalten.

Da war sie wieder, die Erinnerung an Spielmann. Das furchtbare Ende unserer Geschichte. Wie ich tagelang in der Kasemattenstraße die weiße Wand angestarrt hatte. Wie ich mich wie ein roher Klumpen Fleisch gefühlt hatte. Wie ich nicht mehr schlafen konnte.

»Ja«, antwortete ich ehrlich. »Es gab Momente … Aber da war ich so verzweifelt, dass mir die Energie gefehlt hätte, es wirklich zu tun. Ein Selbstmord ist kein Sich-fallen-Lassen, kein Hinübergleiten, sondern ein Kraftaufwand, eine verzweifelte Bündelung von Energie. Und bei mir ging die Energie zum Glück in eine andere Richtung. Mich packte der Trotz: Kein Mann ist es wert, dass man sich seinetwegen das Leben nimmt.«

»Genau«, bestätigte Arîn eifrig. »So hat das Minka bestimmt auch gesehen. Die hat gern gelebt, die hatte keine Todessehnsucht oder so. In der Wohnung gab es keinen Abschiedsbrief. Warum ist sie ins Wasser gegangen?«

»Wir haben in ihrer Wohnung nach keinem Abschiedsbrief gesucht«, korrigierte ich sie. »Und jetzt müssen wir unbedingt die Polizei anrufen. Du oder ich?«

»Du.« Wieder drehte sie den Kopf dem Fenster zu. »Ich lass das mit der Liebe«, murmelte sie. »Ist viel zu gefährlich.«

Während ich die angegebene Telefonnummer wählte, betrachtete ich meine kleine Köchin. Der wehe Blick auf die Straße, die verschränkten Arme, die trotzig zusammengeklemmten Lippen. Ich hätte ihr gern erzählt, dass Schmerz und Verlust zur Liebe gehörten und es sich trotzdem lohnte, sich auf sie einzulassen, aber jetzt wollte sie das bestimmt nicht hören.

Arîn hatte in einer Woche zwei Menschen verloren, die sie mochte. Für eine knapp Zwanzigjährige starker Tobak. In diesem Alter ging man davon aus, dass sich der Tod noch viele Jahre Zeit ließ, bis er einen aus dem eigenen Umfeld holte. Da empfand man ihn noch als persönliche Beleidigung.

Am Telefon meldete sich ein Kriminalhauptkommissar Brandt. Ich erzählte ihm, dass es sich bei der Toten aus der Zeitung um Minka Nowak handelte. Er fragte nach meinem Verhältnis zu ihr und bat mich vorbeizukommen.

»Ich werde auf Sie warten«, meinte er, nachdem ich ihm gesagt hatte, dass ich nicht genau wusste, wann ich kommen könnte.

»Gehst du mit?«, fragte ich Arîn, aber die schüttelte panisch den Kopf. Ich wusste, dass ihre Erfahrungen mit Polizisten nicht die besten waren. »Gibst du mir Minkas Schlüssel? Dann muss die Polizei ihre Wohnung nicht aufhebeln.«

Als sie den Schlüssel aus der Tasche zog, schossen ihr Tränen in die Augen. Ich reichte ihr die Haushaltsrolle, wartete, bis sie sich geschnäuzt hatte, und starrte dann mit ihr eine Weile gemeinsam auf die Schattenspiele der Keupstraße.

Mit Kaffeetassen und Kuchentellern brachte Eva Alltag und Arbeit zurück in die Küche.

»Kann ich heute Abend an den Außentischen Menü anbieten?«, fragte sie. »Ich habe eine Anfrage für einen Sechsertisch am Telefon.«

Da brauchte ich nicht lange zu überlegen. Arîn war heute sicher nicht ganz einsatzfähig, Ecki noch nicht aufgetaucht, Gülbahar zum ersten Mal auf dem Spülposten, ein eindeutiges Nein.

»Was ist, wenn ich die restlichen Schnittchen serviere? Es wird wieder so ein lauer Sommerabend, wäre doch schade drum, wenn die Leute draußen nichts zu essen kriegen.«

»Wieso nicht?«, stimmte ich zu und wunderte mich, dass mir die Idee nicht selbst gekommen war.

»Apropos Schnittchen«, ergänzte Eva. »Frau Mombauer will dich noch sprechen.«

»Fang mit dem Gemüse an«, sagte ich zu Arîn, bevor ich Eva ins Restaurant folgte.

Die Schützen und die alten Männer waren gegangen, nur noch Irmchen Pütz und Sabine Mombauer saßen verloren an einer Ecke meiner großen Tafel. Irmchen rührte müde in ihrem Kaffee, und Frau Mombauer wandte mir den Rücken zu und trommelte mit den Fingern auf das alte Eichenholz. Auf dem Weg zu ihnen brühte ich mir einen kleinen Espresso, den ich mit zum Tisch nahm.

»War alles recht?«, fragte ich und setzte mich.

»Ja, ja«, murmelte sie hastig, dann gab sie sich einen Ruck: »Ich habe es mir überlegt«, verkündete sie. »Ich vermiete Ihnen die Wohnung meines Vaters und verlängere die Pacht für Ihr Restaurant. Aber ich möchte, dass wir das sofort tun. Ich lauf schnell rüber zum Wiener Platz und besorg mir in einem Schreibwarengeschäft so einen vorgedruckten Mietvertrag, und wir unterschreiben ihn beide. Um wie viele Jahre wollen Sie den Pachtvertrag verlängern? Fünf? Dann machen wir das. Sie entrümpeln Vaters Wohnung. Kann alles weg. Ich will gar nichts. Also, machen wir's so?«

Ich spürte genau, dass ich jetzt nicht zögern durfte, aber ich konnte ihr nicht sofort zusagen. Ich musste erst mit Ecki reden.

»Das ist alles wunderbar, und so werden wir es machen«, haspelte ich. »Aber den Mietvertrag würde ich gerne mit meinem Freund gemeinsam unterschreiben. Und einmal sollten wir schon zusammen durch die Wohnung Ihres Vaters gehen, um ein Bestandsprotokoll zu machen. Können wir das Ganze nicht auf einen der nächsten Tage verschieben?«

»Wenn, dann morgen. Ich möchte die Angelegenheit erledigt wissen.« Ihre Stimme schraubte sich ins Hysterische. Sie war eingeschnappt und machte sich keine Mühe, dies zu verbergen.

»Morgen, früher Nachmittag?«, schlug ich vor.

Ihr Nicken war gnädig und beleidigt zugleich. Mit einem Mal kam sie mir wie eine zu früh aus dem Nest gefallene Prinzessin vor, die man zudem bei der Thronfolge übersehen hatte.

»Wenn wir die Sache morgen nicht über die Bühne kriegen, dann soll sich mein Cousin Tommi um den Verkauf des Hauses kümmern. Ich kann das nicht, mir ist das alles zu viel. Das Angebot an Sie ist schon ein großes Entgegenkommen«, klagte sie weiter.

Ich riss mich zusammen. Die Frau ging mir schwer auf die Nerven mit ihren billigen Drohungen, ihrer Unberechenbarkeit, ihrem Mich-hat-das-Leben-gründlich-betrogen-Nimbus. Aber wenn die Verträge unterschrieben waren, dann würde sich unser Kontakt nur noch auf monatliche Überweisungen beschränken.

»Tommi, wo ist der denn heute gewesen? Wollte der nicht auch zur Beerdigung?«, fragte Irmchen, plötzlich wieder wacher.

»Es ist ihm was Geschäftliches dazwischengekommen«, beschied Sabine Mombauer sie spitz. Dieser Vetter verhielt sich offenbar auch nicht so, wie sie es von ihm erwartete.

»Und das nach allem, was du für ihn getan hast«, streute Irmchen Salz in die Wunde. »Da steht er dir wegen was Geschäftlichem nicht mal bei der Beerdigung von deinem Vater bei. Der weiß doch, wie schwer das für dich ist.«

»Tommi ist schon immer unberechenbar gewesen. Nie hat er das getan, was man von ihm erwartet«, verteidigte die Mombauer den Vetter, weil sie wohl auch nicht leiden mochte, dass ein anderer ihn kritisierte.

Irmchen schnaubte, die Mombauer presste die Lippen zusammen, aber dann zauberte ein Handyklingeln Erleichterung in ihren Blick. Sie nahm das Gespräch an und nutzte es zu einem eiligen Aufbruch.

»Ja, ich habe es überstanden«, hörten wir sie auf dem Weg zur Tür sagen. »Und nein, ich weiß nicht, ob ich dir jemals verzeihen kann, dass du mich im Stich gelassen hast, Tommi. – Abendessen in der Südstadt? Warum nicht?«

Die Tür fiel ins Schloss, die Mombauer war weg. Ich atmete auf, sammelte die restlichen Kaffeetassen ein und fragte Irmchen, ob sie noch etwas brauchte.

»Ein verwöhnter Bengel, ein Tunichtgut«, schimpfte sie. »Nicht zur Beerdigung kommen! Wo er doch genau weiß, wie Sabine unter dem Vater gelitten hat.«

»Ja, ja«, stimmte ich ihr zur. Ich reichte ihr den Stock und half ihr beim Aufstehen. »Da musst du mir später mal mehr erzählen, wenn Zeit dafür ist.«

Nicht dass mich das damals interessierte. Ich sagte das nur, um das Gespräch schnell beenden zu können. Schließlich brauchte man mich in der Küche. Ein ausgebuchtes Haus musste bespielt werden.

Arîn war mit den Vorbereitungen erstaunlich weit vorangekommen. Entweder riss sie sich am Riemen und war zäher, als ich dachte, oder sie empfand die Arbeit als willkommene Ablenkung von Trauer und Schmerz. Wie auch immer, es erleichterte mich, dass ich auf sie zählen konnte. Mein Handy klingelte. Eckis Nummer.

»Brauchst nicht schimpfen, ich bin in zwei Minuten da, Kathi. Heut Morgen hast mich auf dem falschen Fuß erwischt. Lass mir halt ein bissl Zeit, ich brauch immer eine Weil', bis ich mich mit was Neuem anfreunden kann.«

Das war jetzt keine Zusage, aber immerhin ein Verhandlungsangebot. Ecki! Ja, wir würden das schaffen. Eine gemeinsame Wohnung, ein gemeinsames Leben. Es würde nie einfach sein, aber es würde gut gehen mit uns beiden.

»Heute Abend, nach der Arbeit, könnten wir doch in Ruhe drüber sprechen, oder?«

»Lockerlassen kannst halt nicht.«

»Dafür bist du bei uns zuständig.« Wir lachten beide.

Wenn Ecki gleich zu Arîn stieß, machte es Sinn, dass ich jetzt zur Polizei fuhr. Während der Vorbereitungszeit konnte man in der Küche am ehesten einen entbehren. In spätestens einer Stunde würde ich zurück sein. Bestimmt würde ich dann erleichtert sein, weil ich diese traurige Pflicht erfüllt hatte. Alle Wogen würden sich glätten, alles würde wieder irgendwie ins Lot kommen. Beschwingt von dieser Ecki'schen Salzburger-Nockerln-Leichtigkeit griff ich mir die Autoschlüssel. An der Eingangstür lief ich meinem Liebsten direkt in die Arme.

»Geh her, Kathi. Hast mich so vermisst oder nur was vergessen?«

Der Augenblick freudigen Wiedersehens war vorbei, als ich Ecki erzählte, was passiert war.

»Minka? Minka ist tot?«, wiederholte er ein ums andere Mal. »Mit so was macht man keine Scherze, Kathi. Ins Wasser gegangen? Na, das glaub i ned! Wieso hätt's ins Wasser gehen sollen?«

»Lass dir von Arîn die Zeitung zeigen. Wir haben sie alle eindeutig erkannt.« Erstaunt stellte ich fest, dass Ecki die Nachricht von Minkas Tod mehr mitnahm, als sie mich mitgenommen hatte.

»Und Polizei? Warum gehst zur Polizei? Ich versteh das nicht.«

»Hör zu. Ich mach da jetzt meine Zeugenaussage und bin so schnell als möglich zurück. Dich habe ich wieder auf dem Fischposten eingeplant. Und bitte, fass Arîn mit Samthandschuhen an, die ist mit Minka befreundet gewesen und deshalb ziemlich durch den Wind.«

»Die zwei waren Freundinnen? Wieso weiß ich nicht, dass die zwei befreundet waren?«, echote er wirr.

»Ecki! Tief durchatmen. Bis gleich.«

So schnell sie gekommen war, so schnell war die Salzburger-Nockerln-Leichtigkeit wieder verflogen. Da versuchte ich, den Laden und meine Leute zusammenzuhalten, aber alles zerfranste. So als hätte die Mombauer ihren wackeligen Boden zu uns hereingebracht. So als würde meine Welt aus den Fugen geraten.

Es war nicht weit von Mülheim nach Kalk, nur leider die falsche Uhrzeit. Das Nadelöhr zwischen Messe und Stadthaus verstopft wie immer zur Rushhour. Ich brauchte eine halbe Stunde, bis ich den Wagen vor dem neuen Polizeipräsidium parkte. Ich meldete mich sofort beim Empfang, schließlich war ich nicht zum ersten Mal hier. Erinnerungen an pampige Befragungen und zermürbende Verhöre kehrten zurück. Meine Erfahrungen mit der Kölner Polizei waren nicht besonders gut. Brandt musste mich hier unten abholen, wusste ich. Ich stellte mich in die Nähe des Aufzuges und wartete.

Ein ungewaschener Dicker in Trainingshose, dem wohl der vor der Tür zurückgelassene Rottweiler gehörte, erklärte dem Wachhabenden am Empfang, dass man ihn eigentlich schon für gestern vorgeladen hatte.

»Nee, ich weiß nicht, wie der heißt, der mir die Vorladung geschickt hat«, erklärte er, »aber es war 17 Uhr 15, dat weiß ich genau.«

Brandt ließ sich Zeit, und es dauerte auch, bis der Wachhabende den für den Dicken zuständigen Kollegen fand. Das wiederum machte den Mann, der schon hinter dem Dicken wartete, nervös. Um die vierzig, südländischer Typ, ein Verlierer zwischen Trotz und Melancholie. Weißes Hemd, öliges Haar, fettiger Schweiß auf der Haut, in der Hand ein Stock, dessen Griff er unentwegt so hart drehte, dass das Weiß seiner Fingerknöchel zum Vorschein kam. Ich sah auf die Uhr.

Endlich wurde der Dicke von einem Polizisten abgeholt. Der

Aufzug verschluckte die beiden, nicht aber den Gestank. Den ließ der Dicke im Foyer zurück. Wo blieb nur Brandt? Ich musste zurück in die »Weiße Lilie«, die Warterei machte mich nervös.

Am Empfang trat jetzt der Mann mit dem Stock vor. Er erklärte, dass er nur eine Nummer habe: 2235785. Nein, er wisse nicht, zu wem er musste, aber 2235785. Ja, da sei er ganz sicher: 2235785. Stoisch nickend griff der Wachhabende wieder zum Telefon. Ich beneidete den Mann nicht um diesen Job. Nerven wie Drahtseile, ohne die würde er hier wohl keinen Tag überstehen.

»Frau Schweitzer?«

Ich drehte mich um und blickte in ein Gesicht auf Augenhöhe. Brandt war sogar noch ein wenig größer als ich. Raspelkurze Haare in Pfeffer und Salz, Augen in einem erdigen Braun, ein paar Bartstoppeln am Kinn, die ihm etwas zart Verwegenes gaben.

»Es tut mir leid, dass Sie warten mussten.«

Brandt hielt mir die Aufzugtür auf und drückte auf die Zwei. Die Fahrt über blickten wir beide die Decke des Fahrstuhls an.

»Folgen Sie mir.«

Der lange, gerade Flur mit Wartestühlchen vor den Türen wollte kein Ende nehmen. Brandts Büro war das allerletzte. Vollgestellt mit Regalen, ein schlauchiges Kabuff, kaum breiter als der Schreibtisch, der vor dem Fenster stand.

Wieso dachte ich sofort an einen Patissier? Weil die Süßspeisen-Köche in einer Küchenbrigade immer in die hintersten und finstersten Winkel der Küche verbannt wurden. Als wunderliche Gesellen gebrandmarkt, standen sie auf der untersten Stufe der Küchenhierarchie. War Brandt ein Sonderling? Oder hatte ihm das Los dieses unwirtliche Büro zugewiesen? Beherzt und keineswegs sonderbar griff er sich jetzt einen der Flurstühle, balancierte ihn über dem Kopf bis zum Schreibtisch und bat mich, darauf Platz zu nehmen.

Auf der Fensterbank blühten rote Tulpen in orangefarbenen Töpfen, dahinter blickte man auf das Parkhaus der Köln-Arcaden. Ich verstand das mit den Tulpen sofort. Draußen zeigte die Welt Brandt nur Blech und Beton.

»Möchten Sie einen Tee? ›Innere Balance‹ kann ich Ihnen anbieten. Der wird gern getrunken hier bei der Polizei.«

Ich erzählte ihm, dass ich nur wenig Zeit hatte, zum Kochen zurück in die »Weiße Lilie« musste.

»Sie kochen in der ›Weißen Lilie‹?«, fragte Brandt sichtlich interessiert.

»Kennen Sie mein Lokal?« Unglaublich, dass ein Polizist mich damit überraschen konnte.

»Gelegentlich trinke ich einen Milchkaffee an einem Ihrer Außentische und studiere die Speisekarte. Rhabarberchutney zu Lammkarree stelle ich mir sehr interessant vor.«

»Wieso probieren Sie es dann nicht einmal?«

»Fröhliche Tischgemeinschaften sind nicht so mein Ding. Und bei Ihnen müssen alle Gäste gemeinsam am Tisch essen.«

»Manchmal sind sie gar nicht fröhlich.«

»Dann sind sie noch weniger mein Ding. Wissen Sie, ich bin eher so der Typ einsamer Esser.«

»Heißt das, Sie essen am liebsten allein?«

»Ich esse gerne allein, und am liebsten esse ich zu zweit.«

Ein sanftes Lächeln, fast ein bisschen entschuldigend. Weil er meine Tafelrunde nicht mochte?

»Aha«, sagte ich.

»Leider sind wir nicht hier, um über Essen zu reden«, bedauerte Herr Brandt.

»Minka Nowak«, sagte ich. »Wir alle haben sie auf dem Foto in der Zeitung erkannt. Sie ist seit zwei Tagen nicht bei der Arbeit erschienen, besonders Arîn Kalay, die bei mir kocht, hat sich große Sorgen um Minka gemacht. Gestern bin ich mit ihr zu Minkas Wohnung gefahren, für die Arîn einen Schlüssel hat, aber Minka war nicht zu Hause.«

»Einen Schlüssel …?«, fragte Brandt.

»Habe ich Ihnen mitgebracht.« Ich schob ihn über den Tisch.

»Wie umsichtig!« Brandt steckte den Schlüssel mit einem dankbaren Lächeln ein. »Wissen Sie, das befreit mich von meiner nächsten Frage, ob Frau Nowak DNA-taugliches Material bei Ihnen hinterlassen haben könnte. In ihrer Wohnung werden wir genügend finden. Gibt es eine Erklärung für ihr plötzliches Verschwinden?«

Ich erzählte ihm von dem namenlosen verheirateten Geliebten, den Arîn als Grund für Minkas Verzweiflung vermutete. Auch davon, dass der Mann mit dem auffälligen Schal, Keanu Chidamber, gestern nach ihr gefragt hatte.

»Ein seltsamer Name.«

»Ein Meister der Lomi-Lomi-Massage.«

»Lomi-Lomi?«

Brandt schien genau wie ich kein Kenner von Massage-Techniken zu sein.

»Ja«, ergänzte ich. »Minkas Traum war ein eigener Massage-Salon. In ihrer Wohnung gibt es viele Bücher und andere Dinge zu Wellness und Massage.« Mir fiel wieder das erotische Vulva-Plakat über ihrem Bett ein. Aber dazu sollte sich Brandt beim Besuch in Minkas Wohnung seine eigenen Gedanken machen.

»Wann genau haben Sie Frau Nowak zum letzten Mal gesehen?«

Auf dem Bause-Fest. Altrosa Spitzen, Spaghettiträger, die blonden Locken offen. Lachend in der fröhlichen Runde der jungen Leute. Pulsierend vor Leben, sehr verführerisch. Was hatte Adela über sie gesagt? Dass sie bei Bauses putzte, genau. Und noch etwas: »Die Kleine hat die Männer angezogen wie Motten das Licht.«

»Dann hatten Sie auch privat Kontakt miteinander?«

»Nein, überhaupt nicht, unsere Beziehung war rein geschäftlich. Minka arbeitete viermal die Woche bei uns auf dem Spülposten. Wissen Sie, wie es in einer Küche bei Hochbetrieb zugeht? Wie auch immer, da gibt es keine Zeit zum Plaudern. Es hat mich sehr überrascht, Minka auf dem Bause-Fest zu treffen ...«

»Über wen komme ich an die Besucherliste von diesem Fest?«, wollte Brandt wissen.

Die Frage erstaunte mich. »Versuchen Sie denn auch bei einem Selbstmord herauszufinden, was das Motiv war?«

»Selbstmord?« In Brandts Stimme war ein alarmierendes Zögern. »Minka Nowak hat sich nicht selbst getötet. Wir müssen leider davon ausgehen, dass sie ermordet wurde.«

Die Tulpen, das Parkhaus, der Schock. Die Regale, der Schreibtisch, der Schock. Der falsche Pulsschlag, das Ohrensausen, der Schock.

Eine Stimme aus weiter Ferne: »Trinken Sie, es wird Ihnen guttun.«

Der heiße Dampf von »Innerer Balance«, der harte Klang des Teelöffels auf dem Tassenboden. Wie ein apportiertes Häschen trank ich einen Schluck.

»Minka Nowak war schon tot, als man sie in den Rhein geworfen hat. Sie ist durch einen Genickbruch gestorben. Ein Sturz, möglicherweise nach einem harten Schlag. Hämatome an Hals und Wange. Ein Überfall oder ein Kampf. Möglich sind auch andere Szenarien. Wir stehen noch ganz am Anfang unserer Ermittlungen. Dank Ihnen sind wir aber einen großen Schritt weiter. Wir wissen jetzt, wer die Tote ist.«

Nachdem er zu Ende geredet hatte, betrachtete er mich besorgt wie ein Arzt, der nicht wusste, was seine Diagnose bei der Patientin auslösen würde.

»Ich muss zurück in die ›Weiße Lilie‹«, stammelte ich. »Wir sind ausgebucht heute Abend.«

»Wie sind Sie hier? Mit dem Wagen? Wollen Sie den nicht lieber stehen lassen? Trinken Sie in Ruhe den Tee aus. Ich kann eine Streife bitten, Sie zu fahren. Der Schock, wissen Sie, ich will nicht, dass Ihnen etwas passiert.«

Dieser besorgte Blick machte mich wahnsinnig. Ich wünschte mir einen eiskalten Bullen herbei, dem es egal war, was er mit seinen Horrornachrichten auslöste. Ein eiskalter Bulle, auf den ich schimpfen konnte, weil er so gefühllos war.

»Ich muss los«, wiederholte ich. »Machen Sie sich keine Umstände.«

Wieder dieser endlose Flur, wieder dieser enge Aufzug. Ein hastiger Händedruck zum Abschied, die gläserne Eingangstür als Erlösung. Frischluft in die Lungen pumpen, die Sonne nicht sehen, den Blick auf den Boden richten. Trügerischer Beton, unter dem die Erde bebte.

Ich fuhr wie in Trance. Mir fiel ein, dass ich Brandt nichts von Minkas Notizbuch erzählt hatte. Als ob das jetzt noch wichtig wäre! Beim Halt an einer roten Ampel unter dem Stadthaus griff ich nach dem Handy.

»Minka ermordet«, simste ich an Ecki.

So schickte ich die Hiobsbotschaft voraus, weigerte mich, die direkte Überbringerin zu sein.

Als ich die »Weiße Lilie« betrat, war der große Tisch schon zur Hälfte besetzt. Ein Blick in Evas Gesicht und ich wusste, dass Ecki meine Nachricht weitergegeben hatte.

»Wie furchtbar«, flüsterte sie mir leise zu, dann setzte sie ein Lächeln auf und begrüßte neue Gäste. *The show must go on.*

Ich beeilte mich, in die Küche zu kommen. Ecki und Arîn sahen kurz hoch, tausend Fragen im Blick, aber keiner machte den Mund auf.

»Full House«, sagte ich. Die beiden nickten, als würden ihnen diese zwei Worte zur Erklärung der Situation völlig ausreichen. Auch Arîn, meine so leicht aufbrausende Arîn, gab sich wie Ecki professionell, abgebrüht. Ausgebucht war ausgebucht. Die Gäste interessierte nicht, was mit Minka passiert war, die wollten gut essen und einen schönen Abend verbringen. Ich schlüpfte in meine karierte Hose, panzerte mich mit meiner Kochjacke, ging im Kopf Gerichte und Arbeitsabläufe durch.

Die Amuse-Bouche brauchte Eva *subito*. In der Kühlung fand ich einen Rest Hirschschinken, aber keinen grünen Spargel mehr. Heute rächte es sich, dass ich mir immer auf den letzten Drücker überlegte, was ich an einem Abend als kleinen Gruß der Küche servierte. Normalerweise kein Problem, aber heute war mein Kopf leer und löchrig, präsentierte mir nicht den Funken einer Idee.

Ein paar Oliven tun's auch mal, fuhr ich meine Ansprüche herunter, aber wie ein stimmgewaltiges schlechtes Gewissen dröhnte da die Stimme von Spielmanns Küchenchef durch meinen Kopf. »Das Amuse-Bouche ist das Aushängeschild unseres Hauses«, hatte er uns Abend für Abend eingebläut. So eindringlich, dass ich dieses Credo ganz selbstverständlich für die »Weiße Lilie« übernommen hatte. Und dann fiel mir der Meckerfritze von gestern Abend wieder ein, diese Dreckschleuder Eimert oder wie er hieß. Das Amuse-Bouche, der erste Appetithappen für die Hungrigen, der Türöffner für die Gourmets, setzte sich im kulinarischen Gedächtnis fest, das merkte man sich immer, wenn nicht gerade Kräuterbutter oder Oliven serviert wurden.

Also keine Oliven. Aber was dann? Eigentlich brauchte ich ein Lebensmittel nur anzugucken, und sofort sprangen mich Ideen an, mit deren Hilfe ich etwas zaubern konnte, aber heute war ich wie gelähmt. Ein ganzes Schlaraffenland vor Augen, doch ich konnte nicht zugreifen. Aber ich brauchte jetzt eine Idee, verdammt.

»Was haben wir heute als Amuse-Bouche?«, hörte ich Eva von der Küche her rufen.

Nichts, gar nichts, heiße Luft, hätte ich am liebsten zurückgeschrien, atmete aber stattdessen tief durch. Dir wird doch wohl noch so ein blödes Amuse-Bouche einfallen, Schweitzer! Tausende hast du schon gemacht, jetzt brauchst du bloß eines!

»Katharina?«, rief Eva.

Mit geschlossenen Augen ließ ich eine Hand an den Gläsern, Dosen und Säckchen entlanggleiten und griff irgendwann kamikazemäßig zu. Als ich die Augen öffnete, hielt ich eine Tube Wasabi in der Hand. Japanischer Meerrettich, äußerst speziell, keine gute Idee. Beim Zurückstellen stach mir der Pumpernickel ins Auge. Na endlich!

»Erbsenschaum mit Wasabi, dazu Pumpernickelbrösel und Hirschschinken«, rief ich zurück. »Gib mir fünf Minuten.«

Ich sammelte alle Zutaten ein, raste zurück in die Küche. Hühnerbrühe für die Erbsen, zwei Minuten kochen lassen, Butter für den Pumpernickel, Erbsen pürieren, mit dem Wasabi würzen, Pumpernickel rösten, Zitronenschale dazu reiben. Eine hauchdünne Scheibe Hirschschinken obendrauf, einmal mit der Pfeffermühle drüber und ab dafür.

Erfinden musste ich an dem Abend nichts mehr, Lamm, Spargel, Aprikosen, die jungen Radieschen seit Tagen vertraut, ein Glück, dass ich die Speisekarte nur einmal die Woche änderte.

»Zweimal Carpaccio, einmal Thunfisch, einmal Lamm«, gab Eva die ersten Bestellungen durch. Ich verteilte die Aufgaben, und los ging's.

Bald schwitzten wir im üblichen Küchendampf, der heute der Küche etwas Verschwommenes, Irrlichternes gab. Durch diesen Dampf bewegte ich mich mechanisch wie ein Roboter, der unbeirrt seine Aufgaben erfüllte. Auch Ecki und Arîn wirkten wie maschinengesteuert. Wie auf einem Schlachtfeld bellten wir uns durch den Nebel die notwendigen Befehle zu, ansonsten redeten wir kein Wort miteinander. Es war gut, dass wir nicht mehr redeten. Die Schlacht musste geschlagen, der Abend überstanden werden.

Als ich die letzten Lammkarrees nach draußen geschickt hatte und der Druck nachließ, kehrte die ermordete Minka in meinen Kopf zurück. Diese beiden letzten Bilder von ihr. Das der lächelnden Schönheit auf dem Bause-Fest und das starre, fahle Zeitungsbild von ihr. Brandt hatte von einem Kampf gesprochen. Mit diesem geckigen Typen, der gestern hier war? Oder war der geheimnisvolle Liebhaber ein ganz anderer? Und dann fielen mir die Informationen ein, die Minka über die »Weiße Lilie« gesammelt hatte. Konnten sie etwas mit ihrer Ermordung zu tun haben?

Jetzt dreh mal nicht durch, Schweitzer, schimpfte ich mich, nimm dein Restaurant nicht wichtiger, als es ist. Die »Weiße Lilie« ist niemals ein Grund dafür, jemanden umzubringen. Nein, das nicht, aber ich merkte, dass ich es Minka über den Tod hinaus übel nahm, dass sie bei mir spioniert hatte. Dass es mich ärgerte, sie deswegen nicht mehr zur Rede stellen zu können, dass sie ein Geheimnis mit ins Grab nahm, das ich unbedingt lüften wollte.

»Geh, Kathi, wo bleibt dein Mitgefühl? Kannst an gar nichts anders als dein Beisel denken?«, würde mich Ecki schimpfen, erzählte ich ihm von diesen Gedanken.

Ecki? Er hatte heute keine Fischköpfe durch die Küche geschleudert, sondern diese brav zu einem Fischfond zerkocht. Der stand schon zugedeckt etwas abseits, bereit, gleich in die Kühlung gestellt zu werden. Ecki wandte mir den Rücken zu und schrubbte seinen Arbeitsplatz sauber. Der Fischposten war durch. Brauchte Eva ihn noch im Service?

Arîn und Gülbahar, die tapfer den Spül gemeistert hatte, standen neben der Spülmaschine und teilten sich eine Flasche Wasser. Erschöpfung lag in der Luft, aber noch waren die letzten Nachtische nicht raus. Das war Arîns Job.

»Kannst du mal den Eschbachs Guten Tag sagen?« Eva schob sich die letzten Lammkarrees und zwei Nachtische auf den Arm. »Am besten sofort, die wollen gleich gehen.«

Natürlich. Treue Stammgäste, bares Gold für ein Restaurant. Auf dem Weg nach draußen griff ich mir hinter dem Tresen eine Flasche von Anna Gallis Kirschwasser und drei Gläser. Zehn Minuten, signalisierte ich Eva, mehr Small Talk konnte ich heute nicht verkraften. Ich spendierte Kirschwasser, hörte zu, plauderte über alles und nichts, notierte mir gern, dass Frau Eschbach ihren Fünfzigsten bei mir feiern wollte. Nach zwölf Minuten erlöste mich Eva, indem sie mir für die Eschbachs hörbar zuflüsterte, dass ich in der Küche gebraucht würde.

Am Pass warteten die letzten Nachtische auf Eva, daneben stellte Arîn die Reste des Abends für uns zusammen.

»Willst du die Wasabi-Erbsen aufheben oder sind die zum Jetzt-Essen?«, fragte sie.

»Jetzt-Essen. Wo ist Ecki?«, fragte ich zurück.

»Er ist schon gegangen. Er ruft dich an.« Arîn ließ sich heißes Wasser in einen Eimer laufen. Dann begann sie, ihren Arbeitsplatz sauber zu machen, und rief dabei Gülbahar etwas auf Kurdisch zu.

Der geht oft früher, der kann sich das erlauben, weil er der Freund der Chefin ist. Teilte sie das Gülbahar mit? Ich war mir sicher, dass Arîn das dachte, aber natürlich sagte sie es mir nicht. Ecki, die Arbeit und ich. So viele Baustellen!

Aber heute regte ich mich nicht über sein Verschwinden auf, weil mir überhaupt keine Zeit blieb, mich darüber aufzuregen. Denn Eva führte einen Mann in die Küche, mit dem ich zumindest heute nicht mehr gerechnet hatte.

»Es tut mir leid, dass ich Sie so spät noch störe«, entschuldigte sich Brandt nach einem bewundernden Blick auf die Küche. »Aber wir haben in Frau Nowaks Wohnung aktuelle Fotos gefunden. Ich möchte Sie bitten, sich diese anzusehen. Vielleicht erkennen Sie den einen oder anderen. Damit wäre uns sehr geholfen.«

Arîn warf mir einen panischen Blick zu, das bemerkte auch Brandt.

»Nichts Schlimmes, machen Sie sich keine Sorgen. Entschuldigung, ich habe mich Ihnen noch nicht vorgestellt.« Er nannte seinen Namen und gab Arîn und Gülbahar die Hand. »Ich hätte mir wirklich einen anderen Anlass für einen Besuch bei Ihnen gewünscht.«

Diesmal glitt sein Blick sehnsuchtsvoll über die Batterie an Schöpfkellen und Schneebesen, die über dem Herd hingen.

»Möchten Sie etwas mitessen?«, fragte ich. »Oder sind vier weitere Leute am Tisch für Sie als einsamen Esser eine Zumutung?«

»Es wäre mir eine Freude!« Dankbar blickte er in die Runde, bezog auch Eva mit ein, die mit einem Korb voller Brotreste aus dem Restaurant kam.

Jeder nahm sich, was er wollte. Ein schweigsames Mahl, was uns betraf, einzig Brandt redete.

»Was glauben Sie, wie lange ich schon davon träume, mal eine Restaurantküche von innen zu sehen. Und ausrechnet durch diesen traurigen Mordfall geht nun mein Wunsch in Erfüllung. Ihnen gestehe ich es gerne: Kochen und Kochgeschichte gehört meine ganze Leidenschaft.«

Brandt schnupperte an dem Schwarzwälder Schinken, bevor er

eine Scheibe davon aufrollte und in den Mund steckte. Eva reichte ihm das Brot, um das er bat. Gülbahar griff auch nach dem Brot und betrachtete Brandt interessiert. Arîn verzehrte mit großer Konzentration ihr Marzipansoufflé. Wahrscheinlich weil sie sich nicht entscheiden konnte, ob sie Brandt zuhören oder ihre Ohren auf Durchzug stellen sollte. Ich dagegen dachte, dass das Plaudern über Belangloses für Polizisten eine gute Möglichkeit war, die Zungen von Zeugen zu lockern.

»In letzter Zeit habe ich mich sehr mit der Tradition des Leichenschmauses beschäftigt«, fuhr Brandt fort, nachdem er den Erbsen-Wasabi-Schaum getestet hatte.

Ein verständnisloser Blick von Gülbahar, ein irritierter von Eva, keiner von Arîn.

»Klingt merkwürdig, ich weiß«, erklärte Brandt. »Aber für einen Polizisten doch verständlich, oder? Wenn man mit Mord und Totschlag zu tun hat, dann ist es tröstlich, sich mit den Ritualen der Überlebenden zu beschäftigen. Wussten Sie, dass die Chinesen bei einem Leichenschmaus nur weiße Speisen essen? Weil für sie Weiß die Farbe der Trauer ist. Oder dass man bei einem jüdischen Trostmahl, dem *seudat hawra'a*, nur runde Gerichte serviert? Eier, Bagels, Linsen und so weiter, weil das Runde den ewigen Kreislauf von Leben und Tod symbolisiert. In der Ukraine isst man eine Suppe aus Weizenschrot, Honig und Trauben. Wichtig ist, dass die Suppe noch dampft, weil der Dampf die verstorbene Person nährt. ›Der Dampf ist für dich, das Essen für mich‹, sagt man. ›Wo die Seele hingeht, da geht auch der Dampf hin.‹ – Oh, langweile ich Sie?«

Trotz des Redens bemerkte Brandt, dass Eva mehrfach auf die Uhr gesehen hatte.

»Mein Babysitter will Feierabend machen«, erklärte sie. »Und weil Sie doch noch wollten, dass wir uns Fotos ansehen …«

»Aber natürlich. Wie unaufmerksam von mir«, entschuldigte er sich wieder.

War dieses ewige Sichentschuldigen eine Taktik? Oder war Brandt auch als Polizist ein höflicher Mensch geblieben? Ihm fehlte so jegliche Bullenraubeinigkeit.

»Ich räume den Tisch ab«, sagte ich. »Ich kenne wahrscheinlich sowieso keinen von Minkas Bekannten.«

Brandt wischte mit der Serviette den Platz vor sich sauber, bevor er eine Fototasche aus der Jacke zog und diese auf den Tisch legte. Ich stapelte Teller und Schüsseln, während Brandt Arîn und Eva die ersten Bilder zeigte.

»Die sind alle in der Bar des ›All-inclusive‹ aufgenommen«, erkannte Arîn und gab die ersten Bilder an Eva weiter, ohne jemanden darauf zu erkennen. Eva schüttelte bei allen Fotos den Kopf.

»Das sind Lotte und Annika, die zwei bedienen dort.« Arîn deutete bei einem weiteren Foto auf zwei brünette Mädchen, die nebeneinanderstanden und sich an den Hüften fassten.

Das »All-inclusive« kannte ich nicht, die Menschen auf den Fotos kannte ich nicht, also räumte ich das schmutzige Geschirr in die Spülmaschine und machte mich auf den Weg zum Kühlraum, um aufzulisten, was ich für morgen nachbestellen musste. Ich hörte Brandt sagen, dass sie die Fotos in Minkas Nachttisch gefunden hatten.

Sofort tauchte wieder das Vulva-Plakat vor mir auf, das Brandt auch aufgefallen sein musste. Ich versuchte, mir seine Reaktion darauf auszumalen, aber es gelang mir nicht. Hatte es ihn peinlich berührt oder aufgegeilt? Oder hatte er dafür nur einen kühlen Polizistenblick gehabt? Wie sollte man einen Mann einschätzen können, dessen Hobby es war, Mahlzeiten für Tote zu studieren? Ob er wohl auch einen polnischen Leichenschmaus kannte?

Ich würde Brandt später danach fragen. Den zu kochen wäre doch eine gute Möglichkeit, wie wir in der »Weißen Lilie« von Minka Abschied nehmen konnten.

»Nein, das kann nicht wahr sein!« Schrille, hüpfende Obertöne schmerzten meine Ohren. Ich wusste genau, in welch unangenehmen Höhen sich Arîns Stimme verlor, wenn sie sich aufregte oder wütend war. Ich lief zurück in die Küche.

»Katharina!«

Eva, weiß wie ein chinesisches Totenmahl, kam auf mich zu. Sie hielt ein Foto zwischen zwei Fingern, weit von sich weg, so als wäre es vergiftet. Ich riss es ihr aus der Hand. Ein Blick darauf genügte, damit sich ein Schwert in meinen Bauch bohrte. Hitze und Kälte in rasendem Wechsel, Herzstillstand. Ich wollte kein zweites Mal hinsehen, tat es dann aber doch, weil ich nicht glauben konnte, was ich gesehen hatte.

Ecki war immer noch auf dem Bild. Ecki, gemeinsam mit Minka. Die zwei küssten sich. Leidenschaftlich.

»Sie alle kennen diesen Mann?«, fragte Brandt in die Runde.

Keine antwortete, alle sahen nur mich an, warteten darauf, dass ich etwas sagte. Aber wie sollte ich? Mein Herz stand nicht mehr still, es raste, gleichzeitig schnappte ich wie eine Ertrinkende nach Luft.

»Das ist Ecki Matuschek«, brachte ich, ich weiß nicht wie, heraus. »Er ist mein Freund.«

Wenn Brandt jetzt seinen mitleidigen Hundeblick aufgesetzt oder wieder sein Bedauern geäußert hätte, wäre eine Bratpfanne in seine Richtung geflogen, oder ich hätte ihn schreiend vor die Tür gesetzt. Aber Brandt blickte mich gar nicht an. Er stand auf, nahm mir das Foto aus der Hand und ging ohne ein Wort des Abschieds.

Auch Gülbahar hatte sich schon unbemerkt verdrückt, dafür rührten sich Arîn und Eva nicht vom Fleck. Ich fühlte mich, als hätte man mir alle Kleider vom Leib gerissen.

»Ihr habt es gewusst«, kreischte ich. »Ihr wart zu feige, es mir zu sagen.«

»Katharina!« Eva, Mitleid im Blick, kam auf mich zu, wollte mich umarmen.

»Lasst mich allein«, brüllte ich. »Haut bloß ab!«

»Soll ich dich nach Hause fahren?« Eva, voller Sorge.

»Ihr sollt abhauen!«

Die zwei bewegten sich erst, als ich nach einer Bratpfanne griff. Als sie endlich verschwunden waren, ließ ich die Bratpfanne fallen. Ich wusste nicht mehr, was ich mit ihr gewollt hatte. Ich wusste gar nichts mehr.

Schmerz, dunkler als das Schwarz der Nacht. Mülheims Straßen leer. Frost in der Sommerluft. Traurige Akkordeonklänge von irgendwoher. Das ferne Rauschen der Autos auf der Mülheimer Brücke. Alleinsein auf immer und ewig, die Liebe verraten und verkauft, nur noch Kummer und Sorgen, nimmer endendes Leid, die Welt durch Untreue verseucht.

War ich tatsächlich noch Auto gefahren in jener Nacht? Musste ich, denn ich hatte mich irgendwann in der Kasemattenstraße wiedergefunden und erst, als der Schlüssel in der Haustür steckte, überlegt, was ich tun würde, wenn Ecki zu Hause wäre. Rausschmeißen auf der Stelle, großer Auftritt, opernhaft aufgeblähte Emotionen inklusive Zahnbürstehinterherwerfen? Ein winziges Gefühl der Genugtuung beschlich mich bei der Vorstellung, dass er winseln würde: »Kathi, tu's nicht!«

Aber Ecki war nicht da, niemand war da. Adela und Kuno in ihrem Friedenscamp, Ecki in einer Ich-weiß-nicht-wo-Bar, auf einem Ich-weiß-nicht-wo-Schiff, in einem Ich-weiß-nicht-wo-Flieger. Wenn's schwierig wurde, verdrückte er sich. Gründlich, endgültig, ich traute ihm alles zu. Was für ein Fehler, ihm nicht immer alles zugetraut zu haben.

Minka hatte ich ihm nicht zugetraut, eine Affäre direkt vor meiner Nase hätte ich ihm niemals zugetraut. Das war ins Gesicht gespuckt, in den Bauch geschlagen, in die Kniekehlen getreten.

Die Fotos im Flur ein weiterer Schlag ins Gesicht. Wir vier beim Fondue-Essen an Neujahr, Kuno und Ecki im Biergarten des Deutzer Bahnhofs, Ecki und ich im Stammheimer Schlosspark, wir zwei an Karneval, Ecki als Gigolo und ich als Freiheitsstatue verkleidet. Gigolo! Bei dieser Kostümierung hätten bei mir doch alle Alarmglöckchen läuten sollen. Taten sie aber nicht, vertraut hatte ich dem Mistkerl.

Bei dem Bild von uns beiden auf der Hohenzollernbrücke schossen mir die Tränen in die Augen. Ein namenloser Tourist hatte das Foto von uns gemacht, an dem Tag, als Ecki mir erzählte, dass er bleiben wollte. Wir hatten uns vor die stetig wachsende Schlössersammlung am Zaun der Brücke postiert, wo Tausende von Liebenden seit einigen Jahren ein Schloss anbringen und den Schlüssel dazu in den Rhein werfen.

Ecki hatte sich darüber lustig gemacht. »Bei so viel Liebesschwür'n auf den Schultern ist's ein Wunder, dass die Brück' noch steht, Kathi!« Ecki! Ach, Ecki!

Taschentücher fand ich in der Küche, im Kühlschrank auch ein Bier, aber es schmeckte nicht. Stattdessen überfiel mich ein gieriges Verlangen nach Zigaretten, am liebsten hätte ich mich vollständig eingenebelt. Dabei hasste ich Zigaretten.

Wieso hatte ich nichts bemerkt? Frauen merken doch immer, wenn ihre Männer sie betrügen. Wieso ich nicht? Dabei war es doch direkt vor meiner Nase passiert. Unter meinen Augen in der Küche der »Weißen Lilie«.

Hatten sie sehnsüchtige Blicke getauscht, während ich mein Fleisch anbriet? Sich kleine Zettelchen mit neckischen Liebesbotschaften zugeschoben, während ich Bestelllisten schrieb? Im Dampf der Spülmaschine heimliche Berührungen gewagt, während ich keine zwei Meter weiter den Herd sauber schrubbte? Es in der Kühlung miteinander getrieben, während ich Small Talk mit den Gästen machte? Ich wollte es mir nicht vorstellen, ich konnte es mir nicht vorstellen. Zu ungeheuerlich.

Wie lange hatte die Affäre gedauert? Einen Monat? Ein halbes Jahr? Ich versuchte mich zu erinnern, ob es einen Wendepunkt in unserer Beziehung gegeben hatte, ab dem alles anders oder zumindest ein bisschen anders geworden war. Ich fand nichts. War Ecki ein so guter Schauspieler oder ich eine so lausige Beobachterin?

Die Küche, in der wir so oft fröhlich gefrühstückt hatten, mutierte zu einem feindlichen Raum, ich floh in mein Zimmer. Der süßlich schwere Duft der weißen Lilien schnürte mir die Luft ab. Die Lilien, ein Geschenk von Ecki als Morgengabe für eine Liebesnacht, nicht mal zwei Tage her. Ich riss sie aus der Vase, öffnete das Fenster und warf sie in den Hinterhof. Der Duft blieb zurück, genau wie die Bilder in meinem Kopf.

Wie Ecki von hinten nach meinen Brüsten greift, mir seinen heißen Atem ins Ohr bläst, mir zuflüstert, dass es das Größte sei, mit mir zu »mausen«, wie er es so gern auf Österreichisch ausdrückte. Hatte er mit ihr auch so geschlafen? Am selben Tag vielleicht? Nur ein paar Stunden zuvor? Ich rannte ins Bad und kotzte das Bier aus.

Auch mein Zimmer war jetzt vermintes Gelände, ich suchte im Wohnzimmer Asyl. Fernseher an, Zappen durchs Nachtprogramm. Kabarett auf WDR, Boxen auf Eurosport, Talkshow im Ersten, Wichsvorlagensex auf den Privaten. Ich sehnte mich nach Rieselbildern, dem Testbild von früher, einer Doku über die Karpaten oder einem Kriegsfilm mit viel Haudrauf ohne Liebesgeschichte. Wünsche, die das Fernsehen mir nicht erfüllte, keiner erfüllte mir irgendwelche Wünsche.

Was war mit Schlaf? Wenigstens für ein paar Stunden. Loslassen, abtauchen, süß schlummern, aufwachen in der Hoffnung, dass dies alles ein furchtbarer Alptraum war. Nicht dran zu denken.

In der Verzweiflung ist der Schlaf kein Verbündeter. Er verweigert dir den Eintritt in sein Reich, für ihn bist du eine Aussätzige, eine Kainsmalbefleckte ohne Anspruch auf Erlösung. Ich wälzte mich auf dem Sofa hin und her, zerknüllte Kissen, entwirrte die Decke, dann stieg ein Feuer in mir auf und bescherte mir eine völlig unbekannte fiebrige Körperhitze. Zweimal wechselte ich das schweißnasse T-Shirt, endlich ebbten die Wallungen ab.

Gegen fünf rief ich Ecki an. Ich sprach mit der Mailbox. »Warum tust du mir das an? Warum tust du mir das an?«, wiederholte ich so oft, bis ich nur noch ein Piepen hörte.

Irgendwann rumpelte die erste Bahn über den Gotenring, frühes Morgenlicht schmerzte die müden Augen, die Vögel im Hinterhof zwitscherten sich fröhlich in den neuen Tag. Vergiften, abknallen, jeden Einzelnen.

Dann, völlig erschöpft, wurde ich in ein Zwischenreich ohne Kontrolle über die Bilder, die mich heimsuchten, hineingezogen: der Drachenfels im Nebel verborgen, Ecki und ich, Arm in Arm, auf dem steilen Weg nach oben. Herbstlaub raschelt unter den Füßen, welke Lindenblätter wehen wie Schneeflocken durch die Luft, am Himmel lärmen Vogelschwärme und üben ihre Formation für den Weg in den Süden. Oben angelangt, hat sich der Nebel verzogen. Alles ist licht und klar. Küsse zwischen den kühlen Ruinen, davonlaufen und sich einfangen auf den schmalen Wegen zwischen den Mauerresten, ganz oben sein und hinunterschauen auf die Welt zu unseren Füßen. Auf die Insel Nonnenwerth, die wie ein großes gülden gefärbtes Blatt im silbernen Band des Rheins glänzt. Der Fluss und die Weite für Ecki, die feste Burg und den Boden unter den Füßen für mich. Sich an den Händen halten, still sein, die Zeit vergessen, wissen, dass dies Glück ist. Weil nichts fehlt, weil alles gut ist.

Der Geschmack von Salz vertrieb die Bilder. Ich schreckte hoch und merkte, dass ich meine Tränen abgeleckt hatte, doch zumindest das T-Shirt klebte mir nicht wieder am Leib, und mit einem Mal wusste ich: Die Hitzewallungen waren keine Boten der Wechseljahre, und dieses Foto von Ecki und Minka war falsch. Eine Montage, ein Fake, heute ließ sich so etwas problemlos machen. Alles ließ sich heute fälschen. Angela Merkel mit Adenauer am Frühstückstisch, Lenin mit Hitler Arm in Arm, Osama bin Laden zu Füßen von Barack Obama, Minka mit Ecki im Kuss vereint, alles kein Problem für einen, der geschickt war. Jemand wollte Ecki und mich auseinanderkriegen. Jemand trieb ein verdammt mieses Spiel mit uns. Aber so leicht ließ ich mich nicht ins Bockshorn jagen.

Noch einmal telefonierte ich mit Eckis Mailbox. »Ich weiß, dass man uns linken will, mein Liebster. Wir haben schon so viel miteinander durchgestanden. Wir klären das. Ruf mich an, uns kann niemand auseinanderbringen.«

Bestimmt war sein Akku leer. In der Hoffnung, dass Ecki vielleicht bei ihm untergekrochen war, rief ich Benedikt, Eckis einzigen Wiener Kumpel in Köln, an. Der war nicht ausgeschlafen und mies gelaunt. So erfuhr ich nur, dass er seit Wochen nichts von Ecki gehört hatte und jetzt wieder ins Bett musste. Ich dagegen schleppte mich unter die Dusche, rüstete mich mit frischen Kleidern, kochte Kaffee und briet mir Speckeier. Ich brauchte Kraft für den Tag.

FÜNF

Ich suchte mein Auto. Es stand nicht am Von-Sandt-Platz, wo ich sonst meist noch irgendwo einen Parkplatz fand. Ich lief die Siegesstraße bis zum Finanzamt hinunter, ohne es zu entdecken. Hatte ich es auf dem Gotenring im absoluten Halteverbot geparkt? Hatte ich damit einen Unfall gebaut? Sosehr ich mich auch anstrengte, ich erinnerte mich nicht daran, wie ich gestern Nacht nach Hause gekommen war. Die Zeit zwischen dem Betrachten von Brandts Foto und dem Öffnen der Haustür in der Kasemattenstraße füllte nichts als ein schwarzes Loch.

Am Gotenring parkierten wie immer einige Wagen im absoluten Halteverbot, aber nicht meiner. War die Karre abgeschleppt worden? Oder sollte ich so klug gewesen sein, den Wagen vor der »Weißen Lilie« stehen zu lassen? Bevor ich die Telefon-Odyssee durch die Kölner Abschleppfirmen in Angriff nahm, wollte ich in Mülheim nachsehen.

Am Stadthaus nahm ich die Linie 4 und ließ mich damit zur Keupstraße bringen. Alle Zeitungen, die um mich herum gelesen wurden, titelten mit der Finanzkrise. Mehrmals las ich, dass die Kanzlerin sauer auf Griechenland war. Die Märkte, die Experten, die Politiker, überhaupt alle waren in Sorge um den Euro. Entgegen der allgemeinen politischen Großwetterlage hatten meine persönlichen Sorgen ausnahmsweise mal nichts mit Geld zu tun.

Die kleinste meiner Sorgen wurde ich schnell los. Mein Wagen stand tatsächlich brav zwischen zwei Bäumen vor dem Spielplatz, wo ich ihn gestern nach dem Besuch bei der Polizei abgestellt hatte.

Als das geklärt war, drängten sich die größeren Sorgen in die erste Reihe. Wer hatte die Fotomontage von Ecki und Minka gemacht? Oder sie in Auftrag gegeben? Was für eine Rolle spielte Minka dabei? Hatte dieses Foto etwas mit ihrem Tod zu tun? Fragen über Fragen und nicht die leiseste Idee einer Antwort. Wieder wählte ich Eckis Nummer, diesmal hörte ich, dass der Teilnehmer zurzeit nicht erreichbar sei. Hatte er das Handy ausgestellt? War sein Akku leer? Wo steckte er?

Autohupen ließ mich zusammenfahren, Herr Yildiz parkte seinen Getränkelaster vor der Tür der »Weißen Lilie«. Stimmt, heute war Donnerstag, Yildiz kam immer am Donnerstag, nur ich hatte heute nicht an ihn gedacht.

»Schützenfest …« Yildiz deutete beim Aussteigen auf die blau-weiß-roten Fähnchen, die im Zickzack über die Straße gespannt waren. Fähnchen, die jedes Jahr zum Schützenfest aufgehängt wurden. Auch die hatte ich bisher nicht gesehen. »Wenn die Schützen in den nächsten Tagen so ein Wetterchen haben, dann geht im Festzelt ordentlich Kölsch weg. Das ist ein Sönnchen, was, Frau Schweitzer?«

Stimmt, auch dass die Sonne wieder schien, war mir bisher entgangen.

»Ein paar Kästen Wasser mehr, Frau Schweitzer? Und was ist mit Light-Bier? Das geht sehr gut bei Sonnenschein«, pries er seine Ware an. »Ich persönlich steh nicht auf dieses Light-Zeugs. Es ist doch eigentlich eine Schande, dass die Leute immer weniger Kölsch trinken, oder? Stattdessen dieses neumodische Zeugs. Mix hier, Brause da. Dabei gibt es doch gegen einen ordentlichen Sommerdurst nichts Besseres als ein frisch gezapftes Kölsch.« Ein sattes Rollern ertönte, als er die Tür des Transporters aufschob. »Können Sie mal die Tür festhaken, damit ich ausladen kann?«

Ich kramte meinen Schlüssel aus der Tasche und wollte die Tür aufsperren. Brauchte ich aber nicht, die Tür war offen. Mein Pulsschlag schoss in die Höhe und machte mich so wach, wie ich seit Tagen nicht gewesen war. In aller Eile inspizierte ich die »Weiße Lilie«. Gläser, ordentlich aufgereiht, die teure Kaffeemaschine an ihrem Ort, Teller, Besteck, alles im Restaurant war da, nur in der Küche fand ich eine Bratpfanne auf dem Boden. Keiner von uns Köchen ließ eine Bratpfanne am Boden liegen, jemand war in der Küche gewesen. Ich lief zurück zur Eingangstür.

»Dachte schon, Sie hätten mich vergessen«, meinte Yildiz, der mit einem Stapel Wasserkisten davor wartete.

Ich hielt ihm die Tür, kontrollierte das Schloss. Es wies keinerlei Kratzspuren auf. Entweder ein Profi oder jemand, der einen Schlüssel hatte. War Ecki gestern Nacht zurückgekommen? Warum?

»Was ist jetzt, Frau Schweitzer? Wasser wie immer oder ein paar Kästen mehr?«, fragte Yildiz.

»Wie viele Kästen stehen noch unten? Zwei? Dann stellen Sie

noch zwei zusätzliche dazu. Das muss reichen, auch bei schönem Wetter. Drei Kästen Kölsch und noch einen Kasten Light, Mix, Brause gemischt.«

»*Merhaba*«, grüßte Yildiz Arîn, die jetzt zur Tür hereinkam, dann verschwand er, um die restlichen Getränke zu holen.

»Jemand war heute Nacht in der ›Weißen Lilie‹«, klärte ich Arîn auf. »Die Tür war offen, und in der Küche liegt eine Bratpfanne auf dem Boden. Ich muss in den Kühlräumen und im Weinkeller nachsehen, ob nichts geklaut wurde. Kontrolliere, was Yildiz gebracht hat, und zeichne dann den Lieferschein gegen.«

In den Kühlräumen fehlte nichts, auch im Weinkeller war nicht geräubert worden.

»Alles in Ordnung«, sagte ich zu Arîn, als sie mir den Lieferschein reichte. »Es ist nichts geklaut worden, dennoch beunruhigt es mich, dass jemand hier drin gewesen ist.«

»Ka... kann es nicht sein, dass du gestern vergessen hast, abzuschließen?«, stotterte sie.

Das schwarze Loch. Durchaus möglich, dass ich nicht nur das Auto stehen gelassen, sondern auch vergessen hatte, die Tür abzuschließen.

»Aber was ist mit der Bratpfanne?«

Jetzt sah Arîn mich sehr merkwürdig an. Hatte ich etwas Unsinniges gesagt? Ich kam nicht dazu, nachzufragen, denn das Klingeln des Telefons ließ Arîn fluchtartig ins Restaurant spurten.

»Einen Moment, ich muss nachsehen, ob sie schon da ist«, hörte ich sie antworten.

»Das ist Frau Mombauer für dich«, flüsterte sie, die Hand über die Sprechmuschel gelegt beim Zurückkommen. »Soll ich ihr sagen, dass du sie zurückrufst?«

Der Pachtvertrag. Die Wohnung. Dafür hatte ich nun wirklich keine Zeit, das musste warten. Ich nickte.

»Sie sagt, dass sie heute Abend vorbeikommt, damit du den Mietvertrag unterschreiben kannst«, berichtete Arîn, nachdem sie den Off-Knopf gedrückt hatte. Wieder sah sie mich so merkwürdig an. »Wie fühlst du dich? Willst du die ›Weiße Lilie‹ heute überhaupt aufmachen?«

»Natürlich! Gülbahar kommt doch, oder? Und Ecki hat mich, wenn es wichtig war, noch nie im Stich gelassen.«

»Ecki kocht heute hier?« Jetzt sah Arîn mich an, als hätte ich nicht alle Tassen im Schrank.

Natürlich, ich musste es ihr erklären. »Ich war gestern von dem Foto genauso schockiert wie ihr. Aber dieses Foto ist nicht echt, das ist montiert, zusammengepuzzelt. Ecki und Minka hatten nichts miteinander, oder? Ganz ehrlich, Arîn, und du brauchst keine Angst zu haben, dass du mich verletzt oder so. Hast du jemals mitbekommen, dass zwischen den beiden etwas lief?«

»Ich schwör's dir, niemals«, flüsterte Arîn. »Minka hat mir doch immer nur von diesem verheirateten Liebhaber erzählt, ohne je seinen Namen zu nennen.«

»Siehst du, und das kann nicht Ecki gewesen sein. Denn Ecki ist nicht verheiratet. Ich sage dir, da läuft eine ganz, ganz miese Sache gegen uns. Wir müssen Ecki aus der Schusslinie bringen. Der hat mit alldem nichts zu tun.«

»Aber«, setzte Arîn an und stockte.

»Was, aber?« Ich schickte ihr einen Blick, der sagen sollte, egal, was jetzt kommt, es bringt mich nicht um.

»Gestern, als du bei der Polizei warst, da habe ich mitbekommen, dass Ecki einen Anruf von Tomasz gekriegt hat. Und Tomasz heißt ein Freund von Minka aus dem ›All-inclusive‹.«

»All-inclusive«, schon wieder das »All-inclusive«. Liefen dort alle Fäden dieser Intrige zusammen?

»Wer ist dieser Tomasz? Was macht er im ›All-inclusive‹?«

»Mitte dreißig, schätze ich. Was er genau macht, weiß ich nicht. Das ist einer, der Gott und die Welt kennt und in vielen Töpfen rumrührt. Sieht sehr gut aus, die Mädels im ›All-inclusive‹ stehen alle auf ihn.«

»Auch Minka?«

»Die hatte mal was mit ihm. Aber nur kurz.«

»So, so.« Das war doch ein Hinweis. »Tomasz und weiter?«, fragte ich.

»Keine Ahnung. Ich kenne ihn nur als Tomasz. Und der Name ist doch so ungewöhnlich, dass ich gestern, als Ecki telefoniert hat, natürlich sofort an Minkas Tomasz gedacht habe. Deshalb hat es mich doch so gewundert, dass Ecki ihn auch kennt.«

»Tomasz und ›All-inclusive‹. Darum kümmere ich mich später. Jetzt müssen wir uns an die Arbeit machen.«

»Da ist noch was …« Sie ging zur Kasse ins Restaurant und fuhr den Rechner hoch. »Ich weiß nicht, ob ich dir das heute noch zumuten kann. Du wirst ausflippen«, fürchtete sie, als sie ein paar Internetseiten aufrief und mir zeigte, was sie im Netz zur »Weißen Lilie« entdeckt hatte.

»Die ›Weiße Lilie‹. Keine gute Erfahrung! Machen auf fein. Teuer und nicht gut für den Preis! Wurde leider auch nicht satt. Und dafür war ich extra auf die andere Rheinseite gefahren. *Sonnyboy*.«

»Das Essen, für das Katharina Schweitzer immer wieder hoch gelobt wurde, war so lala. Und der Rest war medioker. Was meine ich damit? Ich muss jetzt aufpassen, dass das, was ich schreibe, nicht arrogant oder abschätzig klingt. Der ›Weißen Lilie‹ fehlt es letztlich an allen Ecken und Enden an dem, was der Franzose ›classe‹ (Klasse) nennt. *GretaG*.«

»Der Spargel in der ›Weißen Lilie‹ ganz schlechte Qualität! Holzig bis zum Gehtnichtmehr. Zerlassene Butter war ganz schwer aufzutreiben. Stattdessen brachte man Olivenöl und Zitrone, damit wir uns selber eine Soße basteln können. Das Öl hatte eine ausgesprochen schlechte Qualität. Es schmeckte außerdem etwas ranzig. *Trulala13*.«

»Ein langweiliges Publikum, ein bemühter Service, eine mittelmäßige Küche. Die ›Weiße Lilie‹ ist nicht zu empfehlen. Ganz schmieriger Laden. Große Töne und nix dahinter. *GuterEsser*.«

»Alles erst gestern ins Netz gestellt, als hätten sich die Gäste abgesprochen«, erklärte mir Arîn. »Und glatt gelogen. Wir haben kein schlechtes Olivenöl, und unser Spargel ist frisch wie sonst was. Und diese *GretaG* macht auf fein und intellektuell, schreibt aber schlechter als Mittelmaß.«

Ich wusste sofort, woher der Wind wehte. Dahinter steckte bestimmt dieser Giftzwerg. Hatte drei Freunden was in die Feder diktiert und das Geschmiere ins Netz gestellt. Ich ging nach draußen ins Restaurant und sah im Reservierungsbuch nach. Ausgebucht heute und das komplette Wochenende. Der Mistkerl konnte mich mal.

»Wenn die Kacke am Dampfen ist, dann richtig.« Arîn schloss den Rechner.

»Los, ran an den holzigen Spargel und das ranzige Olivenöl!«, rief ich ihr auf dem Rückweg in die Küche zu. »Unser schmieriger Laden ist heute nämlich ausgebucht. Ganz viele Leute wollen unsere mediokre Küche kosten.«

»Du lässt dich echt nicht unterkriegen, Katharina!« In Arîns Blick leuchtete ungläubige Bewunderung. Sofort machte sie sich eifrig und wahrscheinlich erleichtert, weil ich nicht ausgeflippt war, an ihr *Mise en place*.

Ein Würfel aus Gurkengelee mit Gin-Schaum, Radieschen und asiatischer Kresse als Amuse-Bouche. Heute war mir die Idee dazu wie von selbst gekommen. Der Rest wie gehabt, an dem Rhabarber-Kompott mit Berberitzen galt es noch ein wenig zu feilen.

Evas besorgtem Blick wich ich aus, als sie etwa eine Stunde später in die Küche kam, um nach dem heutigen Amuse-Bouche zu fragen. Die Gurkenwürfel im Kühlschrank, das Rhabarber-Kompott mit Berberitzen von der Speisekarte genommen – doch zu herb –, stattdessen einen Klassiker der badischen Nachtischküche hinzugefügt: Biskuit in Weinschaumsoße, dazu ein in Cointreau marinierter Erdbeersalat. Den Biskuitteig füllte ich in eine Palette kleiner Silikongugelhupfe. Lange hatte ich mich gegen dieses Plastikzeugs in der Küche gewehrt, aber so ein empfindlicher Kuchen wie Biskuit lässt sich aus nichts besser lösen als aus Silikon. Biskuit in den Ofen, Wecker stellen, die ersten Amuse-Bouche anrichten. Fliegender Wechsel auf dem Fleischposten, Fisch heute auch, denn Ecki kam nicht. Lamm parieren, Fisch filetieren. Nicht an Ecki denken. Nicht an Ecki denken!

»Zweimal Spargelsalat, dreimal Radieschen-Carpaccio, zweimal Lamm, einmal Lachs, einmal Schwarzwälder. Einmal das Lamm ohne Couscous. Was hast du als Alternative, Katharina?« Eva läutete den täglichen Wahnsinn ein.

»Polenta«, rief ich zurück.

»Arîn?« Noch einmal Eva. »Einen Spargelsalat ohne Walnussöl.«

»Alles klar«, bestätigte Arîn.

Wir brauchten Ecki nicht in der Küche, unsere Frauenwirtschaft funktionierte wunderbar. Aber ich brauchte Ecki. Ich. Ecki. Ecki und ich. Nicht dran denken, arbeiten, den Tag überstehen.

»Dreimal Schwarzwälder, einmal ohne Kratzede, stattdessen Kartoffeln, und da ist ein Typ, der sich nicht abwimmeln lässt«, meldete Eva eine Viertelstunde später, und schon drängelte hinter ihr Keanu Chidamber in unsere Küche.

Er trug eine Zeitung unter dem Arm und wirkte nicht mehr so massagemäßig entspannt wie bei unserer ersten Begegnung vor zwei

Tagen. Wieder trug er Leinen und so einen albernen Hawaiischal. War dieser Geck Minkas Mörder? Ziemlich dreist von ihm, dann hier in der »Weißen Lilie« aufzutauchen!

Vom Gardemanger-Posten kam ein wütendes Knurren. Arîn wetzte die Messer, sie würde dem Kerl an die Gurgel gehen, wenn ich ihn nicht schnell wieder vor die Tür setzte. Er bemerkte das gar nicht, er schlängelte sich frech an Eva und dem Pass vorbei direkt neben mich an den Herd.

»Ich weiß nicht, ob Sie es schon wissen, aber –«

»Was immer Sie wollen, ich habe jetzt keine Zeit dafür. Weg da! Gäste haben hier keinen Zutritt.« Mit einer heißen Pfanne in der Hand drängte ich ihn hinter den Pass zurück.

»Minka Nowak ist tot. Man hat sie aus dem Rhein gefischt. Sie ist ermordet worden, sagt die Polizei. Ich kann es nicht glauben, eine so begabte junge Frau. So blühend, so mitten im Leben. Noch einen Aufbaukurs und sie hätte ihren Meister in Lomi-Lomi-Massage machen können. Wissen Sie Näheres? Wissen Sie, wer der Schurke –?«

»Was wollen Sie hier?«, bellte ich ihn an, weil sich Arîns Knurren zu einem wütenden Grollen aufbaute.

»Den Schwarzwälder, Katharina!« Eva schob Chidamber vom Pass weg zum Fenster und stellte mir die Teller zum Anrichten parat.

Die Kratzede noch einmal in der Pfanne durchschütteln, die Kartoffeln abschütten, den Schwarzwälder aufschneiden.

»Arîn, der Spargel!«

»Mörder«, zischte Arîn in Richtung Fenster, als sie den Spargel auf die Teller verteilte.

»Wie können Sie so etwas überhaupt nur denken?«, empörte sich Chidamber und rückte wieder zum Pass vor. »Niemals hätte ich dieser Frau etwas antun können. Sie hatte Hände, wie man sie selbst in unserer Branche nur sehr selten findet. Heilende Hände, wenn Sie verstehen, was ich meine. Eine Gabe, die nur sehr wenigen gegeben ist.«

Endlich war meine Hollandaise aufgeschlagen. Ich löffelte sie über den Spargel, dekorierte mit Schnittlauchstängeln, und schon schob Eva sich die fertigen Teller auf den Arm. Die Hauptgänge waren durch. Ich besah mir auf den Bestellzetteln die gewünschten Nachtische. Dreimal Weinschaumsoße, die musste immer frisch aufgeschlagen sein, ich musste warten, bis Eva die brauchte.

»Also: Was wollen Sie hier?«, fragte ich Chidamber.

»Mich macht der Tod von Minka völlig verzweifelt. Nicht nur weil eine so große Begabung ein so gewaltsames Ende gefunden hat. Es ist so …« Er stakste von einem Bein aufs andere und pumpte sich seinen Altherrencharme ins Gesicht. »Minka hatte etwas von mir, für mich, wie Sie wollen. Deswegen habe ich ja bereits vor zwei Tagen nach ihr gefragt. Bestimmt haben Sie hier für Ihre Angestellten einen Spind, ein Schließfach, einen Schrank für Privates. Sie verstehen, was ich meine?«

»Nein«, sagte ich.

»Nun, vielleicht hat sie das, was sie mir geben wollte, hier bei Ihnen deponiert? Wenn Sie mir also die Gelegenheit geben würden, einen Blick auf Minkas zurückgelassene Privatissime zu werfen?«

»Nein«, wiederholte ich.

»Ich kann Ihr Misstrauen verstehen, schließlich bin ich ein völlig Fremder für Sie, aber glauben Sie mir, Minka« – ein Blick gen Himmel – »wäre damit völlig einverstanden, wenn –«

»Was wollte Minka Ihnen geben?«, unterbrach Arîn ihn.

»Pardon, aber darüber …« Es gelang ihm, zentnerschweres Bedauern in seinen Blick zu legen.

»Egal, ob Minka Ihnen etwas schuldete oder nicht, wir sind dafür nicht zuständig. Wenden Sie sich an die Polizei.« Ich deutete mit dem Kopf in Richtung Ausgang.

»Erschöpfung« – er schickte mir einen Röntgenblick – »kann sehr schnell zu Verspannungen führen. Ohne Ihnen zu nahe treten zu wollen, Sie pfeifen auf dem letzten Loch. Mörderische Kopfschmerzen, Rückenprobleme, teils irreparable, können die Folge sein. Lomi-Lomi hilft Ihnen, zu entspannen und wieder ins Gleichgewicht zu kommen. Wie heißt es so schön? Eine Hand wäscht die andere. Eine Lomi-Lomi-Massage von Meisterhand und im Gegenzug –«

»Raus«, brüllte ich, »und zwar sofort!«

»Du lässt ihn doch nicht einfach so hinausspazieren«, platzte Arîn dazwischen. »Ruf doch diesen Bullen an, der gestern hier war, damit er sich den Windhund vorknöpfen kann.«

»Raus!«, wiederholte ich, und tatsächlich, Chidamber drängelte sich mit der gleichen Hast nach draußen, mit der er hereingekommen war.

Er rannte dabei fast Irmchen über den Haufen, die plötzlich auch in der Küche stand. Heute war hier ein Betrieb wie in einem Hühnerstall.

»Nachtische«, rief ich Arîn zu und kitzelte alles an Chefin in meinen Blick, was noch in mir war. »Tempo, Tempo. Irmchen, setz dich, komm später wieder oder hilf Gülbahar. Wir haben zu tun!«

Ruhige Patissier-Finger waren etwas anderes, feines Ziselieren ging heute nicht, aber irgendwie schafften wir es dennoch, die Nachtische grandios aussehen zu lassen.

Endlich durchatmen, der erste Schluck Wasser, ein Blick über das Schlachtfeld. Die Spülmaschine rumpelte und rauschte, Gülbahar spülte mit der Handbrause das schmutzige Geschirr vor, und auf einem Stuhl daneben saß Irmchen und trocknete Besteck ab.

»Irmchen«, sagte ich, weil ich sie ganz vergessen hatte.

»Habt ihr denn nicht ein anständiges Poliertuch? Ohne so was kriegt man doch das Besteck nicht glänzend.« Irmchen musterte das Messer in der Hand kritisch und rieb noch ein bisschen weiter an ihm herum. »Auf der Frankfurter Straße, da gab es früher so ein Haushaltswarengeschäft, die hatten Eins-a-Poliertücher, das gibt es aber nicht mehr. Ist jetzt so ein Ein-Euro-Laden oder so eine Deko-Kette drin. Gut einkaufen kann man auf der Frankfurter schon lang nicht mehr.«

»Du bist bestimmt nicht zum Besteckpolieren runtergekommen, oder, Irmchen?« Ich goss mir das nächste Glas Wasser ein. Ein paar Minuten ruhig stehen, dann würde ich mich ans Aufräumen machen.

»Das Haus macht mir Sorgen, jetzt, wo der alte Mombauer tot ist. Was, wenn Sabine es verkauft? Dann schmeißen sie mich raus oder erhöhen die Miete. Dabei würde ich gerne noch hier wohnen bleiben. Solange es eben geht. Direktumzug zum Ostfriedhof wäre mir am liebsten.« Sie legte das polierte Messer in den Besteckkasten, griff dann nach ihrem Stock und kam zu mir. »Weißte, was ich mir gedacht hab?« Sie lehnte sich neben mich an den Pass und fuchtelte ein wenig mit ihrem Stock in der Luft herum. »Du kannst das Haus kaufen. Dein Laden brummt doch, und jung genug für einen Kredit bei der Bank bist du auch noch.«

Sie sah mich an, als hätte sie einen verdammt guten Vorschlag aus ihrem Stock gezaubert.

Die Wohnung, der Pachtvertrag, das Haus, die Mombauer, die

gleich vorbeikommen wollte. Die Pläne, die Zukunft. Für alles brauchte ich Ecki. Ein Kontrollblick aufs Handy. Er hatte nicht angerufen, und als ich es erneut versuchte, meldete sich wieder die Stimme, die mir sagte, dass der Teilnehmer zurzeit nicht erreichbar sei.

»Na, was hältst du davon?« Irmchen tippte mich leicht mit dem Stock an.

»Ich hab kein Geld«, murmelte ich ausweichend. »Und mein Kredit für die Küchenausstattung ist noch lang nicht abbezahlt.«

»Aber für dich wär's doch auch schlimm, wenn du hier rausmüsstest, oder?«, hakte Irmchen nach.

»Eine Katastrophe! Aber noch reden wir über ungelegte Eier. Und dich kriegt keiner so schnell hier raus, so lange, wie du schon hier wohnst!« Ich trank das Wasser aus und versuchte, zuversichtlich zu gucken.

Arîn drängelte sich an uns vorbei zur Spüle, um sich einen Eimer Wasser zum Saubermachen zu holen.

»Ich hätte den Kerl nicht so einfach gehen lassen. Ich meine, was wollte der von Minka? Und die Nummer mit dem Spind war doch megamerkwürdig, oder?«

»Redet ihr von dem, der aussieht wie dieser Silvester-Geiger aus dem Fernsehen? Der mich fast umgerannt hat? Der ist schon mal hier gewesen und hat Minka abgeholt«, mischte sich Irmchen ein. »Ecki hat noch mit den beiden geschwätzt. Bestimmt weiß der mehr.«

Mit Sicherheit wusste Ecki mehr, aber was nutzte das, wenn er sich nicht meldete? So viel gäbe es mit ihm zu klären. Das Foto, dieses widerliche Foto. Wenn ich nur schon sein Kopfschütteln sehen, sein befreites Lachen hören könnte, denn so würde er zweifellos beim Betrachten des Fotos reagieren. Und dann würde er fragen: »Geh her, Kathi. Willst mi auf den Arm nehmen? Ich und die Minka? Was soll der Scheiß?«

»Ich finde, wir sollten nachsehen, was in Minkas Spind ist«, schlug Arîn vor, als sie mit dem jetzt vollen Wassereimer wieder an uns vorbeikam.

»Wenn wir fertig sind«, entschied ich und nickte Irmchen zu. »Wir müssen.«

»Ich auch«, seufzte sie und stakste mit ihrem Stock dem Ausgang zu.

An der Tür drehte sie sich um und sah mich an. Überleg es dir noch mal, sagte ihr Blick. Ich zuckte zusammen, weil eine weitere Last auf meine Schultern gelegt wurde. Mühselig und beladen fühlte ich mich, und genauso schleppte ich mich zum Spülbecken und mit dem Putzwasser zurück zum Herd. Arîn, die bereits mit Aufräumen fertig war, nahm mir die Pfannen ab, schüttete die Reste für ein spätes Abendmahl auf Teller und stellte sie unter den Salamander am Pass.

»Lass uns erst nachgucken, bevor wir essen«, bat sie.

Wie uns allen hatte ich Minka einen Spind in dem kleinen Raum mit Waschmaschine und Trockner zugewiesen, den wir auch zum Umziehen nutzten. In Minkas steckte ein metallrotes Vorhängeschloss, wie sie zu Tausenden am Zaun der Hohenzollernbrücke hingen. Hohenzollernbrücke, das Foto von Ecki und mir in unserem Hausflur, aufgenommen an einem glücklichen Tag. Mir war nach Heulen, aber ich hatte das ungute Gefühl, dass ich, wenn ich damit anfing, nie mehr aufhören würde.

»Beißzange, Metallsäge, haben wir so was?«, wollte Arîn wissen.

»Was hältst du von einer Haarnadel?« Ich zog eine aus dem Knoten, zu dem ich meine Haare beim Kochen immer zwirbelte.

Keine von uns verfügte über die Fingerfertigkeit eines Schlossknackers. Wir verbogen eine Haarnadel nach der nächsten, ohne dass sich auch nur eine als Sesam-öffne-dich für dieses pisselige kleine Schloss erwies. Arîn probierte es danach mit dem Hammer, was einen Heidenkrach machte, ohne wirklich weiterzuhelfen.

»Was macht ihr denn hier?«, fragte Eva, die, angelockt durch den Lärm, den Kopf durch die Tür steckte. »Und, Katharina, da ist Besuch für dich.«

Sabine Mombauer, fiel mir siedend heiß ein, die hatte ich den Tag über komplett verdrängt! Doch als Eva zur Seite trat, um wieder zurück ins Restaurant zu gehen, sah ich, dass ich mich irrte. Der Besucher war Kommissar Brandt.

»Entschuldigen Sie, dass ich schon wieder unangemeldet bei Ihnen hereinplatze, aber während der Arbeitszeit wollte ich Sie nicht stören, und seit gestern weiß ich ja, dass Sie um diese Zeit Feierabend machen.« Er ließ seinen Blick durch den Raum kreisen und blieb bei Arîn, dem Hammer und Minkas Spind hängen. »Haben Sie Ihren Schlüssel verloren? Grade diese kleinen Schlösser stellen sich manchmal als verflixt hartnäckig heraus. Darf ich es mal versuchen?«

Er kramte eine kleine Nagelfeile aus der Tasche.

Arîn nickte eifrig, ich aber schloss kurz die Augen. Was immer in dem Spind war, Brandt würde es sehen. War das gut oder schlecht? Ich wusste es nicht. Als ich die Augen öffnete, musterte Brandt Arîn und mich interessiert.

»Hatte Minka Nowak eigentlich auch einen Spind?«, fragte er.

Der Mann entschuldigte sich zu viel, er war mitfühlend umständlich, aber er war nicht dumm. Ich musste mich schnell zwischen Lüge und Wahrheit entscheiden. Ich spürte Arîns wütenden Blick im Nacken, Arîn, die keinem Bullen traute, würde lügen, aber ich vertraute meinem Bauchgefühl.

»Das ist der Spind von Minka«, sagte ich und erzählte von Chidambers Besuch und seinem Ansinnen. »Bis der Mann aufgetaucht ist, hatte keine von uns an diesen Spind gedacht. Aber jetzt –«

»Natürlich, das hätte mich auch neugierig gemacht«, ersparte mir Brandt weitere Erklärungsversuche. »Und ich hätte als Polizist schon viel früher daran denken müssen! Aber sosehr es mich in den Fingern juckt, so gerne ich sofort wüsste, was in dem Schrank liegt, als Polizist muss ich jetzt leider sagen: Stopp! Der Spind muss zubleiben. Das Öffnen ist Aufgabe der Spurensicherung. Ich schicke Ihnen die Kollegen direkt morgen früh vorbei, einverstanden?«

Arîn schnaubte, ich nickte, Brandt lächelte, und Eva steckte wieder den Kopf durch die Tür.

»Katharina, da ist Frau Mombauer für dich.«

Jetzt nicht, jetzt auf gar keinen Fall. Abtauchen, im Erdboden versinken, unsichtbar sein. Ich wünschte mich zurück in die Zeiten, als das Wünschen noch geholfen hatte, aber es half nichts. Schon schob sich Sabine Mombauer hinter Eva in den kleinen Raum, der mit einem Mal so überfüllt war, dass ich glaubte, keine Luft mehr zu kriegen.

»Lassen Sie uns in die Küche gehen«, befahl ich und griff mir auf dem Weg nach draußen den Arm von Sabine Mombauer.

»Ich weiß nicht, ob Sie es schon gehört haben«, flüsterte ich ihr zu, »aber meine Spülfrau ist ermordet worden. Der Herr ist der ermittelnde Kommissar, grade unangemeldet vorbeigekommen, er hat eine Menge Fragen. Bestimmt können Sie sich vorstellen, dass ich jetzt keinen Kopf für den Mietvertrag –«

»Okay«, unterbrach sie mich säuerlich. »Ich warte oben in der

Wohnung meines Vaters oder bei Irmchen auf Sie. Ewig wird diese Fragerei ja wohl nicht dauern.«

»Bestimmt nicht. Und vielen Dank für Ihr Verständnis.« Ein Aufschub, nicht lang, aber ein Aufschub. Mehr interessierte mich im Augenblick nicht. Jetzt musste ich nur noch Brandt loswerden. »Möchten Sie etwas trinken?«, fragte ich ihn, als die Mombauer gegangen war.

»Ein Glas Wasser, wenn es Ihnen keine Umstände macht. Leitungswasser genügt. Das Kölner Wasser ist tatsächlich so gut, wie die Bläck Fööss singen. Das rechtsrheinische sogar noch besser als das linksrheinische, weil es direkt aus dem Bergischen kommt.«

Ich füllte ein Glas mit Kranenwasser, stellte es ihm auf den Pass, wo das Essen, das Arîn vorhin unter den Salamander gestellt hatte, verbrannt war.

»Es tut mir leid, dass ich Sie schon wieder beim Essen störe –«

»Kein Problem«, unterbrach ich ihn, schüttete das Essen in den Müll und griff nach einem Stück Brot.

»Kann ich gehen?«, fragte Arîn Brandt und mich gleichermaßen und nahm sich ebenfalls ein Brot.

»Klar«, sagte ich.

»Ich habe noch Fragen, aber die können auch bis morgen warten. Ich sehe doch, wie erschöpft Sie sind«, meinte Brandt. »Heute bin ich hauptsächlich wegen Frau Schweitzer gekommen.«

»Also?«, fragte ich, als Arîn gegangen war.

»Herr Matuschek«, begann er. »Es ist uns nicht gelungen, ihn zu erreichen. Er geht weder ans Festnetz noch ans Handy. In der Kasemattenstraße haben wir ihn nicht angetroffen. Wissen Sie, wo er steckt?«

»Nein.«

»Gibt es Freunde, bei denen er Unterschlupf gefunden haben könnte?«

Darüber hatte ich natürlich auch nachgedacht. Ecki hatte ein paar alte Freunde in Wien, einige *all around the world*, die er auf seinen Reisen kennengelernt hatte und mit denen er über Facebook Kontakt hielt, aber hier in Köln? Für tiefe Freundschaften war er noch nicht lange genug in der Stadt, Bekanntschaften gab's sicher, aber keine, über die er mit mir redete.

Gestern Nacht war mir nur dieser zitherspielende Wiener Kumpel Benedikt Hofbauer eingefallen, mit dem Ecki mal ein »Event« in der »Weißen Lilie« veranstaltet hatte, als ich im Badischen war. Der hatte keine Ahnung, wo mein Wiener steckte. Und wen Ecki traf, wenn er allein unterwegs war, wusste ich nicht. Verbotenes Terrain für mich, Restfreiheit für Ecki.

»Ecki wohnt noch nicht so lange in Köln«, erklärte ich Brandt. »Neben mir und den Kolleginnen hat er die engsten Kontakte zu Adela Mohnlein und Kuno Eberle, mit denen wir in einer WG leben. Die zwei sind aber zurzeit in einem Camp irgendwo in der Eifel und kommen erst morgen wieder zurück.«

»Wenn er sich bei Ihnen nicht meldet, wird er sich bei den beiden bestimmt auch nicht melden«, vermutete Brandt. »Sie glauben also, er hat hier keinen, zu dem er sonst gehen kann. Was denken Sie? Sitzt er einsam in einer Pension und verkriecht sich vor der Welt? Oder rennt er durch die Gegend und zündet jede Menge Rauchbomben, um von sich und seinen Problemen abzulenken?«

»Bewusste Verschleierung, das ist nicht Eckis Ding. Aber er lässt oft fünfe grade sein oder wirbelt Schaum auf. Im übertragenen und im wahrsten Sinn des Wortes. Er fährt nämlich für sein Leben gerne Motorboot. Besonders wenn ihm alles zu viel wird. Nein«, sagte ich, als ich Brandts fragenden Blick bemerkte, »er hat kein eigenes Boot. Manchmal leiht er sich eines bei der Rheinischen Segelschule oder sonst wo. Das ist eine Leidenschaft, die wir nicht teilen.«

Brandt musterte mich und zögerte ein wenig, bevor er fortfuhr: »Gestern, dieses Foto, ich weiß, das muss furchtbar für Sie gewesen sein. Von dem Menschen, den man am meisten liebt, verraten zu werden ist eines der schlimmsten Dinge auf Erden. Aber –«

»Wie können Sie so sicher sein, dass das Foto echt ist?«, unterbrach ich ihn schnell. »Es kann doch gestellt, montiert sein. Ich bin überzeugt, dass es so ist.«

Er trank einen Schluck Wasser, bevor er antwortete: »Ich glaube, dass Sie eine kluge Frau sind, Frau Schweitzer, und dies ist bestimmt nicht die erste Krisensituation, die Sie in Ihrem Leben meistern müssen. Sicherlich haben Sie auch schon von diesem Phasenmodell zur Trauerbewältigung gehört. Eine der ersten Phasen ist die der Negation. Man kann nicht glauben, was passiert ist, beziehungsweise man will das Geschehene ungeschehen machen. Man steckt den Kopf in den Sand, man –«

»Heißt das, Sie schließen aus, dass es sich bei dieser Fotografie um eine Fälschung handeln kann?«, schnitt ich ihm das Wort ab.

»Nun ... jeder hat schon Pferde kotzen sehen, aber die Wahrscheinlichkeit ist minimal, liegt, wenn ich es in Zahlen ausdrücken darf, unter einem Prozent. Und am besten könnte uns Herr Matuschek helfen, die Wahrheit herauszufinden. Auch Sie wollen doch wissen, was stimmt und was nicht. Sie haben wirklich keine Ahnung, wo er sich –?«

»Nein. Sein Handy ist ausgeschaltet. Gestern Nacht ist er nicht nach Hause gekommen, ich habe nicht den leisesten Schimmer, ich kann Ihnen nicht helfen.«

Nicht mal mir selbst konnte ich helfen, denn Brandt drängte mich zurück in die dunkle Verzweiflung der gestrigen Nacht. Er wollte mir nicht glauben, dass zwischen Ecki und Minka nichts gewesen war. Und mir fiel es mit einem Mal selbst schwer, daran zu glauben.

»Herr Brandt, ich habe einen harten Tag hinter mir und brauche dringend Schlaf. Können Ihre anderen Fragen auch bis morgen warten?«

»Gibt es denn nicht den leisesten Hinweis, den Sie mir geben könnten, um Herrn Matuschek zu finden?«

Brandt ließ mich so schnell nicht von der Angel, aber ich konnte nicht mehr. Also servierte ich ihm den einzigen Informationsbrocken, den ich hatte.

»Laut Arîn hat er gestern mit einem Tomasz aus dem ›All-inclusive‹ telefoniert, das ist ein neues Restaurant auf der anderen Rheinseite.«

»Tomasz? Ein Landsmann von Minka?«

»Klingt so. Die zwei kannten sich. Und mehr kann ich Ihnen wirklich nicht sagen. Bitte, Herr Brandt, ich muss ins Bett.«

Brandt sah mich an, als ob er mir nicht glaubte, aber dann nickte er.

»Also gut«, sagte er. »Ich begleite Sie nach draußen.« Er wartete, bis ich alle Lichter gelöscht und die Eingangstür verschlossen hatte. »Darf ich Sie nach Hause fahren?«, fragte er dann. »Ich könnte ruhiger schlafen, wüsste ich, dass Sie Ihr Auto stehen lassen.«

»Keine Sorge«, antwortete ich. »Ich gehe zu Fuß. Ein Spaziergang durch die laue Sommernacht wird mir guttun.«

Ich sehnte mich nach Bier, nach Betäubung, nach Schlaf. Wenn es nur Curt und die »Vielharmonie« noch gäbe! Aber mein altes Stammlokal war geschlossen. Zu oft hatte Curt den Abend mit ein, zwei Gästen allein verbracht, von denen ich spätabends gern einer war. Er hatte mit mir geredet, wenn ich reden wollte, und geschwiegen, wenn er merkte, dass mir nicht nach Reden war. So wie das nur ein guter Wirt kann. »Dat reicht nicht zum Leben und nicht zum Sterben«, hatte er mir an seinem letzten Abend gesagt und mir ein letztes Kölsch spendiert.

Ich vermisste ihn und heute ganz besonders. Wütend trat ich gegen die Tür des Bailaan-Massagesalons, der sich jetzt in den Räumen befand, die so lange Zeit die »Vielharmonie« beheimatet hatten. Anstelle von Curts verstaubten Grünpflanzen baumelten kleine Papierlampions im großen Fenster zur Straße, und die tönerne Gruppe Jazzmusiker hatte man durch die Statuen von zwei lachenden Kinder-Buddhas ersetzt.

Ein Massagesalon! Hätte nicht ein Schneider oder ein Friseur die »Vielharmonie« übernehmen können? Irgendein Berufsstand, der mich nicht an meine aktuellen Probleme erinnerte? Natürlich hätte ich mit Curt über Massagen geredet. Die verfolgten mich, seit ich vor zwei Tagen in Minkas Wohnung gewesen war. Bailaan hier, Lomi-Lomi da.

»Wat et all jit«, hätte Curt gesagt. »Vergiss aber nicht, was dieser Chidamb-Dingsbums bei dir suchen wollt.«

Ja, was suchte Chidamber? Warum machte er daraus so ein Geheimnis? Ich dachte an das Plakat über Minkas Bett und an »Die Geheimnisse der Yoni Massage«. Sex und Massage, lag da der Schlüssel zu Chidambers Geheimnis?

»Sex«, würde Curt sagen, »kannste für alles nehmen, deswegen ist schon mehr als einer umgebracht worden. Vergiss aber nicht, dass du Sex auch klasse zum Erpressen einsetzen kannst.«

Guter Gedanke, Curt. Besaß Minka vielleicht auch kompromittierende Fotos von Chidamber? War Minka nicht nur eine Fast-Meisterin in Lomi-Lomi, sondern eine echte Meisterin im Fotofälschen gewesen? Und war ihr genau das zum Verhängnis geworden? Hatte sie Chidamber erpresst und war deshalb von ihm ermordet worden? Und versuchte Chidamber jetzt, alle Spuren zu verwischen, die zu ihm führten? War er aus diesem Grund in der »Weißen Lilie« gewesen?

»Möglich ist alles«, würde Curt sagen, »aber Wissen ist was anderes.«

Wie spät war es eigentlich? Der Zeiger meiner Uhr schlich auf Mitternacht zu. Egal. Ich lief weiter, einfach weiter, mitten hinein in ein Inferno kölscher Fröhlichkeit. Ohne es zu wollen, war ich auf dem Rummel unter der Mülheimer Brücke gelandet, wo auch das Festzelt des Schützenfestes aufgebaut war. Autoskooter, Schießstände, Paradiesäpfel, gebrannte Mandeln, Schwenkgrills. Menschen dicht an dicht, Schützen in Ausgehuniform, Familien in Feierlaune, Kinder, die schon lange ins Bett gehörten, junge Paare mit Lebkuchenherzen, alte Trinker mit trübem Blick, auf Krawall gebürstete Halbwüchsige, Teenager auf Freiersfüßen. Und viele, die aussahen, als wollten sie in dieser lärmenden, fröhlichen Masse für ein paar Stunden ihr ganz persönliches Elend vergessen.

Ich wurde geschoben und geschubst, gedrängt und gestoppt. Im Festzelt sangen Brings von der »Superjeilenzick«. Das Lied hatte sogar ich an Karneval schon mal mitgesungen, und beim Mülheimer Schützenfest grölten es alle, die im Zelt und die im Freien, und das mit so viel Inbrunst, dass man tatsächlich glauben konnte, es habe für alle einmal eine tolle Zeit gegeben. Auf die tolle Zeit stieß man drinnen und draußen miteinander an, dafür hakte man sich unter, dafür schob man sich drinnen über die Tanzfläche.

Als das Stück zu Ende war, stolperten erhitzte Gestalten aus dem Zelt, um ein wenig Luft zu schnappen, um eine Pause vom Tanzen zu machen, um auf den nächsten Hit des Abends zu warten. Ich bewegte mich zwischen all diesen Feierfreudigen wie ein Marsmännchen, eher wie ein Marsfrauchen, das keine Ahnung hatte, was es in dieser fremden Welt verloren hatte.

»Katharina! Das Brokkoli-Patent. Erinnerst du dich?«

Er lehnte an einem der Bierstände und winkte mich zu sich. Ich brauchte einen Moment, bis ich den Mann zuordnen konnte. Er gehörte zu den Kölner Slow-Food-Leuten, deren Veranstaltungen ich gelegentlich besuchte. Stimmt. Das hatte es auch mal gegeben. Zeiten, in denen ich Veranstaltungen von Slow Food besuchen, Zeiten, in denen ich mich mit Lebensmittelskandalen beschäftigen konnte. Das letzte Mal war ich bei einem Vortrag gewesen, in dem es um die Patentierung von Saatgut ging. Eine ungeheure Schweinerei, die mich umtrieb, seit mir der Zusammenhang zwischen Saatmais und dem Bienensterben am Oberrhein klar geworden war. Bislang sind Patente auf Saatgut und Pflanzen in Europa verboten, aber die Industrie versucht, dieses Verbot mehr und mehr auszuhebeln, aktuell mit einer besonderen Züchtung von Brokkoli. Was mir als Brokkoli-Hasserin ziemlich wurscht war, aber es ging bei der Sache natürlich ums Grundsätzliche. Mit dem Mann hatte ich nach der Veranstaltung noch darüber diskutiert. Sein Name wollte mir partout nicht einfallen.

»Jawohl, Leute! Wir müssen den Brokkoli retten!«, rief er den Passanten zu und erntete damit Gelächter. Jemand rief: »Und warum nicht den Blumenkohl?«

Er war Gärtner, fiel mir ein, aber ob er das selbst noch wusste, bezweifelte ich. Im Gegensatz zu mir hatte er schon eine gehörige Menge Kölsch intus.

»Die Schweine von ›Plant Bioscience‹ haben es tatsächlich geschafft, ihren Brokkoli vom Europäischen Patentamt schützen zu lassen«, flüsterte er mir verschwörerisch zu. »Freiheit für den Brokkoli«, schrie er über den weiten Rummelplatz, dann wieder leiser zu mir: »Ein Patent auf eine Pflanze, stell dir das vor! Und das ist nur der Anfang. Wann gibt es eines auf Wasser? Oder eines auf Luft? Das muss verhindert werden. Kein Patent auf Saatgut. Nirgends! Rettet den Brokkoli!«

Er rettete im Augenblick nur sein Kölschglas, das er, bevor er damit stolperte, an dem Bierstand abstellte.

»Wenn du für die Tomate kämpfst, bin ich dabei. Man sieht sich, bis dann«, versuchte ich, mich elegant aus der Affäre zu ziehen, wurde aber von zwei schwergewichtigen Omas in Himmelblau und Mintgrün, die hinter mir mit geballter Masse zum Bierstand drängten, an einem unauffälligen Weiterschlendern gehindert. Sie schoben mich direkt auf den Brokkoli-Freund zu.

»Die Gen-Kartoffel für Chips, die BASF beantragt hat, ist ein weiteres Problem. Die muss natürlich auf alle Fälle verhindert werden.« Er hatte im Gegensatz zu mir nichts gegen Tuchfühlung und plierte mich aus kleinen Augen verwegen an. »Darauf müssen wir ein Kölsch trinken. Hallo, zwei Kölsch!«

Er drehte sich zur Bedienung um, für mich eine neue Chance zum Entwischen, wieder hinderte mich die geballte Masse.

»Tun Sie für uns direkt auch zwei«, rief die Mintgrüne.

»Sie sind doch auch gegen Gen-Kartoffeln für Chips?«, fragte der Brokkoli-Freund, als er die ersten Kölsch an mir vorbei nach hinten reichte.

»Chips, so was essen wir gar nicht, das hat doch viel zu viele Kalorien. Wir haben genügend Hüftgold«, bedauerte die Himmelblaue.

»Na denn, prösterchen! So jung kommen wir nicht mehr zusammen«, trällerte die Mintgrüne. »Die nächste Runde geht auf uns.«

Die nächste Runde, ich wollte nicht mal für diese bleiben. Brokkoli und Bier, nichts wie weg von hier. Ich hielt Ausschau nach einer Fluchtmöglichkeit und fand sie.

»Taifun«, rief ich, drückte dem Brokkoli-Freund mein Kölschglas in die Hand und kämpfte mich frei. »Taifun, hier bin ich!«

Ich winkte wie verrückt und drängte vom Bierstand weg auf ihn zu.

Endlich hatte er mich bemerkt und blieb stehen. »Katharina, dich hätte ich hier wirklich nicht vermutet.«

»Ich dich auch nicht.«

Und dann blickten wir uns ein bisschen ratlos an und wussten nicht weiter. Was sollte man sagen, was sich erzählen, wenn man sich mal sehr nahe und dann fremd geworden war? Mit Taifun verband mich eine heiße Affäre, eisig beendet, nachdem ich ihn mit einer anderen im Bett erwischt hatte. Bitter geworden durch eine abgebrochene Schwangerschaft, zu der ich mich allein und ohne Taifun jemals darüber zu informieren, entschieden hatte.

Das war ein paar Jahre her, ich hatte Taifun lange nicht gesehen. Er trug jetzt eine Brille, die ihn ein bisschen strenger und intellektueller aussehen ließ, und in seinem schwarzen Haar war das Grau auf dem Vormarsch. Nichts, was ihn unattraktiver machte, im Gegenteil. Er hatte noch immer diese sexy Ausstrahlung, die mich damals so verrückt gemacht hatte.

»Ich bin mit Freunden hier, ich muss weiter«, beendete Taifun das Schweigen. »Aber es war schön, dich mal wiederzusehen!«

»Gleichfalls«, murmelte ich und überlegte, was es zu bedeuten hatte, dass meine verflossenen Lieben zurück in mein Leben drängten. Gestern Spielmann, heute Taifun. Ecki, natürlich Ecki. Weder Spielmann noch Taifun hatte ich so viele Chancen gegeben wie meinem Wiener. Die zwei waren Episoden, kurze, heftige Strohfeuer gewesen, Ecki aber war der beständige Fluss, der sich durch mein Leben schlängelte.

Ich schlängelte mich durch das Menschengewühl hinunter zum Rhein und wählte mal wieder Eckis Nummer. Wieder teilte mir die verhasste Automatenstimme mit, dass er nicht erreichbar war. Vielleicht war er zu Hause? Auch in der Kasemattenstraße blieb mein Anruf ohne Antwort.

Vom Fluss her zog Kühle auf den Gehweg, aber die Luft roch immer noch leicht und mild. Die Musik aus dem Festzelt und der Lärm des Rummelplatzes verschmolzen zu einem fernen Klangteppich, der nach und nach verebbte. Als ich am WDR-Gelände mit den Bauten der »Anrheiner« vorbeilief, durchfuhr mich die Erinnerung an einen Sonntagvormittag im Winter wie ein scharfer Stich.

Der Rhein war nach der Schneeschmelze über die Ufer getreten und hatte schon die Gehwege überflutet. Genau hier hatte ich bei diesem Hochwasser mit Ecki gestanden und zugesehen, wie eilig Requisiten auf Lastwagen geladen wurden, um sie vor dem steigenden Wasser in Sicherheit zu bringen. Wir hatten die Schiffe gezählt, die mitten im Rhein vor Anker lagen, weil sie wegen des Hochwassers nicht mehr weiterfahren durften. Verlorene Inseln in einer reißenden Flut.

»Was machen die Schiffer den ganzen Tag? An Land gehen können sie ja schlecht«, hatte ich gefragt.

»Wenn sie frisch verliebt sind und ihre Braut dabeihaben, dann haben s' eine wunderbare Zeit«, hatte Ecki gemeint. »Ansonsten: Karten spiel'n und Trübsal blas'n.«

»Und was würden wir tun?«

»Geh, Kathi, was schon? Bei uns würd's Mord und Totschlag geben, wenn wir so eng aufeinanderhocken müssten.«

»Quatsch«, hatte ich geantwortet, »wir würden's uns gut gehen lassen.«

»Freilich«, hatte er mir zugestimmt und gelacht.

Gut gehen lassen, na klar! Aber jetzt war Ecki abgetaucht und hatte mich mit einem Foto zurückgelassen, das nur er erklären konnte. Schnell weitergehen, nicht stehen bleiben, nicht zweifeln. Vorbei an dem Beach-Club an der Einfahrt zum Hafen, dessen Sand und Palmen vorgaukelten, dass Dolce Vita auch in Köln-Mülheim möglich war. Schnell über die schmale Fußgängerbrücke hinüber auf die kleine Landzunge, die sich von der Zoobrücke aus in den Rhein schob. Verschluckt werden von der Dunkelheit, hineingleiten in die nächtliche Stille, unsichtbar werden.

Dichtes Gestrüpp, dazwischen ein ausgetretener schmaler Fußweg, der am Fluss endete. Ich lief am Ufer entlang, das viel breiter war als sonst, der Rhein führte Niedrigwasser. Auf der anderen Flussseite glitzerte das nächtliche Köln, der Dom bohrte sich mit majestätischer Wucht in den Nachthimmel. Wind zuckte durch die Uferböschung, Steine knirschten unter meinen Füßen. Auf der Höhe des Jugendparks flammte ein Strandfeuer auf. Der Geruch von Holzkohle und das Lachen der Wurstesser füllten die Luft. Junge Leute, die eine nächtliche Party am Fluss feierten. Bier und Wodka kühlten sie im Rhein, und das sorgte für ein reges Treiben zwischen Feuer und Fluss.

Als ich den improvisierten Kühlschrank passierte, stolperte ein breitschultriger Kerl direkt auf mich zu. Ich sah ihm in die Augen und lief ruhig weiter. Ich hatte keine Angst vor ihm, keine Angst vor den anderen Biertrinkern und Wurstessern, und ich hatte keine Angst vor der Dunkelheit. Ich hatte Angst vor dem Nachhausekommen, vor dem leeren Bett und vor einem Foto, das vielleicht doch nicht gefälscht war.

SECHS

»Frau Schweitzer«, sagte Brandt. »Ich spiele nicht falsch, ich will Ihnen nichts, ich versuche nur, die Wahrheit zu finden. Aber der gestrige Abend und dieses kaputte Fenster machen mir das verdammt schwer. Wer immer die Scheibe eingetreten hat, ich wette, der hat auch Minka Nowaks Spind leer geräumt.«

»Wenn es nur das ist«, murmelte ich und besah mir die Sauerei.

Das Glas des Fensters direkt neben der Tür war zerbrochen. Es war ein Leichtes, dann nach drinnen zu greifen und das Fenster zu öffnen, was auch passiert war. Ich musste gestern Abend vergessen haben, die Rollläden runterzulassen.

»Es ist Samstagvormittag, wie soll ich jetzt auf die Schnelle einen Glaser finden, der mir die Scheibe repariert? Und dann der Ärger mit der Versicherung!«, jammerte ich.

Vorgestern die Tür, gestern die Rollläden, so nachlässig war ich sonst nie. War ich so durch den Wind, war ich von allen guten Geistern verlassen, dass ich in meinen eigenen Laden einbrach und es hinterher nicht mehr wusste? Denn das unterstellte mir Brandt doch.

Nein, für den gestrigen Abend gab es kein schwarzes Loch, ich erinnerte mich genau, wie ich nach Hause gekommen war und dass ich mich danach nicht mehr fortbewegt hatte. Das Schützenfest, das Strandfeuer, der Fluss, die leere Wohnung. Adela und Kuno noch auf ihrem Camp, keine Nachricht von Ecki, das letzte Bier aus dem Kühlschrank. Der Tag und der lange Marsch hatten mich so erschöpft, dass ich tatsächlich schlafen konnte und sogar vor wirren Träumen verschont wurde.

Als der Wecker geklingelt hatte, hatte er mich aus einem Tiefschlaf der Extraklasse gerissen. Erst als ich mit der Hand nach Ecki tastete und nur ein leeres Laken fand, kehrte das Bewusstsein zurück. Ich lag in meinem Bett, und ich war allein. Am liebsten hätte ich den Wecker ausgestellt und mich umgedreht, um weiter in der Schwerelosigkeit des Schlafes zu treiben, aber pflichtbewusst, wie ich nun mal bin, war ich nach einem einsamen Frühstück direkt nach Mülheim gefahren, um der Spurensicherung aufzuschließen, wie ich es Brandt gestern Abend versprochen hatte.

Die Spurensicherung, in Gestalt eines kleinen und eines sehr kleinen Mannes, wartete bereits. Brandt wartete bereits. Alle standen vor dem kaputten Fenster, das in der Nacht eingeschlagen worden war.

»Sperren Sie die Tür auf und lassen Sie uns vorgehen«, schlug der Kleine von der Spurensicherung vor, und ich gehorchte brav.

Der Kleine befahl mir, an der Tür stehen zu bleiben, bis die Spuren gesichert waren. Aber natürlich streckte ich den Kopf vor, um einen Blick in mein Restaurant zu werfen. Die Kaffeemaschine stand an ihrem Ort, auch sonst schien alles in Ordnung zu sein.

»Hinter der Küche ist ein kleiner Raum, in dem Spinde und eine Waschmaschine stehen«, erklärte Brandt dem sehr kleinen Kollegen, der sich die weißen Überzieher über die Schuhe stülpte und dann vorsichtig durch den Raum glitt.

»Deine Nase hat dich nicht betrogen«, meinte er beim Zurückkommen. »Sämtliche Spinde sind aufgebrochen.«

»Wie lange braucht ihr, bis ihr durch seid?«, fragte Brandt. »Eine Stunde? Tut mir leid, Frau Schweitzer, so lange müssen Sie noch warten.«

Und so lange sollte ich vor meinem eigenen Laden Däumchen drehen, oder was?

»In Küche und Kühlräumen wird nichts angerührt, ohne dass ich gefragt werde«, befahl ich den beiden.

»Wenn wir wollen, merken Sie überhaupt nicht, dass wir da waren. So vorsichtig können wir sein«, gab der Kleine zurück, und der sehr Kleine grinste. Mich beruhigte das in keiner Weise.

»Kaffee? Oder einen Spaziergang?«, schlug Brandt vor. »Irgendwie müssen wir uns die Zeit doch vertreiben, bis die Kollegen fertig sind.«

»Sie glauben doch wohl nicht, dass ich weggehe, wenn fremde Leute meinen Laden auf den Kopf stellen? Außerdem muss ich einen Glaser finden.« Ich rief mir das Adressverzeichnis in meinem Handy auf. Wie hieß der noch, den ich damals bestellt hatte, als mir die Fußballer die Scheibe kaputt geschossen hatten?

»Bin gleich zurück.« Brandt lief in Richtung Mülheimer Freiheit davon.

Koschinski, genau. Konrad Koschinski. Ein Mann wie ein Bär mit Tattoos bis zum Abwinken, aber er machte faire Preise und war schnell zur Stelle gewesen.

Er meldete sich sofort. »Kostet Wochenendzuschlag«, sagte er, als ich ihm das Problem schilderte.

»Wenn ich den auch nehmen könnte, würde ich mir 'ne goldene Nase verdienen«, gab ich zurück. »Wann können Sie hier sein?«

Er wollte gegen vier kommen, rechtzeitig bevor der Betrieb losging. Ich fühlte mich gut, als ich das Handy ausstellte. Es war schön, dass es tatsächlich noch Probleme gab, die man schnell und einfach lösen konnte.

»Schwarz? Oder mit Milch und Zucker?« Brandt hielt mir einen der zwei Pappbecher mit Kaffee hin, die er bei dem Büdchen auf der Mülheimer Freiheit besorgt hatte.

»Schwarz.« Ich nahm ihm den Becher ab und schlenderte hinüber zu dem Spielplatzmäuerchen, auf dem Arîn neulich gesessen hatte. Es lag in der Sonne, und von dort hatte man die »Weiße Lilie« voll im Blick. Ich setzte mich. Brandt tat es mir gleich.

»Die Spinde ...«, sagte er und fischte ein Tütchen Zucker aus der Jackentasche.

»Ich breche nicht bei mir selbst ein. Ich hätte Ihnen überhaupt nicht zu sagen brauchen, dass Minka einen Spind hat, wenn mir daran gelegen wäre, dies zu verschleiern.« Ich nahm einen Schluck Kaffee. Viel zu heiß.

»Stimmt, und das entlastet Sie sehr. Bleiben noch Ihre kleine Köchin, Ihr Freund und Herr Chidamber. Hat sich Herr Matuschek in der Zwischenzeit bei Ihnen gemeldet?«

»Wieso steht Arîn auf Ihrer Liste?«, überging ich seine Frage.

»Sie traut mir nicht, weil sie wahrscheinlich keinem Polizisten traut. Sie war mit Minka Nowak befreundet. Also will sie selbst nachsehen, was in dem Spind ist.« Brandt rührte seinen Kaffee mit einem Holzstäbchen, nahm den ersten Schluck und sah mich dann direkt an. »Hat Frau Kalay einen Schlüssel für die ›Weiße Lilie‹?«

»Nein, nur Ecki und ich haben einen Schlüssel. Trotzdem würde Arîn niemals eines meiner Fenster kaputt machen.«

»Wie schön, dass Sie so viel Vertrauen zu Ihren Mitarbeitern haben.« Brandt sagte dies ohne zynischen Unterton. »Hat Herr Matuschek sich gemeldet?«, fragte er dann wieder.

»Nein.« Der nächste Schluck Kaffee, schnell und hastig, ich verbrannte mir die Zunge.

Brandt seufzte und rührte wieder in dem Pappbecher herum.

»Das ist nicht gut«, flüsterte er, »weil ich ihn wirklich unbedingt sprechen muss. Ich bin gestern Abend auf der Suche nach diesem Tomasz im ›All-inclusive‹ gewesen. Ich habe ihn angetroffen und erfahren, dass Herr Matuschek vor vier Tagen da war, gemeinsam mit Minka Nowak. Die zwei haben sich lautstark gestritten, berichten einhellig die Garderobiere, die Klofrau und zwei Bedienungen und dieser Tomasz. Für alle klang es nach einem Beziehungsstreit. Frau Nowak soll das Lokal weinend verlassen haben.«

Ich merkte, wie er mich vorsichtig von der Seite ansah. Ich erwiderte seinen Blick nicht. Ich hasste diesen Mann, weil er den Strohhalm zerbrach, an den ich mich seit zwei Tagen klammerte.

Ecki und Minka, die beiden hatten etwas miteinander, das Foto war keine Fälschung. Mein Ecki ein Windhund, ein Schaumschläger, ein elender Betrüger. Ich spürte, dass mich Brandt weiter ansah. Besorgt und bekümmert wahrscheinlich. Das leichte Kratzen des Holzstäbchens, mit dem er weiter seinen Kaffee rührte, schmerzte in meinen Ohren. Der Junkie mit dem glasigen Blick schlurfte wieder vorbei und begann, in dem Mülleimer an der Ecke zu wühlen. Die Büsche des Spielplatzes warfen zittrige Schatten auf die Straße.

Als ob es im Augenblick nichts Wichtigeres gäbe, verwendete ich meine ganze Konzentration darauf, nicht loszuheulen. Ich würde nicht zusammenbrechen, nicht vor diesem Polizisten. Erleichtert registrierte ich das Klingeln meines Handys, weil es mir vorkam, als wollte es mich von meiner Pein erlösen. Ich riss es förmlich aus der Tasche und meldete mich.

»Servus, Kathi, ich weiß gar nicht, wo ich anfang'n soll –«

Ich drückte das Gespräch weg. Seit zwei Tagen war ich krank vor Sorge um Ecki. Zwei Tage hatte er verstreichen lassen, ohne sich zu melden. Hatte, obwohl er wusste, dass Minka tot, ermordet war, nicht einmal versucht, mir zu erklären, was zwischen ihm und Minka gelaufen war. Wieder klingelte das Handy. Ohne das Gespräch anzunehmen, drücke ich den Aus-Knopf.

»Das war er, nicht wahr?«

Brandt zwang mich, ihn anzusehen.

»Das geht Sie nichts an.«

Ich hielt seinem Blick stand.

»Glauben Sie mir, ich weiß, wie schmerzhaft Sie diese Information trifft«, kam Brandt auf seinen »All-inclusive«-Besuch zurück, ohne weiter auf das Telefonat einzugehen. »Ihre These, dass es sich bei dem Foto der beiden um eine Fälschung handelt, ist nicht mehr haltbar. Die Indizien, dass Ihr Freund Sie mit Minka Nowak betrogen hat, häufen sich. Und leider auch die Indizien für etwas viel Schwerwiegenderes. Matuscheks Verschwinden, sein Streit mit Frau Nowak kurz vor deren Ermordung machen ihn zum Tatverdächtigen. Falls er sich doch bei Ihnen melden sollte, raten Sie ihm dringend, sich zu stellen. Ich muss ihn sonst zur Fahndung ausschreiben.«

Ich schoss von dem Mäuerchen hoch, Kaffee spritzte durch die Luft und schwappte mir über die Hand, am liebsten hätte ich ihn über Brandt ausgeschüttet.

»Ecki ist kein Mörder«, schrie ich ihn an. »Was immer zwischen ihm und Minka war, er hat sie nicht umgebracht.«

Der Junkie am Mülleimer zuckte zusammen und suchte das Weite, eine Passantin auf der Keupstraße sah erschrocken zu mir herüber, Brandt dagegen blieb ganz ruhig sitzen.

»Ich weiß nicht, ob Herr Matuschek es verdient, dass Sie ihn verteidigen. Bitte tun Sie es nicht blind! Suchen Sie wie ich nach der Wahrheit.«

»Die Wahrheit, was ist das schon?«, schrie ich weiter. »Sie sieht doch jedes Mal anders aus, je nachdem, von welcher Seite man sie betrachtet.«

Er kramte eine Packung Papiertaschentücher aus der Hosentasche und reichte mir eines davon, damit ich meine Hand abwischen konnte. Keine Brandblasen, nur leicht gerötete Haut, kein Problem für eine Köchin. Verbrennungen gehörten in unserem Job zur Tagesordnung. Ich knüllte das Papiertuch zusammen und warf es in den Müll.

Als ich vom Mülleimer zu Brandt zurückkam, stand er auf und sagte: »Woran wollen Sie sich bei einem dreckigen Geschäft wie dem unseren denn festhalten, wenn nicht an der Wahrheit? Ich suche Minka Nowaks Mörder. Bei allem, was ich finde, was ich höre, was ich sehe, muss ich mich fragen: Stimmt es, oder stimmt es nicht? Kann ich es beweisen, oder kann ich es nicht? Ist es die Wahrheit oder nicht? Verstehen Sie, was ich meine?«

»Sie wissen noch nicht einmal, ob ich Ihnen die Wahrheit sage!« Meine Stimme fand wieder zu normaler Lautstärke zurück.

»Stimmt«, gab er unumwunden zu. »Aber ich finde es heraus.«
Obwohl mir eigentlich nicht danach war, lächelte ich.
»Bevor ich es vergesse, ich habe Ihnen etwas mitgebracht.« Brandt warf seinen Kaffeebecher ebenfalls in den Mülleimer und ließ dann mit einem Autoschlüssel die Türen eines metallicblau lackierten Passats daneben aufklicken. Aus dem Kofferraum holte er einen durchsichtigen Plastikbeutel heraus. »Das wächst in meinem Schrebergarten, und ich kann mir vorstellen, dass Sie eine der wenigen sind, die daraus etwas anderes als Bowle machen können.«
Er reichte mir die Tüte, ich steckte meine Nase hinein. Waldmeister.
»Grün, aber kein Brokkoli«, murmelte ich.
»Wie bitte?«, fragte Brandt irritiert.
»Ach nichts.« Ich zerrieb eines der zarten Pflänzchen mit den filigranen Blättern zwischen den Fingern. Sofort hatte ich den intensiven Duft von Waldmeister in der Nase. Das frische Grün der Pflanze ähnelte in nichts dem Giftgrün der künstlich hergestellten Sirups und Puddings.
»Ein bisschen aus der Mode gekommen«, sagte ich. »Hat so einen Fünfziger-Jahre-Charme. Wie Käseigel, Tomatenpilze, Spargelröllchen und Wackelpudding. Echter Waldmeister ist wirklich eine Herausforderung.«
Wieder schnupperte ich. Waldmeister, musste man den vor dem Verwenden antrocknen oder nicht? Und wie war noch mal der Grünton von nicht künstlich hergestelltem Waldmeistersirup? Ziemlich unansehnlich, eher oliv, oder? Normalerweise liebte ich Herausforderungen beim Kochen. Dass ich denen allerdings heute gewachsen war, bezweifelte ich sehr.
»Es würde mich freuen, wenn ich von dem Ergebnis testen dürfte.« Brandt verschloss das Auto wieder. »Wir können zurück ins Haus«, sagte er dann und deutete auf den Kleinen, der uns von der Eingangstür zunickte.

Ich überprüfte zuerst Küche und Vorräte, ohne Spuren eines Einbruchs zu entdecken, und folgte dann Brandt in die Waschküche. Fünf offene Spindtüren, Kochjacken, Schürzen und Arbeitsschuhe auf dem Fußboden verteilt, dazwischen lag Kleinkram wie Handcremes, Regenschirme, zerlesene Zeitschriften und eine alte Pappnase. Ganz obenauf das schwarze Tuch, das Ecki sich beim Kochen piratenmäßig um den Kopf band und dessen Anblick mir einen Stich in die Herzgegend versetzte.

»Können Sie die Sachen Ihren Mitarbeitern zuordnen?«, fragte Brandt.

Bei Kochjacken und Schuhen war das kein Problem, meine und Eckis Sachen kannte ich sowieso, die schmale Kochjacke und die kleinsten Schuhe gehörten Arîn, die sauberen, glatt gebügelten Schürzen Eva. Der einzige Minka zuzuordnende Gegenstand war ein graues T-Shirt.

»Ich hätte gestern doch über meinen Schatten springen und das Schloss von Frau Nowaks Spind knacken sollen«, bedauerte Brandt, den Blick auf die Häufchen am Boden gerichtet, die ich zusammengestellt hatte. »Ob der oder die Einbrecher gefunden haben, was sie suchten? Oder sind sie mit leeren Händen gegangen? Was, denken Sie, war das Objekt ihrer Begierde, Frau Schweitzer?«

Dem Tonfall seiner Stimme konnte ich nicht entnehmen, ob ihn eine Antwort wirklich interessierte.

»Die Geheimnisse der Lomi-Lomi- oder Yoni-Massage, was weiß ich?«

»Ach?« Brandt blickte vom Boden auf. »Dieses Plakat in Frau Nowaks Schlafzimmer ist Ihnen also auch aufgefallen?«

»Groß genug ist es ja. Da muss man schon blind sein, damit einem das nicht auffällt.«

»Yoni-Massage. Wussten Sie, was das ist? Ich gestehe, ich hatte keine Ahnung. Das Internet hat mich klüger gemacht. Bei Yoni werden die weiblichen, bei Lingum die männlichen Geschlechtsteile massiert. Ich stelle mir das als eine Art externe Selbstbefriedigung gegen Bezahlung vor.«

Ich stellte mir Minka und Ecki dabei vor. Mir wurde schlecht.

»Wir haben in Frau Nowaks Unterlagen gesehen, dass sie einen Kurs dazu bei einem tantrischen Massagezentrum in Köln belegt hat«, berichtete Brandt. »Wir wissen nicht, ob sie diese Technik praktiziert hat oder ob sie Kunden dafür hatte. Sagt man das dann? Kunden? Oder Patienten? Ich nehme nicht an, dass Sie –«

»Nein«, unterbrach ich ihn schroff, weil immer noch schwüle Bilder durch meinen Kopf schwirrten. War es Sex, der Ecki zu Minka getrieben hatte? Sex mit einer Expertin in tantrischer Erotikmassage, die vielleicht Geheimnisse der Stimulation und Praktiken kannte, von denen ich noch nie etwas gehört hatte?

Unser Sex war doch gut, verdammt! Klar, nicht mehr so wild und rauschhaft wie in den Zeiten, als Ecki noch irgendwo in der Welt arbeitete und wir uns nur selten sahen. Wo wir es nicht erwarten konnten, miteinander im Bett zu landen, und manchmal den ganzen Tag nicht aufgestanden waren. Ruhiger, fließender, genießerischer. Noch in dieser Woche hatten wir tollen Sex gehabt. Oder hatte nur ich das so erlebt? Genügte Ecki das nicht? Genügte ich ihm nicht?

Jede Frage ein neuer Stich ins Herz. Minka, dieses Miststück! Wie ein Chamäleon kam sie mir vor. In meiner Küche still und blass, auf Bauses Fest ein heißer Feger. Wen hatte sie noch alles mit ihren speziellen Fähigkeiten umgarnt?

»Bestimmt hatte sie Kunden in Lomi-Lomi, Yoni, Lingum, was weiß ich! Schwarz und unter der Hand. Einer wollte mehr, als im Preis inbegriffen war. Soll ja vorkommen, dass die Kerle dann durchdrehen. Da müssen Sie nachforschen. Außerdem hat sich dieser Chidamber mehr als verdächtig gemacht!«

Brandt nickte vage, bevor er sagte: »Ungewöhnlich ist es auf alle Fälle, dass jemand solche Kurse belegt. Helfen Sie mir, damit ich mir die junge Frau vorstellen kann! War sie so der Stille-Wasser- oder eher der Die-Unschuld-vom-Lande-Typ?«

»Da fragen Sie ja die Richtige«, schnaubte ich. »Für mich war Minka, bis ich sie schwer aufgebrezelt auf dem Bause-Fest gesehen habe, eine unscheinbare junge Frau, die den Spül machte. Sie war pünktlich, zuverlässig und redete nicht über sich. Zumindest nicht mit mir. Sie hat nie mit uns gegessen, weil sie ab Mitternacht noch einen weiteren Job hatte. Als Garderobiere im ›All-inclusive‹, wie ich in der Zwischenzeit von Arîn erfahren habe.«

Brandt notierte sich irgendwas und fragte dann: »Wie sind Sie an Frau Nowak gekommen?«

Ich zuckte mit den Schultern. »Wie das halt so läuft, wenn man in der Gastronomie jemanden sucht. Man fragt erst mal die Kollegen, man fragt seine Lieferanten, man fragt seine Bekannten«, erklärte ich. »Weil man jemanden mit Empfehlung lieber nimmt als einen Fremden. So ein Spülposten muss auf Zack sein, da können Sie keine Schnecke gebrauchen. Wenn in der Küche das dreckige Geschirr unsere Arbeitsflächen blockiert, ist die Hölle los. Ich habe also meine Fühler ausgestreckt, wir alle haben unsere Fühler ausgestreckt. Na, und eines Abends stand Minka in der ›Weißen Lilie‹ und fragte, ob der Spülposten noch frei sei. ›Klar‹, habe ich gesagt, ›kannst sofort anfangen.‹ Das hat sie getan, hat gut gearbeitet, und ich hab sie auf Vierhundert-Euro-Basis eingestellt.«

»Haben Sie sie mal gefragt, wie sie von dem freien Posten erfahren hat?«

Hatte ich das? Ich wusste es nicht mehr. Vielleicht hatte ich vergessen, sie danach zu fragen, weil sie so gut arbeitete, weil sie sich unsichtbar machen konnte, weil ich froh war, dass der Posten besetzt war. Vielleicht hatte sie es mir auch gesagt, und der Name, den sie genannt hatte, war mir so naheliegend vorgekommen, dass ich ihn schnell vergessen hatte.

»Ich weiß es nicht mehr«, antwortete ich wahrheitsgemäß, und dann fiel mir das Heft wieder ein.

Das Heft, in dem Minka Interna der »Weißen Lilie« gesammelt hatte und das aus meinem Kopf verschwunden war, nachdem ich Eva das verfluchte Foto aus der Hand gerissen hatte. Hatte man Minka bei mir eingeschleust? Hatte sie von Anfang an spioniert?

Um das herauszufinden, musste ich mir das Heft noch einmal genau ansehen. Also noch kein Wort dazu zu Brandt. Bestimmt konnte ich anhand ihrer Notizen nachvollziehen, wann sie damit begonnen hatte. Wo hatte ich das Heft überhaupt? Immer noch in der Handtasche?

»Wie schade, dass Sie nicht mehr wissen, durch wen Frau Nowak zu Ihnen kam«, seufzte Brandt.

»Sie können sich nicht vorstellen, wie sehr ich es bereue, dass ich ihr gegenüber nicht misstrauischer war.«

»Glauben Sie wirklich, dass Misstrauen vor Unglück schützt?«, fragte er erstaunt. »Dinge passieren, Menschen sind kompliziert, Katastrophen gehören zum Leben. Misstrauen hilft Ihnen nie, einen Menschen besser zu beurteilen.«

»Ach ja?«, spottete ich und dachte, dass ich noch nie einen Polizisten mit einer so menschenfreundlichen Grundhaltung kennengelernt hatte.

»Interesse, Beobachtung, Neugier, Nachfragen«, zählte er auf. »Verstehen Sie mich nicht falsch, natürlich darf Ihnen ein anderer völlig gleichgültig sein. Jedem von uns sind Millionen von Menschen völlig gleichgültig, sonst könnten wir das Elend dieser Welt nicht aushalten. Aber wenn einem jemand nicht gleichgültig ist, dann ist es besser, positive Energien auf ihn zu verwenden als negative. Und Misstrauen kostet nicht mehr und nicht weniger Kraft als das Gegenteil.«

Gleichgültigkeit, damit traf es Brandt genau. Minka war mir gleichgültig gewesen. Deshalb wusste ich nicht, wer sie zu mir geschickt hatte. Deshalb hatte ich nicht mitbekommen, wie sie sich mit Arîn angefreundet, sie spioniert, sie Ecki schöne Augen gemacht hatte. War es so gewesen? Oder hatte Ecki den aktiven Part gespielt? Da waren sie wieder, die Stiche ins Herz. Der kleine Muskel musste schon völlig zerfetzt sein. Zumindest fühlte er sich so an.

»Entspricht wahrscheinlich nicht dem Bild, das Sie von einem Polizisten haben, oder?« Brandt steckte seinen Block ein, lehnte sich an die große Waschmaschine und betrachtete mich neugierig.

Noch zu sehr mit meinem zerfetzten Herzmuskel beschäftigt, fiel mir dazu nicht viel ein, deshalb sagte ich nur: »Stimmt.«

Brandt verzog den Mund zu einem wissenden Lächeln, weil das wahrscheinlich die Antwort war, die er immer bekam.

»Alban, wir sind durch«, hörte ich plötzlich den Kleinen sagen. Ich wusste nicht, ob er gerade gekommen oder schon die ganze Zeit mit im Raum gewesen war. Was wusste ich überhaupt noch?

»Es gibt nirgendwo Einbruchspuren außer am Fenster und in diesem Raum. Die Schlösser sind mit einem kleinen Schraubenzieher oder einer Nagelfeile geknackt worden. Ist ja nicht so schwer bei den billigen Dingern. Fingerabdrücke sind verwischt, wenig verwertbare. Fuselspuren en masse, das ist Sisyphusarbeit wie immer. Wir wissen mehr, wenn der Laborbericht vorliegt«, rapportierte er. »Montag hast du den Bericht.«

Der Spurensicherer verstaute die Plastiktüten mit Minkas Sachen in einem Koffer, Brandt wünschte den Kollegen ein schönes Wochenende, und von draußen hörte ich Arîn nach mir rufen.

»Hast du die kaputte Scheibe gesehen? Ist was geklaut worden?«, fragte sie auf dem Weg zu uns weiter. »Hast du vergessen, die Rollläden runterzulassen, oder was? Ausgerechnet an einem Abend, wo nach dem Schützenfest die Besoffenen durch die Mülheimer Straßen torkeln. Da muss gestern Nacht echt die Post abgegangen sein.« Als sie in den Raum trat und die aufgebrochenen Spinde sah, verstummte sie. *»Malmerat«*, fluchte sie kurz auf Kurdisch, schickte Brandt ein wütendes Funkeln, mir einen Habe-ich-es-dir-nicht-gesagt-Blick, dem sie hinzufügte: »Wenn wir gestern den Spind geknackt hätten, wär das nicht passiert.«

»Hinterher ist man immer klüger«, stimmte ihr Brandt bereitwillig zu. »Sicherlich können Sie mir auch bei ein paar anderen Dingen weiterhelfen, Frau Kalay. Ich möchte Ihnen gerne ein paar Fragen stellen.«

Jetzt sah sie mich wütend an, aber ich zuckte nur mit den Schultern. Schlechte Erfahrungen mit der Polizei hin oder her, irgendwann musste sie mit Brandt reden. Ich konnte ihr das nicht abnehmen. So wie ich im Moment tickte, konnte ich niemandem etwas abnehmen. Brandt, davon war ich überzeugt, würde ihr nicht den Kopf abreißen.

»Draußen wartet Frau Mombauer auf dich«, warnte sie mich, als ich mich zur Tür schleppte.

Nein, nicht auch noch die! Die hatte ich seit gestern Abend vergessen. Wieder dachte ich an Flucht, aber dann merkte ich, dass sich tatsächlich noch ein Rest von Kampfgeist in mir regte. So schnell würde ich die »Weiße Lilie« nicht aufgeben! Und was war mit der Wohnung? Auch dafür würde mir eine Lösung einfallen, nur nicht jetzt. Ich musste Druck aus der Sache herausnehmen, ich brauchte Zeit.

Durch die Glasfront der Küche sah ich Frau Mombauer fingerklopfend an meiner großen Tafel stehen, den Mund wieder zu einem schmalen Strich zusammengepresst.

»Frau Mombauer«, begrüßte ich sie und bemühte mich zumindest um einen freundlichen Tonfall. »Möchten Sie einen Kaffee? Also ich brauche unbedingt einen.« Ich stellte das Mahlwerk an, füllte den kleinen Aufsatz mit frischem Kaffeepulver, klemmte diesen in die Maschine und drückte den Startknopf. Schon der Geruch von frisch gebrühtem Espresso wirkte belebend.

»Sie haben es nur Irmchen zu verdanken, dass ich noch mal gekommen bin«, lamentierte Frau Mombauer hinter meinem Rücken. »Wissen Sie, wie lange ich gestern Abend auf Sie gewartet habe? Und habe ich nicht klar genug gesagt, dass wir die Sache schnell hinter uns bringen müssen? Dieses Haus belastet mich ungemein. Das hat nichts mit Ihnen, das hat etwas mit meiner Geschichte zu tun.«

»Auch einen?«, fragte ich, als ich mich umgedreht und die Tasse vor mich auf den Tresen gestellt hatte.

Sie nickte gnädig, und in ihrem Blick schimmerten wieder alte Verletzungen durch. Ich drehte mich zur Kaffeemaschine um, konzentrierte mich auf den zweiten Espresso und hoffte, dass sie nicht mehr von ihrer bestimmt traurigen Geschichte erzählen würde. Ich war keine, zu der die Mühseligen und Beladenen kommen konnten. Zum Glück beließ sie es bei dieser Andeutung und kam stattdessen auf ihren Cousin Tommi zu sprechen.

»Der steht in den Startlöchern, der verkauft das Haus sofort für mich. Der findet sowieso, dass ich viel zu langmütig bin. Jetzt unterschreiben Sie endlich den Vertrag, damit die Sache erledigt ist.«

Ich balancierte die beiden Espressi zu ihr und stellte sie ab. Noch bevor ich mich setzen konnte, riss sie mit einer zackigen Bewegung den Vertrag aus der Tasche und schob ihn über den Tisch, ich schob ihr im Gegenzug den Espresso hin.

Die Mitleidstour, dachte ich, probier doch einmal, ob du das nicht auch kannst. Sag doch einfach: Meine Spülfrau ist ermordet worden, mein Freund hat mich betrogen, bei mir wurde eingebrochen. Mein Leben ist ein Scherbenhaufen, ich kann nicht mehr. Aber ich brachte keinen Ton heraus, stattdessen stieg wieder diese Hitze in mir auf. Schweiß brach aus allen Poren, und, um das Unglück perfekt zu machen, kamen noch die Tränen. Erst nur ein paar, aber dann flossen sie mit Wucht, so als würde ein Staudamm brechen. Ich konnte nicht mehr aufhören. Ich schniefte und schluchzte, schwitzte und schweißte, rammte meinen Körper blind in die Höhe, kippte mit zittriger Hand die Espressotasse um, stürzte nach draußen, lief Eva in die Arme, wehrte mich, als sie mich festhalten wollte, strampelte mich frei und lief heulend weiter.

Ich stolperte die Keupstraße entlang, achtete nicht auf quietschende Bremsen und wütendes Gehupe und lief über den Clevischen Ring, immer weiter, einfach nur weiter, bis ich irgendwann mein Gesicht im Schaufenster einer türkischen Konditorei gespiegelt sah. Aufgequollene, rot geheulte Augen zwischen Baklava, Lokum und türkischem Honig. Die verschleierte Türkin neben mir bemerkte ich erst, als sie mich sanft anstupste, mir ein Papiertaschentuch in die Hand drückte und mich durch ein Deuten auf meine Hosentasche darauf hinwies, dass mein Handy klingelte. Ich nestelte es heraus. Ecki? Würde ich rangehen?

Aber es war Adela, die anrief. Gott sei Dank, Adela war zurück.

»Wie war dein Camp?«, schniefte ich.

»Schätzelchen, das Camp ist völlig egal«, schnaufte sie. »Ich bin so froh, dass du endlich drangehst! Ich telefoniere mir seit zehn Minuten die Finger wund, nachdem mich eine maßlos besorgte Eva angerufen hat. Wo steckst du?«

Ich sagte es ihr.

»Puls? Herzschlag? Knie?«

Ach, meine liebe Adela. Wenn sie um einen besorgt war, kam bei der alten Hebamme immer erst die Krankenschwester durch.

»Erhöht und zittrig«, berichtete ich.

»Geh rein und kauf dir eine von diesen Zuckerbomben, damit dein Blutzuckerspiegel nicht absackt.«

Ich tat wie geheißen und suchte mir in der Konditorei zwei, drei süße Teilchen aus. Wieder auf der Straße, schob ich mir ein klebriges Baklava-Stückchen in den Mund. Pistazien und Zucker knirschten zwischen meinen Zähnen.

»Jetzt zum schwierigen Teil«, tönte Adela. »Was ist los? Klär mich auf. Präzise und in eins dreißig. Konzentrier dich auf das Wesentliche.«

»Jetzt wird die Mombauer das Haus verkaufen«, presste ich hervor. »Und der neue Besitzer kann mich sofort auf die Straße setzen, weil mein Pachtvertrag Ende des Monats ausläuft.«

»Ich glaube nicht, dass der Pachtvertrag zurzeit dein größtes Problem ist. Was ist mit Minka passiert? Wo steckt Ecki? Entwirre mir mal das Gestammel von Eva!«, befahl Adela.

Ich versuchte es. Bestimmt nicht präzise und auch nicht in eins dreißig, aber Adela hörte zu und fragte nach.

»Wie kann Ecki nur so doof sein und das Risiko eingehen, eine Frau wie dich zu verlieren?«, regte sie sich auf, als ich zu Ende erzählt hatte.

Ich kannte Adela gut genug und wusste genau, dass sie es nicht bei dieser Solidaritätsbekundung belassen würde. Gleich würde einer ihrer berühmten Aber-Sätze kommen. Und so war es auch.

»Aber dass Minka eine ist, die Männer zu läufigen Hunden macht, hab ich dir schon nach der Bause-Sause erzählt. Erinnerst du dich, Schätzelchen?«

»Soll das jetzt eine Entschuldigung sein, oder was?«, blaffte ich sie an.

»Natürlich nicht!«, empörte sich Adela. »Aber na ja, Ecki ist kein Kind von Traurigkeit, du ja eigentlich auch nicht. Ihr zwei habt Erfahrungen im Betrügen und Betrogenwerden, aber ...«

»Es ist doch was ganz anderes, in weiter Ferne mit einer anderen ins Bett zu steigen, als direkt vor meiner Nase fremdzugehen«, jammerte ich. »Das ist, als würde man auf meinem Herzen herumtrampeln ...«

»Wunden lecken muss auf später verschoben werden«, unterbrach mich Adela ohne Rücksicht auf Gefühle. »Ecki ist ein Fremdgeher, ein Schaumschläger, ein Drückeberger. Aber ein Mörder? Nie und nimmer. Dein Wiener Hallodri ist nicht blöd. Der weiß, dass er für die Polizei der Hauptverdächtige ist. Der steckt nicht den Kopf in den Sand, weil er Minka umgebracht hat, sondern weil er verdächtigt wird. Bestimmt hat er kein Alibi und ist deshalb untergetaucht. Was hast du unternommen, um ihn zu finden? Weiß sein Kumpel Benedikt was? Nein? Hast du bei Motorboot-Verleihern angerufen? Okay, das übernehme ich gleich. Wobei er ja nicht Tag und Nacht auf dem Rhein auf und ab fahren kann. Ich telefoniere also besser noch Hotels und Pensionen ab. Wir müssen den Volltrottel finden, bevor es die Polizei tut, damit wir ihm aus der Bredouille helfen können. Und da steckt er hüfttief drin, und meine Nase sagt mir, dass jemand kräftig nachhilft, damit er aus dem Mist nicht rauskommt.«

»Adela, bitte jetzt keine von deinen Verschwörungstheorien«, flehte ich, weil mir ihre misstrauischen Fragen zu Mombauers Tod wieder einfielen. »Du willst doch nicht ernsthaft behaupten, dass das alles damit zusammenhängt.«

»Mombauer, Quatsch!« Adela wischte meinen Einwand hinweg, als hätte sie niemals über seinen Tod spekuliert. »Wir müssen uns Eilert vorknöpfen. Der ist der Schlüssel zu dieser ganzen Schweinerei.«

Es war zum Verzweifeln! Kaum war eine Verschwörungstheorie vom Tisch, zauberte Adela die nächste aus der Kiste.

»Eilert? Jetzt vermisch nicht alles! Klar ist der Kerl nicht koscher, aber nur weil er Gift auf die ›Weiße Lilie‹ sprüht, muss er noch lange nichts mit Minkas Tod oder Eckis Verschwinden zu tun haben.«

»Kuno«, antwortete Adela, und der Stolz auf ihren Liebsten war nicht zu überhören, »hat herausgefunden, woher er den Namen kennt. Eine Notiz in der Zeitschrift der IHK Köln vor einem Jahr. Da wurde berichtet, dass der bekannte Kölner Immobilienmakler Eike Eilert sein Geld in ein weiteres Betätigungsfeld investiert. Der ist nämlich zurück in die Gastronomie gegangen, wo er seine beruflichen Wurzeln hat. Mit einer neuen Restaurantkette, deren Idee es ist, gehobene Gastronomie mit aktuellem Lifestyle zu kombinieren. ›Was McDonald's für den schnellen Hunger von Otto Normalverbraucher ist, das ist ›All-inclusive‹ für den genüsslichen Feinschmecker‹. So wirbt er dafür. In Köln sind drei Standorte für die Kette geplant. Zwei im Linksrheinischen und eine im Rechts–«

»Eilert ist der Chef von ›All-inclusive‹?« Diese Neuigkeit schockierte mich wirklich. Ich verschluckte mich an dem letzten Stückchen Baklava. »Wo im Rechtsrheinischen?«, fragte ich, als ich wieder sprechen konnte.

»Na, wo wohl? In Mülheim natürlich. Im Schanzenviertel. Mit der IT-Branche, den TV-Machern und dem neuen Verlagshaus von Bastei Lübbe gäbe es da eine potente Klientel, sagt Eilert.«

»Das ist meine Klientel«, zischte ich. »Die habe ich mir in den letzten Jahren erobert.«

»Es sieht so aus, als ob dir da einer die Butter vom Brot nehmen will«, folgerte Adela gnadenlos. »Getreu dem Motto, dass man den Feind kennen muss, um ihn vernichten zu können, habe ich für heute Abend einen Tisch im ›All-inclusive‹ im Belgischen Viertel reserviert.«

»Aber ich muss doch arbeiten.«

»Klar musst du das. Doch das ›All-inclusive‹ macht erst um drei Uhr morgens zu, und so lange kriegst du auch was zu essen. Ich hol dich ab, wenn du mit Kochen fertig bist.«

Ich steckte das Handy zurück in die Hosentasche. Im Schaufenster der Konditorei sah mein Spiegelbild wieder halbwegs normal aus, und in meinem Kopf wirbelten Adelas Neuigkeiten herum. Eilert. Hatte Minka für ihn spioniert? Oder war sie ihm in die Quere gekommen? Wer hatte sie umgebracht? Und wie hing Ecki in dieser Geschichte drin?

Egal, wie ich die Fragen drehte und wendete, Antworten dazu fielen mir keine ein. Ich starrte immer noch auf das Fenster der Konditorei, wo hinter zwei mehrstöckigen pastellenen Hochzeitstorten eine mit Halbmonden verzierte Uhr hing. Halb vier, ich musste dringend wieder in die »Weiße Lilie«.

Also lief ich durch die Straße zurück, die nicht umsonst Kölns Klein-Istanbul hieß. Ich hatte den Überblick darüber verloren, wie viele türkische Konditoreien es hier gab, ganz zu schweigen von den vielen türkischen Bäckereien. Manchmal duftete die ganze Straße wie ein riesiges frisches Fladenbrot. Nicht zu vergessen die Dönerläden, Teehäuser und Restaurants, die auch außerhalb des Viertels einen guten Ruf hatten und viel Publikum anzogen.

Am Wochenende war hier manchmal die Hölle los. Türkische Großfamilien beim Essen in den Restaurants, aber auch junge Leute, die sich in einem der Dönerläden noch schnell etwas in den Mund schoben, bevor es ins E-Werk oder ins Palladium zum Feiern ging. Dann strahlte die Straße lebendig und friedlich, und nichts erinnerte an die traurige Berühmtheit, zu der sie 2004 gelangte, als vor dem Friseursalon Yildirim eine Nagelbombe explodierte. Aber natürlich hatte man dieses Attentat hier nie vergessen.

Als im Herbst eher zufällig herauskam, dass die Zwickauer Terrorzelle für das Attentat verantwortlich war, hatte das zwar Erleichterung, aber auch viele neue Fragen ausgelöst. Warum hatte man so früh eine Spur ins rechtsradikale Milieu verworfen? Warum nicht Parallelen zu den sogenannten Döner-Morden weiterverfolgt? Warum überhaupt konnten drei polizeibekannte Rechtsradikale zehn Jahre mordend durch die Lande ziehen, ohne jemals gefasst zu werden?

»Friseure, ich meine, wer kümmert sich schon um Friseure und dann noch um türkischstämmige?«, regte sich Fatma Yavuz, meine Friseurin auf, deren Salon schräg vis-à-vis von Yildirims Herrenladen lag, und ich konnte ihr nicht widersprechen. »Stell dir vor, das hätte auch mich treffen können. Da nützt es nichts, wenn die Politiker dann mal wieder einen ihrer Betroffenheitsbesuche machen.«

Immer wenn ich zum Haareschneiden kam, redeten wir zuerst darüber.

»Aber wenn du nur noch daran denkst, kannst du deinen Laden direkt dichtmachen«, sagte Fatma. »Und wie heißt es in Köln? Et hätt noch immer joot jejange.« Und dann schüttete sie leichteren Herzens ihr Füllhorn an alltäglichem Keupstraßen-Tratsch über mich aus, weil man doch mit dem Schrecken und der Furcht nicht weiterleben konnte.

Eine bremsende Linie 4 ließ mich aus meinen Gedanken auffahren, ich hatte den Clevischen Ring wieder erreicht. Diesmal wartete ich, bis die Ampel auf Grün schaltete, bevor ich die Straße überquerte. Auf der anderen Straßenseite ging die Keupstraße weiter, aber Klein-Istanbul war zu Ende. Da waren der Spielplatz, die »Weiße Lilie«, das Altenheim. Zudem standen hier ein paar bemerkenswerte Häuser aus den Anfängen des neunzehnten Jahrhunderts, als das wohlhabende protestantische Mülheim blühte, während man auf der anderen Rheinseite auf die napoleonischen Truppen warten musste, um den Mittelaltermief aus der Stadt zu kehren.

Am Spielplatz fuhr Brandt seinen metallicblauen Wagen aus der Parklücke. Hatte er noch so lange mit Arîn gesprochen? Wie lange war ich überhaupt weg gewesen? Er kurbelte die Scheibe herunter und sah mich wieder mit diesem besorgten Menschenfreund-Blick an. Hatte er mitbekommen, wie ich als brennender Busch und heulend aus dem Haus gestürzt war?

Wenn ja, dann erwähnte er es mit keinem Wort. »Wenn Sie nicht dazu kommen, den Waldmeister zu verarbeiten, kann ich Ihnen noch mal neuen bringen. Ich habe noch jede Menge davon in meinem Schrebergarten.«

Waldmeister, stimmt. Vielleicht fiel mir dazu etwas ein.

»Und Sie?«, fragte ich. »Müssen Sie noch arbeiten, oder können Sie das Wochenende in Ihrem Schrebergarten genießen?«

»Bei einem Mordfall gibt es kein Wochenende. Ich fahre jetzt in dieses tantrische Massagezentrum.« Er sah nicht aus, als ob er sich darauf freute. »Drücken Sie mir mal die Daumen, dass ich da nicht verwirrter rauskomme, als ich reingehe.«

»Daumen drücken, das werde ich grade noch schaffen.«

Brandt lächelte und fuhr davon.

Als ich mich der Tür der »Weißen Lilie« näherte, stürzten Arîn und Eva gleichzeitig heraus. Sie überzogen mich mit ihren Mitleidsblicken und erinnerten mich damit ebenfalls an meinen panischen Aufbruch.

»Kein Wort«, befahl ich. »Was ist mit Frau Mombauer? Hat sie noch irgendwas gesagt?«

»Na ja, sie war nicht begeistert, dass ihre Verträge ein Espressobad genommen haben. Sie hat sie in den Müll geworfen und ist gegangen.«

»Wollte sie wiederkommen? Soll ich sie anrufen?«

Eva zuckte mit den Schultern.

»Wie auch immer«, murmelte ich. »Wir müssen kochen.«

»Willst du heute wirklich aufmachen?« Eva musterte mich wie eine Kranke, die zu früh ins gesunde Leben zurückdrängte. »Ich könnte den Gästen absagen. So was passiert in den besten Häusern.«

»Ich koche bei Fieber, ich koche mit gezerrtem Knöchel, da werde ich doch auch mit gebrochenem Herzen kochen können. – Also frisch ans Werk, wir haben Full House.«

»Nicht mehr.« Eva setzte dieses bedauernde Lächeln auf, mit dem sie Gäste besänftigte, wenn uns in der Küche ein Gericht ausgegangen war. »Es gab Absagen, insgesamt fünfzehn.«

»Begründungen?«

»Eigentlich keine. Aber hast du mal die Bewertungen im Netz verfolgt? Da hat sich die Kritik an der ›Weißen Lilie‹ in den letzten Tagen merkwürdig gehäuft.«

»Lass sehen«, bellte ich und stürmte nach drinnen.

Eva rief mir am PC bei der Kasse die Seiten auf. Heute konnte ich von »Mini-Chefkoch« lesen: »Keine gute Erfahrung! Machen auf fein. Teuer und nicht gut für den Preis! Wurde leider auch nicht satt. Für mich ist die ›Weiße Lilie‹ ein Möchtegern-Restaurant!« So etwas Ähnliches hatte ich doch schon mal gelesen. Unverschämt blieb es trotzdem.

Dass bei mir einer nicht satt wurde, war noch nie vorgekommen. Beilagen konnte man bei uns jederzeit nachbestellen.

Mit dem Sattwerden hatte »Schlabbermäulchen« keine Probleme, denn der oder die schrieb: »Der kleine Gruß aus der Küche gut, aber nicht erwähnenswert. Die Vorspeisen klein und fein, aber keine geschmackliche Sensation und manche Komponenten einfach nicht so stimmig zueinander komponiert. Die Zwischengänge waren in guter Qualität, aber sehr überschaubar und standen in keinem Verhältnis zu dem für sie aufgerufenen Preis.«

Was war das denn für eine Kritik? Mein Amuse-Bouche gut, aber nicht erwähnenswert? Keine Ahnung von Essen hatte der Typ, nicht eine einzige Zutat, nicht ein Gericht wurde erwähnt. Der kleckste mein Essen in miesem Deutsch zu fiesem Durchschnitt zusammen.

Schon klickte ich weiter zu »Himmel un Ääd« und konnte lesen, dass die »Weiße Lilie« partiell zur Arroganz neigte: »Ich wurde dahingehend nicht ausreichend beraten, was man mir auf meinen Wunsch trockener Weißwein hin anbieten könne.«

Der hatte sie wohl nicht mehr alle! Wir hatten nur trockene Weißweine im Sortiment!

»Die Foie gras allerdings war den Tod des Vogels nicht wert. Langweilig und fad im Geschmack, die eingelegten Früchte sauer, aber sonst ohne eigenes Aroma. Da wäre ein Chutney von Aldi noch besser gewesen.«

Hallo? Gänseleberpastete servierte ich überhaupt nicht. So was kam mir nicht auf den Tisch! Erstunken und erlogen waren diese Texte. Das roch nach gezielter Demontage, nach hinterhältiger Attacke. Wie konnte ich herausfinden, ob Eilert dahintersteckte? Vielleicht war es ein Fehler, dass ich mich bisher nie um das Internet gekümmert hatte. Aber das ließ sich ändern.

»Ich kann bei unseren Stammgästen anregen, mal eine positive Kritik zu veröffentlichen«, schlug Eva vor.

»Viel zu spät, wir müssen sofort reagieren«, entschied ich. »Eva, sag deinem Dachdecker Bescheid, dass er das Hohelied auf mein Bœuf bourguignon, das er so gern mag, singen soll. Ich ruf Kuno und Adela an. Kommen die Eschbachs heute zum Essen? Wir müssen diesem Geschmiere was entgegensetzen!«

»Schön und gut. Aber was machen wir heute?«

»Eva, es ist nicht das erste Mal, dass die große Tafel nicht ganz besetzt ist. Es gibt immer bessere und schlechtere Tage. Und jetzt los! Arîn, hast du neue Fonds aufgesetzt?«

Wenn Eilert mich wirklich plattmachen wollte, dann sollte er merken, dass ihm das mit ein paar schäbigen Kritiken nicht gelingen würde. Das waren kleine Giftspritzen, die mich und die »Weiße Lilie« nicht umbrachten.

Zudem war Eilert nicht der Erste, der versuchte, mich aus der Keupstraße wegzukriegen. Da hatte ich schon Schlimmeres erlebt: Anschwärzen beim Gesundheitsamt, Schutzgelderpressung, tätliche Angriffe. Ich war hart im Nehmen. Nervös machte mich allerdings die Vorstellung, dass Eilert offenbar über Leichen ging, um seine Ziele zu erreichen.

Der Laden brummte, das merkte man direkt am Eingang. Schon die rote Leuchtreklame war ein echter Eyecatcher in dem an Bars und

Restaurants nicht armen Karree rund um den Brüsseler Platz. Kurz vor Mitternacht drängte sich mit Adela und mir eine Gruppe Mittdreißiger ins »All-inclusive«, während gleichzeitig eine vielköpfige Großfamilie das Restaurant verließ. Das helle Foyer also voller Menschen, es herrschte heilloses Gedränge.

Erst als die Großfamilie verschwunden war, geriet der Raum in meinen Blick. Ich bemerkte die kunstvollen Blumengestecke in Lila und Weiß und den asiatischen Zierbrunnen, der leise vor sich hin plätscherte. Sein Wasser war mit irgendeinem Wellness-Duft aromatisiert, der mich sofort an Minka denken ließ. Hier also hatte sie nach Mitternacht an der Garderobe gestanden. Hatte Ecki sie hier besucht? Mit ihr und den anderen Angestellten geschäkert? Seinen berühmten Wiener Charme spielen lassen? Ich wollte mir dies nicht vorstellen und war froh, dass die Garderobe heute verwaist war.

»Herzlich willkommen im ›All-inclusive‹.«

Eine Zeremonienmeisterin von unaufdringlicher Attraktivität verteilte Willkommensgruß und -lächeln breitflächig auf die neuen Gäste. Sie thronte auf einem Barhocker hinter einem Stehpult aus edlem Holz in der Mitte des Raumes und herrschte über Kasse und Laptop. Ihr zur Seite standen zwei Bauchladen-Fräuleins mit wohlgeformten Beinen und schmalen Taillen. Alle drei wirkten so proper, schön und zeitlos, als wären sie einem Hollywood-Musical der dreißiger Jahre entsprungen und als hätte es die Frauenbewegung nie gegeben.

»Kluge Erkundung von Feindesland ist der erste Schritt zum Sieg«, flüsterte mir Adela zu.

Mit einem neckischen Knicks überreichten die Bauchladen-Fräuleins jedem Gast eine Chipkarte. Die Gruppe, mit der wir gekommen waren, brauchte keine Erläuterung dafür. Adela und ich erfuhren, dass wir mit dieser Chipkarte in allen Bereichen des Hauses bestellen und am Ende dann hier die Rechnung begleichen konnten.

»Wir haben Ihnen einen Tisch im ›La petite France‹ reserviert«, schnurrte die Zeremonienmeisterin. »Wenn Sie zum ersten Mal bei uns sind, dann schauen Sie sich doch einmal um. Hier im Parterre finden Sie unser Bistro mit kleinen Gerichten für den schnellen Hunger und unsere Bar mit Raucherlounge, in der ersten Etage dann das ›La petite France‹ und ›Bella Italia‹.« Wie eine Stewardess wies sie mit den Händen in die entsprechenden Richtungen.

Wir stiegen die Treppen hoch und folgten den dezenten Musettewalzerklängen ins »La petite France«. Mit langem Aluminiumtresen, kleinen und größeren Tischen und alten Bistrostühlen war es im Retrocharme eines Pariser Restaurants der Vorkriegszeit eingerichtet. Ein Kellner mit original französischem Akzent führte uns an unseren Tisch, reichte uns die Karte und wies darauf hin, dass wir die Getränke am Tresen bekamen und uns die Gerichte in *»la cuisine«* aussuchen durften. Diese befand sich am Ende des Raumes, eine offene Küche, bei der ich am Fischstand lange anstand, weil sich der Gast vor mir jede Jakobsmuschel zeigen ließ, bevor er sich für drei entschied.

Ich bestellte Dorade für Adela und mich und durfte wählen, ob ich sie mit normannischer oder bretonischer Soße serviert bekommen wollte. Woher die Doraden genau kamen, konnte mir der Koch leider nicht sagen, aber sie seien frisch, absolut frisch, mehr oder weniger gerade erst aus dem Meer gesprungen. Frische kann man einem Fisch ja problemlos ansehen, und der Fisch sah tatsächlich frisch aus. Jetzt war ich auf die Zubereitung gespannt.

Das dauere noch etwas, erklärte der Koch und reichte mir eine Art Telefon, das piepen werde, wenn der Fisch fertig war. Ich könne ja in der Zwischenzeit die Beilagen aussuchen, empfahl er mir. Er deutete auf einen Stand mit dem Schild »Les Légumes«. Brokkoli war im Angebot, na prima! Mich nervte es, schon wieder anzustehen. Die Leute um mich herum schien dies allerdings überhaupt nicht zu stören. Sie wirkten so, als hätten sie es sich aus ideologischen Gründen jahrelang verkniffen, bei McDonald's essen zu gehen, um jetzt endlich den Selfservice in dieser schickeren Variante voll auskosten zu können.

Als ich an unseren Tisch zurückkam, hatte es Adela geschafft, Wasser und Wein zu organisieren. Ich legte den Fisch-Piepser auf den Tisch.

»Ich seh schon, du findest es ziemlich daneben«, konstatierte Adela, als wir endlich beide wieder saßen.

»Wenn das das Essen der Zukunft ist, wird es Zeit, dass ich mich von der Gastronomie verabschiede. Frischer Fisch, nur eine Sorte, und die üblichen Krabben. Und hast du gesehen, was es hier an Fleisch gibt? Nur Filets, da kann man wirklich nichts falsch machen. Keine Innereien, keine Ragouts, von Wild ganz zu schweigen. Vom

Huhn nur die Brust. Dabei gibt es für ein ganzes Huhn mindestens tausend Rezepte, für Schwein oder Rind genauso viele Variationen. Die Gäste neben Erprobtem immer mit Neuem zu überraschen, darin liegt die Herausforderung für einen Koch, das ist die Aufgabe von guten Restaurants. Aber wie sollen die Leute was Neues ausprobieren, wenn sie sich alles Essen nach eigenem Gusto zusammenstellen können? Überleg mal, wie viele Gerichte hier unter den Tisch fallen –«

»Jetzt werd nicht wieder so bierernst und missionarisch«, unterbrach mich Adela. »Den Leuten gefällt es. Essen muss gefallen, das ist wichtig. Und die Nachtische, ich sage dir, die sehen so was von köstlich aus.«

»Ich fass es nicht! Selbst du lässt dir Sand in die Augen streuen. Das ist doch zu achtzig Prozent Show hier. Alles wirkt künstlich und inszeniert. Es gefällt den Leuten, weil es neu ist und weil sie essen können, was sie kennen. Ich komme mir echt wie ein Dinosaurier der Kochkunst vor!« Mein Piepser piepste. »Und dann diese Hin-und-her-Rennerei«, meckerte ich weiter. »Also ich gehe essen, um dann auch sitzen bleiben zu können.«

»Du gehst gar nie essen, du kochst nur«, korrigierte mich Adela. »Und du lebst vom Kochen! Kein Koch kann es sich leisten, die neuesten Gastro-Trends komplett zu ignorieren.«

»Gastro-Trends sind schnelllebig, man muss seinen eigenen Stil finden, darauf kommt es an!«

Der Piepser piepste wieder.

»Der Fisch ruft«, knurrte ich und hievte mich vom Stuhl hoch.

»Was nützt dir dein eigener Stil, wenn Eilert in Mülheim seinen Laden aufmacht und keiner mehr zu dir essen kommt?« Adela packte nach meiner Hand und hielt mich noch am Tisch fest. »Jetzt hör auf, dich im eigenen Glanz zu drehen, guck dir lieber alles genau an! Du musst doch wissen, mit was ›All-inclusive‹ dir in Mülheim Konkurrenz machen wird.«

Die Klientel, die »La petite France« um diese Uhrzeit in der Hauptsache besuchte, konnte ich in der »Weißen Lilie« schon mal nicht bedienen. Junge Liebespaare, die an kleinen Tischen miteinander turtelten und sich gegenseitig Löffelchen mit Mousse au Chocolat in den Mund schoben, die in roten Glasherzen serviert wurde. Wahrscheinlich fanden das alle sehr romantisch, weil Paris ja die Stadt der Liebe und »La petite France« für sie Paris im Herzen von Köln war.

Inmitten all dieser zur Schau gestellten Zweisamkeit fiel die einzelne Frau an einem Zweiertisch besonders auf. Ich erkannte sie sofort wieder. Es war die schwarze Witwe, die beim Bause-Empfang mit meinem Bunsenbrenner auf Eilert losgegangen war. Wieder trug sie Schwarz, das von grauen Strähnen durchgezogene, ebenfalls schwarze Haar war zu einem strengen Knoten gedreht und betonte ihr schönes Gesicht. Sie erinnerte mich an die Witwe in »Alexis Sorbas«. In den Kohleaugen blitzte unterdrückte Leidenschaft. Ihr Alter war schwer zu schätzen. Irgendwas zwischen Mitte vierzig und fünfzig.

Sie saß an einem Tisch in der Nähe des Tresens, schob einen Teller mit Fisch zur Seite und rief nach dem Kellner. Sie musste mehrmals und sehr laut rufen, bis er an ihren Tisch kam.

»Schauen Sie sich meine Haut an«, pflaumte sie ihn laut an und deutete auf ihren Unterarm. »Diesen Ausschlag bekomme ich nur, wenn ich Glutamat esse. Ich habe ausdrücklich gefragt, ob in der Fischsoße Glutamat sei, man hat mir versichert, dass man hier überhaupt kein Glutamat verwende, aber meine Haut sagt etwas anderes. Das ist ein Betrug am Kunden!«

Die Frau hatte nicht nur meine ganze Aufmerksamkeit, auch schätzungsweise die Hälfte der Liebespaare unterbrach das Turteln und Schnäbeln und blickte interessiert in ihre Richtung.

»Glutamat, kein gutes Restaurant verwendet Glutamat«, polterte sie weiter.

»*Quel dommage, madame!* Wenn Sie mir in die Küche folgen, wir können das klären. Eigentlich unsere Speisen enthalten kein Glutamat.« Glutamat sprach er spitz »Glütama« aus, so als ob dies wirklich etwas besonders Ekeliges wäre. Ansonsten klang seine Stimme sanft wie die eines empathischen Talkmasters, und sein Blick signalisierte, dass bei ihm der Kunde immer König, in ihrem Fall besser Königin war. *»S'il vous plaît, madame!«*

Mit einer galanten Geste lud er sie ein, ihn zu begleiten, aber die schwarze Witwe bewegte sich keinen Zentimeter.

»Wo ist der Geschäftsführer? Ich möchte den Geschäftsführer sprechen«, lärmte die Frau weiter.

Langsam, aber sicher ging dem Talkmaster-Kellner seine Souveränität flöten. Er warf hilfesuchende Blicke durch den Raum, aber kein Kollege eilte zu seiner Rettung herbei. Zum einen, weil es außer ihm sowieso keinen weiteren Kellner gab, zum anderen, weil die Kulis, die vorher das schmutzige Geschirr abgeräumt hatten, alle verschwunden waren. Ich ignorierte das erneute Piepsen, wartete gespannt auf den nächsten Schritt des Kellners und beneidete ihn nicht um seine Lage. Die Frau war der Typ Gast, der jede Servicekraft in den Wahnsinn trieb. Sie war auf Krawall gebürstet. Es interessierte sie nicht, dass die anderen Gäste ihren Aufstand miterlebten. Im Gegenteil, sie nutzte das Publikum als stummen Komplizen für ihre Empörung. *Worst case* für den Kellner.

»Leider, der ist im Moment nicht hier.« Das Lächeln kostete ihn jetzt sichtlich Mühe. Man sah ihm an, dass er am liebsten unsichtbar wäre. »Besser, Sie reden mit einem unsere Köche, bestimmt wir können die Sache klären.«

»Ich gehe erst, wenn ich den Geschäftsführer gesprochen habe. Los, rufen Sie ihn an!«

Jetzt war auch das letzte Liebespaar aus seiner Zweisamkeit aufgeschreckt, alle warteten gebannt auf den Ausgang des Duells.

»Aber natürlich!« Ein eifriges Nicken, der Kellner deutete ins Nirgendwo, wo sich vielleicht ein Telefon befand, wohin er sich auf alle Fälle verdrücken konnte. Bevor die Frau ihn mit einem neuen Redeschwall festhalten konnte, wieselte er aus dem Raum.

Die Liebespaare hatten sich gerade wieder erleichtert ihren Herzschüsselchen zugewandt, als die Frau noch einmal ihre Stimme erhob und dem Kellner hinterherrief: »Und sagen Sie ihm, ich warte auf ihn. Und wenn ich die ganze Nacht da sitze.«

Ich fand es sehr seltsam, dass die Frau hier allein saß und so einen Aufstand machte. Der Geschäftsführer des Ladens war Eilert, und ich war mir sicher, dass die Frau das wusste. Genau wie bei dem Bause-Fest galt ihm ihr Auftritt. Wenn sie Eilert dann genauso vorführte, wollte ich mir dies auf keinen Fall entgehen lassen. Nicht nur, weil es mich brennend interessierte, weshalb sie einen solchen Groll gegen ihn hegte. Nein, auch aus ganz egoistischen Gründen. Das wäre Balsam für mein Ego, süße Rache an dem Rüpel für seinen Auftritt bei mir in der »Weißen Lilie«.

Mein Piepser piepste wieder, und ich nahm endlich die zwei Doraden in Empfang. Die heißen Teller in Händen, machte ich auf dem Rückweg bei der schwarzen Witwe Station.

»Warten Sie wirklich auf Eilert?«, fragte ich sie, und als sie nickte, sagte ich: »Dann komme ich nach dem Fisch wieder. Ich würde gerne mit Ihnen reden.«

Sie nickte so, als ob sie das nicht wirklich interessierte, und ich transportierte die Teller bis zu unserem Tisch, wo Adela nicht mehr allein saß, weil das Ehepaar Bause ihr in der Zwischenzeit Gesellschaft leistete. Da sieh mal einer an! Das »All-inclusive« als Nabel von Köln. Es war wirklich sehr interessant, wer sich hier alles zu so später Stunde traf. Der dicke Napoleon war in sein Handy vertieft, während die wieder quietschbunt gekleidete Betty mit Adela schnatterte.

»Dann wollen wir euch beide mal essen lassen«, flötete sie vergnügt, als ich den Fisch abstellte, und stupste ihren Gatten an. »Schau, Dirk, auch der Fisch sieht phantastisch aus.«

»Das hat aber gedauert!« Adela fing sogleich an, den Fisch zu zerteilen.

»Das hat seinen Grund«, sagte ich und erzählte den dreien brühwarm vom Auftritt der schwarzen Witwe. Ich musste die Frau genau beschreiben, denn von unserem Tisch aus war sie nicht zu sehen. »Wer ist die Frau, Herr Bause?«, fragte ich zum Schluss. »Wissen Sie, was für einen Groll sie gegen Herrn Eilert hegt?«

»Leider nicht.« Bause sah kurz von seinem Handy auf und nicht aus, als ob er dies wirklich bedauerte. »Erst dachte ich, sie sei als Begleitung eines meiner Gäste gekommen, aber keiner kennt sie. Ich vermute, sie hat sich hereingemogelt, wahrscheinlich schon in der Absicht, Eike Eilert eine Szene zu machen.«

»Warum?«, wiederholte ich.

Er zuckte mit den Schultern. »Eike ist ein Gentleman. Über so was redet er nicht.«

»Jetzt lass uns gehen«, drängelte Betty Bause und hievte ihre große Handtasche auf den Tisch. »Damit die beiden essen können.« Sie stemmte sich aus dem Stuhl und zupfte ihre bunten Kleider in Form. »Wir sind unten an der Bar«, informierte sie uns. »Vielleicht sieht man sich da gleich wieder?«

»Sie wissen, dass Minka Nowak ermordet wurde?«, fragte ich, Frau Bauses Drängeln ignorierend.

Beide erstarrten für einen Moment und sahen betreten in den Raum.

»Schreckliche Geschichte«, murmelte Bause dann, und Frau Bause nickte und wühlte dabei ganz hektisch in ihrer Handtasche.

»Keanu Chidamber war auch auf Ihrem Fest.«

Jetzt hörte Frau Bause auf zu wühlen, und Herr Bause runzelte die Stirn.

»Der Meister der Lomi-Lomi-Massage, ich habe ihn auf Ihrem Fest gesehen«, präzisierte ich. »Zwei Tage später kam er in die ›Weiße Lilie‹ und hat nach Minka gefragt, angeblich schuldete sie ihm etwas«, erzählte ich. »Wissen Sie vielleicht –«

»Wie heißt der Mann?«, unterbrach mich Bause. »Der Name sagt mir nichts.« Er blickte seine Frau fragend an.

»Chidamber. Dunkler Leinenanzug, Hawaiischal«, beschrieb ich ihn. »Hat der sich auch auf Ihr Fest verirrt?«

Bause nervte meine Fragerei, das war offensichtlich, und seine Frau fächelte sich mit den Händen hektisch Luft ins Gesicht. Unter dem Tisch trat mir Adela auf die Füße, über dem Tisch raffte Betty Bause ihre Siebensachen zusammen.

»Kann sein, er war der Begleiter von Minka«, nuschelte sie, klemmte ihre Handtasche unter den Arm, hakte ihren Mann unter und zog ihn eilig an den Liebespaaren vorbei nach draußen. Ich sah den beiden lange nach.

»Weißt du was, was ich nicht weiß?«, fragte ich Adela, die ihren Fisch schon fast verputzt hatte.

Sie deutete auf meinen Fisch und aß weiter. Ich hatte eigentlich gar keinen Hunger, aber probieren musste ich.

Der Fisch war frisch, die normannische Soße sahnig. Wie vermutet, bei der Küche des »All-inclusive« konnte man nicht viel falsch machen. Ordentliche Qualität, gefällige Zubereitung, typisch für Systemgastronomie. Kreative Küche war etwas anderes.

»Also?«, hakte ich nach, als ich den Fisch zur Seite schob. »Was hat Betty Bause ihrer alten Hebamme anvertraut?«

»Betty arbeitet ja immer noch als Grundschullehrerin, und die Kinder werden von Jahr zu Jahr anstrengender. So was geht an keinem spurlos vorüber.« Adela tunkte mit etwas Brot die restliche Soße auf und schob sich den feuchten Brocken in den Mund. »Rücken«, papste sie. »Betty litt unter furchtbaren Verspannungen. Eine Odyssee von einem Arzt zum anderen, verschiedene Medikamente ohne dauerhaften Erfolg, das Übliche halt. – Isst du deinen Fisch nicht mehr?«

Sie deutete auf meinen Teller, den ich wortlos mit ihrem leeren tauschte.

»Das wäre ja noch schöner, wenn wir hier was zurückgehen lassen«, grummelte sie und griff wieder zu Messer und Gabel. »Außerdem schmeckt es gar nicht schlecht.«

Ich funkelte sie böse an, verkniff mir aber eine weitere Spitze wegen des Essens.

»Ich nehme also an, Minka hat Frau Bause für ihren Rücken Chidamber empfohlen.«

»Kluges Mädchen!« Adela legte das Besteck beiseite. »Dessen Lomi-Lomi-Massage hat phantastisch geholfen. Chidamber hat phantastisch geholfen. Ein charismatischer Mann, sagt Betty, der ihr ein völlig neues Lebensgefühl geschenkt hat. Nicht nur gesundheitlich, wenn du verstehst, was ich meine. Eine langjährige Ehe, ein viel beschäftigter Gatte ...«

»Nein!«, rief ich überrascht. »Nicht das, was ich jetzt denke, oder?«

Adela nickte.

»Sie hat was mit dem angefangen«, folgerte ich. »Und dann lädt sie den Liebhaber auf die Party ihres Mannes ein. Also, das ist ja –«

»Sie wollte ihn einmal ihren Freundinnen zeigen, ohne dass es groß auffällt«, unterbrach mich Adela. »Und das Bause-Fest schien ihr dafür eine gute Gelegenheit zu sein. Offiziell war er als Begleiter von Minka da.«

»Warum?«, zischte ich und merkte, wie die Hitze und der Ecki-Schmerz zurückkamen. »Warum muss man jemanden dann noch vorführen? Kann man den Betrug nicht wenigstens geheim halten?«

»Verliebte sind doch immer verwirrt. Um der Welt zu zeigen, wie besonders ihre Liebe ist, machen sie merkwürdige Dinge«, zwirbelte sich Adela eine Erklärung zurecht. »Du kannst dir nicht vorstellen, wie sehr Betty diese Einladung bedauert hat. Chidamber hat nämlich auf dem Fest nicht heimlich mit ihr geflirtet, sondern mit Minka geschäkert. Die zwei sind sogar eng umschlungen nach Hause gegangen.« Adela trank einen Schluck Weißwein und griff wieder zu Messer und Gabel. »Betty war eifersüchtig wie ein Teenager«, erzählte sie zwischen zwei Bissen. »Sie hat ihn am nächsten Tag angerufen. Und jetzt kommt echt der Hammer! Weißt du, was er da zu ihr gesagt hat? Dass er dringend Geld für sein Massagezentrum braucht und ob Betty ihm nicht was leihen könnte. Da hat Betty ganz schnell die Notbremse gezogen und Schluss gemacht.«

Diese verdammte Hitze machte mich wahnsinnig. Ich trank mein Wasserglas leer, schüttete das von Adela direkt hinterher und wischte mit der Serviette den Schweiß von der Stirn.

»Wechseljahre?«, fragte Adela besorgt. »Bisschen früh, oder?«

»Quatsch!«, wehrte ich ab. »Lug und Trug, wohin man sieht. Das macht mich fertig.«

»Glaub mir, in diesem Fall habe ich meine Neugier verflucht«, gestand Adela. »Du weißt ja, dass ich Betty direkt am Tag nach der Bause-Sause angerufen habe, wegen der Geschichte mit deinem Bunsenbrenner. Kurz vor mir hatte Chidamber bei ihr angerufen, und Betty war so froh, dass sie jemandem ihr Herz ausschütten konnte. Jetzt fühlt sie sich nicht nur grausam betrogen, sondern weiß auch nicht, ob sie dem Gatten alles gestehen oder das Geheimnis mit ins Grab nehmen soll.«

»Eifersucht! Betty Bause hätte also auch ein Motiv gehabt, Minka umzubringen«, rief ich.

»Jetzt mach mal einen Punkt. Betty hat Minka genauso wenig umgebracht wie Ecki!« Mit einer energischen Bewegung pickte Adela ihre Gabel in die Fischreste.

»Was macht dich da so sicher? Eine innere Stimme, oder was?«, fragte ich.

»Ich habe Betty geraten, die Wahrheit zu sagen. Wenn ihr der Gatte diesen kleinen Seitensprung nicht verzeiht, dann ist er sie nicht wert. So was muss eine Beziehung doch aushalten.«

»Aushalten«, echote ich wütend und schüttete jetzt den Weißwein in mich hinein. Wieso, verdammt, konnte man in diesem Laden nichts nachbestellen?

»Nichts wird so heiß gegessen, wie es gekocht wird, Schätzelchen.« Das war einer von Adelas Lieblingssätzen. »Auch bei Ecki und dir ist Hopfen und Malz noch nicht verloren.« Sie legte die Gabel zur Seite und tätschelte mal wieder meine Hand. »Betty muss aufpassen, dass sie nicht erpressbar wird. Schon deshalb muss sie ihrem Mann die Sache gestehen. Wenn dieser Chidamber Geld braucht, wer weiß, wozu der fähig ist?«

»Bis jetzt weiß der Gatte aber definitiv noch nicht Bescheid.«

Wieder stieg diese Hitze in mir auf. Von den Zehen bis in die Haarspitzen, jeden Winkel meines Körpers nahm sie in Besitz. Ich ruckelte mit meinem Hintern hin und her, weil meine Hose daran klebte wie an meinem ersten Kindergartentag, als ich es nicht mehr rechtzeitig bis aufs Klo geschafft hatte.

»Minka, Chidamber, Eilert, Ecki, die Bauses, die Frau in Schwarz, das hängt alles miteinander zusammen«, prophezeite Adela. »Ich weiß nur noch nicht, wie.«

Dieser erste Kindergartentag war überhaupt der Horror gewesen. Die anderen Kinder hatten mich angestarrt, als käme ich von einem anderen Stern, weil ich schon mit drei Jahren extrem groß und rotlockig gewesen war, auffällig anders eben. Damals hatte ich mir so gewünscht dazuzugehören, aber jetzt wäre ich gern auf einem anderen Stern. Weit weg von all dem, was in den letzten Tagen auf mich einstürzte, weit weg von Adelas neuesten Theorien.

»Schätzelchen!« Adela wedelte mit ihrer zweiten Hand vor meinen Augen herum und brachte mich dazu, ihr wieder zuzuhören. »Wie du mit Eckis Betrug umgehst, kannst du doch erst entscheiden, wenn du mit ihm geredet hast, oder? Aber solange man ihn des Mordes verdächtigt, wird Ecki nicht auftauchen. Also müssen wir herausfinden, was mit Minka geschehen ist. Und dabei hilft es nicht, dass du dich Tag und Nacht in deinem Ecki-Leid suhlst.«

»Alte Hebammenweisheit, oder was?«, blaffte ich sie an.

Adela lächelte weise und tätschelte noch ein bisschen meine Hand, bevor sie vorschlug: »Meinst du nicht, wir sollten noch den Nachtisch probieren?«

Nachtische waren mir egal, mich interessierte die schwarze Witwe. Hoffentlich war sie tatsächlich geblieben, hoffentlich hatte ich ihren Auftritt mit Eilert nicht verpasst. Zu gern würde ich endlich erfahren, was für ein Hühnchen sie mit dem »All-inclusive«-Chef zu rupfen hatte.

Die Frau saß noch an ihrem Platz, und sie war nicht mehr allein. Aber nicht Eilert leistete ihr Gesellschaft, sondern ein Mann in den Dreißigern. Er hatte den Arm um ihre Schultern gelegt und redete leise auf sie ein.

Als er aufblickte, sah ich in sentimentale, langwimprige Mädchenaugen, ansonsten hatte sein Gesicht nichts Weiches. Der Kopf ein bisschen legosteinmäßig, das Haar kurz geschoren, am Hals Ausläufer eines Tattoos, die Schwanzspitze irgendeines Tieres, das seinen Rücken zierte, ums Kinn ein angesagter Drei-Tage-Bart. Aber diese Kombination aus Hart und Weich machte ihn attraktiv. Ein bisschen Macho, ein bisschen frauenverstehend. Das stand ihm gut, er war so der Til-Schweiger-Typ.

Auch wenn oder vielleicht gerade weil die schwarze Witwe bestimmt zwanzig Jahre älter war als er, bildeten die zwei ein schönes Paar, das aus der Masse der Frischlingsduos herausstach. In diesem gefakten Pariser Interieur wirkten die zwei als Einzige echt französisch. *L'amour fou, une affaire exceptionnelle, la passion, oh là là!*

Der Mann senkte den Blick wieder und flüsterte der Frau etwas ins Ohr, sie nickte ernst. Es wunderte mich, dass sie nicht lächelte. Dann standen die beiden gemeinsam auf, er legte sofort wieder beschützend den Arm um ihre Schultern. Ich konnte mir genau vorstellen, was sie jetzt vorhatten. Aber was war mit Eilert? Warum hatte die schwarze Witwe den Aufstand bei dem Kellner gemacht, wenn sie jetzt mit ihrem Liebhaber davonging?

Hektisch tastete ich meine Hosentaschen nach einer Visitenkarte der »Weißen Lilie« ab und nestelte eine vom Schweiß aufgeweichte heraus.

»Pardon!« Ich streckte der Frau die Karte entgegen, als die beiden an mir vorbeikamen. »Bitte rufen Sie mich an, ich würde wirklich gerne mit Ihnen reden.«

Sie schüttelte den Kopf, der Typ zuckte bedauernd mit den Schultern und führte sie sanft, aber zielsicher in Richtung Treppenhaus. Ich sah den beiden mit ausgestreckter Hand nach, in der sich die Visitenkarte wie eine welke Blume nach unten bog.

Ich hatte keine Zeit, mich zu fragen, ob und wie ich die Frau wiedersehen würde, denn ich traute meinen Augen nicht, als plötzlich Chidamber die Treppe hochkam und wie ein elsässischer Storch durch »La petite France« stakste. Er blickte sich suchend um, und als sein Blick auf mich fiel, kam er nicht auf mich zu, sondern wirbelte herum und verließ eilig das Restaurant.

Ich folgte ihm, er begann zu laufen.

»Herr Chidamber«, rief ich und hastete hinter ihm die Treppe hinunter.

Chidamber, immer zwei Stufen auf einmal nehmend, war schnell im Foyer und legte dort im Gehen bei der Zeremonienmeisterin seine Chipkarte ab. Als auch ich unten war, schob er sich bereits durch die Eingangstür.

Ich spurtete hinter ihm her, gleichzeitig hastete eines der Bauchladen-Fräuleins an mir vorbei und versperrte mir den Weg.

»Ihre Rechnung! Sie müssen noch bezahlen«, flötete sie.

»Später«, japste ich, schob sie zur Seite und drängte hinaus auf die Straße.

»Saturday Night Fever« im Belgischen Viertel, das hieß Hölle und Menschen. Da! Chidamber schlängelte sich durch eine Gruppe junger Leute mit Bierflaschen in den Händen in Richtung Brüsseler Platz. Ich hinterher. Bei so schönem Wetter war dieser Platz ein Treffpunkt für Nachtschwärmer aller Art, dann herrschte hier ein Betrieb wie auf dem Hauptbahnhof.

In dem Geschiebe war kaum ein Vorwärtskommen, trotz meiner Größe musste ich verdammt aufpassen, dass ich Chidamber nicht aus den Augen verlor. Er bewegte sich in Richtung Kirche. Ich kämpfte mich durch die nächste Gruppe. Angetrunkene junge Männer, alle hatten das gleiche T-Shirt an, auf dem stand, dass sie den Junggesellenabschied von Marcel feierten. Alle trugen Zipfelmützen und eine Batterie kleiner Schnapsfläschchen wie einen Patronengurt um den Leib.

Chidamber drohte jetzt vom Schatten der Kirche verschluckt zu werden. Ich versuchte schneller zu gehen, jemand zog an meinem Kaftan.

»Sie müssen Ihre Rechnung bezahlen!« Das Bauchladenfräulein ohne Bauchladen direkt hinter mir.

»Möchtest du auch einen ganz Kleinen, süße Waldfee?«

Eine Alkoholfahne nebelte mich ein, einer der Zipfelmützenträger wedelte mit einem Schnapsfläschchen in der Hand vor meiner Nase herum. Ich drückte die Hand und den Schnaps zur Seite, um nach Chidamber zu sehen. Weg. Die Dunkelheit hatte ihn verschluckt.

»Ihre Rechnung, Ihre Rechnung«, drängelte das Bauchladenfräulein hinter mir und zog weiter an meinem Kaftan.

»Ja, verdammt«, fauchte ich sie an und drehte mich zu ihr um.

Auf dem Rückweg züngelten neue Hitzewellen durch meinen Körper. Mitten in diesem Menschengewusel kam ich mir wieder wie ein brennender Busch vor, wirkte aber leider nicht so, denn sonst hätten mir die Leute wenigstens Platz gemacht.

Als endlich wieder die rote Leuchtschrift des »All-inclusive« auftauchte, stürzte ich mich durch die Eingangstür und dann direkt auf den asiatischen Zierbrunnen zu. Einer Verdurstenden gleich schaufelte ich mit den Händen Wasser in mein Gesicht, das aber nicht nach Wasser, sondern nach Wellness roch.

»Alles in Ordnung?«

Eine Hand legte sich auf meine Schulter, und als ich mich aufrichtete, sah ich in das Gesicht von Til Schweiger. Dahinter lugte das Bauchladenfräulein hervor, dem ebenfalls die Haare am erhitzten Gesicht klebten.

»Die Toiletten sind eine Etage höher, falls Sie sich frisch machen wollen.«

Ein freundliches Lächeln, ein verständnisvoller Blick aus den sentimentalen Augen. Mich irritierte, dass der Mann hier war. War er nicht mit der schönen Witwe zu einer heißen Liebesnacht aufgebrochen? Waren die beiden noch einmal zurückgekehrt? Ich suchte die Witwe, ich fand sie nirgends. Dafür sah ich die Blicke, die wie Pingpongbälle zwischen der Zeremonienmeisterin, den Bauchladenfräuleins und Til Schweiger hin- und herschwirrten. Man kannte sich.

»Danke«, sagte ich, stieg langsam die Treppe hinauf und folgte dem WC-Zeichen.

Meine Gedanken zu den Blicken der drei im Foyer wurden von einer fremden Melodie verdrängt, die über dem Flur schwebte und mich zu den Waschräumen lockte.

Als ich die Tür zu den Toiletten aufstieß, saß dort eine schwere schwarze Frau und sang. Wieder spritzte ich Wasser ins Gesicht, ließ es auch über die Armbeugen laufen und hörte die Frau von Wehmut und Hoffnung singen. Ihre kräftige Stimme und die fremden Laute legten sich wie Samt auf meine Haut, drangen in mich ein und linderten den Herzschmerz. Ich hörte weiter zu, ließ unentwegt Wasser über meine Armbeugen laufen.

Erst als die Frau verstummte, stellte ich den Wasserhahn aus und sah sie an. Erstaunt darüber, dass sie nicht weitersang. Sie aber deutete auf einen Berg Papiertücher und erhob sich. Das Lied war ein Geschenk gewesen. In ihren wallenden afrikanischen Gewändern bewegte sie sich mit Eleganz, das schnelle Sauberwischen des Waschbeckens keine Pflicht, sondern eine Geste der Gastfreundschaft.

Diese Frau war eine Königin, die selbst einen Waschraum in einen Thronsaal verwandeln konnte. So wie sie stellte ich mir die sagenumwobene Königin von Saba vor. Als Morgengabe legte ich ein großzügiges Trinkgeld auf den kleinen Tisch, sie quittierte es mit einem gnädigen Nicken.

»Kannten Sie Minka Nowak?«, fragte ich, bevor ich ging.

»Garderobe«, antwortete sie.

»Sie ist tot. Man hat sie umgebracht.«

Der Blick der Königin war unergründlich.

»Sie hat bei mir gearbeitet. Ich bin Köchin. Wir möchten in meinem Restaurant einen Leichenschmaus für sie ausrichten«, versuchte ich mich zu erklären. »Sie hatte einen Freund hier, Tomasz. Wissen Sie, wo ich ihn finden kann?«

»Ist vorbeigegangen, gerade.« Sie deutete auf den Flur, der durch die offene Tür zu sehen war. »Schöner Mann mit Zauberblick.«

Zauberblick? Meinte sie Til Schweigers melancholische Mädchenaugen? Ich beschrieb seinen Legosteinkopf, seine Haarfarbe, das Tattoo am Hals.

»Arbeitet er hier? Was tut er?«

Die Frau zuckte mit den Schultern. Mehr wusste sie nicht über Tomasz oder wollte es mir nicht sagen.

»Danke!«

Ich wollte schnell nach draußen, aber die Königin griff nach meinem Arm und flüsterte: »Nimm dich in Acht. Ist kein guter Mann. Falscher Zauber. Heiße Luft.«

Dann nahm sie ihre Hand von meinem Arm und entließ mich aus ihrem Reich.

Ich lief den Flur zurück ins Treppenhaus, sah von oben, wie sich Til Schweiger alias Tomasz von der Zeremonienmeisterin verabschiedete und gleichzeitig Eilert durch die Tür trat. Erstaunlicherweise kamen oder gingen in diesem Augenblick keine Gäste, so konnte ich halbwegs verstehen, was gesagt wurde. Eilert wechselte mit Tomasz ein paar Worte. Es ging um eine Frau namens Maibach. Der Name fiel ein paarmal, mehr verstand ich aus der Entfernung nicht. Eilert wirkte verärgert, Tomasz versuchte, Schönwetter zu machen.

»Dass mir so was nicht noch mal vorkommt, Pfeifer«, beendete Eilert das Gespräch mit lauter Chefstimme und machte ihm dann den Weg zur Tür frei.

Verdammt! Ich wollte nicht, dass der zweite Mann, mit dem ich heute Abend unbedingt reden wollte, im Nachtleben des Brüsseler Platzes abtauchte.

»Tomasz!«, rief ich die Treppe hinunter.

Beide Männer drehten sich um und sahen zu mir hoch. Als Eilert mich erkannte, verzog er den Mund zu einem kleinen Grinsen, während Tomasz die Stirn runzelte, die Schultern straffte, dann die Tür öffnete und einfach verschwand.

Ich klebte am Treppengeländer fest und traute mir selbst nicht mehr. Entwickelte ich Hirngespinste? Hatte ich die Königin von Saba missverstanden? War Til Schweiger, den Eilert Pfeifer nannte, nicht Tomasz? Verrannte ich mich in was? Maibach, woher kannte ich diesen Namen? Ich wusste genau, dass ich ihn in den letzten Tagen schon mal gehört hatte, aber mir fiel nicht mehr ein, wo. Mein Kopf funktionierte nicht mehr richtig.

Im Foyer trafen neue Gäste ein, die Zeremonienmeisterin lächelte, die Bauchladenfräuleins knicksten, der Brunnen plätscherte, und Eilert stieg die Treppen hoch.

»Ich hoffe, es gefällt Ihnen?«

Mit jeder Faser seines kleinen, fetten Körpers strahlte er professionelle Freundlichkeit aus. Dabei verströmte er den Hautgout einer üblen Mischung aus Herrscher und Wadenbeißer. Ging so einer wirklich über Leichen? Er würde mir das bestimmt nicht sagen, aber vielleicht verriet er mir etwas anderes.

»Der Mann, mit dem Sie gerade gesprochen haben, war das Tomasz?«

»Tomasz? Was ist das denn für ein Name? Ich kenne keinen Tomasz.«

Er wollte an mir vorbeisteigen, aber so schnell ließ ich ihn nicht passieren. Ich schob ihm meinen massigen Körper in den Weg.

»Er ist mit der Frau liiert, die Sie bei dem Bause-Fest attackiert hat.«

Er zupfte sich am Ohr, runzelte die Stirn, und die Haut unter der Augenbraue, die ihm die schwarze Witwe abgeflammt hatte, glühte rot wie ein kleines Warnlämpchen.

»Ich weiß wirklich nicht, warum Sie mir das sagen.«

»Chef!«

Ich drehte mich um. Der Kellner des »La petite France« kam direkt auf Eilert zu und flüsterte ihm etwas ins Ohr. Eilert nickte, schickte ein »Amüsieren Sie sich noch gut« in meine Richtung und folgte dem Kellner.

Das merke ich mir, dachte ich. Am Ohr zupfen als Signal, wenn man von unangenehmen Gästen befreit werden will. Eilert hatte sich mit diesem Trick gerade elegant verdrückt. Nicht schlecht. Und seine Leute spurten. Auch wenn der eine oder andere nicht ganz nach Eilerts Pfeife tanzten. Wie Tomasz/Pfeifer zum Beispiel. Was sollte nicht mehr vorkommen? Was hatte diese Frau Maibach damit zu schaffen? Ich fühlte mich mit einem Mal so müde, dass ich am liebsten auf der Treppe niedersinken und einschlafen wollte. Als neue Gäste an mir vorbei nach oben stiegen, gab ich mir einen Ruck und folgte ihnen.

Eilert begegnete ich nicht mehr, Adela fand ich im »Bella Italia«. Vor sich einen Teller mit Nachtischvariationen, die sie zum größten Teil bereits vertilgt hatte.

»Hab schon gedacht, ich muss dich ausrufen lassen«, meinte sie und schob mir den Teller über den Tisch. »Wo hast du denn gesteckt?«

»Ich wollte mit der schwarzen Witwe reden, aber diese leider nicht mit mir«, berichtete ich. »Ist mit ihrem Liebhaber auf und davon.«

»Liebe«, seufzte Adela und deutete auf den Nachtischteller. »Das Schokoladenzeugs kommt nicht an deine Mousse au Chocolat heran, ist aber auch nicht von schlechten Eltern.«

»Weißt du, wer auch hier war? Chidamber! Er ist abgehauen, als er mich gesehen hat.« Ich schob den Nachtischteller beiseite und sank auf einen Stuhl.

»Was macht er hier? Sucht er nach Betty?« Adela zwängte ihren kleinen kugeligen Körper hinter dem Tisch hervor. »Wir müssen in die Bar«, entschied sie. »Oder willst du noch die Nachtischvariationen testen?«

Ich hatte genug.

»Hab ich dir eigentlich erzählt, dass Bause Geld ins ›All-inclusive‹ gesteckt hat?«, fragte mich Adela, als wir gemeinsam die Treppe hinunterstiegen. »Weiß ich natürlich von Betty. Deshalb müssen wir noch an die Bar. Vielleicht erfahren wir noch ein bisschen mehr darüber.«

Ich hörte zwar, dass Adela redete, aber ich verstand sie nicht mehr, weil ich mich vor Müdigkeit kaum noch aufrecht halten konnte.

»Bett«, murmelte ich, »Bett, nicht Betty.«

»Ist wahrscheinlich eh besser, ich mach das allein. Du fällst ja immer mit der Tür ins Haus«, meinte Adela.

»Jetzt will ich nur noch ins Bett fallen«, murmelte ich.

»Nimm dir ein Taxi«, riet sie mir und tätschelte vorbeugend noch einmal meine Hand, bevor sie in Richtung Bar abbog.

Brav legte ich der Zeremonienmeisterin den Chip auf das Stehpult und beglich die Rechnung. Der Taxistand am Brüsseler Platz war nicht weit, bis dahin würde ich es gerade noch schaffen.

Ich hatte den Taxistand schon fast erreicht, als ich Chidamber entdeckte. Direkt vor dem Café Hallmackenreuther redete eine schmerzhaft dünne Frau auf ihn ein. Um die zwei herum flanierte immer noch viel Jungvolk oder gluckte in Grüppchen zusammen. Die Krächzstimme der Taxizentrale, die den wartenden Fahrern neue Fuhren ankündigte, zerriss ein ums andere Mal das Murmeln und Lachen der Nachtschwärmer. Angereichert mit dem Klirren der Bierflaschen und dem Abbremsen oder Anrollen der Taxen erfüllten diese Geräusche den Brüsseler Platz mit dem Sound der Nacht.

Ich verschob die Taxifahrt nach Hause und bewegte mich vorsichtig auf das Café zu. Die Dünne redete ohne Punkt und Komma, Chidamber nickte gelegentlich und sah sich immer wieder um, so als wäre ihm entweder die Frau oder die Umgebung nicht geheuer. Der bräsige Altherrencharme, mit dem er in der Damenrunde des Bause-Festes gepunktet und den er bei unserer ersten Begegnung vor der »Weißen Lilie« als Duftmarke versprüht hatte, war ihm hier und jetzt abhandengekommen. Ich pirschte mich weiter vor. Schutz boten mir nicht nur die vielen Leute, sondern auch die großen Bäume, die auf dem Platz standen. Noch einmal wollte ich ihn nicht entwischen lassen.

Nur noch ein paar Außentische des »Hallmackenreuther« trennten mich von Chidamber. Doch in dem Moment, in dem ich aus dem Schatten treten und ihn mir krallen wollte, eiste er sich hastig von der Frau los, bog eilig um die Ecke und lief in Richtung Aachener Straße davon.

Ich schlängelte mich zwischen den Tischen hindurch und folgte ihm. Eine gewisse Distanz zwischen uns lassend, konnte ich von Weitem sehen, wie er in die Lütticher Straße abbog. Ich folgte ihm. Mit dem Eintritt in die Lütticher verebbten der Lärm und das Gewusel des Brüsseler Platzes. Die prächtigen Gründerzeithäuser rechts und links der Straße lagen im Dunkeln, Autos parkten dicht an dicht, nur wenige Leute waren hier unterwegs.

So dankbar die Anwohner für die ungestörte Nachtruhe sein mochten, meine Rolle als Verfolgerin machte dies nicht einfacher. Wenn Chidamber sich hier umdrehte, würde er mich sofort bemerken, deshalb presste ich mich immer wieder in Ligusterhecken oder hockte mich hinter eines der Autos und kam mir ziemlich albern vor. Als ich mal wieder hinter so einem Gebüsch hervorlugte, war Chidamber verschwunden. Ich schlich noch bis zum nächsten Wagen, blickte mich wieder um, lauschte in die Stille hinein. Nichts.

Auch gut, dachte ich und merkte, dass mein Jagdinstinkt so schnell erlosch, wie er vorhin aufgeflammt war. Ich kehrte um und schleppte mich wieder in Richtung Taxistand. Der süßliche Ligusterduft und die Stille der Nacht brachten die kurzzeitig unterdrückte Schläfrigkeit in meinen Körper zurück.

Deshalb war ich überrascht, als Chidamber plötzlich aus einer Toreinfahrt auf die Straße schoss und seinen geckigen Körper vor mir aufplusterte.

»Hören Sie auf, mir nachzulaufen«, kläffte er. »Ich habe Minka nicht ermordet. Aber jetzt will ich endlich wissen, wo mein Geld ist!«

»Was denn für Geld?«, fragte ich laut.

»Pssst«, zischte Chidamber und deutete hinauf zu den dunklen Fenstern. Dann trat er ein paar Schritte zurück ins Dunkel der Einfahrt und machte mir ein Zeichen, ihm zu folgen. Ich tat ihm den Gefallen.

»Minka schuldet mir sechstausend Euro, dreitausend für einen Kurs, den sie letztes Jahr bei mir gemacht hat, und dreitausend für den Meisterkurs, der am Montag beginnt.«

Ich pumpte mir frische Luft in die Lungen und fragte mich, ob Geld nicht überhaupt und überall die Grundlage allen Übels war.

Aber für solche philosophischen Fragen war ich viel zu müde, ich musste meine spärliche Restenergie auf Chidamber konzentrieren.

»Blöd, wie ich war, habe ich Sie auch noch auf die Spur des Geldes gebracht«, schalt Chidamber sich selbst. Er war an einer Glastür am Ende der Hofeinfahrt angelangt. Hinter ihm leuchtete im Licht einer Straßenlaterne ein sauber poliertes Messingschild, auf dem »Buchmanufaktur seit 1984« stand. »Aber dass Sie dann einen Einbruch vortäuschen und mir in die Schuhe schieben, das haut dem Fass den Boden raus.«

Ich schleppte mich zu einem Mäuerchen auf der einen Seite der Einfahrt und setzte mich.

»Wer da was wie vortäuscht, das will ich auch zu gerne wissen. Sie wollten doch unbedingt an Minkas Spind.«

Chidamber zog sich seinen Hawaiischal vom Hals, wurschtelte ihn in seine Jackentasche und kam auf mich zu.

»Klar. So habe ich Sie ja auf die Idee gebracht. Sagen Sie mir endlich, wo das Geld ist.«

Der Mann war echt schwer von Begriff!

»Jetzt hören Sie mal mit dem verdammten Geld auf! Das habe ich nicht. Ich habe der Polizei gestern Abend von Minkas Spind erzählt und wusste, dass die Spurensicherung ihn heute Morgen aufbrechen wollte. Glauben Sie, ich bin so blöd, dann in der Nacht einen Einbruch zu inszenieren? Ganz davon abgesehen, halte ich es für eine ziemliche Schnapsidee, dass Minka das Geld ausgerechnet in ihrem Spind in der ›Weißen Lilie‹ versteckt haben soll! Sechstausend Euro! So eine Summe zahlt doch kein Mensch in bar.«

»Hatten wir so ausgemacht.«

Chidamber rupfte den Schal wieder aus seiner Jackentasche, schlang die Enden um seine Hände, ließ den Schal locker, zog ihn plötzlich straff. Dann setzte er sich auf das Mäuerchen mir gegenüber. Seinen Rücken drückte er in eine Ligusterhecke, die hinter dem Mäuerchen wucherte. Von rechts und links schlugen ihm ein paar vorwitzige Zweige entgegen, und mit seinem grellbunten Schal sah er vor dieser Hecke aus wie ein falsch kostümierter Waldschrat.

»Das Geld sollte nicht über Ihr Konto laufen, oder?«, fragte ich.

»Monetär befinde ich mich gerade in einer etwas prekären Situation«, nuschelte er. »Nur weil ich so gutmütig bin! Das Geld für den ersten Kurs hätte mir die Schnepfe schon längst bezahlen sollen, immer und immer wieder hat sie mich vertröstet.«

Wieder straffte er das Tuch, ließ es locker, straffte es wieder. Ob dies eine Entspannungsübung in der Lomi-Lomi-Massage oder ein ordinäres Zeichen von Nervosität war, hätte mich eigentlich schon interessiert. Zu dieser späten Stunde war es mir allerdings ziemlich egal.

»Und jetzt kommen Sie bloß nicht auf blöde Gedanken, von wegen, ich sei ausgerastet und hätte sie umgebracht. Man tötet doch die Gans nicht, die goldene Eier legen soll.«

Das, musste ich zugeben, war ein gewichtiges Argument.

»Aber«, fragte ich, »wenn Minka das Geld die ganze Zeit nicht hatte, warum sollte sie es jetzt auf einmal haben?«

»Am Tag nach dem Bause-Fest hat sie mich angerufen und mich angefleht, dass ich sie für den Meisterkurs in Lomi-Lomi, der am Montag beginnt, auf der Teilnehmerliste lasse –«

»Apropos Lomi-Lomi«, unterbrach ich ihn, weil mir wieder dieses Plakat über Minkas Bett einfiel. »Wissen Sie, ob Minka in Lomi-Lomi oder Yoni private Kunden hatte?«

»Das glaube ich jetzt nicht!« Chidamber schnaubte ärgerlich und straffte sein Tuch wieder. »Lomi-Lomi kommt aus der traditionellen Heilkunst von Hawaii und hat eine jahrhundertealte Tradition in der dortigen Naturheilkunde. Es dient nicht nur der Entspannung, sondern auch der körperlichen, seelischen und geistigen Reinigung. Wir können Blockaden lösen und damit einen freien Fluss der Energie bewirken. Das ist absolut seriös und anerkannt und hat nichts mit diesem schlüpfrigen tantrischen Yoni gemein«, erklärte er mir. »Lomi-Lomi verlangt eine bestimmte Grundhaltung, eine bestimmte Überzeugung. Dass Minka ihre Fühler, besser gesagt ihre Zauberhände auch in Richtung Yoni ausgestreckt hat, kann ich nicht fassen! Da bin ich im Nachhinein noch froh, dass ich ihr gegenüber, was den Meisterkurs betrifft, beinhart geblieben bin. ›Nur wenn du *tutto completo* bezahlst‹, habe ich ihr gesagt. ›Ich will die dreitausend, die du mir vom letzten Kurs schuldest, und die dreitausend für den aktuellen Kurs im Voraus.‹ Die Frage ist, ob ich sie überhaupt zugelassen hätte, wenn ich das mit Yoni gewusst hätte!«

Und ob, dachte ich, so nötig, wie du Geld brauchst. Was er da über die ideologischen Grabenkämpfe zwischen verschiedenen Massageschulen erzählte, interessierte mich nicht, interessant war eigentlich nur, auf wie vielen Hochzeiten Minka getanzt hatte. Und beim Stichwort »Tanzen« war ich gedanklich wieder beim Bause-Fest angelangt.

»Hatten Sie eigentlich was mit Minka?«, konnte ich mir nicht verkneifen zu fragen. »Sie beide haben das Fest ja als Turteltäubchen verlassen.«

»Unsinn!« Chidamber lockerte das Tuch und zog es wieder straff. »Ich steh nicht auf so junge Dinger. Das Turteln war Show, ich habe ihr einen Gefallen getan. Sie wollte ihren Liebhaber eifersüchtig machen. Der war auch auf dem Fest.«

Ecki, dachte ich. Wieso wollte sie Ecki eifersüchtig machen? War sie sich seiner nicht sicher? Wollte er mit ihr Schluss machen? War sie für ihn nur eine Bettgeschichte? Ich wusste nicht, ob mich diese Überlegungen Ecki gegenüber versöhnlicher stimmten.

»Yoni! Da hat sie das Geld hingetragen, das sie mir geschuldet hat.« Chidamber regte sich weiter über Minkas Fremdgehen in Massagedingen auf. »Und ich habe mich immer wieder von ihr vertrösten lassen. Doch vor ein paar Tagen hat sie mir hoch und heilig versprochen, dass sie das Geld jetzt hat. Nur wo?«

»Woher hatte Minka auf einmal das viele Geld?«

»Sie hat gesagt, ein Freund schulde ihr noch was«, erklärte Chidamber. »Sie war wild entschlossen, dieses Geld einzutreiben, weil sie unbedingt den Meisterkurs machen wollte. Deshalb waren wir doch am Mittwoch miteinander am Wiener Platz verabredet. Sozusagen zur Geldübergabe.«

»Was denn für ein Freund?«

»Einer, den sie über die Arbeit kennt. Mehr weiß ich nicht.«

»Tomasz? Ecki?«

»Namen hat sie nie erwähnt.«

Ecki kannte Minka über die Arbeit! Nein, nein, nein. Wenn es Ecki wäre, hätte sie von ihrem Freund oder ihrem Liebhaber gesprochen, nicht von einem Freund. Oder doch? Mein Bild von Ecki hatte schon lange keinen festen Rahmen mehr. Zudem verlor es zunehmend an Konturen, alles verschwamm. War der Mann, den ich so gut zu kennen glaubte, nur eine Projektion gewesen? Wer hatte wen getäuscht? Ich mich? Oder er mich? Oder er sich?

»Hallo! Hören Sie mir überhaupt zu?«

Ohne dass ich es bemerkt hatte, war Chidamber zu meinem Mäuerchen herübergekommen und beugte sich über mich. Das Licht einer Straßenlaterne malte seinen Schatten als abgeknickten Strich auf die Hofeinfahrt. Sein Schal baumelte jetzt wieder harmlos an seinem Hals.

»Wenn Sie das Geld tatsächlich nicht haben, wer hat es dann?«, wiederholte er.

»Und wenn Minka das Geld gar nie bekommen hat?«, fragte ich zurück. »Wenn sie vorher umgebracht wurde?«

»Was sagen Sie da?«, flüsterte Chidamber und erhob sich. Er stakste zwei Schritte weiter und ließ sich auf das Mäuerchen neben mich fallen.

»Minka ist tot, Sie sind immerhin noch am Leben«, meinte ich. »Was ist dagegen der Verlust von sechstausend Euro?«

»Weh tut der trotzdem«, stöhnte er und kickte ein trockenes Ästchen zwischen seinen Füßen hin und her, bis ihm ein neuer Gedanke kam. »Meinen Sie, man hat Minka des Geldes wegen umgebracht?«, fragte er ungläubig.

Ich zuckte mit den Schultern. Was wusste ich schon?

»Aber wer hat dann bei Ihnen eingebrochen? Und was hat er in Minkas Spind gefunden?«

Chidamber sah mich an, als würde ich ihm die Antwort absichtlich vorenthalten.

»Keine Ahnung«, murmelte ich und ächzte mich in die Höhe. Das Adrenalin, das meinen Körper seit Chidambers Attacke durchströmte, ging zur Neige. Ich konnte kaum mehr die Augen aufhalten.

»Permanente Erschöpfung führt zu schwerwiegenden körperlichen Fehlleistungen. Das habe ich Ihnen schon mal gesagt.« Chidamber sezierte mich mit Masseurblicken. »Ich kann Ihnen helfen, damit es nicht so weit kommt. Sie wissen gar nicht, wem ich schon alles geholfen habe.«

»Ich kann Ihnen aber auch dann nicht helfen, an Ihr Geld zu kommen.«

Meine Schuhe fühlten sich an, als wären sie mit Blei gefüllt, es gelang mir nur mit Mühe, ein Bein vor das andere zu setzen. Schwerfällig kramte ich mein Handy heraus und bestellte ein Taxi. Sogar die paar Meter bis zum Brüsseler Platz waren mir jetzt zu weit.

»Übrigens, ich habe da noch ein sehr gutes Konzept von »Cooking & Wellness« in der Schublade. Säfte, Gemüse, Suppen, abgestimmt auf eine Reihe von Massageübungen. Für Sie als Köchin hochinteressant, durchaus lukrativ, wie ich meine. Dass mir das jetzt erst wieder einfällt! Meine Energien fließen nicht mehr so gut, seit ich nur noch dem Geld hinterherrenne. Was meinen Sie, Frau Schweitzer? Könnten wir nicht darüber ins Geschäft kommen?«

Chidamber strahlte mich so hoffnungsvoll an, als würde er tatsächlich an den Mist glauben, den er da verzapfte.

»Typen wie Sie«, sagte ich, als ein Taxi auf der Straße anhielt, »fallen immer wieder auf die Füße.«

Chidamber zauberte seinen Altherrencharme in die Backen, überholte mich und hielt mir gentlemanlike die Tür auf.

»Denken Sie noch mal in Ruhe darüber nach! Und, Frau Schweitzer« – er beugte sich zu mir herunter, nachdem ich mich auf den Rücksitz gezwängt hatte – »wenn das Geld irgendwo auftaucht, dann wissen Sie, wem es gehört. Ich verlass mich auf Ihre Ehrlichkeit!«

Ein fester Händedruck, ein tiefer Blick in die Augen, dann erst richtete er sich auf und schloss die Autotür.

Aber was interessierte mich Chidambers Geld?

»Wo soll es denn hingehen, junge Frau?«, wollte der Taxifahrer wissen.

Ins Bett, hätte ich fast gesagt.

»Nach Deutz, in die Kasemattenstraße.«

SIEBEN

In der Kasemattenstraße schleppte ich mich schon halb schlafend die Treppe hoch. In meinem Zimmer merkte ich sofort, dass Ecki da gewesen war. Nichts schien berührt oder verändert zu sein. Sein großer Aluminiumkoffer stand noch exakt an der Stelle, an der er bei seinem Einzug abgestellt worden war. Aber im ganzen Raum hing dieser Geruch von frischem Heu und heißem Sommertag, unverkennbar Ecki.

»Ecki?«, rief ich leise.

Ich drehte eine Runde durch die dunkle Wohnung, fand ihn weder in der Küche noch im Wohnzimmer. Für einen Augenblick hatte ich wirklich gedacht, er sei noch hier und ich könnte ihm endlich mein wundes Herz entgegenstrecken, ihm den Kopf waschen, ihn ohrfeigen, ihn auf die Knie zwingen und ihn mit all den Vorwürfen und Fragen bombardieren, die sich in den letzten Tagen angehäuft hatten.

Wieder hatte er mich enttäuscht. Wenn er aber nicht meinetwegen zurückgekommen war, was hatte er dann gesucht? Ich riss Schranktüren und Schubladen auf. Zwei Hemden, drei T-Shirts, die Sportschuhe fehlten und der Reisepass, der in der zweiten Schreibtischschublade immer obenauf lag. Fiebrig fuhr ich den Rechner hoch und sah mir die zuletzt aufgerufenen Seiten im Internet an. Fluggesellschaften, die Flüge nach Übersee anboten. Da wollte sich einer aus dem Staub machen.

Die wirre Aufregung, die das frische Heu in mir ausgelöst hatte, das kurzfristige Hoffen und Bangen, das dann folgte, all das reduzierte sich auf ein einziges Gefühl: Wut. Ich kochte, ich schäumte, ich spuckte Feuer, als ich nach meinem Handy griff und Eckis Nummer wählte.

»Untersteh dich, hier noch einmal aufzulaufen, du widerlicher Feigling«, drohte ich der Mailbox. »Du elender Betrüger, du Miesnick, du Pissnelke, du strunzdummer Schlappschwanz, du Volltrottel, du Waschlappen!«

So lärmte ich weiter auf die seelenlose Box ein und trat dabei gegen die Wand, bis mir der Fuß wehtat und die Schimpfworte ausgingen. Das Schimpfen und Treten verhalf mir zu einem Gefühl der

Leere, das der Müdigkeit Platz machte. Ich warf mich aufs Bett, vergrub den glühenden Kopf im Kissen und schlief tatsächlich ein.

Ich träumte von kernigen Masseuren inmitten von Weizenfeldern und von auf Kellnern reitenden schwarzen Witwen, die diesen gern die Peitsche gaben. Wirres Zeugs, wie ich am nächsten Morgen merkte, als mich das Telefon aus dem Bett klingelte.

»Ja«, nuschelte ich schlaftrunken, die kernigen Masseure und reitenden Witwen noch genau vor Augen.

»Oh, habe ich Sie geweckt? Ist zehn Uhr morgens für Köche eine unchristliche Zeit?«, erkundigte sich Sabine Mombauer. Ihre Stimme klang viel frischer, als ich sie in Erinnerung hatte.

»Schon zehn Uhr?«, wunderte ich mich und tastete nach meinem Wecker.

Tatsächlich.

»Sie können sich vorstellen, dass ich gestern *not amused* war, als Sie mich mit dem Vertrag in der ›Weißen Lilie‹ haben sitzen lassen«, begann sie, und sofort war wieder ein vorwurfsvoller Ton in ihrer Stimme.

War das erst gestern gewesen?, staunte ich. Es fiel mir schwer, die Ereignisse der letzten Tage zeitlich einzuordnen.

»Aber dann habe ich mit Irmchen gesprochen, die mir von Ihren Sorgen und Nöten erzählt hat. Ich wusste ja nur von Ihrer ermordeten Spülfrau. Wie furchtbar, die Sache mit Ihrem Freund!«

Die Wohnung, der Pachtvertrag, die Zukunft der »Weißen Lilie«. Für mich allein würde ich die Wohnung auf keinen Fall mieten wollen. Wieder kochte die Wut auf Ecki hoch, der all diese schönen Pläne zerstört hatte.

»Männer, da könnte ich Ihnen auch Geschichten erzählen«, griff Frau Mombauer das Thema auf. »Nur leidvolle Erfahrungen. Was glauben Sie, warum ich allein lebe? Mein vorletzter ist sang- und klanglos aus meinem Leben verschwunden, nachdem ich herausgefunden hatte, dass eine andere von ihm schwanger war. Dabei hatten wir schon von Zusammenziehen gesprochen. Und mein letzter hatte es nur aufs Geld abgesehen. Und dann war da noch der Supermarktchef aus Euskirchen, dem ich jede freie Minute widmen sollte.«

Die kernigen Masseure und peitschenden Witwen galoppierten aus meinen Kopf hinaus, ich konnte also Frau Mombauer zuhören.

Aber ich verstand nicht, warum und wieso sie bereitwillig ihr unglückliches Liebesleben vor mir ausbreitete.

»Kurzum, menschliche Enttäuschungen sind mir nicht fremd, da bin ich eine Schwester im Leid sozusagen. Und als alte Feministin ist für mich Frauensolidarität nicht nur ein hohles Wort«, sprudelte es weiter aus ihr heraus.

War das ein Angebot, dass ich mich bei ihr ausheulen konnte, oder was? Nie und nimmer! Besser ein Ende mit Schrecken als ein Schrecken ohne Ende, dachte ich und sagte: »Frau Mombauer, ich kann die Wohnung Ihres Vaters nicht mieten.«

»Das verstehe ich doch, was meinen Sie, warum ich Sie anrufe?«

Sie lachte, so wie man lachte, wenn das Gegenüber schwer von Kapee war. Irgendwie wirkte sie nicht mehr so in Enttäuschung und Groll eingewickelt wie bei unseren anderen Treffen.

»Tommi sagt, ich sei ein typischer Gutmensch. Er findet es unmöglich, dass ich nicht sofort verkaufe, nachdem ich ihm erzählt habe, wie Sie sich aufgeführt haben. Aber Tommi ist einer, der immer recht haben will, und ich hasse es, mir vorschreiben zu lassen, was ich tue. So allmählich glaube ich sogar, dass ich mich in ihm getäuscht habe. Dem Jungen, dem ich fast wie eine Mutter war! Seine eigene hatte ja keine Zeit dafür. Die musste sich selbst verwirklichen. Erst Flower Power, dann Poona, wenn Ihnen das noch etwas sagt. Formentera hatte es ihr angetan. Dort ist Tommi auf die Welt gekommen. Von Tommis Vater nicht mal ein Name! Damals haben die Frauen gedacht, dass es nicht wichtig für die Kinder ist, ihren Erzeuger zu kennen. Nach Formentera war Indien an der Reihe. In der Zeit hat Tommi zwei Jahre bei uns gelebt. Bis Hanna mit dieser Pfeife zurückkam und dann mit ihm und Tommi zurück nach Formentera gezogen ist. Hanna hat sich um sich selbst gekümmert, und Tommi ist hin und her geschubst worden. Ich habe Sozialarbeit studiert, ich weiß, was für Sozialkrüppel so entstehen. Damals als junges Mädchen wusste ich das noch nicht. Ich habe aber instinktiv gespürt, dass Tommi Liebe und Verlässlichkeit braucht. Und ich habe ihm alles gegeben, was ich hatte.«

Wenn sie nur endlich zum Punkt käme und sagen würde, was sie wollte, dachte ich, hielt das Telefon ein wenig vom Ohr weg und ließ meinen Blick im Zimmer kreisen. Ein Bett, ein Schrank, ein Schreibtisch. Weiß, funktional und günstig. Mehr Möbel besaß ich bis heute nicht. Dazwischen ein paar Luxusgegenstände: Die Bang-&-Oluf-son-Stereoanlage, ein Quilt in Weiß- und Beigetönen, den ich mir aus selbst ausgesuchten Stoffen hatte nähen lassen, eine schöne Moreno-Glasvase, ein venezianischer Spiegel, ein Perserteppich aus Casablanca. Diese Schätze hatte ich im Laufe der Jahre zusammengetragen, und sie passten mehr oder weniger bis heute in eine Kiste. Sie hatten mich zu all den Stationen meines Köchinnenlebens begleitet. Colmar, Paris, Palermo, Wien, Brüssel, Köln. Mit diesen Sachen hatte ich mir jedes neue Zimmer gemütlich gemacht. Das hatte mir immer gereicht, nie hatte ich das Bedürfnis nach mehr gehabt. Bis ich die Wohnung des alten Mombauer zu Gesicht bekam.

Mit einem Mal schien es mir, als ob mit dieser Wohnung all meine Schwierigkeiten begonnen hätten. Mit diesem finsteren Loch voll alter Kindertraurigkeit und unzähmbarer Erinnerungen. Plötzlich kam es mir anmaßend vor, diese Wohnung, in der so viel Unglück steckte, hell und licht machen zu wollen. Oder gar das Glück aufzufordern, sich dort mal wieder blicken zu lassen. Diese Wohnung war nicht gut für mich.

»Frau Mombauer, haben Sie mich nicht verstanden? Ich werde die Wohnung nicht mieten«, wiederholte ich.

»Natürlich, das weiß ich doch«, gurgelte sie. »Das habe ich auch Tommi gesagt. Wissen Sie, mit der Verlässlichkeit war es natürlich nach dem Umzug nach Spanien schwierig, unser Kontakt erzwungenermaßen nicht mehr so eng. Aber ich habe Tommi immer in den Ferien besucht, wir haben telefoniert und uns Postkarten geschrieben. Ich wünschte so sehr, dass er es mit meiner Unterstützung schafft! Doch die Vernachlässigung durch die Mutter und deren Laisser-faire in der Erziehung war schon weit fortgeschritten. Schwierige Schulkarriere, Schlägereien, kleinere Diebstähle, keine ordentliche Berufsausbildung. Da hat selbst Hanna gemerkt, dass alles in die falsche Richtung läuft.«

Wenn ich die Wohnung nicht mietete, würde Frau Mombauer auch den Pachtvertrag für die »Weiße Lilie« nicht verlängern, das hatte sie mehr als einmal betont. Warum sollte ich ihrer Geschichte um den missratenen Cousin weiter zuhören? Oder kam die Frau wirklich noch zu einem Punkt, der etwas mit mir zu tun hatte? Wieder stieg eine dieser Hitzewellen in mir auf, und ich konnte mich nicht entscheiden.

»Dann hat ihm Pedro Morales, Besitzer mehrerer Ferienanlagen auf Formentera, einen Job als Hausmeister angeboten, und Tommi hat seine Sache gut gemacht. Er hat sich zum Immobilienscout gemausert und kam dann nach Deutschland zurück«, kullerten die Worte weiter aus ihr heraus. »Ich habe mich gefreut, als er vor ein paar Jahren nach Köln gezogen ist. Habe gedacht, dass wir als Erwachsene wieder enger zusammenfinden, aber leider ... Eine weitere Enttäuschung in meinem Leben. Muss ich nach den letzten Tagen sagen. Bei diesem ganzen Ärger mit dem Haus hat Tommi mich nie ordentlich beraten. Der wollte nur verkaufen, verkaufen, verkaufen. Hat nur die Provision gesehen, die er dann verdienen würde, wie überhaupt Geld für ihn eine unglaubliche Rolle –«

Jetzt reichte es. »Frau Mombauer, warum erzählen Sie mir das?«, unterbrach ich sie ungeduldig. »Ich weiß nicht, was ich mit Ihrem Cousin zu tun habe!«

»Eigentlich waren Sie es, die mich auf die Idee gebracht hat«, sprudelte es weiter aus ihr heraus. »Als Sie sagten, dass die Wohnung auch licht und hell sein kann. Da habe ich gedacht, dass es vielleicht wirklich möglich ist, die bösen Geister zu vertreiben, die mich immer heimsuchen, wenn ich da bin. Die mich auch in meiner neuen Wohnung nicht losgelassen haben. Die ich nie losgeworden bin in meinem Leben. Konfrontation mit der Vergangenheit, das meine ich. Frieden schließen, Versöhnung finden. Irmchen hat davon gesprochen, und das Fotoalbum hat mir den Weg gewiesen. Ich werde nicht mehr davonlaufen, ich werde zurückgehen. Ich bin Ihnen so dankbar, dass sie mir diesen Weg aufgezeigt haben! Und, bitte verstehen Sie das nicht falsch, aber ich bin froh, dass Sie wegen Ihres treulosen Freundes nicht mehr hier einziehen können. Langer Rede kurzer Schluss: Ich kehre in die Wohnung meiner Kindheit zurück und verlängere Ihren Pachtvertrag für die ›Weiße Lilie‹.«

Jetzt sprang ich aus dem Bett. Wie gut, dass ich den Hörer nicht aufgelegt hatte. Sie bot mir Sicherheit für die Zukunft der »Weißen Lilie«. Rumpelsteine der Last fielen von mir ab. Aber wie lange würde das Angebot gelten? Heute? Morgen? Was, wenn Tommi oder ein alter Groll sie wieder wankelmütig machten?

»Wann können wir den Pachtvertrag unterschreiben?«, fragte ich schnell.

Sie lachte. »Ich bin schon in der Wohnung meines Vaters. Das

Entrümpeln tut der Seele gut, und damit bin ich noch ein Weilchen beschäftigt. Den Vertrag habe ich schon vorbereitet. Wann fangen Sie normalerweise an zu arbeiten? Vierzehn Uhr? Dann kommen Sie doch einfach ein wenig früher. Dann stoßen wir mit einem Gläschen Danziger Goldwasser, dem Lieblingsgetränk von meinem Vater und mir, darauf an und regeln das.«

Ich trank nie Liköre, zu süß, zu klebrig, aber das war egal.

»Danziger Goldwasser, Champagner, was immer Sie mögen!«

»Dann auf gleich!«

Frühlingshaft fröhlich klang die Stimme. Mit einem Mal glaubte ich, dass ihre Entscheidung stimmig war und die Mombauer nicht wie ein Fähnchen im Wind bei der nächsten Erschütterung einknicken würde.

Ich drückte die Off-Taste des Handys und trat ans Fenster. Die Morgensonne tauchte den grauen Hinterhof in ein freundliches Licht. Statt Eckis welker Lilien, die jemand aufgehoben und in den Müll geworfen hatte, grüßte in sattem Gelb der Löwenzahn, der zwischen Betonrissen spross. Die Pfingstrose, die einer irgendwann mal in den Topf neben der Wassertonne gepflanzt hatte, machte dem Löwenzahngelb mit einer prächtigen roten Blüte Konkurrenz. In dem verkrüppelten Schmetterlingsbaum tschilpten die Spatzen. Sag einer was gegen den Charme von Hinterhöfen, dachte ich.

Die »Weiße Lilie« gerettet, so leicht war mir schon lange nicht mehr ums Herz gewesen. Ich sprang unter die Dusche und störte mich nicht an Kunos morgendlicher Überschwemmung. Dann schüttelte ich meine roten Locken durch und schlüpfte in mein liebstes Sommerkleid. Giftgrün mit tomatenroten Streifen. Wie lang hatte ich mich schon nicht mehr schön gemacht?

In der Küche saß Kuno vor einer Tasse Kaffee und den Sonntagszeitungen. Das Radio lief, und Melina Mercouri sang von dem Schiff und dem einen, den man so liebt wie keinen. Ich suchte einen anderen Sender. Kunos Kopf tauchte kurz hinter der Zeitung auf. Er musterte mich mit diesem melancholischen Bullenblick, den ich von unserer ersten Begegnung kannte. Damals hatte ich ziemlich ramponiert im Achertal-Krankenhaus gelegen und Kuno die Aufgabe gehabt, herauszufinden, wer mich so zugerichtet hatte. Ich hatte es ihm nicht leicht gemacht.

»'s wundert mich, dass du schon auf bist«, meinte er. »Und du siehscht besser aus, als ich denkt hab.«

»Gute Nachrichten«, antwortete ich. »Ich unterschreibe gleich die Verlängerung des Pachtvertrags für die ›Weiße Lilie‹.« Ich goss mir einen Kaffee ein und klemmte zwei Weißbrotscheiben in den Toaster. »Schläft Adela noch?«

»Wie ein Stein. Halber viere isch s' heut Nacht bei ihr g'wäsä.« Kuno legte die Zeitung zur Seite und fuhr mit seinen Augen mein Gesicht ab, als wäre es ein Buch, in dem er lesen konnte. »Die Sache mit dem Eilert hat mir keine Ruh g'lasse. Ich hab halt ein bissele recherchiert«, sagte er dann und zog unter den Zeitungen ein paar DIN-A4-Blätter hervor. »Der Kerl ischd eine Krake. Wo der überall seine Finger drinhat. Hier, ich hab's dir mal aufg'malt!« Kuno reichte mir das Blatt.

Eilert hatte wirklich eine beeindruckende Menge an Posten und Funktionen inne: Er war Mitglied bei den Freien Demokraten, bei der Industrie- und Handelskammer, hatte mehrere Jahre im Vorstand der Stadtsparkasse gesessen, war Gesellschafter der Cölner Immobilientreuhand, Mitglied im Presbyterium der Matthäus-Kirche und im Vorstand der Kölner Narrenzunft von 1880.

»Der Karnevalsverein darf bei so einem in Köln nicht fehlen.« Kuno nahm das Blatt wieder an sich und legte es zu den anderen auf einen akkuraten Stapel. In allen Dingen war der Mann so ordentlich, wieso nur nicht bei seiner morgendlichen Badezimmerbenutzung? »Die Karnevalsseilschaften sind für eine Karriere in Köln Gold wert. Des ischd jetzt bei uns Schwobe ned so entscheidend.«

Und das fand Kuno gut. Adela hatte ihn in seinem ersten Kölner Jahr zu den Sangesabenden von »Loss mer singe« mitgeschleppt und fünf Tage lang durch den Kölner Straßenkarneval geschleift. Diese hautnahen Begegnungen mit rheinischer Fröhlichkeit genügten ihm für den Rest seines Lebens. Sagte er zumindest jedes Jahr, wenn Adela ihn wieder zum Mitfeiern bewegen wollte.

»Des sind jetzt nur die offizielle Posten und Pöstle«, kam er auf Eilert zurück. »Der Kerle rührt mit seine Finger in der ganze Stadt rum. An so einem kannscht du dir schnell die eigene Finger verbrenne.«

»Und das ›All-inclusive‹? Was hat das damit zu tun?«, wollte ich wissen, weil mich Eilerts andere Geschäfte nicht interessierten.

»Des ischd sei aktuelles Hätschelkind, aber bestimmt nicht sei letztes. An den Start gange mit dem typischen Kölner Größenwahn. Was hat des IHK-Blättle g'schriebe? ›Eilerts ehrgeiziges Ziel ist es, in fünf Jahren Marktführer in der gehobenen Systemgastronomie zu sein.‹ Nur mit so blumige Versprechungen kriegsch du heut noch Geld von Banken und Investoren. Aber 's ischd wie überall. Auf des, was der Eilert will, sind andere auch scharf. Da wird mit harten Bandagen gekämpft. Zimperlich darfsch du da nicht sein. Vetterleswirtschaft, Schmiergeldzahlungen, so ebbes beherrscht der Eilert bestimmt aus dem Effeff. Aber der ischd koi Killer. Viel zu auffällig. Die G'schäftle müsset in der Grauzone laufen. 's Wichtigschde dabei ischd, dass es koiner merkt.«

»Du meinst, er hat nichts mit Minkas Tod zu schaffen?«

Kuno nickte. »Außer 's ischd eine Beziehungstat«, schränkte er ein. »Schwelende Eifersucht, krankhafte Besitzansprüche, so ebbes in der Art. Ein Ausraschter, einer dreht dir die Luft ab, verletzte Mannesehre. Du glaubsch manchmal nicht, wegen was die Leut einander umbringen.«

Gab es eine Spur von Minka zu Eilert? Ich hatte keine Ahnung, ob er ihr je begegnet war. Bestimmt kannte er nicht jeden seiner Vierhundert-Euro-Jobber. Ich dachte an das Bause-Fest. Minka im Kreis der jungen Leute, Minka, der flirrende Anziehungspunkt von Männerblicken, Minka, die später mit Chidamber gegangen war. Ich hatte nicht gesehen, ob sie mit Eilert zusammengestanden oder geredet hatte. Aber mit Ecki hatte sie auch nicht geredet, und die zwei hatten sich nur zu gut gekannt, wie ich in der Zwischenzeit erfahren hatte.

Eilert war erfolgsverwöhnt, der nahm sich, was er wollte. Hatte er Minka gewollt? Was sie sein Typ? Die Blondine, mit der Eilert in der »Weißen Lilie« war, fiel mir ein. Die hatte sehr wohl eine gewisse Ähnlichkeit mit Minka. Und dann war da noch Minkas Büchlein mit den Interna über die »Weiße Lilie«. Hatte Eilert den Auftrag dazu erteilt? Waren sich die zwei bei Minkas Berichterstattung nähergekommen? Hatte Minka ihn mit Lingum-Massage sexuell hörig gemacht und dann Geld von ihm verlangt? Die sechstausend Euro, die sie Chidamber schuldete? Und dann drehte Eilert als gekränkter Liebhaber durch? All diese Fragen, auf die ich keine Antwort wusste, genauso wenig wie Kuno.

»Wer leitet eigentlich die polizeilichen Ermittlungen?«, wollte der wissen, und ich sagte es ihm.

»D'r Alban?«

»Du kennst Brandt?«

»Mir waret mal zusamme auf einer Ballistik-Fortbildung beim BKA in Wiesbaden. Damals bin ich noch beim Stuttgarter KK 11 g'wäsä«, erklärte Kuno. »Und dann hab ich ihn vor einiger Zeit im ›Casino‹ vom Polizeipräsidium troffe.«

Die Welt war klein und in Köln besonders klein. Obwohl Kuno nie bei der Kölner Polizei gearbeitet hatte und erst nach seiner Pensionierung in die Domstadt gezogen war, ging er regelmäßig im »Casino« am Walter-Pauli-Ring Kaffee trinken. Dort hatte er ein paar ebenfalls pensionierte Polizisten kennengelernt und sich mit ihnen angefreundet. Er kannte zudem auch aktive Polizisten und wusste erstaunlich viel darüber, was bei der Kölner Polizei lief.

»D'r Alban ischd ein guter Polizist, auch wenn manche denke, er tät auf Samtpfoten durch die Welt tappe«, behauptete Kuno.

Er sagte dies etwas trotzig, so als ob nicht viele diese Einschätzung teilen würden. Und dann erzählte er, dass Alban Brandt schon immer etwas eigenwillig gewesen war, ein sanftmütiger Eigenbrötler, der von den Kollegen den Spitznamen »Dangerous Fire« erhalten hatte, weil an ihm so gar nichts gefährlich oder angsteinflößend wirkte und er oft bei ganz bestimmten Fällen eingesetzt wurde.

»'s ischd so, dass d'r Alban gern bei vermutetem Selbstmord, der ja dann meistens tatsächlicher Selbstmord ist, eingesetzt wird. So ist der auch an den Fall von der Minka gekommen. Und da war's halt koi Selbstmord, sondern Mord, und deshalb leitet er jetzt die Ermittlungen. D'r Alban ist koi Schlamper, der tut alles, um rauszufinden, wer's gewesen ischd.«

Wenn es so war, konnte ich nur hoffen, dass von den vielen offenen Fragen, die sich mir stellten, Brandt zumindest einige schon beantworten konnte. Nichts wäre mir lieber, als dass der Mord an Minka schnell aufgeklärt wurde. Kuno versank wieder hinter seiner Zeitung. Ich aß den kalt gewordenen Toast und schob noch einen warmen hinterher, den ich mit holländischen Schokoladenstreuseln bestreute. Darüber hatte Ecki sich immer lustig gemacht, genauso wie über Adelas Brötchen mit Schnittkäse und Marmelade. Es hatte so viele fröhliche Frühstücke zu viert an diesem Küchentisch gegeben.

Ecki! Die mächtige Wut, die ich gestern Nacht auf ihn hatte, war verraucht, stattdessen meldete sich das wunde Herz wieder.

Kuno war allerdings kein Spezialist für wunde Herzen. Wilde Gefühle verängstigten ihn, deshalb wollte ich über das Herzeleid gar nicht mit ihm sprechen. Aber etwas anderes musste ich von ihm wissen.

»Kuno …« Ich versuchte, so locker wie möglich zu klingen. »Gestern war Ecki hier. Hast du ihn getroffen?«

Ein langsames Kopfschütteln hinter der Zeitung.

»Er hat sich seinen Reisepass geholt.«

Kuno ließ die Zeitung sinken. »Du weischd doch, dass ich manchmal ins ›Café Central‹ gehe.«

Ich wartete auf eine Erklärung, weil ich nicht riechen konnte, was das »Café Central« mit Eckis Reisepass zu tun hatte. Aber Kuno vergrub sich wieder hinter der Zeitung und schwieg.

»Ja und?«, fragte ich irgendwann ungeduldig.

»Das Belgische Viertel ist halt ein bissele urbaner als Deutz. Und ich beobacht halt so gern Flaneure. Und dann sitz ich da und trink Kaffee und guck durch die Gegend«, druckste er hinter der Zeitung.

»Kuno!«

Ich packte die Zeitung, legte sie zur Seite und sah ihn direkt an. Kuno suchte wieder mit seinem Blick meine Gemütslage einzuschätzen. Er kam wohl zu dem Ergebnis, dass ich das, was er mir mitteilen musste, verkraften konnte.

»Vor zwei Woche hab ich ihn vor dem ›Café Central‹ gesähä, mit dere Minka.«

»Was hast du?«, flüsterte ich und spürte den Dolch, der sich in meinem Magen drehte.

»Auf d'r Straße habe ich ihn natürlich nicht ang'sproche, aber daheim bei nächschter Gelegenheit hab ich ihn mir zur Bruscht g'nomme. Ich hab ihm g'sagt, dass er dir reinen Wein einschenken muss, und wenn er's nicht macht, dass ich's dann tue«, versuchte Kuno, sein Verhalten zu erklären.

»Du hast seit zwei Wochen gewusst, dass Ecki mit Minka ein Verhältnis hat, und mir keinen Ton dazu gesagt? Was ist das für eine Scheißmännersolidarität!«

Ich rang nach Luft. Mein ganzer Körper vibrierte. Verraten von Kuno. Die Empörung darüber schoss mir durch die Blutbahnen. Alles brannte. Ich stand in Flammen.

»Ich hab koin'm was g'sagt. Auch d'r Adela nicht«, versuchte Kuno den Brand zu löschen und goss dabei nur Öl ins Feuer. »Ich wollt dem Ecki die Chance geben, die Sach selber in Ordnung zu bringen. Du weißt selber, wie heikel so ebbes ischd mit Paaren, wo man beide gern hat. Ich hätt doch was g'sagt, wenn der Ecki die Zähn nicht auseinanderkriegt.«

»Wann denn?«, höhnte ich kochend vor Wut. »Wenn er über alle Berge ist? Nachdem er ausgerastet ist und sie umgebracht hat?«

Jetzt hatte ich das Unmögliche ausgesprochen und merkte sofort, dass das nicht das Schlimmste war. Das Schlimmste war Kunos Blick, der mir nicht widersprach. Auch Kuno hielt das Unmögliche für möglich. Vielleicht weil ihm das sein alter Bulleninstinkt sagte, vielleicht weil sein Buschfunk bei der Polizei ihm etwas zugetragen hatte. Ecki war ein Mörder.

Das Buschfeuer drohte mich zu verbrennen. Ich sprang auf, raste ins Badezimmer, hielt den Kopf unter kaltes Wasser. Dem Gesicht, das ich danach im Spiegel sah, traute ich nicht mehr. Ich blickte hinunter ins Waschbecken. Das Wasser brach sich am Rand des Beckens, rauschte zurück in den Abfluss und gurgelte durch das Abwasserrohr davon. Ich folgte dem Wasser bis zur hohen See, sah mich inmitten peitschender Wellen. Das Meer ein geiferndes Ungeheuer, der Himmel von brutaler Gleichgültigkeit. Von nirgendwo Rettung in Sicht.

Doch. Ich hob den Kopf. In dem fremden Gesicht im Spiegel loderte wilde Entschlossenheit auf. Sabine Mombauer. Die »Weiße Lilie«. Ich würde mir von Ecki nicht alles kaputt machen lassen.

Die Umleitungsschilder unter der Mülheimer Brücke und die immer noch über den Straßen flatternden blau-weiß-roten Fähnchen riefen mir ins Gedächtnis, dass heute der Schützenfestumzug durchs Viertel paradierte. Es dauerte, bis ich durch das Gewirr der Umleitungen endlich von der Mülheimer Freiheit in die Regentenstraße abbiegen konnte. Wie ein Sechser im Lotto kam es mir vor, dass direkt vor der »Weißen Lilie« noch ein Parkplatz frei war. Die Keupstraße, das wusste ich aus den letzten Jahren, war für den Zug gesperrt, der bog nämlich genau vor der »Weißen Lilie« aus Richtung Süden kommend von der Regentenstraße in die Keupstraße ab.

Ich sah auf die Uhr, ich war pünktlich, diesmal würde ich Sabine

Mombauer nicht warten lassen. Ich rief mir noch einmal die kritischen Punkte in Erinnerung, die ich mit dem alten Mombauer besprochen hatte und die ich im Vertrag geregelt haben wollte. Fünf Jahre, länger mochte ich auch bei seiner Tochter nicht unterschreiben.

Beim Versuch, auszusteigen, presste mich eine dieser widerlichen Hitzewellen in den Sitz zurück. Ich transpirierte aus allen Poren, innerhalb weniger Sekunden klebten meine Schenkel aneinander, und das Sommerkleid an meinem Rücken saugte sich mit Schweiß voll.

Als die Attacke vorbei war und ich nach dem Türöffner griff, zerriss ein schriller Schrei die Luft, und etwas Schweres donnerte auf mein Autodach. Das Dachblech beulte sich nach innen und drückte mir auf den Kopf.

Automatisch duckte ich mich, schützte den Kopf mit den Händen und verbarg mein Gesicht unter den Unterarmen. Mein Herz raste. Ich dachte an Erdbeben und das Letzte Gericht und wartete auf den nächsten Schlag. Aber der folgte nicht. Stattdessen hörte ich Trommelschläge, und leise drang das Glockenspiel eines Spielmannszugs an meine Ohren. »Schön ist es, auf der Welt zu sein« spielten sie. Der Umzug und die Schützen fielen mir ein, und ich wusste, dass die bestimmt nicht bei Erdbeben marschierten.

Erleichtert ließ ich meinen Kopf los, öffnete die Augen und starrte direkt auf das Blut, das über die Frontscheibe lief. Von einer Stelle aus verteilte es sich in kleinen Rinnsalen über das Glas wie ein rotes Spinnennetz. Wieso war da Blut? Ich verstand gar nichts mehr. Mit zittrigen Fingern nestelte ich am Sicherheitsgurt herum, und dann passierte alles gleichzeitig.

Der Spielmannszug verstummte, Schreie gellten durch die Straße. »Sie ist einfach gesprungen!«, hörte ich jemanden rufen. Leute umringten mein Auto, deuteten auf die Windschutzscheibe und immer wieder nach oben. Im Auto sitzend konnte ich nicht sehen, wohin. Jemand öffnete mir die Tür und half mir aus dem Wagen. Blut verschmierte auch die Motorhaube.

Auf wackeligen Beinen stolperte ich um das Auto herum, drängelte mich in die Menschentraube auf dem Bürgersteig und sah Sabine Mombauer mit verrenkten Gliedern, toten Augen und nackten Füßen in einer Blutlache liegen.

»Wir müssen die Polizei rufen«, rief einer.

»Wie furchtbar!«, rief ein anderer.

Meine Zähne klapperten, und meine Beine wollten mich nicht mehr länger tragen. Alles drehte sich. Jemand griff mir unter die Arme, ich fühlte den sehr rauen Stoff einer Schützenuniform auf der Haut.

»Der Schock«, erklärte der Schütze. »Sie müssen sich setzen.«

Er führte mich weg von der Toten und drückte mich auf das kleine Spielplatzmäuerchen. Ein Schüttelfrost wütete durch meinen Körper. Arme, Beine und Hände schlackerten wirr hin und her, so als würden sie ein Eigenleben führten, so als gehörten sie nicht zu mir. Ich fror furchtbar. Wie unter einer Glasglocke oder so, als würde ich vor einer riesigen dreidimensionalen Leinwand sitzen, nahm ich das Treiben um mich herum wahr.

Ich sah, wie der Schützenzug in der Kurve zum Stocken kam, hörte, wie Spielmannszüge und Blaskapellen aus dem Takt gerieten, beobachtete, wie sich die Altenheimbewohner mit ihren Rollatoren vor dem Spielplatz sammelten. Alle Möglichkeiten abwägend, schwängerten die Pensionisten die Luft mit Gerüchten, Betroffenheit und Sensationslust.

Bald zerriss das Heulen einer Sirene das Gemisch aus Dichtung und Wahrheit, und wenig später versperrten Kranken- und Polizeiwagen, auf denen sich noch das Blaulicht drehte, die Regentenstraße. Notarzt und Sanitäter bahnten sich einen Weg zu Sabine Mombauer, Polizisten bellten die hartnäckig an ihren Plätzen in der ersten Reihe festhaltenden Gaffer an, trieben sie knurrend von der Unfallstelle weg und legten dann routiniert mit Absperrband eine Bannmeile drum herum.

Ich konnte sehen, wie der Notarzt sich über Sabine Mombauer beugte, in die Knie ging, damit aus meinem Blick verschwand, irgendwann wieder hinter meinem Auto auftauchte, nach oben deutete und in Richtung Polizei den Kopf schüttelte. Ich wusste, was das bedeutete. Ich wusste es schon länger: tot, finito, nichts mehr zu machen.

Zudem war mir sonnenklar, dass sie sich nicht das Leben genommen hatte. So fröhlich und gelöst wie heute Morgen hatte Sabine Mombauer noch nie geklungen. Außerdem erschien es mir irrsinnig, sich zu einem Vertragsabschluss zu verabreden und dann kurz davor Selbstmord zu begehen.

»Sie ist nicht gesprungen«, rief ich dem Sanitäter zu, der irgendetwas aus dem Wagen holte. Das Klappern meiner Zähne konnte man auf der ganzen Straße hören. »Wir waren verabredet, wir wollten zusammen einen Vertrag unterschreiben.«

Er klemmte sich etwas unter die Achsel, kam auf mich zu, bat ruhig um meinen Arm, fühlte den Puls, maß danach den Blutdruck, faltete dann eine Goldfolie auseinander und legte sie mir um die Schultern.

»Sie stehen unter Schock«, sagte er. »Ich sag dem Arzt Bescheid!«

»Sie ist nicht gesprungen!«, rief ich in das geschäftige Treiben um die Tote hinein und wunderte mich nicht, dass zwischen Polizisten und Sanitätern plötzlich die lange, dürre Gestalt von Brandt auftauchte. Er nickte nach rechts und links und klopfte auf Schultern.

»Alban«, hörte ich einen der Polizisten sagen. »Riechst du die Selbstmörder schon?«

Brandt zuckte mit den Schultern und beugte sich zu dem Kollegen hinunter. Ich vermutete, dass er sich erklären ließ, was passiert war.

»Sie hat sich nicht umgebracht!«, schrie ich wieder.

Ich wollte aufstehen, zu den Leuten hinrennen, sie aufrütteln, ihnen die Wahrheit einprügeln, aber meine Beine trugen mich immer noch nicht. Alles in mir drehte sich wie ein verrücktes Riesenrad. Ich stemmte mich gegen das Mäuerchen, aber ich konnte nichts gegen den Schwindel ausrichten, genauso wenig gegen den Zitterteufel, der durch meinen Körper fegte und ihn in ein Wechselbad von Heiß und Kalt tauchte. Und am allerwenigsten konnte ich mein wundes Herz beruhigen, das entweder viel zu schnell raste oder ganz auszusetzen drohte. Ich wusste nicht mal, ob ich wirklich geschrien hatte oder ob mich jemand hören konnte. Eingesperrt unter dieser Glasglocke sah ich hilflos dem zu, was um mich herum geschah.

Brandt redete jetzt mit dem Notarzt, gemeinsam beugten sie sich hinter meinem blutverschmierten Auto über die Tote, sie tauchten wieder auf, diskutierten etwas, beugten sich erneut herab. Während sie noch debattierten, rollte ein schwarzer Leichenwagen heran und schob sich zwischen die Rettungs- und Polizeiwagen.

Endlich kam Brandt zu mir herüber. Ich griff nach seinem Arm, zog ihn zu mir auf das Mäuerchen herunter und packte nach seiner

Hand. Ich spürte sie, die Hand war rau und real, ich hockte nicht mehr unter einer Glasglocke.

»Niemand glaubt mir«, stammelte ich fiebrig, »Frau Mombauer hat sich nicht umgebracht.«

Brandt nickte, er redete leise und ruhig, aber ich verstand nicht, was. Dann tauchte plötzlich Arîn auf. Mit vor Schreck geweiteten Augen deutete sie auf mein blutverschmiertes Auto, auf den Leichenwagen, auf den ganzen Irrsinn hier. Brandt löste behutsam seine Hand aus der meinen und stand auf. Er beugte sich zu Arîn und flüsterte ihr etwas ins Ohr. Sie nickte, bat mich um den Schlüssel, von dem ich nicht wusste, wo er war. Sie fischte ihn aus meiner Handtasche, packte mich am Arm, half beim Aufstehen, ließ mich nicht los, als ich in meinem Goldmantel mühsam ein Bein vor das andere setzte, so lange, bis wir in der »Weißen Lilie« standen.

Der große Tisch, die Stühle, die alte Anrichte, alles vertraut und fremd zugleich, und dann sah ich durch die Fenster nach draußen auf das Spielplatzmäuerchen.

»Da«, sagte ich zu Arîn und deutete auf die Blutstropfen, die bis hoch ans Fenster gespritzt waren. »Und da und da!«

Der Goldmantel knisterte bei jeder Bewegung.

»Das mache ich gleich weg«, versprach sie. »Komm in die Küche, damit du das Blut nicht mehr sehen musst.«

Willenlos ließ ich mich ziehen, willenlos ließ ich mich auf einen Stuhl am Pass drücken.

»Ich koch dir einen Tee«, entschied Arîn, und auch das nahm ich einfach so hin.

Der Goldmantel rutschte mir von den Schultern. Mir war nicht mehr kalt. Die Sonne, die durch die Keupstraße in die Küche schien, wärmte mir den Rücken. Mir fiel auf, dass ihr Licht den Tisch fast mittig teilte. Licht und Schatten, Gut und Böse, Schwarz und Weiß. Auf dem Tisch war es gerecht verteilt, in meinem Leben nicht. Das wurde von Tag zu Tag düsterer, da konnte die Sonne noch so eifrig Schönwetter machen.

Arîn schob mir eine dampfende Tasse hin. Fencheltee hatte sie gekocht, den hasste ich wie die Pest, aber das war egal. Ich legte die Hände um das warme Porzellan und trank den Tee brav in kleinen Schlucken, weil ich wollte, dass sich der schwere Klumpen im Bauch löste, weil ich wollte, dass das Zittern aufhörte und mein Körper mir wieder gehorchte. Ich hörte mein Herz schlagen, immer noch viel zu schnell, aber immerhin in einem Rhythmus, der nicht mehr wie eine defekte Tachonadel wild nach ob und unten ausschlug.

»Frau Schweitzer?«

Brandt stand plötzlich neben mir. Er zog sich einen Stuhl heran und setzte sich neben mich. Vorsichtig stellte ich die Tasse auf den Pass, meine Hände zitterten kaum noch. Eine schwere, ungesunde Ruhe machte sich in mir breit. Was sollte jetzt noch kommen? Irgendwie war doch alles egal.

»Fühlen Sie sich in der Lage zu reden?«

Ich nickte und sah an ihm vorbei auf die Schöpfkellen und Schneebesen, die über dem Herd baumelten und unschuldig auf ihren nächsten Einsatz warteten. Wie spät es wohl war? Mussten wir schon anfangen zu kochen? Was hatten wir heute für Gäste? Wie sah es mit den Vorräten aus? Musste ich improvisieren? Sonntag war immer der letzte Tag vor dem wöchentlichen Großeinkauf.

»Warum ist Frau Mombauer Ihrer Meinung nach nicht freiwillig gesprungen?«

Ich erzählte von ihrem Anruf, von unserem Gespräch. Meine Stimme klang blechern und fern.

»Mit Danziger Goldwasser wollte sie mit mir auf den Vertrag anstoßen«, erklärte ich. »Sie war klar und entschieden. Erleichtert, fast fröhlich. Keiner bringt sich um, der beschlossen hat, sein Leben neu zu regeln.«

»Bei Selbstmördern gibt es nichts, was es nicht gibt. Viele nehmen die Gründe für ihre Tat mit ins Grab.«

Brandt sah mich wieder mit diesem mitfühlenden Hundeblick an, den ich heute noch weniger aushielt als an den letzten Tagen. Deshalb lenkte ich meine Augen zu dem wässrigen Gelb des Teerestes in der Tasse.

»Trotzdem«, murmelte ich.

»Frau Kalay hat mir bereits erzählt, dass Herr Mombauer keine Tiere in seiner Wohnung hielt. Wissen Sie vielleicht, ob seine Tochter Haustiere hatte?«, wechselte Brandt das Thema.

Tiere? Warum interessierte sich Brandt in einer solchen Situation für Tiere? Ich verstand es nicht, aber das war egal.

»Auf keinen Fall Reptilien«, fiel mir ein. »Vor denen ekelt sie sich selbst auf Bildern. Aber, sorry, ist das nicht ziemlich nebensächlich?«

»Der Notarzt hat mich auf zwei kleine Einstiche an ihrem Knöchel aufmerksam gemacht«, erklärte Brandt. »Kann sein, dass sie gebissen wurde.«

Ich verstand nicht, was das eine mit dem anderen zu schaffen hatte.

»Sie trug keine Schuhe«, murmelte ich.

»Auch das ist merkwürdig«, stimmte Brandt mir zu.

»Also?«, fragte ich.

»Ich weiß noch nicht, was das alles zu bedeuten hat«, erklärte er. »So wenig, wie ich die Spurenlage in dem Raum einschätzen kann, aus dem sie gesprungen oder gefallen ist. Da ist einiges sehr untypisch und spricht gegen Selbstmord, aber das ist noch kein Beweis für einen Mord. Wir müssen jetzt die Ergebnisse der Obduktion abwarten. Vielleicht bringen die neue Erkenntnisse.«

»Sie ist nicht gesprungen«, murmelte ich trotzig in meinen Teerest.

»Von der Statistik her muss ich Ihnen widersprechen. Zwei Selbstmorde, innerhalb einer Woche, die sich als Morde ...« Er versuchte es mit einem Lächeln, aber darauf sprang ich nicht an. »Kann ich noch kurz auf unseren anderen Fall zurückkommen?«, erkundigte sich Brandt dann vorsichtig. »Deshalb bin ich nämlich eigentlich hier.«

»Ecki hat sich nicht bei mir gemeldet, falls es das ist, was Sie wissen wollen. Wenn er es getan hätte, hätte ich ihn Ihnen mit Freuden ans Messer geliefert. Aber er muss gestern in unserer Wohnung gewesen sein. Er hat sich seinen Reisepass geholt.«

»Phase zwei«, nickte Brandt. »Trotz und Wut, der Trennungsprozess schreitet voran. Ob Ihnen meine Neuigkeiten beim weiteren Verlauf helfen, weiß ich allerdings nicht. Es sieht nämlich nicht gut aus für Ihren Freund. Wir wissen mittlerweile, dass sich Herr Matuschek am Tage des Streits ein Motorboot geliehen hat, das einem Herrn Eilert gehört, der wiederum der Chef von ›All-inclusive‹ ist.«

Na los, prügelt ruhig weiter auf mich ein, hätte ich am liebsten geschrien. Noch einen Schlag mehr ins Kontor, darauf kam es nun wirklich nicht mehr an! Ich fasste es nicht, dass Ecki mit diesem Giftzwerg Eilert so eng war, dass er sich ein Boot von ihm auslieh!

»In diesem Motorboot haben wir die Handtasche von Frau Nowak gefunden. Das verstärkt den Verdacht gegen Herrn Matuschek. Deshalb habe ich ihn gestern zur Fahndung ausschreiben lassen.«

Eilert, Minka, Ecki. Neue Abgründe. Wie weit ging Eckis Verrat? Ich wagte es nicht, weiterzudenken. Aus Angst vor dem, was plötzlich möglich schien, umklammerte ich die Teetasse wie einen Rettungsanker. Als ob mir die Halt geben könnte!

»Entschuldigung«, unterbrach Eva die Schockstille im Raum. »Was machen wir mit heute Abend? Soll ich den Gästen absagen?«

»Was sagt die Gästeliste?«, fragte ich ganz automatisch.

»Übliche Sonntagabendauslastung. Dreißig Voranmeldungen«, wusste Eva.

»Na dann, auf in den Kampf!« Ich ließ die Tasse los und zwang mich zum Aufstehen. Arbeit, Alltag, Routine, das waren meine Rettungsanker.

Brandt schickte mir einen zweifelnden Hundeblick.

»Wenn ich nicht mehr koche«, erklärte ich ihm, »können Sie mir direkt die Kugel geben.«

Der Weg in die Kühlräume war weiter als sonst, die Vorräte, wie befürchtet, begrenzt. Sonntagabend halt. Ich besah mir die Reste und kombinierte.

»Arîn, bei den Vorspeisen anstelle der Zuckerschoten eine Mousse aus geräucherten Forellen, und den Spargelsalat ersetzen wir durch eine Suppe aus Petersilienwurzeln mit marinierten Radieschen. Eva, als Amuse-Bouche eine Scheibe Schwarzwälder auf geröstetem Graubrot mit Meerrettichschaum«, rief ich in die Küche.

Dann holte ich mir Fleisch und Fisch aus der Kühlung, schleppte sie in die Küche zu meinem Arbeitsplatz und begann zu kochen.

An diesem Abend kochte ich, um zu vergessen. Es funktionierte, ich konnte den Schalter in meinem Gehirn umlegen. Hände, die ihr Handwerk verstanden, eine Zunge, die feinste Nuancen schmeckte, Ohren, für die das Klappern der Schneebesen Musik war, Füße, die fest auf dem Boden standen. All das hatte mich immer geerdet, und all das gab mir auch jetzt Kraft. Die Köchin in mir hatte keinen Schaden genommen, und das war gut so.

Wie von selbst fanden Arîn und ich einen gemeinsamen Rhythmus, Gülbahar stand rechtzeitig auf dem Spülposten, Eva dosierte die Bestellungen so, dass wir nicht mehr als üblich in Stress gerieten.

Alles lief gut an diesem Abend, bis Irmchen Pütz zu später Stunde – wir waren bereits beim Saubermachen – Sabine Mombauers Tod in die Küche zurückbrachte. Sie trug ihr Sommerkostüm aus sandfarbenem Leinen mit dem türkisfarbenen Einstecktuch in der Brusttasche und türkisfarbene Schuhe. Die Haare waren frisch geschnitten und in Form geföhnt. So schick machte sich Irmchen nur, wenn sie ausging.

Jeden Sonntagnachmittag traf sie sich mit ihren Freundinnen im Eiscafé »Venezia« auf der Buchheimer Straße. Heute waren die rüstigen Damen nach Kaffee und Kuchen bestimmt weiter zum Festzelt der Schützen gezogen, wie die »alten Mülheimer Mädchen« dies jedes Jahr taten. Irmchen wirkte gleichzeitig erschöpft und aufgebracht. Ein bisschen merkte man das auch an der Frisur, wo auf der linken Seite einige Strähnen wild abstanden, so als hätte sich Irmchen an dieser Stelle die Haare gerauft. Mit ihrem Stock hinkte sie zu einem der Stühle am Pass und ließ sich darauf nieder.

»Stimmt es, was im Festzelt erzählt wird?«, fragte sie. »Dass Sabine aus dem Fenster gesprungen ist?«

»Sie ist nicht gesprungen.« Ich wusste nicht, zum wievielten Mal ich diesen Satz wiederholte.

»Aber tot ist sie. Ich brauche einen Schnaps«, sagte Irmchen. »Hast du Sechsämtertropfen?«

Sechsämtertropfen? Wer führte heute noch Sechsämtertropfen? Ich ging nach draußen ins Restaurant, wo Eva die Tageseinnahmen in eine Geldkassette legte, und nahm eine Flasche Topinambur aus dem Spirituosenregal. »Rossler« nannte man diesen Schnaps im Badischen, denn sein Genuss hatte etwas von einer Rosskur. Dieser Schnaps putzte die Eingeweide so gründlich durch wie »Rohrfrei« die Abwasserleitungen.

»Katharina, ich muss. Der Babysitter wartet«, verabschiedete sich Eva.

Ich wusste, dass sie auf dem Heimweg wie immer bei der Bank vorbeifuhr und die Geldkassette einwarf. An der Tür traf sie mit Pawan zusammen, Arîns Freund oder Bekanntem, so klar war das für Arîn noch nicht. Pawan jedenfalls wollte sie unbedingt, auch Arîns Familie hätte eine enge Verbindung gern gesehen, aber Arîn wollte vielleicht noch hinaus in die große weite Welt. Deshalb hielt sie Pawan auf Abstand und hatte immer wieder mit mir über Liebe, Karriere, Kinder und all ihre Zweifel geredet, mich sogar zu ihrem Vorbild erklärt, zumindest bis zu dem Zeitpunkt, an dem dieses ganze Durcheinander begann.

»Guten Abend, Frau Schweitzer. Ist Arîn schon fertig?«, fragte Pawan. Er war ein höflicher und sehr ernsthafter junger Mann, der an der Fachhochschule in Deutz Maschinenbau studierte. Ich konnte verstehen, warum die Kalays ihn gern an Arîns Seite sahen.

»Denk schon. Komm mit«, antwortete ich, klemmte die Flasche unter den Arm, holte zwei Schnapsgläser aus dem Regal und ging mit Pawan zurück in die Küche. Seine Augen leuchteten, als ihm Arîn, die die Kochklamotten gegen ein luftiges Sommerkleid getauscht hatte, aus der Waschküche entgegenkam.

»Ein Cousin von Pawan hat Geburtstag«, erklärte sie mir und rollte dabei mit den Augen. »Ich kann aber auch bleiben, wenn du mich noch brauchst.«

»Ab mit euch«, sagte ich. »Nach dem Tag tut dir ein bisschen Abwechslung gut.«

Für einen Augenblick wäre ich am liebsten mit den beiden gegangen, hätte mich gern an den mit allerlei Spezialitäten beladenen Couchtisch gesetzt, wie ich ihn von Besuchen bei Arîns Familie kannte und wie es ihn bestimmt auch im Wohnzimmer von Pawans Cousin gab. Immer wurde viel aufgefahren, immer zeigten die kurdischen Köchinnen, wie vielfältig ihre Küche und ihr Können waren: Kichererbsen mit Sesam, Bulgur mit Nüssen und Datteln, Granatapfel-Gurken-Salat, Lamm-Kebab, in Rosensirup gebackene Feigen, Basbousa, dieses feine Gebäck aus Grieß und Mohn, und noch tausend andere Dinge. Für mich jedes Mal eine kulinarische Entdeckungsreise.

Zu gern hätte ich beim Essen mit fremden Leuten über dies und das und auf gar keinen Fall über mich geredet und dem kehligen Kurdisch gelauscht. Stattdessen stellte ich die Flasche Schnaps auf den Tisch und goss Irmchen und mir einen Rossler ein.

»Ich weiß es noch so, als wär's gestern gewesen«, orakelte Irmchen und sah auf die Keupstraße hinaus, als stünde dort eine Leinwand. »Trübes Novemberwetter, schon seit Wochen kalt und feucht, der Rhein eine dicke Nebelsuppe. Ich hab damals bei KHD auf der Schanzenstraße gearbeitet und konnte in der Mittagspause nach Hause gehen. Schon vom Clevischen Ring aus hab ich den Auflauf gesehen. Feuerwehr, Polizei, Krankenwagen. Die Rosi Mombauer ist einfach gesprungen. Ohne Abschiedsbrief, ohne alles. ›Selbstmörderwetter‹, hat einer von den Sanitätern gemeint.«

Irmchen sah mich an, als wäre damit alles gesagt, und kippte den Schnaps in einem einzigen Zug hinunter.

»Nur weil die Mutter gesprungen ist, muss es die Tochter nicht auch tun«, widersprach ich.

»›Gemütskrank‹, hat es damals geheißen. Sanft und scheu ist sie gewesen, die Rosi Mombauer. Im Treppenhaus haben wir manchmal ein bisschen miteinander geredet oder uns Eier und Mehl ausgeliehen, wenn eine von uns das beim Einkauf vergessen hatte. Ich habe sie mal zum Kaffee eingeladen, aber sie wollte nicht. Angeblich keine Zeit, aber ich glaube, das war die Krankheit. Gemütskrank, heute heißt das Depression. Ist vererbbar, hab ich gelesen. Aber dass die Krankheit die Sabine gerade jetzt packt, wo der Vater tot ist.« Irmchen schüttelte ungläubig den Kopf. »Die Ehe soll wohl nicht gut gewesen sein. ›Stumm‹, hat Sabine immer gesagt. Sie hat immer dem Vater die Schuld am Selbstmord der Mutter gegeben. Ich meine, sie war siebzehn damals. Da denkt man noch schwarz-weiß. Mit achtzehn ist sie sofort ausgezogen. Er konnte nicht auf sie zugehen und sie nicht auf ihn. Wie's halt in manchen Familien so geht. Sie hat dem Vater bis zum Schluss nicht verziehen.«

»Doch, hat sie«, widersprach ich. »Sie wollte Frieden mit der Vergangenheit schließen, so wie du es ihr geraten hast. Alles entrümpeln, klar Schiff machen, sogar hierher zurückziehen. Da bringt man sich doch nicht um!«

»Weißt du's?« Irmchen deutete auf die Flasche, ich schüttete ihr ein zweites Mal ein. Wieder trank sie das Glas in einem Zug leer. »Verdammich«, fluchte sie, als sie wieder Luft bekam. »Der räumt einem wirklich den Magen auf.«

»Gilt im Badischen als Medizin.« Ich trank auch einen Schluck. Karin Kilius hatte den Schnaps gebrannt. Eine junge Brennerin, die es verstand, der Topinambur die Schärfe zu nehmen und dafür das Nussige der Wurzel zu betonen.

»Ich frag mich, was jetzt mit dem Haus wird.« Irmchen hickste leicht, schob mir aber das Glas noch einmal hin. »Wohin sollen wir denn jetzt die Miete überweisen?«

»Erst mal weiter auf Mombauers Konto. Und dann gibt es eine festgelegte Erbfolge«, sagte ich. »Immer der oder die nächste noch lebende Angehörige. Wenn es im Testament nicht anders geregelt ist.«

»Lebende Angehörige, das ist bei Mombauers leicht, weil es so gut wie keine gibt«, nuschelte Irmchen, unterbrochen von gelegentlichen Hicksern. »Rosi hatte keine Geschwister, Mombauer nur eine Schwester, Hanna. Die ist auch schon tot. Brustkrebs vor zehn Jahren, glaub ich. Sabine war nicht verheiratet und hat keine Kinder. Hanna hat ein Kind, Tommi. Also Tommi.« Nicht mehr ganz zielsicher griff sie nach dem Schnapsglas und leerte es. »Der wird das Haus ratzfatz verkaufen. Den interessiert nur Geld und ein feines Leben.«

Mit trübem Blick plierte Irmchen erst das leere Schnapsglas und dann mich an. Sie war keine geübte Trinkerin.

»Eigentlich wollte ich noch ein paar Jährchen warten, bis ich auf den Ostfriedhof ziehe. Aber jetzt ist es am besten, ich rede mal ein ernstes Wörtchen mit dem Herrgott, dass er mich schneller nach Hause holt.« Noch ein trüber Blick in meine Richtung, dann schloss sie die Augen, und ihr Kopf sackte tiefer und tiefer.

»Wach bleiben, Irmchen!«, rief ich. Vergebens, denn schon schlug sie mit der Stirn auf dem Pass auf.

Ich half ihr auf die Beine und die Treppen hoch zu ihrer Wohnung, wo sie schon wieder sicher war, allein klarzukommen. Um mir das zu demonstrieren, schleuderte sie mit keckem Tritt die türkisfarbenen Pumps von den Füßen und schlüpfte in bequeme Hausschuhe.

»Vielleicht ist Tommi doch nicht so ein Windhund? Sabine hat ja immer an ihn geglaubt«, beschloss sie und hauchte so dem Abend beim Abschied noch etwas Optimismus ein.

Nicht mehr, das wusste ich aus meinem letzten Gespräch mit Sabine Mombauer. Und er erbte das Haus. Wenn die Ergebnisse der Spurensicherung und der Obduktion ergaben, dass Sabine Mombauer ermordet worden war, stand er auf der Liste der Verdächtigen ganz oben. Ungefähr da, wo Ecki beim Minka-Mord positioniert war.

Ich ging zurück in die »Weiße Lilie«, ließ die Rollläden herunter und schloss die Tür ab. Ein Blick auf die Uhr sagte mir, dass ich in zwanzig Minuten noch eine letzte Linie 4 erwischen würde. Die Spurensicherung hatte mein blutverschmiertes Auto zwecks weiterer Untersuchungen mitgenommen. Ich hatte keine Ahnung, wann ich es zurückbekam. Egal, jetzt würde ich mich sowieso nicht mehr hinters Steuer setzen. Zwanzig Minuten.

Was sollte ich so lange an der Haltestelle Keupstraße auf die Bahn warten? Die Zeit reichte üppig, um noch bis zum Wiener Platz zu gehen, und die Nacht war mild. Ein leichter Wind blies durch die Mülheimer Straßen und ließ die blau-weiß-roten Fähnchen noch den einen oder anderen Salto turnen oder in fiebriger Hektik hin und her flattern. So, als wüssten die kleinen Dreiecke, dass sie spätestens morgen wieder für ein Jahr eingemottet wurden. Wie schon vor ein paar Tagen trug die Luft traurige Akkordeonklänge durch das Veedel und träufelte diese in die Ohren später Passanten und somit auch in meine. Ich erkannte »Les mots d'amour« von Edith Piaf. »Wenn du mich für immer verlässt, schwöre ich dir, dass ich an der Liebe sterben werde«, hatte mir mal ein Koch in Paris den Text übersetzt. Wer starb schon an der Liebe? Liebe war nicht tödlich. Eher eine hartnäckige Krankheit, die im Laufe des Lebens immer mehr Narben hinterließ.

Mein Handy klingelte, als ich an dem geschlossenen Büdchen Ecke Ratsstraße vorbeiging. Das hieß in der Gegend »Kiosk des Grauens«, weil seine verstaubten Auslagen dem mageren Angebot eines karpatischen Konsums in übelsten Ceauçescu-Zeiten glichen.

»Servus, Kathi.«

Eckis Stimme verschlug mir die Sprache und trieb meinen Puls in die Höhe. »Nudeln, Dosensuppen, Reis« las ich auf einem handgemalten Schild im Fenster des Kiosks. Die Buchstaben verschwammen mir vor den Augen, und meine Gefühle wurden im Schleudergang durcheinandergewirbelt.

»Kathi? Bist noch da?« Ein nervöses Glucksen. »Weißt schon, dass ich in einem sauberen Schlamassel gelandet bin.«

Meine Gefühlswaschmaschine destillierte Wut aus dem Schleudergang.

»Kannst du deinen Schwanz nicht einmal in der Hose lassen, wenn es dich juckt, du elender Dreckskerl?«, presste ich heraus, als meine Stimme mir wieder gehorchte.

»Geh Kathi, ich versteh schon, dass du verletzt bist, aber das ist doch eh ein Nebenschauplatz«, gurrte Ecki besänftigend.

Wenn er glaubte, mich mit diesem Gurren einlullen zu können, dann irrte er sich gewaltig.

»Nebenschauplatz, dass ich nicht lache! Direkt vor meinen Augen in der ›Weißen Lilie‹! Wenn das nicht große Bühne ist.«

»Des hätt sich doch alles ausgehen können, wenn nicht einer die Minka umbracht hätt«, wiegelte Ecki ab. »Und jetzt schaut es aus, als ob ich der Killer bin. Kathi, du kennst mich. Ich bin ein Hallodri, ein treuloser Husar, aber kein Mörder.«

»Kennen tu ich dich überhaupt nicht mehr«, schäumte ich die verstaubten Schnapsflaschen und ausgebleichten Nudelpackungen im Schaufenster des »Kiosks des Grauens« an. »Vor meinen Augen, Ecki! In meinem Laden!«

»Kathi, darfst gern beleidigt sein und Pech und Schwefel über mir ausschütten, wenn dieser Killerverdacht aus der Welt ist. Da will mich einer in ein Odlfass stecken und drin verrecken lassen für nichts und wieder nichts. Ich hab die Minka nicht um'bracht«, greinte Ecki mitleidig in mein Ohr.

»Ecki, das interessiert mich nicht«, tobte ich weiter und drehte mich zu dem kleinen Platz vor der Luther-Kirche um. »Für mich bist du tot, erledigt, endgültig passé.«

»Geh, Kathi, da will ich einmal, dass du mir hilfst, und dann –«

»Hilfe? Nach *der* Nummer?« Ich schrie jetzt so laut, dass die Blüten der japanischen Zierkirschenbäume auf dem Platz erzitterten. Zumindest glaubte ich das.

»Aber ich hab die Minka nicht um'bracht.«

»Erzähl das der Polizei!«, brüllte ich über den Platz. »Die hat dich sowieso schon zur Fahndung ausgeschrieben. Wo steckst du eigentlich? Hast du dich wieder nach Bombay abgesetzt?«

»Ich kann nicht zur Polizei! Weißt, was die Kieberer mit mir mach'n? Die werden mich ins Häfn stecken. Ich kann aber nicht eingesperrt sein. Da dreh ich durch. Hinter Gittern halt ich keine Stund'n aus.«

»Du bist ein solcher Egoist, Ecki! Du brichst mir das Herz und machst alles kaputt. Und das Einzige, was dich plagt, ist deine Platzangst. Werde erwachsen oder lass es bleiben. Ist mir wurscht. Du kannst mich mal.«

»Kathi!« Eckis Stimme veränderte sich. Die Panik wurde ein wenig zurückgefahren und durch Eindringlichkeit ersetzt. »Ich weiß, dass die Kieberer mit dir reden. Sag ihnen, dass ich es nicht war. Und sag ihnen, dass die Minka ein Kettl tragen hat. Silbern mit einem kleinen Granatsteinanhänger. Das Kettl hat g'fehlt auf dem Suchbild in der Zeitung. Wenn ihr das Kettl habt, dann habt's ihr den Täter.«

»Das ist das Einzige, was du zu einer Entlastung vorbringen kannst? Eine fehlende Kette?« Ich japste nach Luft und trat mit den Füßen gegen die Bordsteinkante, bis meine Zehen vor Schmerz glühten. »Vielleicht ist die Kette in ihrer Handtasche in Eilerts Boot?«, schäumte ich weiter. »Damit bist du ja nach dem Streit mit Minka über den Rhein gezischt. Das weiß ich von der Polizei, und von dir würde ich zu gerne wissen, was du mit diesem Giftzwerg zu tun hast. Eilert! Weißt du, was der für eine Drecksnummer in der ›Weißen Lilie‹ abgezogen hat? Was will der überhaupt von mir? Hast du hinter meinem Rücken versucht, die ›Weiße Lilie‹ zu –?«

»Wie kommt denn das Tascherl von der Minka in das Boot?«, unterbrach mich Ecki panisch. »Bist ganz blind, Kathi? Siehst nicht, wie mich da einer pflanz'n will? Mich zum Sündenbock macht?«

»Ecki! Du hast dich in den Schlamassel hineingebracht, jetzt sieh zu, dass du wieder rauskommst.«

»Schad, dass du nicht über den Tellerrand gucken kannst, Kathi. Hab ich mich halt geirrt bei dir.«

»Genau, Ecki! Unsere ganze Beziehung war ein riesiger, beschissener Irrtum!«, brüllte ich wieder über den Platz. »Irrtum, Irrtum, Irrtum«, wiederholte ich so lange, bis in der Regentenstraße ein Fenster aufgerissen wurde und jemand »Ruhe« nach unten donnerte.

Da wurde ich still, und plötzlich war die Leitung tot, und ich konnte nicht sagen, ob Ecki oder ob ich aufgelegt hatte.

Ich steckte das Handy ein und stand einfach nur da. Hinter mir der »Kiosk des Grauens«, vor mir der kleine Platz mit seinen Zierkirschen, Tischtennisplatten und der Kletterspinne. Rechts von mir die Luther-Kirche mit der zugenagelten Eingangstür. Wieder hörte ich das Akkordeon. Es jammerte nun ganz leise. Als es ganz verstummte, verpuffte auch meine Wut und machte einer tiefen Traurigkeit Platz. Ich fühlte mich allein und einsam und verstand einfach nicht, wie alles so weit gekommen war.

ACHT

Langsam wurde mir das schöne Wetter unheimlich. Blank geputztes Himmelsblau, eine emsige Sonne, ein leichter Wind und angenehme vierundzwanzig Grad, und das alles seit zwei Wochen. Nicht ein einziges graues Wölkchen verirrte sich zwischen den weißen Schäfchen, und Regen konnte man sich schon kaum mehr vorstellen. Diesem hartnäckigen Wetterhoch und natürlich meiner angeschlagenen Psyche verdankte ich es, dass Adela mir ihren kleinen Schwarzen für eine Fahrt ins Vorgebirge auslieh.

Und das nach einem Streit beim Frühstück, der nicht von schlechten Eltern war. Kuno, hinter seiner Zeitung verschanzt, grummelte etwas von zwanzig Komma neun Millionen Euro, die Köln in die defizitäre Stadtsparkasse KölnBonn investierte, womit der städtische Haushalt belastet wurde.

»Des ischd alles Vetterleswirtschaft hoch drei! Wenn ich nur dran denk, dass gegen den ehemaligen Sparkassenchef die Staatsanwaltschaft wegen dem Messe-Deal ermittelt. Da ischd hin und her g'schobe worden, dass es nur so kracht! Offiziell hat mer des dann Beratervertrag g'nannt. So Leut wie der Bietmann und der Müller, die han doch ihre Bürgermeisterpöschtle nur zum Abkassieren g'nutzt. Und jetzt: zwanzig Komma neun Millionen!«

Nachdem er seinem Ärger Luft gemacht hatte, verstummte Kuno und demonstrierte Unbeteiligtheit, während Adela von ihrem »All-inclusive«-Abend erzählte, wo es auch um Geld gegangen war. Denn Bause plagten Bauchschmerzen wegen seiner Beteiligung. Der IT-Unternehmer hatte auf Eilerts Drängen hunderttausend Euro in die »All-inclusive«-Aktiengesellschaft investiert, zweifelte aber jetzt schon am Erfolg des Unternehmens. Zwar brummte die Filiale im Belgischen Viertel, die in der Südstadt dagegen dümpelte vor sich hin. Die in Mülheim war noch gar nicht positioniert, und überhaupt schien Bause das Projekt zu groß aufgezogen. Er wollte auf gar keinen Fall in ein Abschreibungsobjekt investieren.

Ich fand, dass Leute, die so viel Geld übrig hatten, mit Zweifeln und Bauchschmerzen und auch mit Verlusten bestraft werden durften. Unternehmerisches Risiko nannte man das.

»Wenn wenigschtens sell auch für die korrupte Politiker gelte tät!

Aber die machet nur Reibach!«, unterstützte mich Kuno, bevor er wieder in seine Zeitungslektüre versank. Und Adela fand das eigentlich auch.

Eilert dagegen, so hatte ihr Betty Bause erzählt, belächelte die Bedenken ihres Gatten. Er hielt sie für Anfängerschmerzen, die sich auf dem Weg zu noch größeren Finanzgeschäften verlieren würden. Auch reich sein will gelernt sein, hatte er gesagt. Und dazu gehöre neben Risikogeschäften auch, wie man sich in der Öffentlichkeit präsentiere. Die eigene Putzfrau als Gast zu einer Firmenfeier einzuladen würde da nicht von großem Stilgefühl zeugen.

»Er kennt Minka nicht nur persönlich, er weiß auch, dass sie bei Bauses geputzt hat«, unterbrach ich sie. »Wieso regt er sich darüber auf, dass sie auf dieser Feier war?«

»Sehr gute Frage«, stimmte mir Adela zu, ohne diese beantworten zu können. Damit waren unsere Gemeinsamkeiten bei diesem Frühstück zu Ende. Denn als ich von Eckis Anruf erzählte, zog mir Adelas Reaktion den Boden unter den Füßen weg. Für Adela war alles, was Ecki erzählt hatte, die Wahrheit. Wie Ecki glaubte sie, dass er als Sündenbock herhalten musste. Mich hielt sie für kleinlich, weil ich ihm nicht mehr über den Weg traute und ihm meine Hilfe verweigerte. Sie regte sich darüber auf, dass ich Ecki durch meine Grobheit verschreckt hatte und er sich deshalb nicht mehr melden würde.

»Der ist doch völlig durch den Wind«, hielt sie mir vor. »Wer weiß, was der noch an Unsinn anstellt.« Und überhaupt, warum ich Ecki nicht viel mehr gefragt hatte. Wo er jetzt steckte, was er nach dem Streit mit Minka getan hatte, wo Minka danach hingegangen sein könnte und so weiter.

Ich fasste es nicht, dass meine beste Freundin sich mehr um diesen Windhund sorgte als um mich! Weil er tiefer im Dreck steckte als ich, weil es bei ihm um alles oder nichts ging, argumentierte sie. Und was war mit mir? Brach um mich herum nicht auch alles zusammen? Hatte mich der Mistkerl nicht brutal betrogen? Und ich sollte mich jetzt mit ein bisschen Händetätscheln zufriedengeben, während Ecki ihre gesamte Fürsorge geschenkt bekam?

Ich regte mich auf, Adela regte sich auf, und dabei wurden wir so laut, dass Kuno, die Zeitung wie einen Schutzschild vor sich hertragend, im Wohnzimmer Zuflucht suchte. Bestimmt hätten wir uns noch länger beharkt, wenn Bauer Schneider nicht angerufen hätte, um mir mitzuteilen, dass die Lambadas reif waren. Weil sie wohl doch merkte, wie sehr sie mich durch ihre Haltung verletzte, hatte mir Adela ihren kleinen Schwarzen angeboten. Ihr Cabrio verlieh sie eigentlich nie. Ich nahm das Friedensangebot an und fuhr mit dem schnittigen Wagen ins Vorgebirge.

Bei der Ausfahrt Brühl verließ ich die Autobahn. Montag war Ruhetag in der »Weißen Lilie«, ich musste mich also nicht hetzen. Mit den Anlagen der Godorfer Raffinerien, die rechts von mir ausfransten, ließ ich die Stadt endgültig hinter mir, denn links hinter Brühl erhoben sich schon die ersten Hügel des Vorgebirges. Viel Weite und viel Grün, so wollte ich mir den Kopf durchpusten lassen.

Der Boden in der Kölner Bucht war fruchtbar, traditionell gab es hier viele Obst- und Gemüsebauern. Vor Brühl bog ich in Richtung Berzdorf ab und fuhr in gemächlichem Tempo eine Landstraße entlang. Wegen der guten Verkehrsanbindungen und des günstigen Baulandes war die Gegend auch zum Wohnen attraktiv. Neubaugebiete, die sich wie Spinnennetze um alte Ortskerne legten oder wie trotzige Bollwerke etwas abseits davon standen, bestimmten das Bild der Dörfer. Ihren bäuerlichen Charakter hatten diese längst verloren. Ich ließ mir den Fahrtwind durch die Haare wehen, passierte Apfelplantagen und Birnenspaliere und sah in den Erdbeerplantagen die Erntehelfer im Stroh zwischen den Erdbeerreihen knien. Wie wild wuchernder Unkraut schob sich in die Obstfelder immer wieder Mais, der hier wegen irrsinniger EU-Subventionen Jahr für Jahr mehr Ackerland auffraß.

Von der zauberhaften Schönheit der Ausläufer des Schwarzwaldes, an denen ich groß wurde, war diese Landschaft weit entfernt. Keine prächtigen Weinfelder, die sich sanft ansteigend aus der Rheinebene schoben, keine Kirschbaumhügel, die die Gegend im Frühjahr in ein weißes Blütenmeer verzauberten. Dennoch hüpfte mein Herz, als ich hier im Vorgebirge den ersten Kirschbaumacker sah. Kirschbäume!

Mein Heimatdorf war ein Kirschenort, auf allen Feldern in Richtung Mösbach und Önsbach, auch auf denen in Richtung Achertal standen nichts als Kirschbäume. Bei der Ernte half jeder, der auf Leitern steigen konnte. So schön, wie das Wetter in den letzten Wochen gewesen war, ernteten sie im Badischen bestimmt schon die ersten Kirschen. In Kirschbäume zu klettern, mir den Bauch mit Kirschen vollzuschlagen, mich mit meinem Bruder im Weitspucken zu messen und zum Mittag Marthas Kirschplotzer zu essen, das alles zählte zu meinen schönsten Kindheitserinnerungen.

Martha! Wann hatte sich meine Mutter zuletzt bei mir gemeldet? Vor drei Wochen oder vor vier? Seit sie Großmutter war, schüttete Martha ihre herrische Fürsorge mehr über meinen Bruder und seine Familie aus und ließ mich im Gegenzug für längere Zeit in Ruhe. Jetzt vermisste ich sie, selbst ihre nervigen Anrufe. Oh Gott, wie mies musste es mir gehen, wenn ich Martha vermisste!

Im Augenblick jedenfalls konnte ich mir nichts Schöneres vorstellen, als mit ihr und der Familie im Feld bei der Kirschenernte zu sein. Stattdessen bog ich in den Kiesweg ab, der zum Obstbauernhof Schneider führte.

Ich parkte das Cabrio neben dem staubbedeckten Fendt-Trecker der Schneiders und lief hinüber zu der großen Halle, wo Erntehelfer Paletten mit Früchten stapelten. Schneider baute Lambadas an, eine besonders aromatische Erdbeersorte, die es auf dem Großmarkt nicht zu kaufen gab. Selbst als tiefgefrorenes Püree bewahrten diese Früchte einen wunderbaren, ganz intensiven Geschmack. Wir benutzten sie in der »Weißen Lilie« das ganze Jahr über, um daraus Fruchtsoßen oder Sorbet zu machen.

Mit einem Pfund Erdbeeren im Bauch und zehn Kilo davon im Kofferraum machte ich mich eine Stunde später auf den Rückweg. Wieder dachte ich an Ecki. Hatte Adela recht? Konnte ich meine Verletzungen hintanstellen, bis klar war, ob er Minka umgebracht hatte oder nicht? Adela war von Eckis Unschuld felsenfest überzeugt, so wie auch ich lange nicht geglaubt hatte, dass Ecki einen Mord begehen könnte. Aber je mehr ich über ihn und Minka erfuhr, desto mehr erinnerte ich mich an ein Erlebnis, dass ich bis heute erfolgreich verdrängt hatte.

Brüssel im Sommer 2002. Ich arbeitete dort im »La Maison du Cygne«, Ecki in der »Taverne du Passage«. Das sollten unsere letzten Stationen in fremden Küchen sein, bevor wir uns mit einem eigenen Restaurant selbstständig machen wollten. Der Tag, an dem diese Pläne wie ein Kartenhaus zusammenstürzten, war ein Sonntag.

Ecki und ich hatten gemeinsam frei, was in unserer Branche selten genug vorkam. Das strahlende Sommerwetter empfanden wir als i-Tüpfelchen. Wir machten, was viele Brüsseler an einem schönen Sonntag taten. Wir spazierten durch den Parc de Bruxelles, kauften uns in einer der Buden eine belgische Waffel und schlenderten dann zu dem alten Jugendstil-Pavillon in der Mitte des Parks, wo es wie jeden Sonntag »Tango avec Rashid« gab. Aus einer schmalbrüstigen Verstärkeranlage knisterten argentinische Tangoklänge, und für ein paar Euro konnte jedes Paar hoch in den Pavillon klettern und mittanzen. Rashid erklärte die Schrittfolge im Schnelldurchlauf, und dann ging es los.

»Komm, Kathi, wir probieren's«, schlug Ecki vor, klopfte sich die Puderzuckerfinger an der Hose ab, griff nach meiner Hand, und eh ich mich versah, schoben wir uns über die Tanzfläche. Eine kantige Angelegenheit, weil ich mich nicht von Ecki führen ließ und wir deshalb immer wieder aus dem Takt gerieten. Was soll's?, dachte ich. Nicht jedes Paar muss Tango tanzen können.

Mich drängte es schnell von der Bühne runter, doch Ecki nahm das Angebot von Rashids Partnerin zu einem neuen Tanz an. Als Zuschauerin sah ich nicht ohne Neid, wie sich die beiden, einander tief in die Augen blickend, im Takt wiegten. War ich eifersüchtig gewesen? Vielleicht ein bisschen, vielleicht war ich aus diesem Anlass auf dem Heimweg auf unsere Zukunftspläne zu sprechen gekommen.

»Geh, Kathi, wieso kannst nicht einmal den lieben Gott einen guten Mann sein lassen? Wir haben frei, das Wetter ist schön, Brüssel wunderbar. Was willst mehr?« Solche Sprüche hörte ich nicht zum ersten Mal. Unser Jahr in Brüssel war fast vorbei, Angebote für ein Lokal in Wien lagen vor, wir mussten Entscheidungen treffen.

»Geh, lass uns ein Schwarzbier im ›A Mort Subite‹ trinken«, war Eckis Antwort.

Der »plötzliche Tod« unserer Beziehung kam schnell und war furchtbar. Nach dem Schwarzbier stritten wir uns den ganzen Weg bis zu unserer kleinen Wohnung in der Rue de la Loi. Dort angekommen, nuschelte Ecki etwas von Bombay und der Sehnsucht nach fernen Ländern, und als ich nachbohrte, gestand er, dass er eine Stelle im »Taj Lands End« angenommen hatte. Eine Stelle in Bombay, wo wir seit Monaten über das gemeinsame Beisel in Wien redeten!

Weil ich ihm die Luft abschnürte, weil ich sein Leben verplante, weil ich eine dominante herrschsüchtige Frau war, weil ich immer nur die Arbeit und nie das Vergnügen sah, erklärte er trotzig. Ich war so wütend, dass ich ihm eine knallte. Und da rastete Ecki aus. Er schlug zurück, und dann prügelte er los wie ein aus dem Ruder laufender Boxer. Erst nachdem er mich gegen einen Bettpfosten geknallt und ich für einen Moment die Besinnung verloren hatte, wehrte ich mich. Irgendwie schaffte ich es, ihn vor die Tür zu drängen und hinter ihm abzusperren.

Ich spürte diese beschämende Demütigung wieder, die ich damals empfunden hatte, genau wie das Entsetzen über Eckis Gewaltausbruch.

Ein Hupen stieß mich zurück in die Gegenwart. Ein überholendes Auto drängte mich auf die rechte Fahrspur, die ich, ohne es zu merken, überfahren hatte. Ebenfalls ohne es zu merken, war ich schon wieder in Köln angelangt. Ich fuhr auf der Rheinuferstraße stadteinwärts. Meine Hände am Lenkrad zitterten, und neue Hitzewellen brandeten durch meinen Körper. Ich zwang mich, mich aufs Fahren zu konzentrieren. Rechts vor mir pflügte ein mit Containern hoch beladener Frachtkahn flussabwärts unter der Südbrücke hindurch. Links von mir überholte mich jetzt ein Gemüselaster. Sehr zum Ärger der Autofahrer hinter mir hielt ich die ganze Strecke über das vorgeschriebene Tempo fünfzig ein, selbst als ich über die Mülheimer Brücke fuhr. Ich war froh, als ich Adelas Cabrio heil vor der »Weißen Lilie« abstellte.

In der Brüsseler Horrornacht hatte Ecki tausendmal angerufen und reuige Entschuldigungen auf den AB geschluchzt. Ich rief nicht zurück und tauschte am nächsten Tag das Wohnungsschloss aus. Als er seine Klamotten abholte, hatte ich einen schwedischen Kollegen, stark wie ein alter Wikinger, als Schutzschild dabei. Ende und aus, mit einem Mann, der mich schlug, wollte ich nie mehr etwas zu schaffen haben.

Ich fuhr das Dach hoch, dann stemmte ich mich schwerfällig aus dem Auto und schaffte die Erdbeeren in die Küche. Ich wusch sie, zupfte die kleinen grünen Fruchtansätze ab und warf sie in den Mixer. Aber so beruhigend diese Alltagsarbeiten sonst wirkten, heute vertrieben sie die schmerzhaften Erinnerungen nicht. Ich hatte die Büchse der Pandora geöffnet und konnte sie nicht mehr verschließen.

Wieso hatte ich Ecki diese Ungeheuerlichkeit verziehen und danach komplett verdrängt? So genau konnte ich das gar nicht mehr sagen. Vielleicht wegen der Briefe, die aus Bombay kamen. Briefe voller Reue und Erklärungen. Briefe voller Versprechungen, so etwas nie wieder zu tun. Vielleicht weil Wunden heilten, Wut verrauchte und Sehnsucht Erinnerungen weichzeichnete? Oder schlicht aus Liebe? Ich wusste es nicht mehr, aber ich weiß noch genau, wie sehr ich mich freute, als Ecki zum ersten Mal unangemeldet aus Bombay nach Köln kam.

Außer dem schwedischen Kollegen, den ich schon lange aus den Augen verloren hatte, wusste niemand von diesem Abend. Ecki und ich sprachen nie davon, und Ecki hatte mich auch nie mehr geschlagen. Die Sache war so lange verziehen, dass ich seine finstere Seite fast vergessen hatte. Ecki, mein lässiger Ecki, dem Nonchalance ein zweiter Vorname war, konnte zum Tier werden. Und alles, was ich über ihn und Minka hörte, deutete darauf hin, dass er erneut ausgerastet war. Und dass die zarte Minka es, im Gegensatz zu mir, nicht geschafft hatte, ihn rechtzeitig vor die Tür zu setzen.

Brandt rief an, als die Erdbeeren alle schon püriert und tiefgefroren waren und ich mit Papier und Bleistift im Kühlraum stand, um die Einkaufsliste zu erstellen. Neue Woche, neuer Speiseplan.

»Ich fürchte, ich habe keine guten Neuigkeiten«, begann er, während ich den Kühlraum verließ und in die Küche zurückkehrte. Gute Neuigkeiten von Brandt hätten mich auch wirklich überrascht.

»Gerade habe ich von der Gerichtsmedizin erfahren, dass Frau Mombauer von einer Kobra gebissen wurde. Die Spurensicherung hat auf dem staubigen Boden in Mombauers Wohnung deutliche Hinweise auf eine Schlange gefunden. Aber keiner in Ihrem Haus hält Reptilien. Und Frau Mombauer wird nicht nur von Ihnen eine ausgeprägte Schlangenphobie attestiert. Es ist also davon auszugehen, dass sie das Tierchen nicht selbst gehalten hat und beim Streicheln gebissen wurde.«

»Oh Gott! Sie hat die Schlange gesehen, ist in Panik geraten und hat sich aus dem Fenster gestürzt.« Wieder stieg eine dieser Hitzewellen in mir hoch.

»Ein mögliches Szenario neben einigen anderen.« Brandt war wie immer vorsichtig. »Ich erzähle Ihnen aber aus einem anderen Grund davon. Die Monokelkobra ist sehr klein, wenn sie sich zusammenrollt, grade mal handtellergroß. So ein Tier kann sich überall verstecken und überall auftauchen. Ihr Biss ist extrem giftig und, wenn nicht schnell das richtige Gegenmittel geimpft wird, immer tödlich.«

Nicht nur die Hitzewellen meines Kapriolen schlagenden Körpers drückten mich auf einen Stuhl nieder. Eine hochgiftige Schlange irgendwo im Haus, eine Schlange, die überall auftauchen konnte, das war Horror pur.

»Feuerwehr und THW sind auf dem Weg zu Mombauers Wohnung, um nach dem Tier zu suchen. Bis die Suche erfolgreich abgeschlossen ist, werden alle Bewohner evakuiert, und Sie müssen die ›Weiße Lilie‹ schließen«, machte Brandt weiter.

»Und wie lange kann das dauern?«, stammelte ich und merkte, wie ich automatisch die Füße hochzog und meinen Blick panisch über den Küchenfußboden gleiten ließ.

»Da legen sich die Fachleute nicht fest. Es kann schnell gehen, kann aber auch sechs bis acht Wochen dauern.«

»Sechs bis acht Wochen?«, kreischte ich. »Und wer zahlt mir den Verdienstausfall?«

»Darüber können sicher die Kollegen von der Feuerwehr Auskunft geben. Auf den Halter des Tieres, wenn wir ihn ermitteln, würde ich nicht bauen. Die wenigsten Reptilienfreunde sind gut bei Kasse«, wusste Brandt. »Haben Sie eine Versicherung? Höhere Gewalt vielleicht?«

»Höhere Gewalt? Da kann ich ja gleich Konkurs anmelden.«

»Jetzt gehen Sie mal nicht vom schlimmsten Fall aus«, versuchte Brandt mich zu trösten.

Von was sollte ich denn sonst ausgehen? Von Tag zu Tag wurde meine Pechsträhne länger und mein Elend größer. Die Schlange gab mir wirklich den Rest. Ich hasste Schlangen. Mich grauste allein die Vorstellung davon.

»Es muss doch irgendwas geben, um das verdammte Viech aus seinem Versteck zu locken«, raunzte ich Brandt an. »Mäuse, Duftstoffe, feines Futter, irgendwas.«

»Die Fachleute tun ihr Möglichstes. Ich gebe Ihnen die Nummer des Einsatzleiters. Rufen Sie ihn an«, versuchte mich Brandt zu beruhigen.

Ich schloss die Augen und sah Mombauers Wohnung vor mir. Wie war die Schlange dorthin gekommen? Wenn man wie ich eine

Schlangenphobie hatte, dann las man alle Horrorberichte über Reptilien. Die füllten in regelmäßigen Abständen die Seite »Vermischtes« der Zeitungen. Alligatoren in Baggerseen, Anakondas in Abwasserrohren, Pythons in Kloschüsseln, all das hatte es schon gegeben. Jedes Mal verfluchte ich die Idioten, die sich solche Viecher in ihren Wohnungen hielten und nicht auf sie aufpassen konnten. Bis zu vier Millionen Deutsche hielten sich Reptilien oder andere giftige Tiere, viele hatten keine Ahnung von fachgerechter Haltung. Über diese Zahl – vier Millionen – durfte ich gar nicht weiter nachdenken, weil ich sonst in jedem Pappkarton, den ein Sitznachbar in der Straßenbahn auf dem Schoß hielt, oder hinter der Wohnungstür jedes zweiten Nachbarn eine Schlange vermuten würde. Überall konnte so ein entwischtes Mistviech auftauchen.

Hatte die Schlange schon in irgendeinem Winkel gelauert, als Irmchen und Sabine Mombauer nach dem Testament suchten? Oder hatte sie jemand danach in die Wohnung geschafft? Aber wer? Ich dachte an die Albumbilder, die Sabine Mombauer uns gezeigt, und an das, was sie über ihren Cousin erzählt hatte. Tommi Mombauer. Ich fand, dass sich Brandt den einmal vorknöpfen sollte.

»Es gibt einen Vetter von Sabine«, erzählte ich ihm. »Der war zumindest als Kind ein großer Reptilienfreund. Es sind Bilder von ihm in Mombauers Album, auf denen er sich eine Schlange um den Hals gelegt hat. Wenn Irmchen recht hat, erbt er das Haus.«

»Interessant«, murmelte Brandt und stellte dann die Frage, die er mir bei jedem Gespräch stellte.

Sofort kehrten die Erinnerungen an die Nacht in Brüssel zurück, und mein Bauch zog sich zusammen. Was für eine ungeheure Demütigung es gewesen war, geschlagen zu werden. Im Gegensatz zu mir war Ecki nicht die Hand ausgerutscht, der hatte wie in einem Rausch auf mich eingedroschen. Nein, davon würde ich Brandt nichts erzählen, entschied ich und ärgerte mich gleichzeitig, weil ich Ecki immer noch schützen wollte.

»Frau Schweitzer?«

Das Telefonat, na klar. Darüber konnte ich locker berichten: »Ecki sagt, er war's nicht. Und er sagt, dass Minkas Kette auf dem Zeitungsfoto fehlt. Silbern mit einem kleinen Rubinsteinanhänger. Die hat sie getragen, als Ecki sie nach dem Streit im ›All-inclusive‹ verließ.«

Brandt wartete, ob ich noch mehr erzählen würde, und sagte, als ich das nicht tat: »Als Mensch kann ich verstehen, wenn Sie das Gespräch mit ihm schnell beendet haben, als Polizist hoffe ich, Sie haben ihn mit Fragen gelöchert und mehr erfahren als den Hinweis auf eine fehlende Kette.«

Doch damit konnte ich wirklich nicht dienen.

»Ich melde mich, sowie es etwas Neues gibt«, versprach er und wollte das Gespräch schon beenden, als ihm noch etwas einfiel. »In einem harmlosen Punkt müssen Sie meine Neugierde noch befriedigen«, schickte er hinterher. »Haben Sie mit dem Waldmeister etwas Kulinarisches zaubern können?«

Den Waldmeister hatte ich komplett vergessen. Der war vorhin gelb und verwelkt im Müll gelandet, gestand ich dem Kommissar.

»Das macht nichts«, meinte Brandt. »In meinem Schrebergarten gibt es noch viel mehr. Ich kann Ihnen jederzeit welchen vorbeibringen.«

Jederzeit? Das klang so, als ob ich, nach der Horrormeldung, die er vor ein paar Minuten verkündet hatte, fröhlich vor mich hin kochen könnte.

»Ach ja?«, pflaumte ich ihn an und klapperte mit ein paar Pfannen. »Und dann mache ich uns ein Schlangenragout in Waldmeistersoße?«

»Sind Sie nicht zu Hause? Ist Ihr Restaurant montags nicht geschlossen?«, fragte Brandt alarmiert. »Sind Sie etwa an Ihrem freien Tag in der ›Weißen Lilie‹? Machen Sie bloß, dass Sie da rauskommen!«

Ich hatte kaum die Off-Taste des Handys gedrückt, als ein Feuerwehrwagen auf der Keupstraße stoppte. Ich hörte Türen klappern, und schon standen zwei vermummte Männer mit hohen Stiefeln und langen Handschuhen in meiner Küche.

»Was machen Sie denn hier? Los, raus hier«, brüllte mich einer an.

»Aber«, stammelte ich.

»Erst mal raus, los, schnell, schnell«, machte der Mann Druck und zog mich aus der Küche durch das Restaurant nach draußen auf die Straße.

»Aber die Kühlräume müssen noch zugesperrt werden«, beschwerte ich mich. »Und meine Handtasche ist auch noch drinnen, die liegt auf dem Pass.«

»Machen wir, machen wir«, bellte der Feuerwehrmann. »Ist sonst noch jemand im Haus?«

»Irmchen Pütz, erste Etage.«

Die beiden Floriansjünger klingelten und stürmten dann ins Haus. Ein Wagen des THWs fuhr vor, Gerätschaften wurden ausgepackt. Jemand rief: »Die zweite Etage!«

Schwere Stiefel klackten auf der Straße, Wagentüren schlugen auf und zu, Bewohner des Altenheimes näherten sich neugierig, Passanten hielten an.

»Was ist denn los?«, rief einer von ihnen. Er erhielt keine Antwort.

Festgenagelt auf dem Beton stand ich da und bewegte robotermäßig den Kopf hin und her. Ich fühlte mich wie im Kino, und sofort fielen mir Schlangenszenen aus Filmen ein. Die Ouvertüre von »Jäger des verlorenen Schatzes«, wo Indiana Jones in eine Schlangengrube fällt. Die Riesenanakonda in »Auf der Jagd nach dem grünen Diamanten«, die Joan Wilder erdrosseln will, oder das Schlangennest in »True Grit«, das Mattie Ross den Arm kostet. Erst als zwei Feuerwehrleute Irmchen in der Affenschaukel auf die Straße trugen, landete ich wieder in der Wirklichkeit.

»Ich will hier nicht raus«, hörte ich Irmchen schimpfen und sah, wie sie mit ihrem Stock durch die Luft fuchtelte. »Das ist Freiheitsberaubung. Soll mich die Schlange halt beißen, ich will sowieso bald auf den Ostfriedhof.«

»Schlange!« Ein erschrockenes Raunen wehte durch die Reihen der Altenheimbewohner, Passanten liefen eilig weiter, neue blieben neugierig stehen.

»Irmchen«, rief ich und stolperte auf sie zu.

»Katharina! Sag ihnen, dass ich mich nicht vertreiben lasse. Die sollen nicht so einen Aufstand um mich machen.«

Die Feuerwehrleute setzten Irmchen vor mir ab.

»Sie kennen die Frau?«, fragte der, der mich vorhin auf die Straße geschoben hatte. »Brandmeister Angermann«, las ich auf seiner Jacke. »Sie kann vorübergehend im Altenheim gegenüber unterkommen. Das hat ein Kollege gerade geklärt.«

»Da geh ich nicht hin«, polterte Irmchen mit glühenden Backen. »Das ist eine Einbahnstraße. Da komm ich nur mit den Füßen zuerst wieder raus.«

Irgendwo in mir wurde ein neues Feuer entfacht, und mein Kreislauf spielte so verrückt, dass er bald zusammenbrechen würde, wenn ich ihn nicht schnell mit Koffein fütterte. Irmchen wollte auch Kaffee, die Feuerwehrleute wollten weiterarbeiten, und mein Verstand arbeitete tatsächlich noch so gut, dass ich darauf bestand, mir Handtasche und Reservierungsbuch aus der »Weißen Lilie« holen zu lassen, und Brandmeister Angermann persönlich für meine Weinvorräte verantwortlich machte.

»Die sind bei uns so sicher wie in Abrahams Schoß«, versicherte er mir mit vertrauenswürdigem Grinsen. »Das ist nicht das erste Haus, das wir evakuieren.«

»Evakuieren!«, echote Irmchen neben mir böse. »Das klingt wie im Krieg. Ich brauche keinen Kaffee, Katharina, ich brauch was Stärkeres.«

Von mir aus konnte Irmchen saufen, so viel sie wollte, ich brauchte jetzt Kaffee, sonst würde ich hier zum medizinischen Notfall werden. So packte ich sie unter dem Arm und zog sie in Richtung »Café Vreiheit«. Unterwegs rief ich Arîn und Eva an. Ich las Eva die Namen und Telefonnummern aus dem Reservierungsbuch vor und bat sie, den Gästen für heute und morgen abzusagen. Auch beim Metzger stornierte ich die Bestellungen. Ich funktionierte wie am Schnürchen.

»Einen großen Milchkaffee«, rief ich der Bedienung schon von der Wallstraße her zu, bevor ich Irmchen zum letzten freien der drei Außentische direkt vor dem Eingang lotste.

»Einen Sechsämtertropfen«, rief diese der Bedienung hinterher.

»Jetzt sind sie alle tot«, raunte mir Irmchen zu, als wir beide saßen, und krallte ihre Hand in meinen Arm. »Wie Pech hat das Unglück an jedem Familienmitglied geklebt. Aber das Pech ist mit den Mombauers nicht aus dem Haus gegangen, das hat sich wie ein Parasit neue Wirte gesucht und uns gefunden.«

Ich sehnte den Kaffee herbei, hörte Irmchen nur mit halbem Ohr zu und überlegte, was es noch zu regeln galt. Denn Regeln war schön, man konnte etwas tun, man war beschäftigt, man musste nicht nachdenken.

»Nur an Tommi ist immer jedes Pech abgeperlt«, sinnierte Irmchen weiter und griff eilig nach dem Schnapsglas, das ihr die Bedienung vor meinem Kaffee brachte. »Mit seinen schönen Augen hat der allen den Kopf verdreht, besonders Sabine. Der Junge war ihr Ein und Alles! Als Kind hat sie ihre Sparbüchse für ihn geplündert. Ich weiß nicht, was sie ihm später noch alles zugeschustert hat.« Sie pausierte nur kurz, um das Glas anzusetzen und den ersten Schluck zu nehmen, dann redete sie sofort weiter: »Der ist nur auf Dolce Vita aus. Ein fauler Hund, ein aufgeplusterter Windbeutel, so einer ist das. Auf den hätte das Unglück springen müssen, nicht auf uns.« Irmchen leerte das Glas, als würde sie Wasser trinken, und bestellte sofort einen neuen Sechsämtertropfen, als endlich mein Kaffee kam. »Ich geh nicht aus dem Haus raus. Ich geh nicht ins Altersheim.«

Mit Trotz und eisernem Willen in der Stimme wiederholte sie die zwei Sätze immer wieder. Aber ich konnte sie nicht von diesen Übeln erlösen, dafür half mir der erste Schluck Kaffee gegen das Umkippen. Ich trank gierig die halbe Tasse leer und merkte, wie wohltuend das Koffein durch meine Blutbahnen gurgelte und sofort den Blick für das Treiben auf der Straße weitete.

Zum kleinen Biergarten gegenüber und zum Turm der Friedenskirche daneben, dem in freundlichem Gelb gestrichenen Wahrzeichen Mülheims. Die erste protestantische Kirche auf Kölner Stadtgebiet, die letztes Jahr ihr vierhundertjähriges Bestehen feiern konnte. Bei vielen Veranstaltungen zu diesem Fest hatte Irmchens Frauenkreis die Verpflegung übernommen. Kaum hatte ich das Wort »Frauenkreis« gedacht, da dämmerte mir eine Lösung für Irmchens Problem. Sicher würde sie bei der einen oder anderen aus dem Kreis für ein paar Tage wohnen können. Schon wieder etwas, was ich regeln konnte.

Irmchen reagierte zuerst nicht begeistert, aber nach einigem Hin und Her legte sie die Namen von drei Frauen auf den Tisch, bei denen sie sich vorstellen konnte, für ein paar Tage Asyl zu finden. Die telefonierten wir durch, bei allen war sie herzlich willkommen. Irmchen entschied sich für Käthe, die im Hochparterre auf der Mülheimer Freiheit, keine fünf Minuten Fußweg von unserem Haus entfernt, wohnte. Käthe kam zehn Minuten später vorbei.

Ich ließ die beiden alten Damen mit weiteren Sechsämtertropfen allein und hetzte mit einer langen Liste von Dingen, die Irmchen aus ihrer Wohnung brauchte, zur »Weißen Lilie« zurück.

Auf der Straße vor dem Haus herrschte kein Auflauf mehr, von Feuerwehr und THW war außer deren Autos nichts zu sehen. Nur ein paar Altenheimbewohner harrten hartnäckig mit ihren Rollatoren aus. Brandmeister Angermann befand sich in Mombauers Wohnung, als ich ihn anrief, aber er wollte herunterkommen, um mit mir zu reden. Als er durch die Tür trat, näherten sich die Senioren dem Feuermann sofort, zogen sich aber zurück, als dieser den Kopf schüttelte. So erfuhr auch ich, bevor Angermann den Mund aufmachte, dass die Schlange noch nicht gefunden war.

Ich lief mit ihm ein paar Schritte vor dem Haus auf und ab, wie Feldherren dies in Filmen vor großen Schlachten zu tun pflegten, und zumindest Angermann kam mir auch ein wenig wie ein kleiner Feldherr vor. In der Mombauer'schen Wohnung arbeiteten sie auf Hochtouren, erzählte er. Die Altbauwohnung der pure Horror, so viele Ritzen, Kamine, Kabelschächte, Fußleistenöffnungen, tausend Orte also, wo die winzige Giftspritze stecken könnte. Mehl verteile man, um ihre Spuren sichtbar zu machen, Klebestreifen zudem, damit die Schlange darauf haften bleibe. Ob ich vor ein paar Monaten von dem Fall in Mülheim an der Ruhr gelesen habe, wollte er wissen.

Natürlich erinnerte ich mich als Schlangenphobistin sofort, wunderte mich sogar, dass ich nicht früher daran gedacht hatte. Aber wie sollte ich, wo alles so Schlag auf Schlag ging? Auch dort war eine hochgiftige Kobra ausgebüchst, und es hatte drei Wochen gedauert, bis man das entkräftete Tier auf einem der Klebestreifen gefunden hatte. Drei Wochen! Was das für die »Weiße Lilie« hieß, wollte ich mir gar nicht ausmalen.

Mit den Kollegen aus Mülheim sei man natürlich im Dauerkontakt, deshalb habe man auch sofort das THW mit diesem endoskopischen Spezialgerät angefordert, mit dem man in alle Winkel und Ecken hineinleuchten könne, berichtete Angermann weiter. Leider, leider bisher ohne Erfolg. Für heute würden sie die Arbeit beenden. Morgen, wenn die Schlange verschwunden bleibe, wolle man ein paar junge Mäuse als Lockmittel einsetzen, und wenn das nicht helfe, dann vielleicht wie im anderen Mülheim die komplette Bude auseinandernehmen. Alle Möbel raus, alle Dielen raus, alle Schlupflöcher freilegen.

»Und was ist mit der ›Weißen Lilie‹?«, wollte ich wissen.

Um die sollte ich mir keine Sorgen machen, die bleibe von allem unberührt, ein Dornröschenschlaf auf unbestimmte Zeit, nichts würde verändert, nichts weggenommen, da könne ich ganz sicher sein. Sie dürfe aus Sicherheitsgründen eben nur nicht mehr betreten werden. Zum Schluss empfahl er mir, ein paar Tage freizunehmen. Er versprach, sich um Irmchens Wunschliste zu kümmern, und verabschiedete sich mit einem markanten Händedruck, um aufs Schlachtfeld zurückzukehren.

Und dann war er weg, auch die Rentner waren weg, und ich stand zurückgelassen auf der Keupstraße und blinzelte benommen in eine Abendsonne, die in feurigem Rot hinter dem Rhein unterging. Vom Spielplatz hinten drang das Siegesgeheul der Fußballer auf die Straße, in den Bäumen lärmten die Spatzen. Auf dem seit Jahren wasserlosen Drei-Königs-Brunnen turnten kleine Mädchen herum und lutschten Eis. In der Küche des Altenheims klapperten die Teekannen. Ein leichter Sommerwind spielte mit der Glyzinie, die sich um die Eingangstür der »Weißen Lilie« rankte. Alles wie immer. Aber für mich war nichts wie immer.

Wieder vermisste ich Curt. Zu gern wäre ich jetzt an seinen Tresen in der »Vielharmonie« getrabt, hätte mir ein frisches Kölsch zapfen lassen und mit ihm diesen irren Tag, ach was, diese irren Tage bequatscht. Zu gern hätte ich mich durch seine lakonischen Wirt-Antworten beruhigen lassen.

Ohne eindeutigen Befehl bewegten sich meine Füße in Richtung Mülheimer Freiheit. Vor dem Eingang des Altenheims klingelte mein Telefon. Ich wühlte in meiner Handtasche, suchte es in den Hosentaschen, merkte nicht, dass ich dabei jemanden anrempelte.

»'tschuldigung«, murmelte ich, ohne aufzusehen.

»Kein Problem.«

Die Stimme erkannte ich sofort. Ich blickte auf und sah in ein Paar melancholische Mädchenaugen. Auch Pfeifer wirkte überrascht.

»Sie hier?«, fragte ich dämlich.

»Köln ist ein Dorf.«

Pfeifer schenkte mir ein charmantes Schulterzucken. Heute trug er ein T-Shirt. Das Tattoo, das am Hals endete, konnte ich jetzt deutlicher sehen. Eindeutig eine Schlange. Oder sah ich jetzt schon überall Schlangen? Und was suchte er hier?

»Aber nach Mülheim verirrt man sich nicht zufällig«, erwiderte ich. »Was treibt Sie –?«

»Ihr Telefon klingelt«, unterbrach er mich.

Wieder wühlte ich in meiner Tasche.

»Moment«, murmelte ich, als ich es endlich in Händen hielt und aufgeklappt hatte. Pfeifer war schon weitergegangen. »Tomasz!«, rief ich ihm hinterher.

Er drehte sich nicht um, steckte nur die Hände in die Hosentasche und lief einfach weiter.

»Ja?«, kläffte ich in das Handy. Adela war dran und wollte wissen, wo ich und ihr Cabrio blieben. Ich stammelte eine Kurzfassung der Ereignisse zusammen.

»Soll ich dich abholen?«, fragte sie besorgt.

»Nicht nötig.«

»Dann hol ich mir den kleinen Schwarzen ab, weil ich morgen früh das Auto brauche.«

»Klar doch.«

Ich überließ mich meinen Füßen, die schlafwandlerisch zu Curts ehemaliger Kneipe schlurften. Dort starrte ich eine Weile die lachenden Kinderbuddhas des Massagesalons an und zählte die bunten Lampions vor und zurück. Nie mehr würde ich hier ein Bier kriegen. Aber ein Bier brauchte ich jetzt.

Auf der gegenüberliegenden Straßenseite leuchtete das rote Astra-Schild des »Limes«. Es musste kein Kölsch sein, ein Hamburger Bier tat es auch.

Ein alter Gastraum, mit Sankt-Pauli-Fahnen geschmückt, ein runder Tresen, hinter dem ein Typ mit Piercings und Kapitän-Heinrich-Mütze bediente. Ich hatte schon gehört, dass das »Limes« der Treffpunkt für Exil-Hamburger war. Rechts neben dem Eingang ein verwaister Kicker, die Blicke der Gäste an den Tischen waren alle auf eine Leinwand im hinteren Teil der Kneipe gerichtet. Auf der Leinwand Fußball, ich hatte keine Ahnung, wer gegen wen. Gläser wurden über die Tische geschoben, Erdnusstüten raschelten. Gemeinschaftliches schmerzhaftes Aufstöhnen, dann wieder gespannte Ruhe. FC Sankt Pauli null, Fortuna Düsseldorf eins, las ich auf dem Bildschirm. Nicht schön, wusste ich. Dieser Spielstand einte Hamburger und Kölner Fans im Schmerz. Keiner nahm von mir Notiz, alle folgten gebannt dem Spiel. Der kreisförmige Tresen lag in gnädigem Schummerlicht. Auf der Zapfanlage thronte ein Wackelhund, der jedes Mal nickte, wenn ein Bier gezapft wurde. Es gab nicht nur Astra, es gab auch Kölsch, und nicht nur das, es gab auch Tannenzäpfle. Erfreut bestellte ich mir ein Bier aus der Heimat.

»Du musstest dir also auch einen anderen Ort für dein Feierabendbier suchen.«

»Taifun«, rief ich überrascht, als ich mir meinen Thekennachbarn ansah. »Monatelang sehen wir uns nicht und jetzt zweimal hintereinander.«

»Irgendwie vermisse ich Curt«, seufzte er.

Bei Curt hatten wir zwei uns kennengelernt. Zu Zeiten, als noch mehr als fünf Leute in der »Vielharmonie« ihre Abende verbrachten.

»Ich auch.«

»Wie geht es dir?« Den Ellenbogen auf die Theke gestützt, das Kinn in die Hand geschmiegt, betrachtete er mich. Er war allein hier, genau wie ich.

»Das willst du gar nicht wissen.«

»So schlimm?« In seinem Blick blitzte Spott auf.

»Vergiss es.« Ich trank einen Schluck Bier und wusste, dass ich sofort gehen würde, wenn Taifun versuchte, nachzuhaken. Mir war nicht nach Herzausschütten oder Problemewälzen, mir war nach Betäuben.

»Und selbst?«, fragte ich.

»Ich bin letzte Woche von einer Reise aus Ordu zurückgekommen«, erzählte er, deutlich auskunftswilliger als ich. »Das liegt am Schwarzen Meer, eine Region, in der man Haselnüsse anbaut. Drei Viertel aller Haselnüsse, die in Deutschland verwendet werden, stammen aus Ordu. Ich habe für eine Reportage über Kinderarbeit in der Türkei recherchiert. Zur Ernte werden kurdische Saisonarbeiter eingesetzt. Zwölf-, Dreizehnjährige, sogar einen erst achtjährigen Jungen habe ich dort getroffen.«

Ein ärgerliches Aufstöhnen der Fußballfans übertönte Taifun. Die Düsseldorfer führten jetzt mit zwei Toren. Taifun interessierte das nicht.

»Es ist der übliche Kreislauf«, fuhr er fort. »Die Schokoladenkonzerne diktieren den Preis, die Zwischenhändler drücken den Preis, die Bauern zahlen den Erntehelfern magere Löhne, die kurdischen Familien müssen ihre Kinder zum Arbeiten mitbringen, weil sie jeden Cent brauchen, um überleben zu können. Dabei haben alle großen Schokoladenkonzerne schon vor Jahren eine Petition unterzeichnet, in der sie sich verpflichten, keine Ware zu kaufen, die durch Kinderarbeit hergestellt wird. In der Türkei ist Kinderarbeit selbstverständlich offiziell verboten. Aber Papier ist geduldig, Gewinnmaximierung alles, unsere Nuss-Nougat-Cremes nur deshalb so billig, weil kurdische Kinderhände zehn Stunden am Tag Haselnüsse in Ordu pflücken.«

»Ja«, stimmte ich ihm zu. »Und nicht nur das. Ich habe gelesen, dass in Afrika Kinder sogar entführt und versklavt werden, um Kakaobohnen zu ernten. Die Liste der Verbrechen der Lebensmittelindustrie ist lang!«

»Das kannst du laut sagen!« Taifun nahm einen Schluck Bier und starrte den nickenden Hund an, bevor er sagte: »Vergiss nicht die Privatisierung der Wasserrechte in Bolivien auf Druck der Weltbank.«

»Oder die weltweite Monopolisierung von Saatgut durch Monsanto«, ergänzte ich, und dann fiel mir noch der Ackerlandkauf in Entwicklungsländern nur zum Zweck der Spekulation ein.

»Stimmt«, erinnerte sich Taifun. »Die dunkle Seite der Lebensmittelbranche hat dich als Köchin schon früher interessiert. Was macht denn die ›Weiße Lilie‹?«

Ich bestellte ein neues Tannenzäpfle und schwieg.

»Gut, gut«, lenkte Taifun ein. »Ich will es gar nicht wissen. Hast du dich wenigstens auf dem Schützenfest noch amüsiert?«

Ich zuckte mit den Schultern. »Als ob man sich auf einem Schützenfest amüsieren kann!«

»Natürlich kann man sich auf einem Schützenfest amüsieren«, widersprach er lachend. »Ich kann das. Das ist ein bisschen wie Karneval, zumindest der Samstagabend im Festzelt. Man darf nur nicht alleine losziehen. So was geht nur in der Gruppe gut.«

»Könnt ihr mal ein bisschen leiser quatschen.« Ein Typ mit dem schwarzen Totenkopf-T-Shirt von St. Pauli, der auf der gegenüberliegenden Seite des Tresens stand, schickte uns einen wütenden Blick.

»Ich habe mich übrigens wirklich gefreut, dich wiederzusehen.« Taifun schob seinen Barhocker etwas näher an meinen heran. »Weil ich nämlich ein paar Tage zuvor an dich denken musste. Da habe ich in einer schlaflosen Nacht ›Breathless‹ von Jim McBride angesehen. Erinnerst du dich an den Film?«

Und ob ich mich erinnerte. Der junge Richard Gere als Jesse Lujack, so sexy wie nie zuvor und nie danach. Verrückt, fiebrig, glühend, gefährlich, dämlich, verloren. Verliebt in Monica, die so kühl war wie er heiß. Wir hatten den Film bestimmt fünfmal gemeinsam gesehen. Meist in Taifuns Bett, vom dem man durch ein großes Dachfenster direkt in den Himmel gucken konnte. Manchmal vor, manchmal nach dem Sex.

»›Alles-oder-nichts-Sex‹, hast du immer gesagt«, flüsterte mir Taifun zu, sein Gesicht jetzt ganz nah bei meinem.

Ich konnte ihn riechen, so wie damals an unserem ersten Abend bei Curt. Seine herbe Zimtnote verdrängte alle Ausdünstungen dieser Kneipe.

»Weil der Kerl verrückt war. Der war so durchgeknallt, das hätte nie gut gehen können mit den beiden.«

»Du warst immer ein bisschen wie die Monica aus ›Breathless‹. Vorsichtig, die Zukunft im Blick, mit Was-wäre-wenn-Fragen gepanzert. Dabei war unser Sex nie so gut wie in den Momenten, wo du alles vergessen hast.«

»Diese Alles-oder-nichts-Nummer ist doch eine pubertäre Form der Liebe, die kann keiner ein Leben lang aufrechthalten«, widersprach ich wie zu unseren gemeinsamen Zeiten. »Deshalb gab es gar keinen anderen Ausweg aus der Geschichte, als dass er erschossen wird. Aber im wirklichen Leben will keiner der Liebe wegen erschossen werden.«

»Die praktische, die vernünftige Katharina!«, spottete Taifun leise in mein Ohr. »Aber ich weiß, dass es auch die andere gibt. Die, die trotz der Angst vor Verletzungen noch was riskiert in der Liebe. Die, die weiß, dass die Leidenschaft nie so hell lodert, der Sex nie so heiß ist, wie wenn man dabei direkt in den Abgrund blickt.«

Ich drehte ihm den Kopf zu. Unsere Nasenspitzen berührten sich fast. Der Zimtgeruch hüllte uns ein.

»Hast du noch die kleine Dachwohnung in der Regentenstraße?«, fragte ich.

»Lass uns gehen«, antwortete er und legte einen Schein auf die Theke. Er schob mich vor sich her aus der Kneipe.

Der kurze Weg bis zu seinem Haus viel zu weit. Wilde Küsse, gierige Zungen, die sich in den Mund des anderen bohrten. Fiebrige Hände, die nur nackte Haut fühlen wollten. Viel zu viele Treppen hoch zu seiner Wohnung. Brunftiges Schnauben und wildes Reißen an Kleidern. In der vierten Etage zerrte ich Taifun den Gürtel aus der Hose, er haspelte meine Bluse auf. Heißer Atem auf elektrisierter Haut. Endlich die Tür, schnell hinein, das große Bett. Die lästigen Kleider weg, Haut auf Haut, nur der Augenblick zählte. Der Sex wild und hektisch im ersten, sanft und genießerisch im zweiten Gang. Und dann lagen wir erschöpft auf dem feuchten Laken und blickten in den Sternenhimmel.

»Das war toll!«, flüsterte Taifun und drehte sich eine meiner Locken um den Finger. »Alles oder nichts. Jesse Lujack hat recht.«

»Für den Augenblick«, gab ich zurück.

»… tonight, will be fine, will be fine, will be fine, will be fine for a while …«, summte Taifun den alten Leonard-Cohen-Song. Dann umschlang er meinen Bauch und schmiegte sich an mich. »Ich habe nichts zum Frühstücken da«, nuschelte er schon halb im Wegdämmern. »Aber bis zur ›Weißen Lilie‹ ist es ja nicht weit.«

Falsches Stichwort, ganz falsch. Sofort verloren die Sterne über dem Fenster ihren Glanz. Ich wartete noch, bis ich Taifun leise schnarchen hörte, dann befreite ich mich aus seiner Umarmung, sammelte meine Kleider ein und zog mich an. Leise schloss ich die Tür und ging.

Mein Weg nach Hause führte an der »Weißen Lilie« vorbei. Der Nachtwind spielte unbefangen in den Glyzinien am Eingang, ansonsten wirkte das Haus dunkel und abweisend. Ich war mir sicher, dass sich die Monokelkobra darin quietschlebendig zwischen den Klebestreifen hindurchschlängelte und als neue Herrin des Hauses aufspielte. Ich verfluchte das Mistviech und machte, dass ich weiterkam. Am Clevischen Ring erwischte ich ein Taxi.

Als ich in unserem Hausflur den Lichtschalter drückte und die Fotowand mit den Bildern aus glücklicheren Zeiten vor mir aufleuchtete, kochte das ganze Elend wieder in mir hoch. Ich drehte das Bild von Ecki und mir auf der Hohenzollernbrücke gegen die Wand und ging Zähne putzen. In meinem Zimmer hing kein Geruch von frischem Heu, und den hätte ich mir heute auch verbeten. Mir reichte es. Eine kleine Affäre hätte ich Ecki vielleicht verzeihen können, aber einen Mord niemals.

Ich holte einen Müllsack aus der Küche und stopfte Eckis Habseligkeiten hinein. Im Schrank und in allen Schubladen waren die verteilt, wie bei einem Hund, der sein Revier markiert. Dann nahm ich mir den Aluminiumkoffer vor. Der Koffer war sein Allerheiligstes, der Tresor eines Heimatlosen; was darin lagerte, war ihm wirklich wichtig. Ich hebelte ihn mit einer Feile auf und durchsuchte alles, was Ecki darin gesammelt hatte. Ich kam mir ekelig vor, wie ich so unerlaubt Papiere, Postkarten, Erinnerungsstücke ans Licht zerrte.

»Geheimnisse«, hörte ich Ecki sagen, »darf ein jeder haben. Ein jeder hat ein Recht auf Privatsphäre.«

»Selber schuld«, kläffte ich den Koffer an und merkte doch nur, wie Selbstekel und Elend in alle Poren drangen. Ich stopfte den Müllsack in den Koffer, klappte ihn wieder zu und schob ihn in den Flur hinaus.

Ecki aus meinem Zimmer zu vertreiben verschaffte mir nur für kurze Zeit Erleichterung. Dann brannte das wunde Herz wieder so schmerzhaft, dass ich es mir am liebsten aus dem Leib gerissen hätte. Stattdessen holte ich mir eine Flasche Borbler aus der Küche und knockte mich mit einem Wasserglas davon für den Rest der Nacht aus.

NEUN

Bienen taumelten summend zu Boden. Was für Bienen? Die von Rosa? Hatte ich ihnen den Honig gestohlen und kein Zuckerwasser als Ersatz geboten? Wenn Rosa das merkte, würde sie mich ausschimpfen. Rosa war streng und herrisch, die Bienen ihre Passion. Nein, Rosa war tot, und ihre Bienen hatte ich zu Franz Trautwein an den Kaiserstuhl gebracht, dämmerte mir, und ich schlug die Augen auf.

Das viele Weiß im Zimmer tat weh, die Sonnenstrahlen taten weh, der Kopf tat weh, die Augenlider, die Ohren, alles tat weh. Und dann mein Bauch. Himmel, war mir schlecht! Keiner trank ungestraft ein Wasserglas Borbler, und schon gar nicht, wenn er nichts als ein halbes Frühstück, jede Menge Kaffee und ein paar Bier im Magen hatte. Dann meldete sich der Kopf wieder. Hinter meiner Stirn wurde mit Spitzhacken gehämmert. Aber die summenden Bienen übertönten das Hämmern im Kopf. Ich tastete das Bett ab, bis ich das Handy fand. Als ich die On-Taste drückte, verstummten die Bienen.

»Hallo, Katharina, hier ist Dany«, perlte die Stimme meines Exlehrlings aus dem »Goldenen Ochsen« quellfrisch an mein Ohr. Wieso rief der so früh an? Der stand doch nie vor Mittag auf, wenn er es nicht unbedingt musste. Ich grapschte mir meinen Wecker vom Nachttisch und hielt ihn mir vor die Nase. Es war schon halb eins.

»Also, ich habe noch mal mit Helen, meiner alten Chefin, über die ›All-inclusive‹-Kacke geredet«, sprudelte es aus ihm heraus. »Helen ist davon überzeugt, dass die generalstabsmäßig vorgehen. Schritt eins: Sie suchen sich ein geeignetes Objekt. Zentrale Lage, gut mit öffentlichen Verkehrsmitteln zu erreichen, in der gastronomischen Szene eingeführt. Pech, wenn genau da schon ein anderes Restaurant ist. Pech für das Restaurant, nicht Pech für ›All-inclusive‹. Schritt zwei: Das störende Restaurant wird in Augenschein genommen und nach Schwachstellen abgeklopft. Schritt drei: Das störende Restaurant bekommt ein lächerliches Kaufangebot, das mit einer Drohung verknüpft ist, es auf alle Fälle zu vernichten. Natürlich nicht so deutlich gesagt, ein bisschen verklausuliert, aber unmissverständlich. Schritt vier: Gäste beschweren sich lautstark über das schlechte Essen. Schritt fünf: Die entsprechenden Internetplattformen werden mit negativen Kritiken überschwemmt. Schritt sechs: Besuch des Gesundheitsamtes wegen der Fischvergiftung eines Gastes. Schritt sieben: Fensterscheiben werden eingeschlagen, Graffiti an die Türen gesprüht. Schritt acht: In anonymen Anrufen wird gedroht, das störende Restaurant anzuzünden. Schritt neun: Baustellen in der unmittelbaren Nähe verhindern freien Zugang. Schritt zehn: Die bisherigen Besitzer geben auf. So sind sie bei Helen vorgegangen und auch bei Luzia Saalfeld, der das ›Pfeffer & Salz‹ in der Südstadt gehört hat. Leider haben die zwei Ladys erst gemerkt, was da für ein Spiel gespielt wird, nachdem man sie schon mürbegekocht hatte. Katharina?« Dany stockte. »Bist du noch da?«

So ganz kapierte ich nicht, was Dany mir da erzählte, aber der eine oder andere Punkt hatte in meinem Kopf ein Alarmglöckchen ausgelöst, und das schrillte unangenehm weiter, während in meinen Gehirnwindungen die Gedanken Achterbahn fuhren. War ich jetzt auf der Agenda dieser »All-inclusive«-Mafia oder nicht? Ein Kaufangebot hatte mir schließlich keiner gemacht.

»Was ist mit Spionage?«, fiel mir ein. »Hat deine Chefin davon was erzählt?«

»Nein, hat sie nicht. Aber am besten, du redest mit ihr selbst«, schlug Dany vor. »Sie weiß, dass die auch im Rechtsrheinischen eine Filiale aufmachen wollen. Das Rechtsrheinische ist ja kulinarisch noch Terra incognita, so was lockt immer Goldgräber an.«

Das wusste ich bereits. Wer hatte mir davon erzählt? Adela? Kuno? Die letzten Tage waren nicht so verlaufen, als dass ich Informationen in die richtigen Schubladen hätte einordnen können.

»Also ich würde an deiner Stelle in die Offensive gehen«, klugscheißerte Dany. »Ruf Helen an. Die ist ganz wild darauf, den ›All-inclusive‹-Leuten eins auszuwischen. Sie will jetzt übrigens so eine Guerilla-Kochnummer aufziehen.«

»Was will sie?«

»Guerilla-Kochen. Mobile Küchen, Hinterhof-Events, ›Soulkitchen‹«, zählte Daniel so selbstverständlich auf, als müsste mir das geläufig sein. »Wilde Küche, rebellisches Kochen. Ist eine coole Bewegung.«

Das konnte mir alles gestohlen bleiben. Bewegung hatte ich nun wahrlich genug, dafür musste ich nicht in den Koch-Untergrund gehen.

»Gib mir mal ihre Telefonnummer«, murmelte ich und tastete das Bett nach etwas zum Schreiben ab. Ich bekam ein Prospekt in die Finger und fischte einen Kugelschreiber aus der Nachttischschublade. Dany diktierte mir die Telefonnummer.

»Wenn du Hilfe brauchst, sag Bescheid«, bot er großzügig an. »Ich *fighte* gerne und bei so einer David-gegen-Goliath-Nummer besonders.«

Mein Handy verstummte, und mein verwirrter Kopf schickte mir ein Bild, in dem sich Dany in Schwert und Rüstung vor der Zeremonienmeisterin aufbaute. Wasser spritzte aus dem japanischen Zierbrunnen, die Zigarettenfräuleins schrien Zeter und Mordio, Dany stürmte als strahlender Held die Treppe hoch auf einen vor Angst bibbernden Eilert zu. Ich schüttelte den Kopf und wischte das Bild weg.

In den Fingern hielt ich immer noch das Prospekt. Mit schmerzhafter Deutlichkeit fiel mir wieder ein, dass es dieses Papier war, das mir gestern Nacht den Rest gegeben hatte. Ich hatte den Flyer in Eckis Koffer gefunden. In den spanischen Farben Gelb und Rot gehalten, zeigte das Faltblatt eine Hotelanlage, die »El Solare« hieß. Das gleiche Prospekt hatte auf Minkas Wohnzimmertisch gelegen, als ich mit Arîn dort gewesen war. Auf dem in meiner Hand hatte sich Ecki verschiedene Küchenposten notiert und Varianten einer Küchenbrigade durchgespielt.

Nach all den Schlägen, die mir der Mann, mit dem ich bis ans Ende der Welt gehen wollte, in den letzten Tagen verpasst hatte, war es mir unvorstellbar erschienen, dass mich Ecki noch tiefer verletzen konnte.

Ich hatte mich geirrt. Es gelang ihm mit dem »El Solare«. Das Ganze war wie ein Déjà-vu. Nein, so ein feines Prospekt hatten wir von unserem Wiener Beisel nicht machen lassen, aber in den Zeiten, als auch er noch daran glaubte, hatte Ecki das »Paradeiser« gemalt und ebenfalls Variationen für die Küche durchgespielt.

Was das »Paradeiser« für Ecki und mich war, bedeutete das »El Solare« für Minka und Ecki. Er wollte mit ihr nach Spanien gehen. Keine kleine Affäre. Eine Entscheidung fürs Leben. Allein die Vorstellung, dass er mit Minka über so ein Projekt gesprochen hatte, zertrümmerte mir die Knie und haute mir den Boden unter den Füßen dreimal weg. Der Verrat wog zentnerschwer, dagegen mutierte die Tatsache, dass er mit ihr im Bett gewesen war, zu einem Fliegengewicht.

»Verräter! Mörder!«, brüllte ich die zerrissene Fotohälfte auf dem Fußboden an, die Eckis Gesicht zeigte. Die andere Hälfte des Fotos, mich selbst, hatte ich gestern Abend schon unters Bett gefegt. Das Foto von uns beiden, aufgenommen bei einem Paris-Besuch, hatte uns freudestrahlend vor dem fröhlich bunten Tinguely-Brunnen gezeigt. Dass dieses Foto zu Eckis Schätzen gehörte, hatte mich gerührt und mal wieder windige Sehnsüchte geweckt. Für einen Moment hatte ich gehofft, dass alles gut werden würde. Bis ich das »El Solare«-Prospekt entdeckte. Danach hatte ich mich mit dem Borbler-Teufelszeug ins Nirwana befördern müssen.

»Lumpesiach, Drecksbolle, Lugebaidl!«, schrie ich auf Badisch weiter, weil mir der Kopf aus den Tiefen der Erinnerung ewig nicht gebrauchte Kindheitsschimpfworte schickte. Als mir diese ausgingen, trampelte ich auf dem Foto herum, als könnte ich Ecki wie einen Wurm zerquetschen.

Kuno streckte besorgt den Kopf ins Zimmer, ich warf den Wecker in seine Richtung, sprang auf, knallte die Tür zu und drehte den Schlüssel um. Die Sonne regte mich auf. Was fiel ihr ein, an so einem Elendstag so strahlend zu scheinen? Ich zog die Jalousien zu und fing an zu heulen. Den Kopf mit den Händen festhaltend, ließ ich mich aufs Bett fallen, rollte mich wie ein Embryo ein und zog die Steppdecke über den Kopf. Götter und Menschen hatten mich verlassen. Niemand half mir, niemand tröstete mich, niemand trocknete meine Tränen. Ich schwor mir, nie mehr aufzustehen. Ich wollte verschwinden, im Meer des ewigen Vergessens ertrinken. Ich wollte nicht mehr sein.

Irgendwann tauchte ich doch wieder aus meiner Höhle auf. Schweißnass, alles an mir stank. Ein Klopfen an der Tür, Adelas Stimme, ich reagierte nicht. Eckis Kopfkissen in meinem Bett entfachte neuen Zorn. Ich stach mit dem Kugelschreiber hinein, rupfte es auseinander, riss, zerrte, schüttelte. Federn wirbelten lautlos Staub auf, bevor sie ermattet zu Boden rieselten. Wieder summten die Bienen, ich drückte den Off-Knopf, schleuderte das Handy weg und kroch zurück in die Höhle. Ich fiel in einen unguten Sekundenschlaf, der Geschmack von Salz auf den Wangen und mein eigenes klägliches Wimmern ließen mich hochschrecken. Ich dämmerte erneut weg, träumte davon, hilflos dämonischen Furien ausgeliefert zu sein. Mein Herz pochte wie ein blutender Fleischklumpen.

Irgendwann trieb mich brennender Durst aus der Höhle. Im Zimmer herrschte gnädige Dunkelheit, es musste mitten in der Nacht sein. Kein Licht nirgends, kein Mensch nirgends. Gut so, ich wollte keinem begegnen. Ich schlich ins Bad, hängte den Kopf unter den Wasserhahn und trank wie eine Verdurstende. Aus der Anzeige des Badezimmerradios tropfte die Zeit. Das Licht auf dem Display spiegelte giftiges Grün in den Armaturen. Kein Blick in den Spiegel, wie hätte ich den aushalten können? Wie ein Schatten meiner selbst schlich ich zurück in die Höhle.

ZEHN

Als zum ersten Mal Musik durch die Türritzen drang, hielt ich mir die Ohren zu. Beim zweiten Mal ließ ich mich auf das Klavier ein. Natürlich hatte ich bereits beim ersten Mal erkannt, was gespielt wurde. »The Köln-Concert« von Keith Jarrett. Beim dritten Mal kroch ich aus der Höhle. Ich hörte, wie Jarrett auf den Klavierdeckel klopfte und dann die Töne fast verschwinden ließ. Ich sah die Sonne, die Lichtpfeile durch die Ritzen der Jalousie in mein verschneites Zimmer schickte. Nach vier Minuten kam diese Stelle, wo Jarrett die Töne nach oben schraubte, wo er einen tiefen Seufzer ausstieß, wo er alles Dunkle und allen Schmerz verbannte und auf einmal leise juchzte und die Finger über die Tasten tanzen ließ. Immer, wenn ich diese Stelle hörte, leuchtete Hoffnung auf. Auferstehungsmusik. Ich ging ans Fenster und zog die Jalousien hoch. Im Hinterhof blühten immer noch der Löwenzahn und die Pfingstrose um die Wette.

Noch zweimal spielte Adela das Konzert, bevor ich mich vom Fenster löste. Adela war bei Jarretts Konzert in Köln dabei gewesen. Wenn sie davon erzählte, bekam sie heute noch eine Gänsehaut. Als ich nur noch dagesessen und die weiße Wand in meinem Zimmer angestarrt hatte, in dieser furchtbaren Zeit nach Spielmann, hatte sie mir diese Musik geschenkt. Jarrett und Adela hatten mir damals geholfen, wieder an das Licht am Ende des Tunnels zu glauben.

Ich nahm mein Zimmer in Augenschein. Was für ein elendes Loch! Das zerfetzte Kopfkissen, das zerwühlte Bett, die verstreuten Federn, die fallen gelassenen Kleiderhäufchen. Ich riss das Fenster auf, um den sauren Gestank von Restalkohol und was sich sonst noch an fauligem Mief angesammelt hatte, zu vertreiben. Ich stopfte das zerrissene Kopfkissen in einen Müllbeutel und bezog mein Bett neu. Ich holte den Staubsauger aus der Besenkammer und ließ die Federn und anderen Dreck darin verschwinden. Ich stellte mich unter die Dusche und schlüpfte danach in Hose, Hemd und bequeme Schuhe. Adela kochte mir Tee, hielt den Mund und tätschelte meine Hand. Das tat gut, aber ich merkte, dass ich es in der Wohnung nicht aushielt. Ich brauchte Bewegung und musste allein sein.

Den freien Blick auf Rhein und Grün musste man sich in Deutz erlaufen. Es dauerte, bis man die engen Straßen und die grauen Betonfluchten hinter sich lassen konnte und das Flussufer erreichte. Diesmal wählte ich nicht den Weg in den Rheinpark, den Adela und ich für unser Sportprogramm nutzten, sondern spazierte am großen Rummelplatz vorbei über die kleine Drehbrücke hinweg gen Süden. Hinter dem Deutzer Hafen endete auf dieser Rheinseite die Bebauung unmittelbar am Flussufer, die Stadt franste in den satten Poller Wiesen aus, wo auf Anhieb eine andere Luft herrschte. Frischer und windiger, eine Luft zum Drachen-steigen-Lassen und zum Durchatmen. Sofort wurde der Himmel blauer, sofort strahlte die Sonne schöner. Möwen schwebten über dem Wasser, und in den Bäumen lärmte ein Trupp grüner Papageien, die es neuerdings in der Stadt zuhauf gab. Ich atmete tief ein und aus, immer wieder tief ein und aus. Chidamber mit seinem Massage-Gedöns hätte seine helle Freude an mir gehabt.

Auf der anderen Flussseite glänzte Kölns aktuelles architektonisches Renommierprojekt, der neu gestaltete Rheinauhafen. Das Kap am Südkai, das edel sanierte Siebengebirge, das Rheinkontor, die drei prächtigen Kranhäuser. Nirgendwo konnte man zurzeit so exklusiv und so teuer wohnen wie im Rheinauhafen. Allerdings machten schon Klagen der betuchten Bewohner die Runde. Man fühlte sich durch den Lärm der Schiffsmotoren gestört. Die Leute hatten wohl beim Kauf der teuren Immobilien nicht bedacht, dass diese an einer der meist befahrenen europäischen Wasserstraße lagen.

Bei den Kranhäusern fiel mir Bause ein, der in dem mittleren seine Büros hatte. Aber ich hielt den Gedanken nicht fest. Ich überließ ihn dem Strom in meinem Kopf, der ihn weiterschwemmte, andere Gedanken in den Vordergrund spülte. Keinen pickte ich heraus, ich wollte mich nicht schon wieder in einem Labyrinth von Fragen verirren, die ich nicht beantworten konnte. Ich konzentrierte mich auf einen sicheren Tritt und festen Boden unter den Füßen und fühlte mich wie eine Rekonvaleszente nach einer schweren Operation bei ihrem ersten Spaziergang an der frischen Luft.

Eine Stunde später stieg ich wieder die Treppen zu unserer Wohnung hoch. Als ich die Wohnungstür aufschloss, stellten sich Zweifel ein. War ich zu früh aus meiner Höhle gekrochen? Würde ich nicht sofort wieder anfangen zu heulen, wenn ich mit Adela oder Kuno redete? Es half nichts, ich musste es einfach ausprobieren.

Adela, die den Schlüssel gehört hatte, steckte den Kopf aus dem Wohnzimmer. Sie musterte mich von Kopf bis Fuß, bevor sie einen Seufzer der Erleichterung ausstieß und auf mich zukam.

»Er müsste einen Orden kriegen«, murmelte ich. »Bestimmt hat Keith Jarrett nicht nur uns beiden mit dieser Musik das Leben gerettet.«

Adela lachte und wiegte den Kopf hin und her, so als ob sie fand, dass »Lebensretter« ein bisschen zu hoch gegriffen war. Dann nahm sie meine Hand, tätschelte sie mal wieder und deutete dabei mit dem Kopf in Richtung Küche: »Da ist Besuch für dich.« Meinen alarmierten Blick quittierte sie mit einem weiteren Tätscheln. »Keine Angst«, beruhigte sie mich. »Es ist Arîn. Außerdem habe ich frischen Kaffee gekocht.«

Wenig später saß ich mit einer Tasse Kaffee an unserem Küchentisch, und Arîn türmte Plastikdöschen und mit Alufolie umhüllte Päckchen vor mir auf.

»Dolma von meiner Mutter. Die hast du doch so gern gegessen, als du letztes Mal bei uns warst. Gefüllte Zwiebeln, gefüllte Auberginen, gefüllter Kohl, alles unter einer Schicht frischer Weinblätter gegart«, zählte Arîn auf. »Und dann habe ich dir auf der Keupstraße noch die besten Acma gekauft. Du weißt schon, diese weichen Hefebrötchen.«

Die mochte ich, Arîn brachte sie manchmal zum Kaffee mit. Ich brach eines entzwei und steckte mir den ersten Bissen in den Mund. Arîn entfernte Deckelchen und Alufolie, drückte mir eine Gabel in die Hand und passte auf, dass ich von allem probierte. Ein ungewöhnliches Frühstück, das ich mit ungewöhnlich gutem Appetit aß. Wann hatte ich überhaupt zum letzten Mal gegessen?

»Ich habe gestern mit meiner Großmutter wegen der Schlange telefoniert«, erzählte Arîn. »In Kumlu gibt es auch Giftschlangen, meine Oma sagt, man kann sie mit Milch oder jungen Mäusen aus ihren Verstecken locken. Wenn man sie vertreiben will, muss man Krach schlagen. Schlangen können Lärm nicht leiden. Und wir sollen Mehl ausstreuen, um festzustellen, ob die Schlange in der Nähe ist. Das kann ich übernehmen, ich habe keine Angst vor Schlangen. Ich weiß nur noch nicht, wo ich die jungen Mäuse hernehmen soll. Aber bestimmt kann man die in Zoohandlungen kaufen.«

Okay, dachte ich. Von all meinen Problemen war die Schlange sicherlich das kleinste. Angermann hatte gestern versprochen, sofort anzurufen, wenn sie das Vieh gefunden hatten. Ich musste gleich meine Mailbox abhören, vielleicht hatte er sich schon gemeldet.

»Vielen Dank an Mutter und Großmutter für das Essen und die Schlangen-Tipps«, sagte ich zu Arîn, als ich aufgegessen hatte. »Aber was die Schlange angeht, da unternimmst du gar nichts. Das ist Aufgabe der Feuerwehr.«

Alles andere, was die »Weiße Lilie« betraf, ließ sich nicht delegieren. Ich musste Brandt fragen, ob die Spurensicherung in Mombauers Wohnung den Pachtvertrag gefunden hatte, den Sabine Mombauer und ich unterzeichnen wollten. Wenn die Mombauer ihn bereits unterschrieben hatte, konnte ich dem neuen Erben ganz anders gegenübertreten als mit meinem abgelaufenen Vertrag in der Hand. Und wo musste ich anrufen, um herauszufinden, wer das Haus nach Sabine Mombauers Tod erbte? Beim Standesamt? Und wenn es diesem Tommi Mombauer zufiel, sollte ich dann jetzt schon Kontakt zu ihm aufnehmen? Alles Fragen, die sich klären ließen. Ich musste sie nur in Angriff nehmen.

»Weißt du«, drang Arîns Stimme, mit einem Mal von einem unsicheren Tonfall begleitet, an mein Ohr. »In den letzten Tagen habe ich immer wieder über Minka nachgedacht. Wegen der Nummer mit Ecki, ob ich das nicht hätte merken können. Minka hat eigentlich nur erzählt, dass es diesen Liebhaber gibt und wie toll sie ihn findet. Nicht mal, wie er aussieht, hat sie mir sagen wollen. Ich war deswegen fast ein bisschen beleidigt, weil ich dachte, sie vertraut mir nicht oder so. Aber im Nachhinein bin ich total froh, dass sie nicht mehr erzählt hat. Weil, dann hätte ich mich doch entscheiden müssen, ob ich den Mund halte oder ob ich dir was davon sage. Freundin gegen Chefin, auf welche Seite hätte ich mich da schlagen sollen?«

Verstehst du das?, fragte ihr Blick, aber darüber wollte ich jetzt nicht nachdenken. Eigentlich wollte ich über gar nichts nachdenken, worauf es mehr als eine Antwort gab. Stattdessen stand ich auf und holte das »El Solare«-Prospekt aus meinem Zimmer und zeigte es Arîn.

»Das kenn ich!«, rief sie sofort aus. »Minka hat es mir mal gezeigt. Da wollte sie den Wellness-Bereich übernehmen, wenn die Anlage fertig ist. Tomasz hat ihr das angeboten.«

»Was hat der damit zu tun?«

»Der plant sie oder finanziert sie. So genau weiß ich das nicht. Im Winter soll die Anlage fertig sein, hat Minka erzählt.«

Ich sah mir das Prospekt genauer an. Erst auf den zweiten Blick erkannte ich, dass die Fotos darauf computeranimiert waren. So täuschend echt, dass ich geglaubt hatte, das Hotel stehe bereits. Dabei war es nichts weiter als eine Fata Morgana, ein Luftschloss. Aber ob noch in Planung oder bereits fertiggestellt, interessant war doch, dass dieser Tomasz etwas damit zu tun hatte.

»Arîn, beschreib mir den Mann. Wie sieht er aus?«

»Supergut!«, kam es wie aus der Pistole geschossen.

»Ein bisschen genauer geht es nicht?«

»Tolle Augen, lange Wimpern, klasse Body, ein spitzenmäßiges Sixpack. Der ist extrem durchtrainiert«, präzisierte Arîn ihre Beschreibung. »Minka hat erzählt, dass er hammermäßig tätowiert ist. Eine Schlange, die sich mehrfach um seinen Körper windet. Das aufgerissene Maul auf dem Bauch, die Schwanzspitze im Nacken.«

Ich hatte recht! Der Typ, mit dem ich gestern in Mülheim zusammengestoßen war und den ich im »All-inclusive« gesehen hatte, war Minkas Tomasz.

»Weißt du, ob er mit Nachnamen Pfeifer heißt?«, wollte ich wissen.

Arîn zuckte mit den Schultern. »Ich kenn ihn nur als Tomasz. Warum willst du das wissen? Glaubst du, dass er sie umgebracht hat?«

»Glauben hilft dabei nicht weiter«, antwortete ich und kam mir schon ein wenig wie Brandt vor. Ich fragte, ob sie noch mehr über diesen Mann wusste.

Arîn fiel nur noch ein, dass Minka ihr mal erzählt hatte, dass er über den Dächern der Stadt wohnte. Ich fand, dass das zu einem passte, der Luftschlösser baute. Aber mit den Luftschlössern bewegte ich mich schon wieder im Spekulativen. Nicht gut, ich wollte mich lieber an Fakten festhalten. »Die Wahrheit«, würde Brandt sagen. Ich sollte ihn anrufen, ihn und Angermann. Also stellte ich die Essensreste in den Kühlschrank, wusch Arîns Plastikschüsselchen, packte alles in eine Tüte und reichte diese Arîn.

»Wir machen doch bald wieder auf, oder?«, wollte sie beim Abschied wissen. Und du bist doch bald wieder die Alte?, fragte ihr Blick.

»Keine Sorge«, sagte ich. »Ich habe schon die Ärmel hochgekrempelt. Danke noch mal für das tolle Essen. Das hat mich echt aufgebaut.«

»Du rufst mich an, wenn du mich brauchst, nicht wahr?«, fragte sie, als wir an der Wohnungstür angelangt waren. »Ich würde dir so gerne helfen, weil du mir doch auch geholfen hast bei der Sache mit Justus in der Schule.«

In der fiesen Mobbing-Geschichte mit Justus hatte ich ihr vor ein paar Jahren beigestanden. Es rührte mich, dass sie das ansprach, denn Arîn redete nicht gern darüber.

»Klar melde ich mich, wenn ich dich brauche«, versprach ich ihr. »Aber jetzt genieß den geschenkten freien Tag. Hast du schon Pläne? Tanzen mit Pawan vielleicht?«

»Pawan kann mich mal! Mit dem hab ich so was von gestritten. Der schnürt mir echt die Luft ab«, tönte Arîn. »Zwischen uns ist erst mal Funkstille. So wie er sich das vorstellt, geht das auf gar keinen Fall.«

Das kam mir irgendwie bekannt vor und versetzte mir einen Stich, weil ich wieder an Ecki denken musste. Vielleicht war es in der Liebe einfach so, dass nie gleich viel geliebt wurde. Dass es in diesem verwirrenden Spiel keine Gerechtigkeit gab, weil einer immer mehr liebt als der andere. Stopp!, befahl ich meinen Gedanken, die sich erneut auf gefährlichem Terrain verirrten, und zwang mich, Arîn wieder zuzuhören.

»Ich geh heute Abend ins Palladium«, erzählte sie jetzt, und ihre Augen strahlten. »Dany hat mir eine Karte für die Beatsteaks besorgt. Die wollte ich schon lange mal live hören!«

»Na, dann pass auf, dass du hinterher nicht mit Kanonen auf Spatzen schießt«, witzelte ich, weil mir einfiel, dass Arîns Lieblings-CD der Beatsteaks so hieß.

»Wenn sich damit auch Schlangen vertreiben lassen, immer«, lachte Arîn, und in ihren Augen blitzte jugendlicher Optimismus. Dann fegte sie, immer zwei Stufen auf einmal nehmend, die Treppe hinunter.

Ich schloss die Tür hinter ihr und ging zurück in mein Zimmer. Nach Arîns Besuch war das Handy mein zweiter Schritt zurück in die Welt. Ich hörte die Mailbox ab. Drei Anrufe von Adela. Beim ersten besorgte Fragen, beim zweiten Trost und Rat, beim dritten teilte sie mir mit, dass sie die Tür eintreten werde, wenn ich bis zum Morgen nicht aufgesperrt hatte. Meine gute Adela! So hätte ich als Freundin auch gehandelt. Ihre Fürsorge rührte mich mal wieder und ließ mich unseren Streit wegen Ecki in einem anderen Licht sehen. Es hatte wehgetan, dass sie mir in der Sache nicht nach dem Mund geredet hatte. Aber vielleicht sah Adela viel klarer als ich, weil ihr Verstand nicht von Herzeleid umnebelt war wie der meine.

Ein Anruf von Brandt, in dem er seine übliche Frage nach Ecki stellte und zudem mehr über Tommi Mombauer wissen wollte. Er bat um Rückruf. »Ach, und dann noch etwas ganz anderes, Frau Schweitzer«, schob er hinterher. »Möchten Sie vielleicht ein junges Kätzchen haben? Die Katze meines Schrebergartennachbarn hat fünf geworfen, er verschenkt sie. Eines hat ein rotes Fell und eine einzige weiße Pfote und hat mich sofort an Sie erinnert.«

Du liebe Güte! Was musste ich für einen erbarmungswürdigen Eindruck hinterlassen haben, dass Brandt auf eine solche Idee kam! Ein Kätzchen! Und mit dem sollte ich dann anstelle von Ecki in meinem Bett kuscheln, oder was?

Ecki! Auch von ihm gab es eine Nachricht. Keine Nachricht, die er mit seinem Handy verschickt hatte, merkte ich an der Nummer. Mit einer Stimme auf die Box genuschelt, die sich nach sehr viel Bier und Wodka anhörte.

»Hab immer 'dacht, dass'd auch in den schlechten Zeiten zu mir stehst, Kathi. Willst mich wirklich im Häfn sehn? Eing'sperrt mit all den Sacklpicker? Ich hab die Minka nicht um'bracht.«

Selbst knietief in der Scheiße steckend versuchte er noch, mir ein schlechtes Gewissen zu machen. Aber die Zeiten waren vorbei.

Der letzte Anruf war von meiner Mutter. Wie immer beschwerte sie sich, dass ich nie anrief, mich nicht um die Familie kümmerte und den Geburtstag meines Vaters schon wieder vergessen hatte. Sie klang jammerig und vorwurfsvoll und führte mir mal wieder vor Augen, wie ich nie werden wollte. Um ihrem Einfluss zu entgehen, war ich frühzeitig von zu Hause abgehauen und nie mehr zurückgekehrt. Hatte es was genutzt? Zumindest in den letzten Tagen suhlte ich mich in einem Maße im Selbstmitleid, wie selbst Martha dies selten tat. Kein Wunder also, dass Brandt mir ein Kätzchen schenken wollte.

Ich legte das Handy weg und wusste, dass die Zeit des Wundenleckens vorbei war. Ich musste mein Leben in Ordnung bringen. Ordnung schaffen war das Erste, was man als Köchin lernte. *Mise en place*. Sich alles zurechtlegen, was man brauchte, damit beim Kochen kein Chaos ausbrach. Die Dinge aufteilen und dann richtig zusammenfügen. Die Reihenfolge musste stimmen. Man musste wissen, was fehlte. Nur dann konnte man improvisieren.

Na also! Ich nahm mir zwei Blatt Papier. Auf das eine schrieb ich: »Weiße Lilie«, auf das andere: »Ecki«. Angermann wegen der Schlange anrufen. Tommi Mombauer, der große Unbekannte! Was wusste ich über ihn? Sohn von Hanna, Hanna tot. Wann und wo gestorben?, kritzelte ich dahinter. Schlechtes Verhältnis zur Mutter, rebellische, teilweise kriminelle Jugend, behauptete zumindest Sabine Mombauer. Auf Formentera aufgewachsen, lebte jetzt in Köln. Wo? Im Immobiliengeschäft tätig. Was machte er genau? Irmchen und Brandt nach ihm fragen. »Klären, ob der Pachtvertrag gefunden wurde«, notierte ich auf dem ersten Blatt. Das war einfach.

Das Ecki-Blatt war schwieriger. Zuerst die Namen: Ecki, Minka, Eilert, Chidamber, Tomasz/Pfeifer, Dirk und Betty Bause, die schwarze Witwe. Dann die Dinge: Eilerts Boot, Minkas Schulheft und ihre Handtasche, der Einbruch in die »Weiße Lilie«, das Geld für Chidamber, das »All-inclusive«, das »El Solare«. Als Nächstes verband ich die Personen, die sich kannten, durch Striche miteinander, dann ordnete ich die Dinge Personen zu, und schon hatte ich ein wirres Netz an Pfeilen auf dem Papier. Mit Minka waren alle verbunden bis auf die schwarze Witwe. Ecki kannte Minka, Tomasz, Eilert und Dirk Bause. Eilert Tomasz/Pfeifer, die schwarze Witwe, die Bauses und Minka. Wie gut, das musste ich noch herausfinden. Chidamber hatte neben Minka nur mit Betty Bause Kontakt. Tomasz/Pfeifer dagegen mit Minka, Ecki, der schwarzen Witwe und Eilert. Die Bauses wiederum mit Eilert, Minka, Ecki, und zumindest Betty kannte Chidamber. Das ergab eine Fülle von Variationen, die ein Schachspieler mit Freude deklinieren würde, bei mir brachten sie nur den Kopf zum Rauchen. Ich musste mich konzentrieren.

Mein Dreh- und Angelpunkt war Ecki. Ecki hatte ein Motiv. Alles, was ich bisher über ihn und Minka herausgefunden hatte, deutete darauf hin, dass er sie ermordet hatte. Die Vorstellung machte mir Angst. Mein Bauchinhalt verhärtete sich und wurde schwer wie ein Rumpelstein. Würde ich den Kontakt zu Ecki völlig abbrechen? Oder würde ich zu seiner Verhandlung gehen? Ihn im Knast besuchen? Würde der Mann weiter in meinem Leben herumspuken?

Diese Fragen machten mich rammdösig, sie stichelten wieder ins wunde Herz. Es fehlte nicht viel, und ich würde wieder in Selbstmitleid verfallen. Aber das konnte ich nicht brauchen, ich brauchte Gewissheit. Denn das Unmögliche zu denken war etwas anderes, als das Unmögliche zu erfahren. Im Zweifel für den Angeklagten, fiel mir ein. Dass ich ihm den Mord zutraute, bewies noch nicht, dass er es tatsächlich getan hatte. Also: War es nur eine flüchtige Liebschaft gewesen, und wollte man ihm den Mord an Minka unterschieben, wie Ecki behauptete? Oder hatte er ihr leichtsinnig, hormongesteuert oder liebesblind das Blaue vom Himmel und den Umzug ins »El Solare« versprochen und war ausgerastet, als Minka ihn auf seine Versprechungen festnageln wollte? So gnadenlos ausgerastet, dass er sie getötet hatte?

Ich musste wissen, was wirklich geschehen war. Nicht nur wegen Ecki, auch meinetwegen. Wir beide waren zu tief miteinander verstrickt, als dass ich die Seile kappen könnte, ohne zumindest den Versuch gemacht zu haben, sie zu entwirren.

Ich griff nach dem Handy und wählte Eckis Nummer.

»Hör zu, ich will wissen, was passiert ist«, sprach ich auf die Mailbox. »Keine Ausflüchte, keine Lügen, nichts als die Wahrheit. Nur dann helfe ich dir. Melde dich!«

Auch bei der nächsten Nummer, die ich wählte, erwischte ich nur die Mailbox. Danys Exchefin schlug ich ein Treffen am nächsten Vormittag vor. Dann nahm ich mir Minkas Schulheft vor. Ich hatte sie letztes Jahr vor dem Weihnachtsgeschäft eingestellt, das wusste ich ganz genau. Die Speisekarten, die sie in ihrem Heft gesammelt hatte, fingen aber erst mit Februar-Menüs an, deshalb nahm ich an, dass sie dann erst mit dem Spionieren begonnen hatte. Ob sie vielleicht da ihren Job als Garderobiere im »All-inclusive« angetreten hatte? Das ließ sich sicher herausfinden und wäre ein deutlicher Hinweis darauf, dass ihre Spionage etwas mit Eilerts Restaurant zu schaffen hatte.

Als Nächstes rief ich Brandt an. Ich berichtete, dass Ecki wieder angerufen, aber eigentlich nichts gesagt hatte und ich über Tommi

Mombauer nichts wusste. Brandt fragte nach der Nummer, unter der Ecki sich gemeldet hatte. Ich nannte sie ihm und fragte nach dem Pachtvertrag. Brandt hatte keine Ahnung, was ich meinte, und verstand die Bedeutung erst, als ich ihm alles erzählt hatte. Er bat um ein wenig Geduld, damit er den Bericht der Spurensicherung durchsehen konnte. Nein, berichtete er wenig später, in der Handtasche habe sich kein Pachtvertrag befunden. Auch bei der Auflistung anderer Gegenstände in der Wohnung könne er nirgends einen Pachtvertrag entdecken.

Der konnte sich doch nicht in Luft aufgelöst haben.

»Frau Mombauer hat in unserem letzten Gespräch extra erwähnt, dass sie den Vertrag schon vorbereitet hat«, erklärte ich Brandt. »Bestimmt haben Ihre Leute gar nicht danach gesucht.«

Die Kollegen von der Spurensicherung seien sehr gründlich. Wenn dieser Vertrag irgendwo gelegen habe, stehe er auf der Liste. Er werde die Kollegen aber darauf ansprechen, versprach Brandt geschäftsmäßig.

»Wir haben übrigens auch Frau Mombauers Schlüsselbund nicht gefunden«, verriet er mir dann aber noch.

Ich fragte nicht weiter, stattdessen lud ich ihn zum Abendessen ein. Brandt hatte bisher mit neuen Erkenntnissen über die Morde nicht hinterm Berg gehalten. Deshalb hoffte ich, dass ich bei einem guten Essen seine Zunge noch mehr lockern konnte und den Tisch klüger verlassen würde, als ich jetzt war.

Eine Einladung könne er nicht annehmen, erwiderte Brandt. Schließlich sei ich in diesen Fall verstrickt, und er wolle sich nicht dem Vorwurf der Bestechlichkeit aussetzen.

»Aber ich esse gerne mit Ihnen, wenn ich meine Rechnung selbst bezahlen darf. Was halten Sie vom ›Em ahle Kohberg‹?«

Das rote Kätzchen, vom dem er mir erzählt habe, entwickle sich ausgesprochen gut, fügte er nach einer kleinen Pause hinzu. Er würde die kleine Kratzbrüste gern bei sich aufnehmen, aber er lebe allein und könne sich nicht um das Tier kümmern. Ob nicht ich Interesse –

»Nein«, unterbrach ich ihn. »Ich brauche kein Kuscheltier.«

Mein letzter Anruf galt Angermann.

Nein, leider. Die Schlange sei ihnen noch nicht auf den Leim gegangen. Er lachte über seinen kleinen Scherz, weil die Klebebänder ja mit so etwas wie Leim bestrichen waren und er dieses Sprichwort sozusagen im wahrsten Sinne des Wortes verwenden konnte.

»Aber es ist nur eine Frage der Zeit, wann der Hunger sie aus ihrem Versteck treibt«, versuchte der Brandmeister mich aufzumuntern. Dabei wusste er bestimmt genauso gut wie ich, dass in einem Altbau mehr als eine Rattenfamilie lebte. Genügend Futter also, die Schlange musste sich nur bedienen.

»Ratten sind keine Delikatesse. Deshalb stehen kleine weiße Mäuse als Lockvögel bereit. Drum herum eine solche Masse an Klebestreifen, dass selbst eine Anakonda nicht mehr von der Stelle käme! Bis morgen geben wir dem Mistviech noch. Dann reißen wir die ganze Wohnung auf.«

Ich fragte auch ihn nach dem Pachtvertrag.

»Die Wohnung ist doch komplett von der Polizei dokumentiert worden. Papiere interessieren uns nicht, wir sind nur auf die Schlange konzentriert. Tja«, unterbrach er sich selbst, und seine Stimme nahm einen schwärmerischen Ton an. »Wenn Sie nach der Eisenbahnanlage im Wohnzimmer fragen würden, da könnte ich Ihnen alles zu sagen. Also dieses Teil weckt ja in jedem Mann den kleinen Jungen. Sagen Sie's nicht weiter, aber die Kollegen und ich haben sie mal ausprobiert. Alles tipptopp in Schuss. Die hätte ich gerne.«

Ich wollte wissen, wann er heute noch einmal in der Keupstraße nach dem Rechten sehen würde. Gar nicht mehr, war die Antwort. Er sei schon da gewesen, die weißen Mäuse seien platziert, morgen werde er nachsehen, ob die Aktion von Erfolg gekrönt gewesen sei.

»Ich weiß, wer die Eisenbahn geerbt hat und dass diejenige sie verkaufen will«, sagte ich. »Ich rede mit ihr, wenn Sie heute noch nach dem Pachtvertrag sehen.«

»Verlockendes Angebot, aber leider kriege ich das heute nicht hin«, bedauerte der Brandmeister. »Aber morgen schau ich gerne danach. Fragen Sie die Erbin doch mal, was sie für die Eisenbahn will.«

Morgen? Morgen war mir eindeutig zu spät. Wenigstens einen Punkt meiner langen To-do-Liste wollte ich heute abhaken können. Ich war mir sicher, dass Sabine Mombauer den Vertrag bei sich gehabt hatte. Es ärgerte mich, dass Brandt diesem Papier nicht die Bedeutung zu geben schien, die es hatte. Bestimmt war der Vertrag übersehen worden. Denn etwas, von dem man nicht weiß, dass es existiert, kann man nicht suchen, wusste ich. Also rief ich Irmchen an und fragte sie, ob sie den Ersatzschlüssel zu Mombauers Wohnung noch hatte.

Ich packte meine knöchelhohen Wanderschuhe in einen Rucksack, lieh mir Kunos Fahrrad aus und kaufte in einem Drogeriemarkt auf der Deutzer Freiheit ein Paar sehr feste Gummihandschuhe. Dann radelte ich am Rhein entlang in Richtung Mülheim. Auto, notierte ich mir in Gedanken. Ich musste Brandt heute Abend fragen, wo es war und wann ich es wiederhaben konnte. Vom Fluss her blies mir ein kräftiger Wind entgegen, und seit vierzehn Tagen zogen zum ersten Mal wieder graue Wolken über den Himmel. Unter der Mülheimer Brücke hatte das Grau den letzten Zipfel Blau verschluckt. Als ich das Fahrrad vor dem Haus von Irmchens Freundin abstellte, verdrängten schon tiefschwarze Wolken die grauen. Mit dem Schlüssel in der Tasche fuhr ich weiter zur Keupstraße. Ein fernes Donnergrollen war zu hören, erste Blitze zuckten über den Spielplatz. Eine Plastiktüte wehte über die menschenleere Straße. Nichts und niemand hielt sie auf, bis sie sich in einer kümmerlichen Hecke an der Ecke zur Regentenstraße verfing.

Ich zog meine Slippers aus und stopfte die Jeans in meine Wanderschuhe. Schon klatschten die ersten Regentropfen auf den trockenen Beton. Ich schloss die Tür auf und machte das Flurlicht an. Mit kräftigem Tritt die Treppen hochpolternd, sang ich laut: »Lalala«, und hoffte, dass mein Krach hier drinnen und der Gewitterdonner draußen die Kobra in den hintersten Winkel dieses Hauses trieb. Ich öffnete die Mombauer'sche Wohnungstür, stülpte mir die Gummihandschuhe über und knipste auch hier das Licht an.

An der Garderobe baumelte immer noch Mombauers Schützenuniform in der Plastikfolie. Der mehlbestäubte Boden erinnerte an frisch gefallenen Schnee. Nirgendwo entdeckte ich verräterische Schlangenlinien. Ich trampelte mit kräftigen Schritten weiter und sang mit meinem »Lalala«, unterstützt durch den in kürzeren Abständen grollenden Donner, gegen die Schlange an. Sabine Mombauer hatte den Vertrag mitgebracht, aber in ihrer Handtasche war er nicht gefunden worden. Wo hätte ich ihn an ihrer Stelle abgelegt? In der Küche, auf dem Tisch. Dort hätten wir uns hingesetzt, um ihn zu unterzeichnen. So ignorierte ich auf dem Weg dorthin das Schlafzimmer und warf nur einen schnellen Blick ins Wohnzimmer, wo unter dem Tisch der ebenfalls mehlbestäubten Eisenbahn ein paar Mäuse ängstlich in einem Käfig fiepten.

Unter dem Küchentisch raschelten weitere Mäuse in einem Käfig. Auf dem Küchentisch nur eine Mehlschicht, auf Eckbank, Herd und Arbeitsfläche ebenfalls Mehl. Selbst in der Spüle. Dort hatte allerdings ein tropfender Wasserhahn das unschuldige Mehlweiß in eine graue Miniaturkraterlandschaft verwandelt. Vielleicht war das Papier hinter die Eckbank gerutscht? Ich schob sie zur Seite, fand nichts, rückte die Bank wieder zurück. Wo hätte sie das Papier sonst ablegen können? Auf der Fensterbank neben der Balkontür ein vertrocknetes Alpenveilchen, zwischen Heizkörper und Wand nur Staub, jeder Stuhl säuberlich mit Mehl bepudert. Ich zog alle Schubladen auf, schaute in den Küchenschränken nach. Völliger Unsinn, aber ich tat es trotzdem. Draußen schwärzte das Gewitter den Himmel noch tiefer. In kurzem Abstand flammten blasse Blitze durch den Hinterhof und tauchten eine einsame Pappel, die epileptisch im Wind zuckte, in grelles Licht.

Noch einmal ließ ich den Blick durch die Küche schweifen. Sabine Mombauer war fast so groß wie ich gewesen, vielleicht hatte sie, genau wie ich gelegentlich, das Papier aus irgendwelchen Gründen auf einen der Hängeschränke gelegt? So ein Blatt Papier war vom Boden aus nicht zu sehen, also zog ich mir einen Stuhl bis zur Küchenzeile. Als ich den Fuß auf die Sitzfläche des Stuhles setzte, merkte ich, dass ich einen Fehler gemacht hatte. Mein Schuh klebte fest, ich war in einer Schlangenfalle gelandet. Angermann und seine Leute hatten ganze Arbeit geleistet.

Das Gewitter jetzt direkt über dem Haus, ein Blitz, ein markerschütternder Donner, ein Kurzschlusszischen. Das Licht erlosch. Um mich herum nur Dunkelheit und diese Sekundenstille inmitten des Sturms. Ich riss an meinem Schuh. Was war das für ein hartnäckiger Kleber! Ich hüpfte mit dem Stuhl durch die Küche, Mehl staubte auf, schwere Tropfen hagelten gegen das Fenster. Es klang, als würde man Schrotkugeln gegen eine Scheibe werfen.

Wieso musst du mal wieder alles selbst machen? Wieso kannst du nicht warten, bis Angermann oder Brandt morgen nach dem Vertrag schauen?, schimpfte ich mich selbst. Jetzt war ich mit dem Stuhl neben dem Fenster angelangt. Ich stemmte die Stuhlbeine gegen die Wand, presste mit der einen Hand auch die Lehne dagegen und zog mit der anderen den Schuh in die entgegengesetzte Richtung. Da, der Absatz löste sich, und nachdem ich noch einmal all meine Kraft ins gleichzeitige Drücken und Ziehen gepuscht hatte, war der Fuß frei.

Erschöpft ließ ich den Stuhl fallen. Der befreite Schuh pappte sich sofort am Boden fest, schnell zog ich ihn wieder hoch, damit er nicht ein zweites Mal festklebte.

Als ich mich auf einem Fuß umdrehte, sah ich sie. Keine zwei Meter von mir entfernt hatte die Kobra Kopf und Körper zum Kampf aufgestellt. Ihre starren Augen waren direkt auf mich gerichtet. Die gespaltene Zunge schoss aus dem Mund vor und zurück, und im Sekundenlicht eines neuen Blitzes meinte ich die todbringenden Eckzähne in dem aufgesperrten Maul zu erkennen.

Ich wollte schreien und konnte nicht. Ich wollte wegrennen und konnte nicht. Der Schreck machte mich stumm und bewegungslos. Was sicherlich mein Glück war, denn ein weiteres Donnergrollen des über den Rhein wegziehenden Gewitters ließ die Schlange blitzschnell herumfahren und irgendwo zwischen Kühlschrank und Wand verschwinden. Mir schlackerten die Knie, und eine dieser grauenvollen Hitzewellen beschleunigte meinen Herzschlag bis an die Obergrenze.

Raus hier, befahl mir mein vor Angst zu einem Zwerglein mutierter Verstand. Raus hier, wiederholte er ein ums andere Mal, weil ich mich immer noch nicht von der Stelle rührte. Mit dem nächsten Donnergrollen hüpfte ich mehr schlecht als recht aus der Wohnung. Ich sperrte Mombauers Wohnungstür zu, holperte die Treppen hinunter und stolperte in einen sintflutartigen Regen hinein. Kleber! Wieso war nur ich und nicht die Kobra daran hängen geblieben? Angermanns Leute hatten keineswegs ganze Arbeit geleistet. Ich schwor mir, nie mehr einen Fuß in dieses Haus zu setzen, bevor diese grässliche Schlange nicht tot und begraben war.

In strömendem Regen tauschte ich die Schuhe und schwang mich auf Kunos Fahrrad. Bereits unter der Mülheimer Brücke war ich nass bis auf die Haut, aber das störte mich nicht. Die Bewegung und der Regen beruhigten das immer noch flatternde Herz.

Mannomann, war das knapp gewesen! Ich wollte gar nicht darüber nachdenken, was passiert wäre, wenn der Donner die Schlange nicht erschreckt hätte. Und alles wegen nichts und wieder nichts.

Die Spurensicherung hätte den Vertrag gefunden, wenn er da gewesen wäre, gestand ich mir ein und dachte kurz an den Ärger, den ich kriegen würde. Denn man würde garantiert herausfinden, dass ich heimlich die Wohnung betreten hatte. Dann kehrten meine Gedanken zu dem Vertrag zurück.

Sabine Mombauer hatte ihn bei sich, jetzt war er nicht mehr in der Wohnung. Jemand hatte ihn mitgenommen. Tommi Mombauer. Was war zwischen ihm und seiner Cousine geschehen? Warum hatte er sie so gedrängt, das Haus zu verkaufen? Hatte er die Schlange mitgebracht? Wollte er seine Cousine damit nur in Angst und Schrecken versetzen oder tatsächlich umbringen? Riskierte man so viel für eine Provision?

Oder hatte Tommi Mombauer noch ein ganz anderes Interesse am Verkauf des Hauses, von dem er seiner Cousine niemals etwas verraten hatte? Ich musste heute Abend Brandt danach fragen, vielleicht wusste er mehr. Bei Licht besehen, überraschte es mich nicht mehr, dass keiner den Vertrag gefunden hatte. Denn wenn Tommi Mombauer das Haus unbedingt verkaufen wollte, dann musste er alles verschwinden lassen, was ihm als wahrscheinlichem Erben den Verkauf erschweren könnte.

Als ich in den Auenweg einbog, hörte der Regen auf. Ein leichter Wind vertrieb die letzten grauen Wolken, der Himmel erstrahlte in frisch gewaschenem Blau. Im Rheinpark ließ die Sonne die nassen Blätter glitzern, und die Luft war angefüllt mit dem Geruch von dampfender Erde, feuchtem Gras und Frühlingsblüten. An der einen oder anderen Stelle wurde schon wieder ein Grill angezündet. Würstchen braten konnten die Kölner eigentlich immer.

Verdammt, dachte ich, als ich das Fahrrad wenig später in der Kasemattenstraße auf den Hinterhof schob. Ich hatte vergessen, Irmchen den Schlüssel zurückzubringen.

Am Abend hatte die Sonne die letzten Wasserlachen auf der Straße ausgetrocknet, und nur noch ein frisches Lüftchen erinnerte an das nachmittägliche Gewitter. Ich lieh mir ein weiteres Mal Kunos Fahrrad aus. Auf dem Stadtplan hatte ich mir die Strecke zum »Em ahle Kohberg« angesehen und festgestellt, dass es autolos keine bessere Möglichkeit gab, dorthin zu gelangen, als mit dem Fahrrad. Spaß machte die Strecke nicht.

Auf der Kalker Hauptstraße eine ziemliche Gurkerei, hinter der Frankfurter Straße ein Stück unwirtliche Merheimer Heide, dann über die Autobahn, immer weiter die Olpener entlang, die wie alle Ausfallstraßen nichts Schönes hatte. Auf Höhe der Psychiatrischen Kliniken bog ich links in den Kieskaulerweg, irrte durch ein paar kleinere Straßen mit langweiligen Fünfziger-Jahre-Mietshäusern und bescheidenen Eigenheimen, bis sich das Städtische mit einem Schlag verlor und einer saftigen Wiese Platz machte, auf der tatsächlich Pferde grasten. Dahinter ein altes Kirchlein und eine restaurierte Gutsanlage und direkt an der Straße ein schmuckes Fachwerkhaus im bergischen Stil mit schwarzen Balken und grünen Fensterläden: »Em ahle Kohberg«.

Das Rechtsrheinische überraschte mich immer wieder. Mit so einem ländlichen Idyll zwischen Autobahn und Ausfallstraße hätte ich in Merheim niemals gerechnet.

Brandt erwartete mich an einem Zweiertisch in dem gut besuchten, von einer alten Linde beschatteten Biergarten. Vor ihm ein frisches Kölsch und die Speisekarte.

»Ich schwanke zwischen Sauerampfersuppe mit Lachsklößchen oder einer Pâté de Campagne«, begrüßte er mich und schob mir eine zweite Karte über den Tisch.

»Die Qual der Wahl zwischen flüssiger und fester, warmer und kalter Nahrung beim ersten Gang«, murmelte ich, ganz Köchin, und vertiefte mich ebenfalls in die Karte. Überschaubar und konzentriert, wie es sich für eine gute Karte gehörte. Entenlebermousse und Schweinskopfsülze zur Vorspeise, Himmel un Ääd, gegrillter Zander, Kalbsleber, geschmortes Lamm im Hauptgang. Die reinste Freude, wenn das ordentlich gemacht war.

Noch bevor ich den ersten Bissen probiert hatte, beneidete ich »Em ahle Kohberg« nicht nur um diesen traumhaften Biergarten, sondern auch um seine solitäre Lage. Hier drohte nirgendwo in mittelbarer Nähe eine »All-inclusive«-Konkurrenz.

»Und zum Hauptgang die Matjes oder das Schweinerückensteak?«

Brandt sah mich an, als wäre ich für solche Fragen eine wichtige Instanz, aber ich dachte nicht daran, ihm die Entscheidung abzunehmen.

»Für mich die Schnecken und Himmel un Ääd.«

»Stimmt, die Schnecken gibt es auch noch«, stöhnte Brandt.

Eine Servicekraft mit gezücktem Block und energischem Blick rang ihm die Entscheidung für Suppe und Lamm ab und nahm die Speisekarten mit. Nach dem Bestellen verpuffte der lockere Gesprächsstoff, und mir fiel auf Anhieb nicht ein, wie ich Brandt zum Reden bringen könnte. Ich wollte schließlich nicht mit der Tür ins Haus fallen.

»Ich frage mich, wie Sie sich entschieden haben«, eröffnete Brandt die Partie. »Wollen Sie mich davon überzeugen, dass Ihr Freund unschuldig ist, oder sinnen Sie auf Rache und wollen ihn mit meiner Hilfe ganz tief in die Scheiße reiten?«

»Sie denken, es geht mir nur um Ecki?«

»Um wen sonst? Sie selbst sind schließlich aus der Schusslinie.«

Brandt sagte dies mit seiner weichen Stimme und einem so wohlwollenden Blick, dass ich einen Augenblick brauchte, bis ich die Unverschämtheit kapierte.

»Jetzt sagen Sie nicht, dass Sie mich verdächtigt haben«, raunzte ich ihn an.

»Minka Nowak wurde an einem Dienstag ermordet. Dienstag ist Ihr Einkaufstag. Danach haben Sie mit Arîn Kalay Ihre Einkäufe ausgeladen, später waren Sie in der Wohnung Mombauer, um mit der Tochter über die Pacht für die ›Weiße Lilie‹ zu reden. Danach standen Sie in der Küche, die Sie wie immer zwischen dreiundzwanzig und vierundzwanzig Uhr verlassen haben«, zählte er leicht entschuldigend auf. »Um diese Uhrzeit war Minka Nowak bereits tot.«

»Sie haben mich tatsächlich verdächtigt«, wiederholte ich immer noch ungläubig und war froh, dass der kleine Gruß der Küche serviert wurde. Ein kräftiges Schwarzbrot, ein winziges, fein mariniertes Stück Matjes, etwas Schmalz. Ich kaute extrem langsam, damit ich diese Information verdauen konnte.

»Sie sind das Verbindungsstück zwischen den beiden Morden, und Sie haben für beide ein Motiv«, erklärte mir Brandt so, als würde ich das Selbstverständlichste in Frage stellen. »Sie wissen, dass die meisten Morde Beziehungstaten sind und Eifersucht ein beliebtes Motiv ist.«

»Und bei Sabine Mombauer?«, fragte ich fassungslos.

»Nun, die Auskunft, dass Sie sich mit Frau Mombauer, was den Pachtvertrag betrifft, gütlich geeinigt haben, kommt nur von Ihnen und kann von niemand anderem bestätigt werden. Bestätigt wird dagegen von mehreren, dass Sabine Mombauer nicht weiter mit Ihnen verhandeln wollte. Wenn Sie also nicht im Wagen gesessen hätten, als Frau Mombauer aus dem Fenster sprang, hätte man durchaus in Erwägung ziehen müssen, dass Sie die Frau getötet haben.«

»Aber warum?«

»Weil Sie sich nicht aus der ›Weißen Lilie‹ vertreiben lassen wollten oder weil Sie hofften, mit einem neuen Erben handelseinig zu werden. Um nur zwei mögliche Gründe zu nennen.«

Ich fasste es nicht, in was für krankhafte Spekulationen sich dieser Kommissar verstieg.

»Das ist ziemlich an den Haaren herbeigezogen.«

»Bei der Polizei lernt man, dass es nichts gibt, was man nicht denken darf. Es gibt Leute, die sind wegen zwei Euro fünfzig umgebracht worden.«

»Und was ist mit Vertrauen statt Misstrauen?«, fiel mir das Statement ein, das er vor einigen Tagen so überzeugend vorgetragen hatte. »Damit machen Sie auf guter Bulle, oder was? Eigentlich wollen Sie den Leuten nur Sand in die Augen streuen. Und dann noch diese Schrebergartennummer!«

»Oh, ich habe nie gesagt, dass ich blind vertraue«, antwortete Brand, bevor ich mich weiter aufregen konnte. »Zu jedem Job gehört ein gewisses handwerkliches Können, das man beherrschen muss. Und Alibis bei einer Ermittlung nicht zu überprüfen, wäre eine grobe Fahrlässigkeit. Das wäre so, als würden Sie behaupten, Soßen kochen zu können, ohne einen Fond dafür anzusetzen. Also: Sie sind raus. Chidamber ist raus. Wasserdichte Alibis.«

Er schob sich das Matjesstückchen in den Mund und stieß einen wohligen Seufzer aus. So, als ob er jetzt endlich das Essen genießen könnte.

Der Mann macht seinen Job, und er zeigt mir, dass er ihn gut macht, sagte ich mir, als ich mich beruhigt hatte. Und er war vielleicht doch nicht so gutmütig und leichtgläubig, wie er den Anschein erweckte. Aber es ärgerte mich dennoch, dass er mich überprüft hatte.

»Schön, dass Sie mich nicht verdächtigen«, stichelte ich. »Sonst wären Sie wohl kaum mit mir essen gegangen.«

»Aber natürlich wäre ich mit Ihnen essen gegangen«, gab er erstaunt zurück. »Ich nutze jede Gelegenheit, um an Informationen zu kommen. Viel interessanter ist, warum Sie mit mir essen wollen. Sicherlich nicht, weil ich so ein unwiderstehlicher Mann bin. Also?«

Wir maßen uns mit Blicken. Zum ersten Mal fielen mir seine Augen auf. Das Braun war grau gesprenkelt, die Wimpern dunkel, umgeben von kleinen Fältchen. Freundliche Augen, offene Augen. Können Augen lügen?, fragte ich mich. Ich wusste, sie konnten. Aber Brandts Augen machten es schwer, dies zu glauben. Ich sollte mit offenen Karten spielen.

»Stimmt. Als unwiderstehlich würde ich Sie nicht bezeichnen.«

Brandt grinste und wiederholte: »Also?«

»Das Gleiche wie Sie. Informationen.«

»Wofür?«

»Wofür? Wofür?« Wie konnte man so dämlich fragen? »Ich muss wissen, was passiert ist.«

Brandt sah mich mit einer Mischung aus Geduld und Herausforderung an. Der Satz genügte ihm nicht.

»Spekulationen sind schlimmer als Gewissheit«, versuchte ich mich an einer Erklärung. »Wenn Sie wirklich die Wahrheit suchen, bin ich dabei. Ich habe keine Scheuklappen mehr auf. Ich will Ecki weder schützen noch reinreiten. Ich will wissen, was wirklich passiert ist.«

»Konkret heißt das?«

»Sie sagen mir, was Sie wissen, und ich sage Ihnen, was ich weiß.«

»Das ist in meinem Fall schwierig.« Brandt wiegte den Kopf hin und her, so als müsste er abwägen, was er mir sagen wollte und was nicht. »Sie wissen schon. Laufende Ermittlungen und so.«

Dass er sich zierte, wunderte mich. Brandt war kein Korinthenkacker. Selbst mit meinem spärlichen Wissen über Polizeiarbeit war mir aufgefallen, dass er manche Regeln nach eigenem Gusto auslegte. Vielleicht wollte er meine Hartnäckigkeit prüfen?

»Herr Brandt«, antwortete ich. »Schon als ich bei Ihnen im Präsidium war, haben Sie mir mehr Details von Minkas Obduktion mitgeteilt, als man einer unbekannten Zeugin mitteilen darf. Zudem bin ich sicher, dass Sie wissen wollen, was ich weiß.«

»*Touché, madame*«, lobte er mich, und seine Augen glänzten. Nicht weil ich so brillant pariert hatte, sondern weil die Vorspeise serviert wurde.

»Der Sauerampfer«, schwärmte er. »Was für einen Wein empfehlen Sie mir zur Suppe?«

Sauerampfer und Wein waren eine schwierige Kombination. Ich schlug einen weißen Rhônewein oder einen Chardonnay vor und fächelte mir den Duft der heißen Schnecken in die Nase. Kräuter und Knoblauch. Sofort wehte die Erinnerung frühe Ausflüge ins Elsass herbei, wo ich zum ersten Mal Schnecken gegessen hatte.

»Meine Tochter sagt immer, dass ich mal einen Kochkurs belegen soll«, verriet Brandt nach dem ersten Löffel Suppe. »Weil ich doch so gerne esse und so meine Gartenernte verwerten kann. Sauerampfer baue ich übrigens auch an. Drei Sorten. Allerlei Kräuter natürlich. Kartoffeln, Möhren, Mangold, Melde.«

»Melde!«, wiederholte ich überrascht. »Die kriegt man so selten. Weil sie sofort verarbeitet werden muss. Nur dann kommt dieses wunderbar zarte Spinatmangoldähnliche zum Tragen.«

»Mal sehen, wie die Ernte dieses Jahr ausfällt. Wenn sie gut ist, bringe ich Ihnen gerne welche vorbei«, bot Brandt großzügig an und löffelte dabei seine Suppe. »Wissen Sie, wenn ich mehr Zeit hätte, würde ich mich gerne diesen Guerilla-Gärtnern anschließen. Kartoffeln an Straßenrändern, Kürbisse in Verkehrskreiseln. Überhaupt Autarkie in der Versorgung mit Lebensmitteln, soweit das geht. Ich finde die Entwicklung der Lebensmittelbranche besorgniserregend.«

»Wohl wahr«, stimmte ich ihm zu, pikste die erste Schnecke aus dem Häuschen und biss in das gummiartige Fleisch. Das Beste daran war diese Kombination aus Kräuterbutter und Schneckensaft und die Erinnerung an die Elsass-Besuche.

»Geben Sie eigentlich Kochkurse?«, wollte Brandt wissen.

»Ich bin eine schlechte Lehrerin. Sehr herrisch, sehr bestimmend, sehr genau. So was kommt nicht gut bei Hobbyköchen.« Ich schielte zu seinem Teller hinüber. Der Sauerampfer auf den Punkt gegart, das erkannte ich an dem frischen Grünton. War er mit Kartoffel oder mit Sahne gebunden? Mit einer Basis aus Fisch- oder Gemüsefond?

»Möchten Sie mal probieren?« Brandt deutete auf seinen Suppenteller.

Ich griff ungläubig zu, denn ich kannte nur Männer, die selbst in hochverliebtem Zustand völlig unwirsch darauf reagierten, wenn man etwas von ihrem Teller probieren wollte.

»Ich hebe Ihnen eine Schnecke auf«, bot ich ihm an, als ich seinen Teller zurückschob. »Essen Sie die erst, wenn Sie mit der Suppe fertig sind! Die sind viel kräftiger gewürzt und verderben Ihnen sonst die eher zarte Suppe.«

So schoben wir noch einmal Teller hin und her, bevor wir sie leer gegessen zur Seite stellten.

»Tommi Mombauer«, warf ich dann in den Ring, weil ich auf keinen Fall mit Ecki anfangen wollte.

Brandt nickte. Darüber wollte er also auch sprechen. »Es gibt drei Tommi/Tom/Thomas Mombauer in Köln«, begann er. »Einer ist drei Jahre alt, der andere fünfundsiebzig, der dritte fünfunddreißig und arbeitet als Altenpfleger. Keiner der drei kennt Sabine Mombauer oder ist mit ihr verwandt.«

Es überraschte mich, dass Brandt den Mann nicht ausfindig gemacht hatte; Sabine Mombauer hatte mehrfach erzählt, dass er hier in Köln wohnte.

»Sie hat mal in meiner Gegenwart mit ihm telefoniert und sich mit ihm zum Essen verabredet. Nach der Beerdigung ihres Vaters«, fiel mir ein.

»Sie hat überhaupt sehr viel von ihm gesprochen«, bestätigte Brandt. »Arbeitskollegen, Freundinnen, alle kennen ihre Erzählungen von Tommi, aber keiner kennt Tommi persönlich. Wenn es die Kinderfotos in den Fotoalben nicht gäbe und ihn Frau Pütz aus Ihrem Haus nicht als kleinen Jungen gesehen hätte, könnte man glatt glauben, der Mann existiere nur in den Erzählungen von Frau Mombauer. Wir haben Kontakt mit den Meldebehörden auf Formentera aufgenommen, weil er dort geboren wurde. Es kann durchaus sein, dass er gar nicht Mombauer heißt, sondern den Namen seines Vaters trägt. Aber bis von ausländischen Behörden was zurückkommt, das dauert!« Brandt seufzte, schob den leer gegessenen Teller zur Seite und beugte sich zu einer Aktentasche neben seinem Stuhl hinunter. Dann legte er eine Plastikfolie auf den Tisch. »Apropos Spanien. Schauen Sie mal, was wir in der Wohnung von Frau Mombauer gefunden haben.«

Er schob mir die Plastikhülle über den Tisch.

Ich erkannte das Prospekt sofort. Das gleiche, das ich bei Minka gesehen und bei Ecki gefunden hatte.

»Was hat Sabine Mombauer mit dem ›El Solare‹ zu schaffen?«

»Sie wissen, dass wir dieses Prospekt auch in der Wohnung von Frau Nowak gefunden haben?«, fragte Brandt.

»Ja. Arîn sagte, dass sie in dem Hotel den Wellness-Bereich übernehmen wollte.« Ich zögerte, bevor ich Brandt gestand, dass ich in Eckis Unterlagen auch so ein Prospekt entdeckt hatte. Dieses Zögern ärgerte mich, weil es mir vor Augen führte, dass ich immer noch wünschte, Ecki entlasten zu können.

Brandt nickte so, als würde ich ihm damit nichts Neues mitteilen. Schlagartig wurde mir klar, dass es für ihn wirklich nichts Neues war.

»Sie haben Eckis Sachen durchsuchen lassen«, stellte ich fest.

»Kuno Eberle war so frei, uns in Ihre gemeinsame Wohnung zu lassen«, erzählte Brandt. »Leider hat uns diese Durchsuchung nicht weitergebracht. So wenig wie unsere Anstrengungen, Matuscheks Handy zu orten. Er hat es seit Tagen nicht benutzt, vielleicht hat er die SIM-Karte getauscht.«

»Und die Nummer, von der aus er mich gestern angerufen hat?«, fragte ich.

»Das ist der Festnetzanschluss eines Südstadt-Cafés. Ein Grund, weshalb wir sehr sicher sind, dass Matuschek noch in Köln ist. Wir ziehen das Netz immer enger um ihn. Bald haben wir ihn.«

Brandt sprach das nicht als Drohung aus, eher wie etwas Unvermeidliches. Es ärgerte mich, dass ich nicht so recht wusste, ob ich es gut oder schlecht finden sollte, wenn die Polizei Eckis Versteckspiel beendete.

»Hat Kuno Ihnen erzählt, dass wir beide uns kennen? Seltsamer Zufall, nicht?«, lotste Brandt das Gespräch in eine andere Richtung.

Ich dachte daran, wie wütend ich bei unserem letzten Gespräch gewesen war, aber natürlich hätte mir Kuno trotzdem sagen müssen, dass die Spurensicherung Eckis Sachen in meinem Zimmer durchsucht hatte. Brandt konnte ich daraus keinen Vorwurf machen. Auch was das betraf, hatte er nur seinen Job gemacht.

»Kuno hat mir Ihren Spitznamen genannt.«

Brandt seufzte. »›Dangerous Fire‹. Vergessen Sie's!«

»Ich hatte auch mal einen Spitznamen mit Feuer«, verriet ich ihm und deutete auf meine Haare. »Feuerhex'.«

»Feuerhexe! Das wäre ein schöner Name für das kleine Kätzchen.«

»Vergessen Sie's.«

Wir grinsten beide. Das Prospekt auf dem Tisch brachte uns schnell wieder zum Thema zurück.

»Bei Minka weiß ich, was sie im ›El Solare‹ wollte. Bei Ecki kann ich es mir vorstellen. Arîn sagt, dass dieser Pfeifer mit drinsteckt. Aber Sabine Mombauer?«, fragte ich.

»Es ist sehr interessant, dass die beiden Fälle miteinander zusammenhängen, nicht wahr? Beide übrigens, wenn auch dilettantisch, inszenierte Selbstmorde. In La Savina soll das ›El Solare‹ gebaut werden, das liegt auf Formentera. Auch interessant, nicht? Zudem haben wir nachgeprüft, ob Sabine Mombauer zu einer Person aus dem Umfeld von Minka Nowak Kontakt hatte. Wir sind fündig geworden. Eike Eilert. Ihm gehört die Wohnung im AXA-Hochhaus, in der Frau Mombauer wohnte.«

Der Hauptgang wurde serviert, und ich schaufelte ihn mit für eine Köchin sträflicher Nachlässigkeit in mich hinein, weil diese Information neue Fragen aufwirbelte. Mit dem »El Solare« hatte ich bisher nur Pfeifer in Verbindung gebracht. Aber Eilert schien viel naheliegender. Er war mit Immobiliengeschäften reich geworden. Wieso sollte er nicht auch Geld in eine spanische Hotelanlage investieren?

»Eilert sagt, dass er noch nie etwas von dieser Hotelanlage gehört habe«, rückte Brandt diesen Gedanken zwischen zwei Bissen Lamm in ein anderes Licht. »Nun spricht einer wie Eilert nicht immer die Wahrheit, davon können die Kollegen von der Wirtschaftskriminalität ein Lied singen. Und nur dieses Prospekt reicht für eine Durchleuchtung seiner Finanzgeschäfte nicht aus. Ich sage es Ihnen offen und ehrlich: Unser Hauptverdächtiger ist und bleibt Ecki Matuschek. Er war der Letzte, mit dem Minka Nowak lebendig gesehen wurde. Er hat sich Eilerts Boot ausgeliehen, auf dem wir nicht nur die Handtasche, sondern auch DNA-Material von Frau Nowak an der Reling gefunden haben. Das heißt, wir müssen davon ausgehen, dass er sie von diesem Boot ins Wasser gestürzt hat. Und Herr Matuschek ist unmittelbar nach dem Mord untergetaucht. Was sein Motiv anbelangt, da steht uns eine breite Palette offen. Erpressung, Eifersucht, Geld. Denken Sie doch nur an die sechstausend Euro, die Frau Nowak Chidamber zahlen wollte.«

Jetzt war mir der Appetit endgültig vergangen. Ich schob den Teller mit dem letzten Stück Blutwurst zur Seite. Nichts von dem, was Brandt erzählte, überraschte mich. Aber es war etwas anderes, ob ich Ecki im Stillen einen Mord zutraute oder ob mir dies ein Polizist auf den Kopf zusagte. Es schmerzte. Zudem schämte ich mich für Eckis Feigheit, und ich schämte mich für mich. Weil ich so blind gewesen war, weil ich mir ein falsches Bild von ihm gemacht hatte. Und weil er immer noch ein Teil von mir war.

»Möchten Sie noch einen Nachtisch?«

Ich hatte nicht mitbekommen, dass die Bedienung die Teller abräumte und mich ansah, als stellte sie mir die Frage schon zum dritten oder vierten Mal.

»Nein danke. Nur einen Espresso.«

Brandt war der Appetit keineswegs vergangen, er entschied sich, wieder nach viel Hin und Her, für ein Rieslingsabayon mit Himbeersorbet. Dann packte er das Prospekt zurück in seine Aktentasche.

Ich ließ meinen Blick über den Biergarten schweifen, wo gelacht, erzählt, gegessen wurde. Wo die Menschen den Eindruck machten, als hätten sie, im Gegensatz zu mir, ihre Probleme zu Hause gelassen oder wären ganz frei davon. Ich fühlte mich mit einem Mal müde und wahnsinnig erschöpft.

»Ich dachte ja, dass ich klarer sehe, wenn ich mit Ihnen rede, aber die Geschichte wird nur verworrener«, murmelte ich. »Ich kann Ecki nicht mehr verteidigen, aber es fällt mir immer noch schwer zu glauben, dass er ein Mörder ist. Er sagt, dass man ihm den Mord in die Schuhe schieben will. Deshalb frage ich mich, ob nicht noch jemand anders ein Motiv hatte, Minka umzubringen. Was ist mit diesem Pfeifer?«

Brandt schüttelte ungläubig den Kopf. »Ich weiß nie, ob ich die Hartnäckigkeit, mit der Sie an die Unschuld Ihres Freundes glauben wollen, bewundern soll oder ob es nicht besser wäre, Sie deswegen durchzurütteln«, sagte er und sah mich an, als wäre ich ein durchgeknallter Teenager.

»Geben Sie es auf! Sie wissen sowieso nicht, was ich durchmache«, wehrte ich ab.

»Vielleicht doch«, widersprach Brandt leise.

Ich konnte seinen Schmerz und seine Einsamkeit förmlich riechen und spürte seine Bereitschaft, mehr darüber zu erzählen. Aber ich wollte mir Brandt auf Distanz halten, denn Nähe konnte ich kaum ertragen. Die zum Überleben notwendige Dosis davon hatte ich mir vorgestern Nacht bei Taifun geholt. Mehr brauchte ich nicht.

»Wissen Sie denn irgendwas über diesen Pfeifer?«, schob ich das Gespräch auf nicht vermintes Terrain zurück.

Brandt nickte, und ich konnte seinem Blick nicht entnehmen, ob er froh war oder es bedauerte, dass wir nicht über Trennung und Verrat miteinander sprachen.

»Auch eine interessante Gestalt«, berichtete er. »Er hat den Streit zwischen Minka Nowak und Ecki Matuschek im ›All-inclusive‹ mitbekommen. Pfeifer war lose mit den beiden befreundet. Gemeinsame Abende an der Bar, die eine oder andere Bootstour, so in dieser Art. Er hat bestätigt, dass Minka ihn Tomasz nannte und er vor einem Jahr eine kleine Affäre mit ihr hatte. Er hat die beiden nach dem Streit nicht mehr gesehen und kann sich nicht vorstellen, dass Ecki Matuschek ein Mörder ist.«

Das war in etwa das, was ich auch über Pfeifer wusste beziehungsweise mir zusammengereimt hatte.

»Wissen Sie, ob er ein Angestellter von Eilert ist?«, wollte ich noch wissen.

»Nicht angestellt, aber er arbeitet für Eilert«, wusste Brandt. »Der Mann bezeichnet sich als Restaurant-Scout. Er wird von Personen oder Firmen engagiert, die geeignete Objekte für die Gastronomie suchen. Da Eilert landesweit ›All-inclusive‹-Restaurants eröffnen will, ist es Pfeifers Job, dafür die richtigen Immobilien zu finden.«

Das war nun wirklich etwas Neues. Ich dachte sofort an Minkas Schulheft. Hatte sie die »Weiße Lilie« im Auftrag von Pfeifer ausgekundschaftet? Hatte Pfeifer sie als Standort für die rechtsrheinische »All-inclusive«-Filiale festgelegt? Und was für Vorgaben hatte Eilert Pfeifer gemacht? Es war an der Zeit, Brandt endlich von Minkas Heft zu erzählen. Vielleicht bot es ihm Aufschlüsse, die mir verborgen blieben.

»Ich will jetzt gar nicht wissen, warum Sie mir nicht schon viel früher von diesem Heft erzählt haben.« Brandts Stimme klang ein wenig vorwurfsvoll. Dann trank er einen Schluck Wein und überlegte. »Und das hört sich tatsächlich nach zwielichtigen Methoden an. Aber bitte schön, Frau Schweitzer! Mit diesem Wirtschaftsgemauschel wollen Sie doch nicht ernsthaft die Verdachtsmomente gegen Herrn Matuschek entkräften!«

»Und was ist mit dem ›El Solare‹? Haben Sie Pfeifer danach gefragt?«

»Am Anfang einer Ermittlung gibt es Tausende von Spuren und Hinweise. Immer muss man sich entscheiden, welcher man zuerst und welcher man als Nächstes nachgeht. Manchmal hat man Glück, und man erwischt früh den richtigen Faden, manchmal eben nicht«, holte Brandt aus. »Bei meinem ersten Gespräch mit Thomas Pfeifer habe ich diesem Prospekt in Frau Nowaks Wohnung noch keine Bedeutung beigemessen. Das wurde erst interessant, als wir es auch in Matuscheks Unterlagen und bei Frau Mombauer gefunden haben.« Er verschränkte seufzend die Arme hinter dem Kopf und lächelte dann erfreut die Bedienung an, die ihm seinen Nachtisch auf den Tisch stellte. »Natürlich werde ich Pfeifer zum ›El Solare‹ befragen«, versicherte er mir, bevor er zum Löffel griff.

»Wissen Sie, wo dieser Pfeifer wohnt?«

Brandt atmete tief durch und legte den Löffel zur Seite. »Ich war in diesem Gespräch sehr offen und habe Ihnen vieles erzählt, was ich eigentlich nicht durfte. Weil ich Ihnen glaube, dass Sie mir bei der Aufklärung helfen wollen. Aber es gibt Grenzen …«

»Minka hat Arîn erzählt, dass er in luftigen Höhen wohnt.«

Brandt grinste und griff wieder zum Löffel.

»So viele Möglichkeiten gibt es doch in Köln gar nicht, wenn man über den Dächern der Stadt wohnt. Das AXA-Hochhaus, der Gerling-Bleistift, das Uni-Center, das Herkules-Hochhaus.«

»Sie vergessen Chorweiler, den Köln-Berg, und ich weiß nicht was.«

»Die liegen alle an der Peripherie. Von dort aus hat man keinen Blick über die Dächer der Stadt.«

Brandt gab mir nicht den kleinsten Hinweis, seine Auskunftsfreude war erschöpft. Er vertiefte sich in seinen Nachtisch. Ich rührte meinen Espresso und beobachtete ihn. Er war ein guter Esser. Die Augen auf den Teller gerichtet, schabte er sich eine Mischung aus Sabayon, Sorbet und Beeren auf den Löffel, schob diesen in den Mund, nicht ohne vorher daran zu schnuppern. Er schluckte die Mischung nicht sofort hinunter, sondern ließ sie zuerst auf der Zunge zergehen. Ich versuchte, ihn mir in seinem Schrebergarten vorzustellen oder als nächtlichen Kartoffelpflanzer auf einem Verkehrskreisel. Es gelang mir nicht.

»Wollen Sie probieren?«, bot er mir wieder an.

Ich lehnte dankend ab und trank nur einen winzigen Schluck Espresso. Der Kaffee war eine Fehlbestellung gewesen, ich wollte mich nicht mehr aufputschen. Das Gespräch hatte mich erschöpft, mir war nicht mehr nach Reden, zumindest nicht über schwierige Dinge.

»Guerilla-Gärtnern«, sagte ich. »Ich habe mal einen Film gesehen über Hühnerhaltung auf den Dachgärten von Manhattan und Tomatenspaliere in Pariser Straßen.«

»Sie müssen gar nicht in die Ferne schweifen. In Köln gibt es das auch schon«, berichtete Brandt, und seine Augen bekamen den gleichen Glanz wie in den Momenten, wo ihm ein neuer Gang serviert wurde. »Schon vor Jahren hat Pfarrer Meurer die Vingster aufgefordert, die Flächen rund um die Straßenbäume zu bepflanzen. Herausgekommen sind viele individuelle Straßengärten. In den Kreisel Ecke Bonner und Teutoburger Straße hat ein Scherzkeks eine Bananenstaude gepflanzt, die sogar, dank eifriger Pflege, den letztjährigen harten Winter überstanden hat. Und die Brache der ehemaligen Dom-Brauerei in Bayenthal, die den Anwohnern schon lange ein Dorn im Auge war, ist in einer Spontanaktion der Bürgerbewegung Neuland Köln mit Kürbissen, Tomaten und Walnussbäumen bepflanzt worden.«

Guerilla-Gärtnern war genau das Thema, das ich jetzt brauchte. Es hatte nichts mit mir zu tun und war völlig unverfänglich.

»Sehr schön fände ich auch eine Begrünung der Domplatte. Vielleicht gibt es eine Grassorte, die zwischen Beton schnell wächst?«

Brandt zählte noch mehr Guerilla-Aktionen auf, die ich mir alle nicht merkte. Ich wartete, bis er seinen Nachtisch aufgegessen hatte, winkte dann der Bedienung und bat um zwei getrennte Rechnungen.

»Ich rede zu viel«, entschuldigte sich Brandt mal wieder. »Das liegt daran, dass mich dieser kreative Widerstand gegen die Ödnis der Stadt so begeistert.«

»Sie brauchen sich nicht zu entschuldigen. Mir hängen einfach die letzten Tage und Nächte in den Knochen.«

»Natürlich!« Wieder dieser Hundeblick.

Der Abschied geriet etwas holprig, weil Brandt einen Anruf erhielt und sofort aufbrechen musste. Etwas Dienstliches, mehr verriet er nicht. Ich sah sein metallicblaues Auto davonfahren, stieg wieder auf Kunos Fahrrad und trat den Heimweg an.

Der Lindenduft der ländlichen Idylle verlor sich schnell. Ab der Olpener plagte mich ein kräftiger Gegenwind. Die Strecke kam mir viel länger vor als auf dem Hinweg.

Mir fiel ein, dass ich vergessen hatte, Brandt nach meinem Wagen zu fragen. Wie ich ihn überhaupt vieles nicht gefragt hatte. Es gab einfach zu viele Fragen in dieser verworrenen Geschichte.

Ich strampelte weiter gegen den Wind an. Die Kalker Hauptstraße dehnte sich ins Unendliche. An einer roten Ampel vor der Kalker Post schnorrte mich ein Junkie um einen Euro an. Ich gab ihm einen und sah, dass auf dem trostlosen Platz dahinter einige Hobos in ihren Schlafsäcken lagerten. Abgestürzte, Heimatlose, am Leben Gescheiterte. Man konnte schnell auf der Straße landen, hatte mir Taifun mal erzählt, nachdem er eine Reportage über Obdachlose gemacht hatte. Ich dachte an Ecki und ob er auch mal da landen würde. Schon wieder sorgte ich mich um ihn. Die Tage, an denen ich wütend auf ihn war, mochte ich eindeutig lieber.

ELF

Als mich Helen Maibach am Morgen zurückrief, wusste ich plötzlich, woher ich ihren Namen kannte.

Dany hatte ihn erwähnt, es war der Name seiner Exchefin. Sie schlug das Restaurant »Osman 30« im Kölnturm als Treffpunkt vor. Die S-Bahn brachte mich zum Hansaring, von dort lief ich zu Fuß bis zum Mediapark.

Vor mehr als zwanzig Jahren als *der* Medienstandort in Köln geplant, war von den Medien nicht viel mehr als der Name des Parks übrig geblieben. Mit seinen Arztpraxen und Spezialkliniken war das Areal heute eine Adresse für Sportgeschädigte und Rückenleidende. Aber immerhin: Mit seiner urbanen, in die Höhe geschraubten Bebauung aus Glas und Stahl und den kurzen Straßenschluchten dazwischen konnte man den Mediapark für Kölns Manhattan halten. Manhattan in Miniformat natürlich.

Am Cinedom bog ich rechts ab, überquerte den weiten Platz vor dem künstlichen See und ging direkt auf den Kölnturm zu. Ein Aufzug brachte mich in die dreißigste Etage. Oben bewachte ein Typ mit Anzug, breiten Schultern und einem Headphone im Ohr den Eingang. Er ließ mich nicht durch. Geschlossene Gesellschaft. Und überhaupt müsse ich hier grundsätzlich reservieren.

»Nicht mal einen Kaffee krieg ich?«

Er machte sich nicht die Mühe, sein Kopfschütteln mit einem professionellen Lächeln des Bedauerns zu versehen.

»Ich bin mit Helen Maibach verabredet.«

Der Name funktionierte tatsächlich als Türöffner. Der Mann sprach leise in sein Headphone, dann machte er mir Platz und schickte mich in den Weinsalon.

Die schwarze Witwe saß allein an einem Tisch, so wie sie auch im »All-inclusive« allein gesessen hatte. Die Frau hasste Eilert, da war ich mir sicher. Er hatte sie mit miesen Tricks aus ihrem Restaurant vertrieben. Sie rächte sich, indem sie in der Öffentlichkeit gegen ihn randalierte. Bei zweien ihrer Auftritte war ich zufällig Zeugin gewesen, bestimmt hatte es noch mehr gegeben. Ob Eilert diese Angriffe wie ein nasser Fisch an sich abperlen ließ oder ob sie ihn damit wirklich verletzen konnte, wagte ich nicht zu beurteilen. Aber wenn sie ihn so sehr hasste, wieso war sie dann so eng mit Pfeifer? Danach musste ich sie unbedingt fragen.

Wieder trug sie die Haare zu einem festen Knoten gebunden. Das strenge Schwarz, in dem sie bisher immer gekleidet gewesen war, hatte sie heute durch eine weiß gepunktete Bluse und eine rote Kette aufgelockert. Ihr Blick war in die Ferne gerichtet. Ich folgte ihm bis ins Bergische Land, dessen sanfte, frischgrüne Hügel bei dem schönen Wetter und aus dieser Höhe gut zu sehen waren.

»Frau Maibach?«

Sie drehte sich um, und zum ersten Mal, seit ich sie kannte, gab ein überraschtes Lächeln ihrem Gesicht weiche Züge.

»Katharina Schweitzer! Wenn ich gewusst hätte, dass Sie Danys Katharina sind, hätte ich Sie im ›All-inclusive‹ nicht so abblitzen lassen. Ich bin Helen und als Kollegin und Dany-Freundin für das praktische Du.« Sie deutete auf den Platz ihr gegenüber, und ich setzte mich.

Ihre spontane Herzlichkeit wunderte mich nicht weniger als dieser Ort. Der Weinsalon war in einer klaren, modernen Strenge gehalten. Weiße Sessel, weiße Lederstühle, Tische aus dunklem Holz. Ein in den Raum hineingebauter Kubus mit rechteckigen Aushöhlungen diente als Weinregal. Obwohl edel und teuer, hielt sich die Einrichtung bescheiden im Hintergrund, denn der Star des Raumes waren, wenn man das so sagen durfte, die breite Fensterfront und der Blick, der sich einem bot. Köln-Panorama vom Feinsten. Ich verstand nicht, warum wir uns ausgerechnet hier treffen mussten.

»Ungewöhnlicher Ort, nicht wahr?«, fragte Helen, als hätte sie meine Gedanken erraten. »Ich kenne den Betreiber. Osman hat mal ein Jahr in meiner Brigade im ›Himmel auf Erden‹ gearbeitet. Als er bei mir anfing, konnte er Mangold nicht von Spinat unterscheiden. Und jetzt ist er auf der Überholspur an mir vorbeigezogen und lässt über den Dächern der Stadt kochen. Weil er gehört hat, dass ich mein Lokal verloren habe, bietet er mir an, als Chefköchin eine Schicht hier im Restaurant zu übernehmen.«

»Ach?«, wunderte ich mich. »Dany hat mir erzählt, dass du dich mit Guerilla-Kochen selbstständig machen willst.«

»Kann ich mir vorstellen, dass Dany davon erzählt hat«, lachte sie. »Die Idee stammt von Lucie, Luzia Saalfeld, der das ›Pfeffer & Salz‹ in der Südstadt gehörte, das Eilert auch plattgemacht hat. Lucie hat ihre teuren Küchengeräte gerettet und sich daraus eine mobile Küche bauen lassen. Die ist nicht nur mobil, sondern auch flexibel. Damit kannst du überall professionell kochen. Lucies Idee ist, sich mit diesem Teil und einem Köche-Pool selbstständig zu machen. Um Geld zu verdienen, schweben ihr ein paar Messe-Events im Jahr vor, ansonsten begeistert sie sich für allerlei: Essen an ungewöhnlichen Orten, gewagte Menüs für experimentierfreudige Esser, Soul Food für Ausgebrannte, aphrodisische Menüs für Verliebte und welche, die sich wieder verlieben wollen, Schrebergartenfeste und so weiter. Die Vorteile liegen auf der Hand: keine durchlaufenden Miet- und Personalkosten, projektbezogenes Arbeiten. Aber –«

»Da ist das Angebot von Osman doch ein bisschen handfester«, folgerte ich.

»Natürlich!«, bestätigte sie. »Zudem eine Geste, die ich zu schätzen weiß. Gerade habe ich mir den Arbeitsplatz angesehen und mir von Osman erzählen lassen, was hier zu tun ist. Kleine bis große Events, alles nur mit Vorbestellungen. Das ist für die Küche gut zu kalkulieren. Geregelte Arbeitszeiten, bezahlte Überstunden.«

»Klingt nicht schlecht«, meinte ich. »Lässt Zeit für Yogakurse, Privatleben und so.«

Sie lachte ein sattes, kräftiges, aus dem Bauch kommendes Lachen. »Würdest du hier arbeiten?«

»Man weiß nicht, was man in der Not für Jobs annehmen muss. Freiwillig eher nicht.«

»Und wieso?«

»Mir würde die Bodenhaftung fehlen.«

Wieder lachte sie. »Osman hat mich vorhin herumgeführt. Er hat mir das Buffet gezeigt, das heute für den Brunch der Firma ›E&M Consulting‹ aufgebaut ist. Die haben zwei Etagen tiefer ein wichtiges Meeting, eine Konferenz oder was weiß ich! Feinstes Food, beste Zutaten orientalisch-mediterraner Kochlinie. Könnte ich mich mit anfreunden. Aber dann habe ich mir die Gäste angeguckt. Weiße Kragen, schmale Schlipse, in den Augen diese Mischung aus Gier und Angst. Kennst du diesen Typ?«

Ich nickte. Wer kannte diesen Typ nicht? In der Blüte des Raubtierkapitalismus gab es ihn zuhauf.

»Um den Hals die unvermeidliche eingeschweißte Teilnehmerkarte, damit man Namen und Stellung seines Gegenübers direkt zuordnen kann«, fuhr Helen fort. »Fast nur Männer, die meisten in den Dreißigern. Die Karriereleiter haben die so fest im Blick wie ihre Konkurrenten. Für die ist die Welt ein Haifischbecken. Natürlich weiß ich, dass man sich in unserer Branche Gäste nicht aussuchen kann. Aber nur noch für solche Leute zu kochen würde mich deprimieren. Außerdem frage ich mich, warum die sich hier oben treffen müssen.«

Ich beugte mich zum Fenster vor und sah nach unten. Der künstliche See eine blaue Pfütze, die Kinoschilder am Dach des Cinedoms bunte Rechtecke, die Straßen schmale Linien. Der Dom, der Rhein, die Messehallen, die Lanxess-Arena, alles in Spielzeuggröße.

»De facto liegt ihnen die Stadt zu Füßen. Das gibt ihnen eine Illusion davon, wie es sich anfühlt, ganz oben zu sein«, meinte ich.

»Ich denke noch an etwas ganz anderes.« Helen sah ebenfalls aus dem Fenster. »Kennst du den Film ›Der dritte Mann‹?«

»Lalalalalaa, lala«, summte ich das berühmte Karas-Stück und dachte an das Burg Kino am Opernring in Wien, wo ich den Film mit Ecki gesehen hatte. Eine andere Stadt, eine andere Zeit. Die Welt weit und offen, der Alltag leicht und prickelnd! Eine Zeit ohne Morde und ohne Betrug. Zumindest in meinem Leben.

»Erinnerst du dich an die Szene im Riesenrad? Als Holly Martins endlich Harry Lime trifft?«

Eigentlich erinnerte ich mich nur an die Musik, denn wir waren während des Films frisch verliebt und eher mit uns selbst beschäftigt gewesen. Unsere wilde Knutscherei hatten wir nur durch gelegentliche Blicke auf die Leinwand unterbrochen, und da hatte ich nasse Wiener Straßen und Trümmergrundstücke in Schwarz-Weiß gesehen. Das wunde Herz meldete sich wieder. Wieso musste Helen Maibach ausgerechnet diesen Film erwähnen?

»Die beiden steigen in das Riesenrad, das an oberster Stelle anhält«, erzählte sie weiter. »Holly wirft Harry seine kriminellen Penicillin-Geschäfte vor. Der aber deutet hinunter auf die Mini-Menschen auf dem Erdboden und will von Holly wissen, ob wirklich jede dieser winzigen Gestalten wichtig ist. Und dann erzählt er von den Borgias, die Italien mit Mord, Intrigen, Grausamkeit und Menschenverachtung regiert haben, aber einen Michelangelo und einen Leonardo da Vinci hervorbrachten. – Verstehst du, was ich sagen will?«

Ich verstand vor allem, dass Helen Maibach in ihren Erzählungen zu barocken Ausschweifungen neigte.

»Von hier oben aus kann man leichter über Leichen gehen, oder Höhe fördert Größenwahn«, fasste ich meine Einschätzung in Kurzform zusammen. »Sollen wir zum Weiterreden ein Café mit Bodenhaftung suchen, oder erzählst du mir auch hier von deinem Ärger mit Eilert?«

Ihr Lachen geriet ein wenig bitter, aber ihre Kohleaugen sahen mich offen an.

»Manchmal ist es ein Fehler, wenn einem im Leben alles zufällt«, begann sie. »Weil man nicht für die Gemeinheiten gewappnet ist. Als eine, die gern kocht, habe ich eines Tages beschlossen, ein Restaurant aufzumachen. Völlig leichtsinnig, völlig größenwahnsinnig, aber es hat funktioniert! Das Belgische Viertel war damals noch nicht so *in* wie heute. Ich konnte das heruntergekommene Lokal zu einem Spottpreis mieten. Der alte Schmitz, mein Vermieter, mochte mich. Er hat die Miete nicht mal erhöht, als ›Himmel auf Erden‹ wirklich gut lief. Kurzum, innerhalb von wenigen Jahren habe ich es geschafft, zu einer der besten Adressen für vegetarische Küche in Köln zu werden. Als Autodidaktin! Mein Laden brummte, und ich hatte den Eindruck, alles richtig gemacht zu haben. Von wegen! Dann ist der alte Schmitz gestorben, und seine Erben haben das Haus an Eilert verkauft. Blauäugig, wie ich war, hat mich das nicht beunruhigt, denn mein Pachtvertrag lief noch für weitere sechs Jahre.«

Man konnte sehen, dass sie sich auch heute noch über ihre Naivität ärgerte. Bevor sie weitererzählte, bestellte sie beim zufällig aufgekreuzten Kellner mit meinem Einverständnis zwei Espressi.

»Eilert kam vorbei, hat von seinen Plänen für das ›All-inclusive‹ erzählt und mir eine Abfindung von fünfzigtausend Euro geboten, wenn ich sofort gehe. Ich habe abgelehnt und auf die Einhaltung des Pachtvertrages gepocht. Ich gestehe das sehr ungern und nur, um dich zu warnen: Er hat mich mit absolut miesen Tricks in nur drei Monaten weichgekocht. Keinen dieser Tricks kann ich beweisen. Ich weiß nicht, wer mir die toten Ratten in die Kühlung gelegt hat, ausgerechnet an dem Morgen, als das Gesundheitsamt einen Überraschungsbesuch machte. Ich weiß nicht, wer die negativen Kritiken zu ›Himmel auf Erden‹ ins Netz gestellt hat. Ich weiß nicht, warum ausgerechnet in dieser Zeit der Bürgersteig vor meinem Lokal aufgerissen wurde. Ich weiß nicht, warum der neue Mieter in der Wohnung über meinem Lokal plötzlich Abend für Abend extrem laute Heavy-Metal-Musik hörte. Aber ich weiß, wie schnell bei so viel Pech und Pleiten das Ende der Fahnenstange erreicht ist und die Gäste wegbleiben. Ich bin keine, die über finanzielle Reserven verfügt, also konnte ich Personal und Lieferanten nicht mehr bezahlen und musste schließen.«

Sie sah mich eindringlich an, so als wollte sie mir ein grelles Warnschild sein. Was sie beschrieb, kannte ich. Gastronomie war ein Kamikaze-Geschäft. In den Anfangszeiten hatte es mehr als einmal Spitz auf Knopf gestanden mit der »Weißen Lilie«. Der Kredit, zu wenig Gäste, die schwierige Lage, all das hatte das Überleben mühsam gemacht. Aber dieses generalstabsmäßige Plattmachen von Helens Restaurant war selbst in unserer Branche die Ausnahme.

»Kannst du Eilert nicht in einem einzigen Punkt eine Beteiligung nachweisen?«, fragte ich.

»Glaubst du wirklich, ich würde meine Zeit mit öffentlichen Sticheleien vertun, wenn ich etwas juristisch Verwertbares gegen ihn in der Hand hätte?«, rief sie erregt aus. Als sie sich wieder beruhigt hatte, lächelte sie mich an und sagte: »Es wäre mir wirklich eine Freude, dir zu helfen, damit dir nicht das Gleiche passiert. Also: Gibt es irgendwas, was *du* gegen Eilert in der Hand hast?«

Die Hoffnung in ihrem Blick konnte ich wahrscheinlich nicht erfüllen. Aber bevor ich ihr überhaupt etwas erzählte, wollte ich wissen, was sie mit Pfeifer verband.

»Ob er mein Freund ist? Gott bewahre!« Sie schüttelte empört den Kopf. Sie schüttelte ihn noch, als die zwei Espressi kamen und sie braunen Zucker in ihre Tasse löffelte.

»Pfeifer«, sagte sie nach dem ersten Schluck Kaffee, »erledigt für Eilert die Drecksarbeiten. Weißt du, wie er mich aus dem ›All-inclusive‹ herausgebracht hat? Er hat sich direkt neben mich gesetzt und unter dem Tisch eine Spritze auf meinen Bauch gehalten. ›Insulin‹, hat er gesagt und ob ich wisse, was passiert, wenn einem Nicht-Zuckerkranken Insulin gespritzt werde. Ich hatte keine Ahnung, wollte es aber auf keinen Fall am eigenen Leib erfahren. Deshalb bin ich ihm nach draußen gefolgt, und deshalb konnte ich auch beim Rausgehen deine Karte nicht mehr annehmen.«

Ich vergegenwärtigte mir die Szene, die ich im »All-inclusive« erlebt hatte. Ich erinnerte mich daran, dass nur Pfeifer und nie Helen gelächelt hatte. Dass sie mir zu ernst erschienen war. Dass er sie fest im Griff hatte. Mit dem, was Helen erzählte, ergaben meine Eindrücke einen Sinn. Gleichzeitig wurde mir klar, dass die Idee mit der Spritze keine spontane gewesen sein konnte. Pfeifer musste Übung darin haben, unangenehme Gäste unauffällig zu entfernen, und schreckte vor heimtückischen Methoden nicht zurück.

»Ein gefährlicher Mann«, folgerte ich. »Trotz seiner sanften Mädchenaugen.«

»Darauf bin ich bei unserer ersten Begegnung auch reingefallen.« Helen lachte dieses bittere Lachen. »Das war, als ich zum ersten Mal im ›All-inclusive‹ lautstark den Geschäftsführer verlangt habe. Pfeifer ist zu mir gekommen, wollte wissen, was mich empörte, und hat mit diesen sanften Augen Anteilnahme geheuchelt. So lange, bis er mich überredet hatte, mit ihm noch anderswo ein Bier zu trinken. Kaum auf der Straße, hat er mir drohend ins Ohr geflüstert, dass er weniger charmante Methoden anwenden würde, wenn ich das nächste Mal hier randalieren würde. Seither sehe ich diese sanften Augen anders. Mit denen führt der Kerl dich in die Irre. Das Sanfte darin ist nichts anderes als gut getarnte Grausamkeit.«

Ich sah Pfeifer vor mir. Wie er mich bei dieser zufälligen Begegnung in Mülheim angeschaut hatte. Grausamkeit hatte ich in den Augen nicht entdeckt. Vielleicht etwas Abschätzendes, etwas Zockerhaftes. Vielleicht auch nicht.

»Und ich dachte, er ist Restaurant-Scout«, kam ich auf Tatsachen zurück.

»Na klar!«, spottete Helen. »Das ist er auch. Erst kundschaftet er ein geeignetes Objekt aus, dann kümmert er sich ums Ausräumen. Kann durchaus sein, dass Pfeifer mir die Ratten in die Kühlung gelegt und dem Mieter über mir die Heavy-Metal-CDs in die Hand gedrückt hat. Weil Eilert sich mit Dreckskram bestimmt nicht selbst die Finger schmutzig macht. Geld genug, um so einen Ausputzer zu bezahlen, hat er ja. Pfeifer arbeitet im wahrsten Sinne des Wortes alles inklusive! Und er hat gut zu tun bei dem Expansionsdrang, den Eilert an den Tag legt.«

Bei »Expansionsdrang« fiel mir das »El Solare« ein. Ich fragte Helen, ob sie schon mal was von dieser Hotelanlage gehört hatte.

»Ist das auch ein Projekt von Eilert?«

»Ich weiß es nicht. Kennst du eine Sabine oder einen Tommi Mombauer?«

»Nie gehört«, sagte sie sofort. »Aber ich weiß, dass Eilert seine dritte Kölner ›All-inclusive‹-Filiale in Mülheim aufmachen will. Ist dein Vermieter zufälligerweise auch gestorben?«

Ich nickte, Helen Maibach pfiff durch die Zähne.

»Und nicht nur er«, erklärte ich ihr. »Auch seine Tochter und Erbin. Die ist ermordet worden.«

Helen Maibach schob die Kaffeetasse zur Seite und wurde blass. »Mord? Dass Eilert über Leichen geht, habe ich ihm bisher nicht zugetraut.«

»Zutrauen und Beweisen sind verschiedene Paar Stiefel«, warf ich ein.

Helen nickt ernst und sah wieder aus dem Fenster. Ich tat es ihr nach. Die Menschen unten auf dem großen Platz waren wirklich puppenklein und ohne die geringste Identität. Wischte Eilert Menschen, die seine Pläne störten, einfach so von der Bildfläche, wie dies von hier oben möglich schien? Oder ließ er sie wegwischen?

Helens Gedanken gingen in eine andere Richtung. »Und wer erbt das Haus jetzt?«

»Wahrscheinlich Tommi Mombauer, der Vetter von Sabine.«

»Und was hat er für Pläne?«

»Keine Ahnung. Ich kenne ihn nicht, angeblich wohnt er hier in Köln, aber er ist überhaupt nicht aufzutreiben. Auch die Polizei sucht ihn bis jetzt vergeblich.«

»Ich wette, Eilert hat schon seine Fühler nach dem Haus ausgestreckt.«

Hatte er das? Er war der Vermieter von Sabine Mombauer gewesen. Aber Frau Mombauer hatte ihn oder »All-inclusive« in all unseren Gesprächen über den Mietvertrag und die Verlängerung der Pacht nie erwähnt. Und das hätte sie. Sie hätte mir das Angebot eines anderen Restaurants unter die Nase gerieben, als sie wollte, dass ich den Mietvertrag sofort unterschrieb. Aber sie hatte nur mit einem schnellen Verkauf durch ihren Vetter gedroht. Tommi Mombauer! Ob Brandt schon Nachricht aus Spanien hatte? Ich musste ihn später mal anrufen.

»Eilert hat nicht mit Frau Mombauer über einen Hausverkauf

verhandelt«, widersprach ich Helen. »Ich glaube, er sucht in Mülheim eine andere Immobilie für seine neue Filiale. Die ›Weiße Lilie‹ ist gar nicht für ›All-inclusive‹ geeignet, weil sie zu klein dafür ist.«

»Wie viele Etagen hat das Haus?«, fragte Helen sofort, und ich sagte es ihr. »Und nur noch eine ist bewohnt? Sei nicht so naiv, wie ich es war, Katharina. Es wird für Eilert kein Problem sein, die alte Frau aus dem Haus zu treiben. Ich habe dir doch erzählt, wie er vorgeht. Wenn das Haus leer ist, hat es die ideale Größe für eine ›All-inclusive‹-Filiale. Allerdings«, gab sie nach einem langen Blick nach draußen zu bedenken, »Mord? Irgendwie passt das nicht zu Eilert. Der macht seine dreckigen Geschäfte am liebsten im Verborgenen.«

So etwas Ähnliches hatte auch Kuno gesagt. Und mir fiel nichts ein, was Eilert mit dem Mord an Sabine Mombauer in Verbindung brachte. Für die »Weiße Lilie« allerdings interessierte er sich sehr wohl. Sein Besuch vor einigen Tagen. Seine Meckereien über das Essen. Die direkt nach seinem Besuch einsetzenden negativen Internet-Kritiken über die »Weiße Lilie«. So war es bei Helen auch gelaufen. Vielleicht hatte Eilert Sabine Mombauer doch schon ein Angebot gemacht, das sie abgelehnt hatte? Hatte er da nachgeholfen oder nachhelfen lassen? Und mit Minka und ihrem Schulheft gab es eine weitere Spur ins »All-inclusive«. Unwahrscheinlich, dass Eilert da nicht irgendwie mit drinsteckte.

»Gibt es irgendeinen Hinweis, in wessen Auftrag Minka die Informationen über die ›Weiße Lilie‹ gesammelt hat?«, wollte Helen wissen, nachdem ich ihr in groben Zügen die Zusammenhänge erklärt hatte.

Ich konnte nur den Kopf schütteln, denn gestern beim genauen Durchsehen des Heftes hatte ich nichts über einen Auftraggeber gefunden.

»Und was ist mit ihrem Handy? Vielleicht hat Minka mal mit Eilert telefoniert, wenn er der Auftraggeber war. Hat der Kommissar davon was erzählt?«, erkundigte sich Helen. »Die Polizei kann sich doch alle Handydaten von der jeweiligen Telefongesellschaft schicken lassen.«

Das Handy hatte Brandt nie erwähnt. Ich hatte keine Ahnung, ob es überhaupt gefunden worden war. Es gab leider so vieles, was ich nicht wusste. Die Verbindungen, die ich zwischen Eilert und Minka herstellen konnte, begrenzten sich auf ihren Job als Garderobiere im »All-inclusive« und die abfällige Bemerkung, die Eilert über sie Bausses gegenüber gemacht hatte. Pfeifer dagegen hatte sie gut gekannt. War es nicht viel logischer, dass er Minka den Auftrag zum Spionieren gegeben hatte?

»Pfeifer finde ich viel verdächtiger. Von wegen geeignetes Objekt finden, leer räumen und so weiter«, widersprach ich Helen. »Minka und er kannten sich, sogar ziemlich gut.«

Der Einbruch in der »Weißen Lilie« fiel mir wieder ein. War Pfeifer wegen Minkas Unterlagen bei mir eingestiegen? Weil er Angst hatte, dass sein Name darin auftauchte? Oder der von Eilert?

»Pfeifer ist ein Söldner, der arbeitet im Auftrag von Eilert und ist austauschbar«, konterte Helen. »Eilert muss man nervös machen. Du weißt ja, ich habe ihm in den letzten Monaten ein paar Szenen gemacht, ohne dass ich etwas beweisen konnte. Trotzdem hat es ihn schwer gefuchst. Und du jetzt! Zwei Morde, die Spur ins ›All-inclusive‹ und dieses Heft! Wenn du das im richtigen Augenblick am richtigen Ort hinausposaunst, wird der ganz schön ins Schwitzen kommen und Fehler machen.«

»Und wie stellst du dir das vor? Soll ich ihn anrufen und ihm vorwerfen, dass er über Leichen geht?«, fragte ich wenig überzeugt.

»Natürlich nicht. Man muss ihn in die Enge treiben. Und ich weiß, wann und wo.«

Sie lächelte triumphierend und erklärte mir ihren Plan. Ich konnte nicht sagen, dass ihr Plan mich begeisterte, aber ihre Argumente waren nicht von der Hand zu weisen.

»Wenn ich die Sache noch gut finde, nachdem ich ein paar Stunden festen Boden unter den Füßen hatte, bin ich dabei«, entschied ich, als wir viel Geld für die zwei Espressi zahlten und uns danach auf den Weg zum Fahrstuhl machten.

Angermann rief an, als ich am See vorbei in Richtung Stadtgarten lief.

»Wir haben die Schlange«, verkündete er. »Hat ihr Leben auf einem Klebestreifen ausgehaucht. In der Küche keinen halben Meter vom Käfig mit den weißen Mäusen entfernt. Entweder vom Hunger aus ihrem Versteck getrieben, oder der Besucher, der gestern verbotenerweise durch die Wohnung geturnt ist, hat das Tier nervös gemacht. Das waren nicht zufällig Sie, Frau Schweitzer?«, fragte er hinterhältig.

Ich murmelte etwas von Gefahr in Verzug, extremer Belastung und Hinterher-ist-man-klüger und kriegte dann die Kurve zur Mombauer'schen Eisenbahn.

»Sind Sie noch interessiert? Soll ich bei der Besitzerin ein gutes Wort für Sie einlegen?«

»Aber klar doch«, lachte der Brandmeister. »Und was Ihren gestrigen Besuch betrifft, reden Sie mit dem zuständigen Ermittler, bevor die Spurensicherung Ihnen einen Einbruch nachweist. Haben Sie die Schlange eigentlich gesehen?«

Dieses aufgerichtete, zum Kampf bereite Mistviech hatte ich seit meiner Flucht aus dem Haus erfolgreich verdrängt, und das sollte auch so bleiben. Deshalb antwortete ich mit dem mehrdeutigen Was-denken-Sie-denn? und fragte Angermann, wann ich die »Weiße Lilie« wieder aufmachen konnte.

»Heute noch, wenn Sie wollen«, tönte Angermann großzügig. »Gefahr gebannt. Klappe zu, Patient tot, wie es so schön heißt. Frau Pütz habe ich schon Bescheid gegeben, die war vor Freude ganz aus dem Häuschen.«

Meine Freude hielt sich in Grenzen, denn mit dieser Nachricht kehrten die Unsicherheiten über die Zukunft der »Weißen Lilie« in meinen Kopf zurück. Ende des Monats musste ich auf keinen Fall schließen, einen zeitlichen Aufschub gab es auf alle Fälle, bis die Erbfolge geklärt war. Aber ohne Pachtvertrag stand ich dann mit schlechten Karten da. Irgendwie würde es danach schon weitergehen, vielleicht klappte es ja, die »Weiße Lilie« zu behalten, und wenn nicht, würde sich ein anderer Weg finden. Dann würde ich halt Guerilla-Köchin werden.

Die Vorstellung gefiel mir. Befreit von der Last eines eigenen Restaurants und all den damit verbundenen Sorgen. Was ganz Neues wagen. Aus dem Hamsterrad klettern. Den Alltagstrott hinter mir lassen. Wer nicht wagt, der nicht gewinnt. Das hatte etwas Verlockendes, weil es von all dem Dringenden ablenkte, was es zu klären galt. Ecki!

Der Mann lag mir zentnerschwer auf dem Magen, ganz zu schweigen von dem wunden Herzen, für das er ebenfalls verantwortlich war. Wahrscheinlich gefiel mir Helen Maibachs Sicht der Dinge deshalb so gut, weil für sie Eilert der Bösewicht in dieser Geschichte war. Aber wir waren beide auf einem Auge blind. Die schwarze Witwe, weil sie sich auf Eilert versteifte, und ich, weil ich Ecki trotz allem nicht als Mörder sehen wollte. Dass man manchmal mit einem Auge besser sah als mit zweien, würde ich mir gern einreden, allerdings wollte es mir nicht recht gelingen.

So steuerte ich erst mal den Biergarten des Stadtgartens an, setzte mich an einen der sonnenbeschienenen Tische und bestellte mir einen kleinen Salat. Von der Venloer drang Autolärm auf die Terrasse, in den Bäumen lärmte wieder eine Schar grüner Papageien, und an den Tischen um mich herum mailte, simste, twitterte und xingte das Szene-Völkchen des Belgischen Viertels.

Auch ich holte mein Handy aus der Tasche und wählte Brandts Nummer. Ich gestand ihm den Besuch in der Mombauer'schen Wohnung, erzählte ihm von meinem Gespräch mit Helen Maibach, deren Einschätzung von Pfeifer und Eilert und dass Ecki sich nicht wieder gemeldet hatte.

Brandt hörte wie immer aufmerksam zu, fragte hie und da nach und sagte zum Schluss: »Ich finde es völlig richtig, dass Sie versuchen, herauszufinden, ob die ›All-inclusive‹-Leute Sie aus Mülheim vertreiben wollen. Aber glauben Sie bloß nicht, dass Sie damit Matuschek aus der Schusslinie bringen.«

»Schon klar, das Thema hatten wir gestern schon«, stimmte ich ihm zu. »Und ich steh zu meinem Wort. Ich vertusche nichts, was Ecki belasten könnte. Aber kommt es Ihnen nicht auch merkwürdig vor, dass die Morde und diese Angriffe auf die ›Weiße Lilie‹ zeitlich so eng beisammenliegen?«

»Ich habe nie gesagt, dass wir das bei unseren Ermittlungen außer Acht lassen«, versicherte mir Brandt.

»Wissen Sie schon etwas Neues aus Spanien? Von Tommi Mombauer?«, wollte ich wissen.

»Nichts von Tommi Mombauer, aber von ›El Solare‹. Raten Sie mal, auf wen ein Grundstück mit diesem Namen im Grundbuch eingetragen ist?«

Für mich gab es nur zwei Möglichkeiten. Ich fing mit der wahrscheinlicheren an. »Eike Eilert?«

»Knapp daneben. Thomas Pfeifer.«

Die Antwort überraschte mich genauso wenig. »Grundstück, sagen Sie? Und was ist mit der Hotelanlage?«

»Die ist, laut Auskunft des Grundbuchamtes, noch in der Planung.«

Ich pfiff durch die Zähne. Schaumschlägerei. Von wegen, das Hotel war Ende des Jahres fertig. Pfeifer hatte Minka das Blaue vom Himmel versprochen. War sie dahintergekommen, dass es sich bei diesem Projekt um heiße Luft handelte? Verdiente ein Restaurant-Scout so gut, oder war der Mann so solvent, dass er Geld für den Bau einer so großen Hotelanlage geliehen bekam? War er nur der Strohmann? Fragen, die Brandt mir nicht beantworten konnte, die er aber Thomas Pfeifer stellen wollte.

»Sowie wir ihn erreichen«, fügte er hinzu und erzählte, dass Pfeifer bisher auf Anrufe nicht reagierte und bei sich zu Hause nicht anzutreffen war.

»Der ist bestimmt am frühen Abend auf Eilerts Geburtstagsempfang im ›All-inclusive‹«, verriet ich Brandt, weil ich es nicht schlecht fand, ihn in der Nähe zu wissen, wenn ich, gemäß dem Plan von Helen Maibach, Eilert zur Rede stellen sollte. »Und Tommi Mombauer?«

»Nichts Neues. Der Ort, wo er geboren wurde, ist klein. Es gibt dort einen einzigen Standesbeamten, der Auskunft geben kann, und der ist bis morgen auf einer Fortbildung«, fasste Brandt die Informationen aus Spanien zusammen und wollte dann wissen, ob ich auf diesen Empfang gehen würde.

»Es ist eine gute Gelegenheit, Eilert das eine oder andere zu fragen.«

»Nützt wohl nichts, Ihnen zu sagen, dass Sie die Finger davon lassen sollen?«, fragte Brandt mit einer Mischung aus Sarkasmus und Resignation.

»Ich kann gut auf mich selbst aufpassen.«

»Das sagen alle, bis sie dann auf die Schnauze fallen. Sie können fünf Kreuze machen, dass die Schlange Sie gestern nicht gebissen hat. Das war mehr als leichtsinnig, so ein Risiko für nichts und wieder nichts einzugehen. Weil Sie den Pachtvertrag natürlich nicht gefunden haben. Der wäre der Spurensicherung nämlich nicht entgangen«, schmierte er mir aufs Butterbrot. »Sie sollten nicht so ungeduldig sein und mir ein bisschen mehr vertrauen, Frau Schweitzer. Ich finde heraus, wer Minka Nowak und Sabine Mombauer umgebracht hat.«

»Ja, ja«, murmelte ich, mehr oder weniger zustimmend.

»Wann machen Sie die ›Weiße Lilie‹ wieder auf?«

Ich nahm es ihm nicht übel, dass er mich schnell wieder am Herd der »Weißen Lilie« sehen wollte, weil mir dann viel weniger Zeit bliebe, eigene Nachforschungen zu betreiben. Niemand mochte es, wenn man sich in seine Arbeit einmischte, und ich hielt Brandt keineswegs für unfähig. Er war ein ernsthafter, aber leider ein bisschen langsamer Ermittler. Und mit der Langsamkeit hatte ich ein Problem. Da half es nichts, mir zu sagen, dass die Suche nach der Wahrheit oft eine Sisyphusarbeit war. Geduld war einfach nicht meine Stärke.

»Heute auf keinen Fall«, kam ich auf die »Weiße Lilie« zurück. »Eva hat allen Gästen abgesagt. Vielleicht morgen.«

»Jeder Tag, an dem eine so begnadete Köchin wie Sie nicht am Herd steht, ist für die Feinschmecker dieser Stadt ein verlorener Tag«, versuchte Brandt weiter mich zurück zur Arbeit zu schieben.

»Sie brauchen mir keinen Honig um den Bart zu schmieren«, bremste ich ihn aus. »Ich will doch nur wissen, was wirklich passiert ist. Und das so schnell wie möglich. Und es gibt einfach vieles, was ich nicht weiß! Was ist zum Beispiel mit Minkas Handy?«, fiel mir ein. »Der letzte Anruf vor ihrem Tod? So was ist doch immer wichtig bei einer Mordermittlung, nicht wahr?«

Für eine Weile blieb es still in der Leitung. Dann sagte Brandt: »Handys können tatsächlich sehr hilfreich bei einer Ermittlung sein. Das von Frau Nowak haben wir nicht gefunden. Weder in ihrer Handtasche noch auf dem Boot noch bei ihr zu Hause. Wir vermuten, dass der Mörder es entsorgt hat.«

»Dann muss er aber sehr kaltblütig vorgegangen sein, wenn er das Handy verschwinden ließ«, überlegte ich laut und dachte: Wenn Ecki eines nicht ist, dann kaltblütig.

»Kaltblütig? Davon dürfen Sie nicht ausgehen«, widersprach Brandt sofort. »Auch Affekttäter können große Meister im Vertuschen sein.«

»Aber ist es nicht völlig unlogisch, das Handy zu entsorgen, die Handtasche jedoch auf dem Boot liegen zu lassen?«, bohrte ich nach.

»Ein Mensch, der gerade zum Mörder geworden ist, funktioniert nur bedingt nach Kriterien wie ›logisch‹ oder ›unlogisch‹«, erklärte mir Brandt. »Er befindet sich in einer extremen Ausnahmesituation.

Das heißt, er kann zum einen sehr clever handeln und zum anderen schwere Fehler machen. Und Letzteres ist der Grund, weshalb die meisten Kapitalverbrechen in den ersten achtundvierzig Stunden aufgeklärt werden.«

»Das hat ja jetzt bei unseren beiden Morden nicht geklappt«, konnte ich mir nicht verkneifen zu sagen.

»Schwierige Ausgangsbedingungen«, gab Brandt sofort zurück. »Frau Nowak hat einen Tag im Wasser gelegen, bevor sie gefunden wurde. Damit sind natürlich schon viele Spuren verwischt. Und Frau Mombauer? Einen besseren Zeitpunkt für einen inszenierten Selbstmord hätte der Täter nicht wählen können. Schützenfest: Menschenknäuel am Straßenrand, die Konzentration auf die vorbeidefilierenden Gruppen. Ich weiß nicht, wie viele Zuschauer und Zugteilnehmer die Kollegen befragt haben. Keiner hat jemanden aus Ihrer Haustür kommen sehen. Weil alle mit dem Umzug beschäftigt waren oder später mit neugierigen Blicken auf die Leiche. Trotzdem hofft man bei dieser mühseligen Kärrnerarbeit immer auf die berühmte Stecknadel im Heuhaufen. Nur in diesem Fall bis jetzt vergebens.«

Auch ich hatte an diesem Nachmittag nicht darauf geachtet, ob jemand das Haus der »Weißen Lilie« verlassen hatte. Aber natürlich musste es so gewesen sein, die Schlange war nicht allein ins Haus gekommen.

»Haben Sie eigentlich Spuren vom Täter in der Mombauer'schen Wohnung gefunden?«, wollte ich wissen.

»Die Spurensicherung findet immer was. Was von dem gefundenen Material zu wem gehört und was letztendlich eindeutig dem Täter zuzuordnen ist, bleibt ein aufwendiges, zeitintensives Puzzlespiel. Aber so ist nun mal unser Job. Auch wenn es Ihnen vielleicht nicht so vorkommt, wir verstehen was davon.«

»Ja, sicher«, stimmte ich zu.

»Versprechen Sie mir, morgen die ›Weiße Lilie‹ wieder aufzumachen?«, kam Brandt hartnäckig auf meine Arbeit zurück.

»Ich überlege es mir«, antwortete ich und legte auf. Dann machte ich mich auf den Weg ins »All-inclusive«.

Köche kennen sich. Irgendwie sind wir bis heute so etwas wie ein fahrendes Volk und wie eine große Familie miteinander verbunden. Während der Gesellenzeit wechseln wir Jahr für Jahr die Stelle, um in verschiedenste Töpfe zu gucken. Nie lang an einem Ort, gern die Länder, sogar die Kontinente wechselnd. Ein Leben aus Koffern, in gemieteten Zimmern und in immer neuen Küchen. Und in jeder neuen Küche lernt man weitere Kollegen kennen. So spinnt sich im Laufe der Jahre ein weitverzweigtes Netz an Kontakten.

Deshalb wunderte es mich nicht, dass Helen Maibach einen Koch kannte, der im »All-inclusive« arbeitete. André, so hieß der Kollege, hatte im Dom Hotel, in Antwerpen und Amsterdam in der Küche gestanden und war nicht besonders glücklich mit seinem Job im »All-inclusive«. Scheißarbeitsbedingungen, ein magerer Lohn und der Chef ein kaltschnäuziger Leuteschinder, hatte er Helen bei einer zufälligen Begegnung geklagt. Seither einte die zwei ihre Wut auf Eilert.

Regelmäßig steckte André Helen, was sich bei Eilert hinter den Kulissen tat. Deshalb wusste die schwarze Witwe, dass der heute seinen fünfundfünfzigsten Geburtstag im »All-inclusive« feierte und das Restaurant für Publikumsverkehr geschlossen war. Wie es sich für einen erfolgreichen Geschäftsmann gehörte, hatte er Weggefährten, Parteifreunde, Geschäftspartner und Verwandte zu einem Empfang geladen. Eilert, so die Meinung von Helen, war ein eitler Gockel und sehr erpicht darauf, »im Kreise seiner Lieben« gut dazustehen. André sollte mich durch die Küche unter die Gästeschar schmuggeln. Das war ihr Plan.

»Eine bessere Gelegenheit, ihm eine Szene zu machen, gibt es nicht«, trichterte sie mir ein und bedauerte, mich nicht begleiten zu können. Sie war im »All-inclusive« mittlerweile bekannt wie ein bunter Hund und würde nach ihrem letzten Auftritt von den Bodyguards oder wieder von Pfeifer vor die Tür gesetzt werden. »Lass den auf keinen Fall in deine Nähe kommen«, warnte sie mich. »Denk an die Spritze!«

Als mich André durch den Hintereingang in die Küche ließ, wünschte ich mir für den heutigen Tag seine Statur und sein Aussehen. Er war ein schmaler, eher kleiner Mann und mit einem Allerweltsgesicht ausgestattet, das man sofort wieder vergaß. Ich dagegen mit meiner walkürenhaften Größe und diesen feuerroten Locken konnte mich beim besten Willen nicht unsichtbar machen. Und das wäre ich am liebsten gewesen. Um das Terrain zu sondieren und um einschätzen zu können, wer von den Gästen Freund oder Feind war.

An die hundert Personen seien bestimmt da, informierte mich André. Im »La petite France« herrsche reges Gedränge. Eilert begrüße gerade die Gäste. Einen besseren Zeitpunkt, schnell aus der Küche nach draußen zu huschen und mich unters Volk zu mischen, gebe es nicht.

Ich zögerte noch, aber was sollte schon passieren? Schlimmstenfalls ließ Eilert mich von irgendwelchen Bodyguards vor die Tür setzen, bestenfalls erhielt ich Antworten auf drängende Fragen. Ich holte tief Luft, trat durch eine Schwingtür hinaus in die offene Küche, die ich von der anderen Seite kannte, weil ich bei meinem ersten Besuch hier den Fisch bestellt hatte.

Die Köche standen untätig herum, und von den Gästen beachtete mich keiner, weil mir alle den Rücken zukehrten. Ich versuchte vergebens, unter den Rücken Pfeifers breite Schultern mit dem Tattoo am Hals auszumachen. Auch Brandts hagere Gestalt entdeckte ich nirgends. Alle Blicke waren auf eine kleine, improvisierte Bühne am Eingang zum Treppenhaus gerichtet, auf der Eilert stand und immer noch redete. Ich nahm ein Glas Sekt vom Tablett eines Servierfräuleins und zwängte mich in eine Lücke der letzten Reihe der Zuhörer.

Die Zweiertische, an denen bei meinem ersten Besuch die Verliebten geschnäbelt hatten, waren, ebenso wie alle Stühle, weggeräumt, stattdessen hatte man überall mit üppigem weißem Stoff ummantelte Stehtische platziert. Nur ein Pfeiler in der linken Hälfte des Raumes, der als Pariser Litfaßsäule verkleidet war, bot die Möglichkeit, sich zu verbergen. Im Gegensatz zu Helen Maibach hatte ich keine Erfahrung mit provokanten öffentlichen Auftritten, vermutete aber, dass meine Chancen, etwas zu erfahren, am größten waren, wenn ich Eilert überraschte.

Der schloss seine Rede mit der Aufforderung, endlich das Buffet zu stürmen, das auf der linken Seite des Raumes aufgebaut war. Nach höflichem Beifall kam schnell Bewegung in die Zuhörer. Ich schlängelte mich, immer Eilert im Blick behaltend, gegen den Strom in Richtung Litfaßsäule. Eilert hatte die Bühne verlassen, schüttelte Hände, klopfte Schultern, nahm Geschenke entgegen, lachte und schäkerte. Ich hielt wieder nach Pfeifer Ausschau, entdeckte ihn aber weder in Eilerts Entourage noch sonst wo im Raum. Scheinbar interessiert betrachtete ich das Filmplakat von »Jules und Jim«, das an der Litfaßsäule klebte, und trank einen Schluck Sekt. Während ich hin und her überlegte, wann ich Eilert mit meinem Auftritt am besten aus der Fassung bringen konnte, zupfte mich jemand am Ärmel meiner Bluse.

»Frau Schweitzer, Sie hier zu sehen, das überrascht mich jetzt«, trällerte Betty Bause. »Eilert hat ja neulich so über Ihr Essen gelästert«, flüsterte sie verschwörerisch. »Mein Mann und ich haben natürlich aufs Heftigste widersprochen. Ich wusste gar nicht, dass Sie geschäftliche Beziehungen mit Eilert pflegen. Oder gar private?«

Sie plierte mich mit einer solchen Neugier an, dass mir schnell eine passende Antwort einfallen musste.

»Eher geschäftliche«, grummelte ich und hetzte meinen Blick über alle Leute in der Nähe. Er blieb an einem Mann hängen, der überrascht zu mir herüberwinkte. Der Brokkoli-Gärtner vom Mülheimer Schützenfest. Mit einem dezenten Fingerzeig in seine Richtung entschuldigte ich mich bei Frau Bause und ging zum ihm hinüber.

»Wenigstens ein vertrautes Gesicht«, begrüßte er mich erleichtert, »obwohl es mich überrascht, dass du hier bist.«

»Gleichfalls«, konterte ich und sah nach Eilert, dessen Rücken ich in der Schlange vor dem Buffet ausmachte. »Bist du wegen des Brokkolis da? Letzte Woche hatten sie ihn hier im Angebot. Du weißt schon, diese englische Sorte, die angeblich gegen Krebs hilft und deshalb als patentwürdig eingestuft wurde. Bist du deswegen hier? Undercover sozusagen?«

»Der kauft für seine Läden echt diesen aufgemotzten, scheißpatentierten Brokkoli?« Der Mann, dessen Namen mir auch heute partout nicht einfallen wollte, schüttelte ungläubig den Kopf.

»Der verkauft alles, was gefällt und *in* ist«, versicherte ich ihm. »Slow Food ist für den nicht mehr als ein Fremdwort. Aber wenn du nicht wegen des Brokkolis hier bist, weswegen dann?«

»Geschäftlich«, gestand er mit einer sichtbaren Spur von schlechtem Gewissen. »Meine Gärtnerei liefert den Blumenschmuck für alle ›All-inclusive‹-Filialen. Eilert ist ein guter Kunde. Da kann ich es mir nicht erlauben, so eine Einladung zu ignorieren. Obwohl ich weiß Gott Besseres zu tun hätte.«

»Auf die eine oder andere Art sind wir alle käuflich«, murmelte ich und ließ meinen Blick über die Gäste gleiten. Anzüge und Krawatten dominierten, und irgendwie glich die Gästeschar der auf dem Bause-Fest.

Ich wollte gar nicht wissen, was hier zwischen Sekt und Selters an windigen Geschäften ausgekungelt wurde. Nirgendwo gedieh der kölsche Klüngel prächtiger als auf solch halb öffentlichem, halb privatem Boden.

Der Brokkoli-Mann an meiner Seite klagte mir sein Leid mit der holländischen Konkurrenz. Die machte ihm das Überleben schwer, weil sie das Land mit Billigtulpen überschwemmte, aber ich hörte nicht richtig zu. Denn ich sah erschrocken, wie Eilert mit einem vollen Teller direkt auf mich zukam. In seinen Augen glitzerte ein bösartiges Funkeln. Ein Bär von einem Mann, dessen Gesicht ich irgendwo in der Kölner Politszene verortete, kreuzte seinen Weg und hielt ihn auf. Dies gab mir Zeit, mich hastig von dem Gärtner zu verabschieden und in Richtung Toiletten zu verschwinden.

Die Königin von Saba empfing mich heute ohne Gesang und mit einem sehr ungnädigen Blick in ihrem Reich.

»Ich gehöre nicht zu dieser Gesellschaft«, versicherte ich ihr. »Ich bin hier, weil ich herausfinden will, warum Minka sterben musste. Ich glaube, dass Eilert etwas damit zu tun hat. Aber der hat mich bemerkt, und jetzt weiß ich nicht, was ich machen soll.«

Sie runzelte kryptisch die Stirn, erhob ihren schweren Körper von dem Stuhl am Eingang des Waschraums, rupfte ein Tuch aus den vielen Falten ihres bunten afrikanischen Kleides, stampfte zu den Damenklos, wischte in der ersten Kabine den Klodeckel sauber und bedeutete mir mit einer Geste einzutreten.

»Ist kein guter Mann«, murmelte sie, als ich mich an ihr vorbeiquetschte.

Als ich in den Waschraum zurückkehrte, deutete sie auf den Eingang des Männer-WCs und sagte: »Mit Angst du gewinnst keine Wette.«

Ich wusste nicht, was sie meinte, aber sie drängte mich mit einer majestätischen Kopfbewegung in Richtung Herrentoilette. Erst da wurde mir klar, dass dies hier ein gemeinsamer Waschraum war. Ich öffnete die Tür einen Spaltbreit und sah Eilert und den Politikbären an den Pissoirs stehen.

»Mir gefällt das überhaupt nicht«, hörte ich den Bären sagen. »Du willst den Fraktionsvorsitz im Rat übernehmen, bist aber in einen

Mordfall verwickelt. Die Handtasche des Mordopfers ist auf deinem Boot gefunden worden.«

»Ja und? Keiner weiß besser als du, wie großzügig ich mein Motorboot verleihe«, pflaumte Eilert zurück. »Du hast es mehr als einmal zu einem Schäferstündchen genutzt. Und jetzt hör auf, Gespenster an die Wand zu malen. Die Polizei verdächtigt diesen Matuschek, nicht mich.«

»Wie kannst du nur so blind sein?«, regte sich der Bär auf. »Wenn du den Fraktionsvorsitz wirklich willst, musst du eine weiße Weste haben. Die Presseleute werden sich wie die Geier auf dich stürzen, solange du in einem ungeklärten Mordfall drinhängst. Und jetzt mal ehrlich: Hattest du was mit der Kleinen? Oder hat die Polizei Anlass, sich deine Geschäfte näher anzusehen?«

Anstelle einer Antwort betätigte Eilert die Wasserspülung. Scheiße, dachte ich und huschte so leise wie möglich zurück ins Damen-WC.

»Ich werde deine Kandidatur blockieren, wenn du mir nicht die Wahrheit sagst«, hörte ich den Bären beim Händewaschen drohen. »Du weißt genau, wie schlecht die Partei zurzeit dasteht. Negative Publicity ist das Letzte, was wir jetzt gebrauchen können.«

Eilert antwortete wieder nicht. Die Wasserhähne wurden ausgestellt, zwei Münzen klimperten. Ich zählte noch bis zwanzig, dann kehrte ich zurück in den Waschraum, in dem die Königin von Saba wieder allein saß.

»Er ist wie ein Fisch. Er flutscht dir durch die Finger, wenn du ihn nicht aufspießt«, verkündete sie. »Na, los jetzt!«

Sie sah mich aus diesen dunklen, unergründlichen Augen auffordernd an, und ich spürte, dass ich an diesem Abend keine bessere Gelegenheit bekommen würde, Eilert festzunageln. Schnell verließ ich den Waschraum und hastete hinter den Männern her. Sie gingen langsam, der Bär redete immer noch auf Eilert ein, aber bis zum Eingang des Restaurants war es nicht mehr weit.

»Die Sache mit dem Boot interessiert mich auch«, rief ich den beiden hinterher. »Soll Ecki Matuschek in der Geschichte das Bauernopfer spielen?«

Die Männer drehten sich um. Der Bär wirkte gleichzeitig überrascht und interessiert. In Eilerts Augen blitzte Wut auf, machte aber schnell einer hart trainierten Beherrschung Platz.

»Was wollen Sie hier?«, fragte er mit eisiger Höflichkeit.
»Antworten«, sagte ich.
»Du entschuldigst mich für einen Moment.« Eilert nickte dem Bären zu, der diesem Ansinnen sichtlich ungern Folge leistete. »Wollen wir in mein Büro gehen?«, fragte er mich. »Es ist gleich hier.«
Er öffnete eine Tür links neben dem Eingang zum Restaurant und bat mich hinein. Ich überlegte, ob hinter dieser Tür eine Falle lauern könnte. Ob es nicht sicherer wäre, mit ihm im Restaurant vor aller Augen zu reden. Aller Augen hieß aber auch aller Ohren, überlegte ich weiter, und vor aller Ohren würde ein Typ wie Eilert nicht reden. Ich linste in den Raum hinein, in dem ein repräsentativer Schreibtisch stand und niemand zu sehen war.
»Na, wird's bald«, blaffte Eilert. »Mein Angebot gilt nicht unbegrenzt. Ich habe Gäste, meine Zeit ist kostbar.« Er wies mir den Besucherstuhl vor dem Schreibtisch zu und hievte seinen drallen Körper auf den windschnittigen Bürostuhl dahinter. »Ich wusste gleich, dass dieser Unisex-Waschraum eine Scheißidee war. Ist ja wie eine Aufforderung zum Lauschen für neugierige Weiber«, schimpfte er leise, aber durchaus so laut, dass ich es hören musste. »Also, was wollen Sie?«, fragte er dann in gnädigem Tonfall, als würde er mir mit dieser Audienz einen großen Gefallen erweisen.
»Bevor ich anfange, will ich eines klarstellen.« Ich sprach ganz leise, und meine Stimme klang tatsächlich ein bisschen gefährlich, obwohl mir innerlich das Herz bis zum Halse pochte. »Ich kenne den Mann, mit dem Sie gerade gesprochen haben.«
Eilert schnaubte ärgerlich. Ich beugte mich zu ihm vor und sah ihm direkt in die Augen. Mit Angst gewinnt man keine Wette, hatte die Königin von Saba gesagt, und mit dem nächsten Satz pokerte ich wirklich hoch. »Wenn Sie meine Fragen nicht ehrlich beantworten, dann werde ich ihm stecken, dass Sie nicht nur Minka Nowak ermordet haben, sondern auch den Mord an Sabine Mombauer in Auftrag gegeben haben.«
»Machen Sie sich nicht lächerlich! Ich habe niemanden ermordet. Minka Nowak war eine Angestellte und Sabine Mombauer eine Mieterin. Beides rein geschäftliche Beziehungen und sonst nichts!«, regte er sich auf.
Ich runzelte die Stirn und sah ihn zweifelnd an.
»Ich hatte nichts mit Minka und mit der Mombauer schon gar

nichts«, wiederholte er ungeduldig, und in seinen Blick kehrte dieses bösartige Glitzern zurück. »Falls Sie versuchen, mich da reinzuziehen, hetze ich Ihnen meine Anwälte wegen Verleumdung auf den Hals!«, knurrte er wie ein Hund kurz vor dem Zubeißen.

»Das riskiere ich«, versicherte ich ihm. »Sie wissen so gut wie ich, wie schwer Gerüchte wieder aus der Welt zu schaffen sind. Wenn es wirklich nur Gerüchte sind! Ihren Fraktionsvorsitz können Sie dann sicher knicken.«

Eilert lachte trocken, schob sich mit dem Schreibtischstuhl nach hinten und wieder zurück. Sein Blick veränderte sich, wurde irgendwie undurchdringlich. Ich konnte ihn nicht deuten.

Erneut kontrollierte er die Uhrzeit, dann sagte er ganz ruhig: »Hören wir auf mit dem Säbelrasseln. Was wollen Sie wissen?«

Diese plötzliche Änderung der Gesprächsstrategie brachte mich aus der Fassung. Verhau es bloß nicht, ermahnte ich mich, denk dran, dass du Fakten brauchst! Ich beschloss, mit einer einfachen Frage zu beginnen.

»Hat Ecki Matuschek Ihr Boot wirklich ausgeliehen?«

»Sicher! Meinen Sie, ich lüge die Polizei an? Außerdem gibt es dafür Zeugen.«

»Und Ecki hat Ihnen den Schlüssel für das Boot auch wieder zurückgebracht?«

»Der Schlüssel lag am nächsten Tag wieder auf meinem Schreibtisch. Er hat ihn mir nicht persönlich in die Hand gedrückt, wenn Sie das meinen.«

Genau das meinte ich. Ecki konnte den Schlüssel zurückgebracht, Minkas Mörder ihn danach genommen haben. Ich ermahnte mich, nicht so kurzsichtig auf Eckis Unschuld zu setzen. Dass er Eilert den Schlüssel nicht persönlich zurückgegeben hatte, bewies gar nichts.

»Könnte in der Zwischenzeit noch ein anderer Ihr Boot benutzt haben?«

»Nicht dass ich wüsste. Nächste Frage«, drängelte Eilert mit einem erneuten Blick auf die Uhr.

»Heißt das, dass es möglich gewesen wäre?«, hakte ich nach.

»Theoretisch ja«, bestätigte Eilert ungeduldig. »Wenn ich im Hause bin, sperre ich das Büro nie ab. Aber ich halte das für sehr, sehr unwahrscheinlich, dass sich jemand heimlich meinen Bootsschlüssel nimmt. So habe ich es auch dem ermittelnden Kommissar erzählt. Was wollen Sie noch wissen?«

Wie und womit weitermachen? Alle Fragen zu seinem Boot hatte Eilert so beantwortet, als wüsste er genau, dass ich ihm in dieser Sache nicht an den Karren pissen konnte. Also ein anderes Thema anschneiden!

»Wie sieht Ihre Beteiligung bei der spanischen Hotelanlage ›El Solare‹ aus?«

»Es gibt keine Beteiligung«, beschied er mich gelangweilt. »Kein seriöser Geschäftsmann würde heutzutage in spanische Immobilien investieren. Und ich konzentriere mein Geld auf Deutschland und die ›All-inclusive‹-Kette. Das habe ich diesem Kommissar Brandt schon gesagt.«

»Wissen Sie, dass Thomas Pfeifer das Grundstück gehört, auf dem die Hotelanlage gebaut werden soll?«

»Pfeifer?«, wiederholte er, und zum ersten Mal in diesem Gespräch hatte ich den Eindruck, dass er überrascht war. »Warum fragen Sie dann Pfeifer nicht danach?«

»Hat Minka Nowak in Ihrem Auftrag in der ›Weißen Lilie‹ spioniert?«, fragte ich zurück.

»Spioniert?« Eilert sah mich an, als hätte ich nicht alle Tassen im Schrank. »Verwechseln Sie da nicht was? Wir sind hier im ›hillige‹ Köln und nicht in einem James-Bond-Film.«

Aber so einfach ließ ich mich in diesem Punkt nicht ausbooten. »Ist Ihnen ›mieser Trick‹ als Begriff lieber als Spionage? Denn mit miesen Tricks arbeiten Sie gerne, um unliebsame Pächter loszuwerden. Damit haben Sie doch Frau Maibach und Frau Saalfeld aus ihren Lokalen vertrieben. Warum sollten Sie das nicht auch bei mir so machen?«

»Was heißt hier ›miese Tricks‹?«, regte er sich auf. »Die Maibach! Fünfzigtausend Euro kassieren und dann so tun, als hätte ich sie betrogen.«

Wieder kehrte das bösartige Glitzern in seine Augen zurück. Es fiel mir schwer zu beurteilen, ob er sich tatsächlich oder nur künstlich aufregte.

»Sie hat nie Geld von Ihnen bekommen.«

»Und ob!«, widersprach er heftig.

»Dann muss es darüber Belege geben.«

Eilert verdrehte die Augen, drehte sich mit dem Stuhl einmal im Kreis und sah mich an, als wäre ich ein naives Landei, das von Tuten und Blasen keine Ahnung hatte.

»Sie haben Sie schwarz bezahlt?«, fragte ich.

»Jetzt tun Sie nicht so, als ob Sie nicht wüssten, dass es Gelder gibt, die unter der Hand an den Büchern vorbeifließen.«

Eilert tat so, als wäre dies ein ganz normales Geschäftsgebaren. Aber ich wusste, dass ich ihn jetzt an der Angel hatte.

»Und Sie haben ihr das Geld persönlich übergeben und quittieren lassen?«, hakte ich nach.

»Pfeifer hat das erledigt. Der sucht die Objekte aus und kümmert sich um die Abwicklung.«

»Einen Moment«, bat ich und rief Helen an. Sie wiederholte, dass sie keinen Cent erhalten hatte. Weder von Eilert noch von Pfeifer.

»Ich habe eine Quittung darüber«, warf Eilert ein.

Sie habe nie etwas unterschrieben, weil sie auch nichts erhalten habe, gab Helen zurück. Sie wolle diesen Beleg sehen und prüfen lassen, da die Unterschrift gefälscht sein müsse. Ein grafologisches Gutachten könne da bestimmt Klarheit schaffen. Ich gab alles, was sie sagte, an Eilert weiter und sah ihn dann fragend an.

»Meinen Sie, ich hänge mich aus dem Fenster und gesteh Ihnen den Schwarzgeld-Deal, wenn ich kriminelle Geschäfte machen würde?«, bellte er böse.

Jetzt war ich mir sicher, dass er sich tatsächlich aufregte.

»Ich kann mir als Geschäftsmann solche Sachen nicht leisten. Sie sehen selbst, in was für eine Bredouille mich die Morde bringen, mit denen ich nichts zu tun habe. Ich suche geeignete Objekte für meine Restaurantkette mit legalen Mitteln. Wenn Helen Maibach nicht freiwillig gegangen wäre, hätten wir uns eine andere Immobilie in der Gegend gesucht. Wo ist das Problem?«

»Wenn Sie die Wahrheit sagen, dann hat Ihr Problem einen Namen«, gab ich zurück.

»Wenn Pfeifer irgendwelche kriminellen Methoden angewandt hat, fliegt er raus. Das kläre ich, darauf haben Sie mein Wort.«

Mit diesem vagen Versprechen würde ich mich nicht wegschicken lassen. »Rufen Sie ihn an«, sagte ich. »Bestellen Sie ihn her.«

Eilert stöhnte verärgert und sah wieder auf die Uhr. »Mein Geburtstag. Ich muss mich da draußen blicken lassen.«

»Glauben Sie mir, die Gäste amüsieren sich auch ohne Sie.«

Unwillig griff er zum Telefon. »Stellen Sie auf laut«, drängte ich ihn. Es meldete sich die Mailbox von Thomas Pfeifer.

»Hör zu, Pfeifer, ich will dich so schnell wie möglich hier sehen. Ruf umgehend zurück!«, befahl Eilert im Kasernenton, legte den Hörer auf und sah mich an. »Geben Sie mir Ihre Handynummer«, sagte er dann. »Ich klingele durch, sowie Pfeifer sich bei mir gemeldet hat.«

Ich zögerte, weil ich nicht wusste, ob er mich nicht linken würde.

»Keine Sorge, Frau Schweitzer! Mein Interesse daran, den Verbleib der fünfzigtausend Euro zu klären, ist mindestens so groß wie Ihres.« Eilert schob mir einen Zettel hin.

»Pfeifer hat Sie beschissen«, stellte ich fest, schrieb ihm meine Handynummer auf und reichte ihm den Zettel.

»Sieht so aus«, stimmte er mir zu und tippte die Nummer ein. »Aber das ist kein Motiv für den Mord an Minka. Damit können Sie Matuschek nicht aus dem Dreck ziehen.«

Sein Grinsen war gemein, das Funkeln in seinen Augen noch eine Spur bösartiger. Der Giftzwerg hatte ein Gespür für die wunden Punkte anderer Leute. Und was Ecki betraf, hatte er leider recht. Die Tatsache, dass Pfeifer Eilert betrogen hatte, entlastete ihn nicht. Aber was, wenn Minka von diesem Betrug gewusst, wenn sie Pfeifer damit erpresst hatte? Dann hätte Pfeifer ein Motiv. Ob Brandt sein Alibi überprüft hatte?

Eilert machte sich nicht die Mühe zu verbergen, wie froh er war, mich los zu sein, als er mich wie eine lästige Verwandte aus seinem Büro schob. Er schloss die Tür zu und eilte ohne ein weiteres Wort zurück ins Restaurant.

Ich folgte ihm zögerlich. Ich musste mit Brandt sprechen. Es wunderte mich, dass er nicht auf den Empfang gekommen war, es wunderte mich auch, dass Pfeifer nicht hier war. Ich ging zurück ins Restaurant und suchte noch einmal nach den beiden. Vergeblich.

Als ich Brandts Nummer wählen wollte, klingelte mein Handy. Ich nahm das Gespräch an und hörte Ecki »Servus, Kathi« flüstern. Mein Adrenalin schoss in die Höhe, ich beeilte mich, zurück in den ruhigen Flur zu kommen.

»Kathi, das Kettl, ich hab's g'funden«, platzte Ecki aufgeregt, aber immer noch flüsternd heraus.

In mir kochte das Gefühlschaos der letzten Tage hoch. Schmerz und Wut schwammen ganz oben auf, aber ich drückte sie mit eiserner Vernunft zurück. Es galt, Dinge zu klären. Ich musste Ecki dazu bringen, endlich aufzutauchen.

»Bevor du weiterredest, wo steckst du?«, fragte ich, so ruhig es ging.

»Ich bin in der Wohnung vom Tomasz. Kennst ihn nicht, ist ein Freund von der Minka g'wesn«, berichtete Ecki heute bereitwillig. »Moment einmal, Kathi. Na, was soll das werden?«

»Ecki?«, rief ich, weil ich nicht verstand, ob der Satz mir oder jemand anderem galt, aber ich erhielt keine Antwort.

Hektisch drückte ich die Off-Taste und wählte die Nummer. Erst ein Besetztzeichen, dann die Nachricht, dass der Teilnehmer zurzeit nicht erreichbar war. Na prima! Er spielte mal wieder das alte Versteckspiel! Ich schickte drei vergebliche Anrufversuche hinterher, dann rief ich Brandt an. Auch bei ihm meldete sich heute nur die Mailbox. Ich bat um Rückruf.

Der eine oder andere Gast drängte an mir vorbei in Richtung Toilette, und ich überlegte, was ich jetzt machen sollte. Es ärgerte mich, dass ich nicht wusste, wo Pfeifer wohnte. Ich stieg die Treppen hinunter ins Foyer und bat die Zeremonienmeisterin um ein Telefonbuch. Darin stand nur ein Thomas Pfeifer, und der war Augenoptiker in Deutz. Ich stieg wieder nach oben, suchte im Restaurant nach Eilert und wollte von ihm die Adresse wissen.

»Was soll das denn jetzt?«, giftete er leise. »Es war abgemacht, dass ich Sie anrufe, wenn Pfeifer sich bei mir meldet. Das wird er, schließlich will er weiter mit mir Geschäfte machen. Also, wo ist Ihr Problem? Ich werde einen Teufel tun und Ihnen seine Adresse geben, damit Sie da alleine so eine Hysterische-Weiber-Nummer abziehen.«

»Aber Sie haben die Weisheit mit Löffeln gefressen und wissen genau, was richtig ist«, blaffte ich zurück.

»Nennen Sie mir einen vernünftigen Grund, weshalb Sie jetzt auf der Stelle in die Pfeifer'sche Wohnung müssen!«

Natürlich wollte ich ihm nicht sagen, dass ich Ecki dort vermutete. Je mehr ich über dessen kurzen Anruf nachdachte, desto deutlicher wurde mir, dass dieser Anruf anders war als die früheren. Eckis Stimme hatte nüchtern und erleichtert geklungen, er hatte sofort gesagt, wo er war. Und ich hatte nicht geschimpft und geschäumt, ihm keinen Anlass zum Auflegen gegeben. Und dann dieser überraschte Satz am Ende des Gesprächs. Wem hatte er gegolten? Hatte Ecki diesmal gar nicht freiwillig aufgelegt?

Eine merkwürdige Unruhe ergriff mich, wieder wählte ich Brandts Nummer. Wieder meldete sich nur die Mailbox. Noch einmal suchte ich nach ihm und Pfeifer unter Eilerts Gästen und entdeckte weder den einen noch den anderen. Sollte ich im Präsidium eine Nachricht für ihn hinterlassen?

Ratlos und wie ein Fremdkörper stand ich zwischen den tratschenden und lachenden Gästen. Eine Combo nahm auf der Bühne Platz und stimmte Willi Ostermanns »Ich möch zo Foß noh Kölle jonn« an, die sentimentale Kölner Nationalhymne. Schon näherten sich die ersten Grüppchen der Bühne, schon summte das Publikum mit, bald würde man sich zum Schunkeln unter die Arme greifen.

Ich kam mir so fehl am Platz vor. Ich wollte hier raus und drängelte mich an der Bühne vorbei zum Ausgang. Dabei stieß ich mit einem Biertrinker zusammen, der mir sein Kölsch über die Hose schüttete. Der Mann entschuldigte sich und machte sich auf, um Servietten zum Trocknen zu holen, aber ich wollte nur an ihm vorbei und war froh, als ich endlich im Flur und wenig später im Waschraum vor der Königin von Saba stand.

Sie sah sich meine Hose an und fragte: »So schlimm?«

»Nein, nein«, sagte ich. »Das war ein Unfall. Ein bisschen klüger bin ich schon nach dem Gespräch mit Eilert.«

Sie rupfte ein paar Blatt Papier von einer Haushaltsrolle ab und reichte sie mir. »Du hast ihn aufgespießt?«

»Das eher nicht«, gestand ich und tupfte meine Hose trocken. »Er sagt, dass Pfeifer die miesen Geschäfte gemacht hat und er nichts davon weiß.«

Die Königin von Saba wiegte den Kopf hin und her und lächelte rätselhaft.

»So wie er das sagt, klingt es ziemlich glaubhaft«, ergänzte ich.

Eine Frau in einem roten Kostüm kam herein, die Königin erhob sich und wies ihr eine der Toiletten zu. Dann wischte sie mit ihrem Lappen einmal über die Waschbecken und setzte sich wieder breitbeinig auf ihren Stuhl.

»Pfeifer. Er hat Minka …?« Sie fuhr mit dem Finger über ihren Hals.

»Vielleicht«, sagte ich vorsichtig. »Eilert hat ihn angerufen, er will ihn zur Rede stellen. Aber ich weiß nicht, ob ich ihm trauen kann. Er will mir Pfeifers Adresse nicht verraten.«

Wieder wiegte sie den Kopf hin und her. Die Frau in dem roten Kostüm kam zurück, wusch sich die Hände, schminkte sich die Lippen und ging, ohne ein Trinkgeld zu hinterlassen. Die Miene der Königin war undurchschaubar. Ich fragte mich, wie viele Leute hierherkamen und gingen, ohne diese Frau auch nur eines Blickes zu würdigen. Ich sah sie erwartungsvoll an. Sie aber legte ihre Hände auf die Schenkel und schwieg. Ich hatte nicht die leiseste Vorstellung, wo sie mit ihren Gedanken war.

»Vielen Dank«, sagte ich, stopfte die feuchten Tücher in den Mülleimer und legte einen Zehn-Euro-Schein in den fast leeren Geldteller. Die Miene der Königin blieb undurchsichtig. Ich verabschiedete mich.

»Pfeifer wohnt da, wo ich wohne, nur höher«, sagte sie, als ich bereits an der Tür war. »Ich dritte, er dreizehnte Etage. Dreizehn ist keine gute Zahl, Pfeifer ist kein guter Mann.«

»Und wo ist das?« Aufgeregt ging ich zu ihr zurück.

»Ist nicht weit. Kannst du zu Fuß gehen. Herkules-Hochhaus.« Dann entließ sie mich mit einer majestätischen Geste. Die Audienz war zu Ende.

Ich stolperte das Treppenhaus hinunter an der Zeremonienmeisterin vorbei hinaus auf die Straße und lief in Richtung Brüsseler Platz. »Happy-Hour-Time zwischen sechzehn und neunzehn Uhr. Alle Cocktails zum halben Preis«, las ich im Fenster einer der vielen Kneipen. Hinter mir klingelte ein Radfahrer Sturm, damit ich ihn passieren ließ. Erst da merkte ich, dass ich mitten auf der Straße ging. Ich wechselte auf den Bürgersteig.

Es war nicht weit bis zum Brüsseler Platz. Schon sah ich den Taxistand und die gut besetzten Außentische der Cafés und Restaurants rund um den Platz. Ein Blick auf die Uhr. Happy-Hour-Time. Nicht für mich. Ich stieg in ein wartendes Taxi und ließ mich zum Herkules-Hochhaus fahren.

An der Kreuzung zur Inneren stieg ich aus. Die paar Meter bis zu dem hässlichen mit roten, lila und blauen Platten verkleideten Hochhaus ging ich zu Fuß. Die Bausünde aus den späten sechziger Jahren ragte als trutziges Eingangstor von Ehrenfeld in den blauen Himmel. Die Antennen auf dem Flachdach in luftiger Höhe sahen aus wie verkohlte Baumruinen. Der Fernsehturm auf der gegenüberliegenden Seite der Inneren Kanalstraße wirkte daneben wie ein Pilz mit einem dürren, unendlich in die Länge geschossenen Stängel.

Im Eingangsbereich des Herkules-Hochhauses verwitterte eine Schenke mit längst vergilbten Gardinen. Die Klingelwand bot ein Durcheinander aus vielen, teilweise mehrfach überklebten Schildern. Irgendwo unter Namen aus aller Herren Länder fand ich irgendwann »T. Pfeifer«. Ich drückte auf den Klingelknopf, aber niemand öffnete. Ich rutschte an einem Studentenpärchen, das heftig miteinander debattierend aus dem Haus trat, vorbei ins Innere, nahm einen Fahrstuhl und drückte auf den dreizehnten Stock. Mit schwerem Gerumpel und dem Geruch gleichgültiger Anonymität in der Nase fuhr ich nach oben.

Ein nüchterner Flur in kaltem Neonlicht empfing mich. Ich strich an abweisenden Türen entlang. Viele ohne Namensschilder, aber an Pfeifers Tür klebte zum Glück eines. Ich drückte die Klingel. Niemand öffnete. Ich hielt das Ohr an die Tür und hörte Musik. Zumindest ein Radio lief in der Wohnung. Ich klingelte wieder. Nichts geschah.

»Ecki?«, rief ich leise. »Bist du da drinnen?«

Jetzt hörte ich ein Schleifen, als ob etwas Schweres über den Boden gezogen würde. In der Wohnung war jemand. Ich polterte gegen die Tür.

»Ecki«, rief ich lauter. »So sag doch was!« Wieder Stille. »Pfeifer? Sind Sie da?«, rief ich dann. »So machen Sie doch endlich die Tür auf!«

Ich trommelte mit beiden Fäusten dagegen. Ein asiatisch aussehender Mann huschte verschreckt an mir vorbei und schlüpfte schnell in den noch wartenden Aufzug. Mit neugierigen Nachbarn war hier wahrscheinlich nicht zu rechnen, aber einen Versuch, solche zu mobilisieren, war es wert.

»Aufmachen!«, brüllte ich wieder und trommelte so kräftig gegen die Tür, dass es bestimmt auch noch zwei Stockwerke tiefer zu hören war.

Als plötzlich die Tür aufgerissen wurde, stolperte ich fast in die Wohnung. Pfeifer mit einer schweren Reisetasche in der Hand packte mit der anderen meinen Arm, zog mich weiter nach drinnen, drängte sich an mir vorbei, schlug die Tür von außen zu und steckte, schneller als ich denken konnte, den Schlüssel ins Schloss und sperrte ab.

Ich starrte eine Weile die Tür an, dann stieg mir ein strenger Stallgeruch in die Nase, wie er in Wohnungen mit Haustieren herrschte. Ich drehte mich um und sah Ecki im offenen Wohnzimmer auf einem Glastisch stehen.

»Was machst du auf dem Tisch?«, fragte ich blöd.

»Komm her, Kathi«, gurrte er endlich sanft, aber mit irrem Blick. »Ganz langsam, sonst verschreckst die Viecherl.«

Jetzt erst blickte ich nach unten auf den Boden, und mein Puls schoss sofort von null auf hundert. Mir wurde schwindelig, und das Herz bummerte und raste, als wollte es aus dem Körper springen. Auf dem Boden lagen Schlangen! Nicht eine, nicht zwei, Dutzende! Zusammengeringelt, durcheinanderliegend, große und kleine, grüne, braune, weiße. Vipern, Nattern, Mambas, Ottern, Kobras!

Ich schloss die Augen und stellte mir ein Küchenbrett und drei Tomaten vor. Aber ich konnte die Tomaten nicht sehen, stattdessen sah ich Hunderte, Tausende der ekligen Viecher. Welche, die mir über die Füße krochen, andere, die mir ins Ohr züngelten, eine, die sich mir um den Hals legte, eine, die mir ihre Giftzähne in die Wade bohrte.

»Geh, Kathi, komm her«, gurrte Ecki weiter. »Auf dem Tisch bist sicherer und hast alle im Blick.«

Wenn ich hier lebend rauskomme, prügele ich Ecki windelweich, schwor ich mir immer noch mit geschlossenen Augen. Dass ich seinetwegen in meinem schlimmsten persönlichen Alptraum gelandet war, machte mich rasend. Auf der langen Liste der Dinge, die ich ihm übel nahm, setzte ich dieses Schlangeninferno ganz oben an.

»Darfst nicht ausrasten, musst ganz ruhig bleib'n«, beschwor mich Ecki weiter in sanftestem Wiener Singsang.

Ich hielt mir den Kopf fest und versuchte, mit kontrolliertem Ein- und Ausatmen das Herz zu beruhigen. Als es wieder ein bisschen langsamer schlug, öffnete ich die Augen. Ich zwang mich, mir den Raum genauer anzusehen. Der Flur ging direkt in ein großes Wohnzimmer über, in dessen Mitte der Glastisch, auf dem Ecki stand, dahinter ein Sofa. Rechts davon zwei große Terrarien mit Sand und kahlen Ästen gefüllt und ansonsten leer. Davor auf einem sonnenbeschienenen Laminatboden lagen die meisten Schlangen.

Ein paar entdeckte ich auch neben dem Sofa. Ich versuchte, sie zu zählen, und kam auf dreizehn. Verfluchte dreizehn! Ich hätte die Warnung der Königin von Saba ernst nehmen sollen.

Links im Raum unter einer breiten Fensterfront, hinter der der Pilzkopf des Fernsehturms im frühen Abendlicht leuchtete, ein weiteres, noch größeres Terrarium, in dem ein absolutes Riesenvieh schlief, bestimmt eine Boa constrictor. Keine Balkontür, also keine Fluchtmöglichkeit nach draußen. Dreizehnter Stock und die Wohnungstür von außen zugesperrt. Ich drehte den Kopf vorsichtig nach rechts, wo hinter einer offenen Tür eine kleine Küchenzeile zu sehen war.

»In der Küche und im Bad hat's die kleinen Giftschlangen«, drang Eckis Stimme an mein Ohr. »Ich weiß nicht, ob er die auch rausg'lassen hat. Komm ganz langsam zu mir, bevor sich eins von den Viecherln g'stört fühlt.«

Kleine Giftschlangen! Monokelkobras und weiß der Henker was noch alles! Ich wollte schreien. So laut und so lange, bis einer kam und mich hier wegbrachte. Aber ich durfte nicht schreien, und ich konnte nicht gehen. Ich fühlte mich wie in einer Horrorversion des alten Kinderspiels, in dem man nach dem »Stopp« des Spielführers zur Bewegungslosigkeit verdammt war.

»Kathi, es sind nur drei Meter! Wenn'd nur ganz leise auftrittst, regt sich keins von den Schlangerln auf«, redete Ecki weiter mit leiser Stimme auf mich ein. »Schau gar nicht hin. Schau nur mich an. Ich hab s' alle im Blick!«

Und dann versuchte ich es, Schritt für Schritt. Ich schaute immer nur Ecki an, der ermutigend nickte und mir die Arme entgegenstreckte, um mir auf den Tisch zu helfen. Ich zitterte wie Espenlaub, und mein Herz war völlig außer Kontrolle, als ich auf dem Glastisch stand. Ecki hielt mich fest und pustete mir heiße Luft in die Haare, wie Mütter es tun, um ihre Kinder zu beruhigen.

»Wir müss'n Hilfe holen«, sagte Ecki dann. »Hast dein Handy mit? Meins liegt in einem Schließfach des Hauptbahnhofs. Damit die Kieberer mich nicht finden, verstehst?«

Handy, Hilfeholen, natürlich! Wieso war ich noch nicht auf die Idee gekommen? Ich brauchte nur einen Blick auf den Boden zu werfen und kannte den Grund.

»Nicht hingucken, Kathi, gar nicht hingucken«, ermahnte mich Ecki.

»Lass mich mal los«, sagte ich, weil Ecki immer noch den Arm um mich geschlungen hielt.

Er löste seinen Griff, aber auch so blieb der Platz zwischen uns auf dem Tisch sehr begrenzt. Ich quetschte also meinen Arm eng an den Körper und fingerte in der Hosentasche nach dem Handy. Als ich es endlich in der Hand hielt, hörte ich hinter mir ein grausliches Zischen. Vor Schreck rutschte mir das Telefon aus den Fingern, prallte mit einer Ecke auf die Glasplatte des Tisches, flog zur Seite und landete direkt vor einer korallenroten Schlange, die nach einem blitzschnellen Ruck wie ein Pfeil unter dem Tisch hindurchschoss. Auch in die anderen Schlangen kam Bewegung. Eine giftgrüne richtete sich auf und schlängelte mit gefährlichem Züngeln direkt auf den Tisch zu. Jetzt ist es vorbei, dachte ich.

Ich schloss die Augen, weil ich nicht sehen wollte, wie die Viper oder was es sonst war, meinen nackten Knöchel erwischte, und drückte meinen Kopf an Eckis Schultern.

»Verdammte Bagage«, murmelte Ecki irgendwann, und da merkte ich, dass ich nicht gebissen worden war. Ich riskierte einen vorsichtigen Blick auf den Boden und sah, dass die Glasplatte einen Riss bekommen und sich die Giftgrüne direkt daruntergelegt hatte. Keinen Meter weiter ringelte sich eine Braungesprenkelte neben dem Handy.

»Wenn ich nur wüsst, ob's welche von den Giftigen sind oder nicht«, fragte sich Ecki grübelnd und fuhr mit der Hand über meinen Kopf. Der lehnte immer noch an seinen Schultern, und neben dem vertrauten Duft von Heu roch ich das scharfe Aroma der Angst, das nicht nur mein, sondern auch sein Körper ausdünstete. Ich bewegte ganz vorsichtig meine Füße und hörte das Glas knirschen. Der Riss vergrößerte sich.

»Schau mich an, Kathi! Nicht den Boden«, befahl mir Ecki.

Langsam löste ich den Kopf von seinen Schultern und den Blick vom Boden und sah über die Boa constrictor hinweg hinaus auf den Fernsehturm, in dessen Fenstern sich das Abendlicht brach.

»Wenn ich den Dreckskerl von Pfeifer in die Finger krieg! Der wird nichts zum Lachen haben«, schwor mir Ecki. »Ich hab's nicht glauben woll'n, als ich das Kettl von der Minka zufällig am Boden hinter der Heizung g'sehn hab, da vorne, unter dem großen Glaskastl!«, redete Ecki weiter. »Hab nicht glaub'n woll'n, dass der Tomasz was damit zu tun hat. Erpressen hat s' ihn wollen, hat er gesagt. Umbracht hat er s'. Hier in der Wohnung. Und dabei hat die Minka das Kettl verloren.«

Pfeifer habe ihm Unterschlupf gewährt, als er nach der Nachricht von Minkas Ermordung völlig durch den Wind gewesen sei, erzählte Ecki weiter. Wie ein echter Freund habe er sich benommen, sogar den Schlüssel für Eilerts Boot, den er noch in der Tasche gehabt hatte, habe Pfeifer für ihn zurückgebracht. Pfeifer habe ihn immer darin bestärkt, bloß nicht zur Polizei zu gehen, obwohl er, Ecki, dies immer mehr habe tun wollen, weil er das mit dem Verstecken nicht mehr aushielt. Und als er dann die Kette gefunden habe, seien ihm all diese »Freundschaftsdienste« in einem anderen Licht erschienen.

Natürlich erzählte mir Ecki das, um sich zu erklären, aber er tat es auch, um mich, um uns beide von der brüchigen Glasplatte und den Schlangen abzulenken.

»Ich hab's ihm auf den Kopf zugesagt«, erzählte Ecki weiter. »Hab immer noch denkt, dass ich mich irren muss! Aber da hat er das mit der Erpressung g'sagt und die Schlangen rausg'holt. Dass man sich so in einem Menschen täuschen kann!«

»Oh ja, das kann man.« Ich drehte meinen Kopf in seine Richtung und merkte, wie die Wut wieder hochkochte. »Was bist du für ein feiger Hund. Minka, ausgerechnet Minka! Und dann lässt du mich mit dem ganzen Schlamassel allein«, pfiff ich ihn an.

»Musst leiser schimpfen, Kathi, sonst werden die Viecherl rebellisch«, flüsterte Ecki.

»Du kannst echt froh sein, dass ich mich wegen der Scheißschlangen zurückhalten muss«, kläffte ich leiser zurück. »Schau mich an!«, befahl ich ihm.

Ecki gehorchte. Ich starrte in diese blauen Augen, die mich so oft sentimental gemacht hatten.

»Wehe, du lügst mich jetzt an«, drohte ich. »Hast du Minka wirklich nicht umgebracht?«

»Traust mir das wirklich zu?« Eckis Stimme klang brüchig, und in seinem Blick schimmerte pure Verzweiflung.

»Dass du das Wort ›Vertrauen‹ tatsächlich noch in den Mund nimmst!« Wieder hätte ich am liebsten gebrüllt und getobt und ihm meine Enttäuschung wie Gift entgegengespuckt, aber dann dachte ich an das Gift der Grünen, die unter uns scheinbar schläfrig darauf lauerte, dass sie uns endlich angreifen konnte.

»Warum hätt ich s' umbringen soll'n? Ich hab doch mit ihr Schluss g'macht an dem Tag nach dem Fest vom Bause«, zimmerte Ecki weiter Erklärungen. »Reing'rutscht bin ich in die G'schicht. War halt ein verliebter Trottel –«

»Ecki«, unterbrach ich ihn wütend. »Untersteh dich, das Ganze zu einer Bettgeschichte herunterzuspielen. Du wolltest mit ihr nach Spanien. Ins ›El Solare‹. Schon vergessen?«

»Nie und nimmer wollt ich mit Minka nach Spanien. Wie kommst auf die depperte Idee?«

»Das Prospekt in deinem Aluminiumkoffer. Darauf hast du die Größe einer Küchenbrigade durchgespielt. Das hast du auch gemacht, damals, als wir zusammen das Beisel in Wien pachten wollten.«

»Tomasz hat mich g'fragt, ob ich ihm mal aufschreib, wie groß eine Brigade bei fünfzig bis hundert Gästen pro Abend sein muss. Welche Posten unbedingt, welche fakultativ, kennst das doch. Spielereien am späten Abend, nichts weiter. Weiß gar nimmer, warum ich das Papier aufg'hoben hab.«

»Spielereien, bei dir sind alles immer nur Spielereien, Ecki.«

»'s Leben kannst nicht aushalten, wenn du's zu ernst nimmst.«

Nicht mal die furchtbare Tatsache, dass wir hier eng beieinanderstehend auf einem brüchigen Tisch über einer Schlange ausharren mussten, hinderte uns daran, miteinander zu streiten. Wir funkelten uns kampflustig an, schreckten aber beide zusammen, als plötzlich mein Handy klingelte. Sofort raschelten, zischten und züngelten die Schlangen über den Boden. Kommt bloß nicht näher, flehte ich stumm, klammerte meine Hände um Eckis Oberarme und schloss wieder die Augen.

»Ganz ruhig, Kathi«, flüsterte er mir ins Ohr. »Ganz ruhig. Sie kommen nicht hoch auf den Tisch.«

Aber wie lange konnten wir hier oben bewegungslos ausharren? Wie lange würde uns die gesprungene Glasplatte noch tragen? Wann knickten uns die Beine weg, weil wir nicht mehr stehen konnten? In zwei Stunden? In drei? Was, wenn es dunkel wurde und wir die Schlangen nicht mehr sehen konnten? Waren Schlangen nicht nachtaktive Tiere? Was würden sie dann mit uns anstellen?

»Ich muss das Handy holen«, entschied Ecki.

Er löste meine Hände von seinen Oberarmen und atmete tief durch. Dann trat er mit einem Fuß kräftig auf das Glas, und die Giftgrüne schoss darunter hervor und verschwand unter dem Sofa. Der Riss durchzog jetzt drei Viertel der Platte. Ich linste vorsichtig zu der Stelle hinüber, wo sich das Handy befand. Die braune Schlange hatte sich auf einem anderen Platz zusammengerollt. Das Handy lag nun frei im Raum, die nächste Schlange vielleicht einen Meter davon entfernt.

»Und wenn es klingelt?«, fragte ich.

»Willst mich narrisch machen?«, knurrte Ecki. »Halt die Augen offen! Wenn's mich eine beißt, musst du das Viecherl der Rettung beschreiben können.«

Vorsichtig trat Ecki mit dem ersten Fuß auf den Boden, dann mit dem zweiten. Ich konzentrierte mich auf seine Schuhe und hielt den Atem an. Er trug Chucks, die immerhin über den Knöchel reichten. Mein Herz schlug bis zum Hals, in meinem Kopf dröhnte ein panisches Rauschen, meine Knie fühlten sich an wie Wackelpudding. Wie lange brauchte Ecki, bis er sich langsam bückte? Eine halbe Minute? Eine? Zwei? Die Zeit dehnte sich ins Unendliche.

»Ich hab's«, flüsterte er.

Jetzt musste er noch heil zurückkommen. Die Schlangen taten so, als ob sie schliefen. Ich konzentrierte mich auf die taubenblauen Schuhbändel. Ecki lief rückwärts. Er ließ die Schlangen keine Sekunde aus den Augen, ich konnte nicht hingucken. Die blauen Schuhsenkel. Bleib bei den Schuhsenkeln, beschwor ich mich. Mir war so schlecht, mein Magen drehte sich wie eine Waschmaschine im Schleudergang.

»Puuhh«, stöhnte Ecki, als er wieder vor mir auf dem Tisch stand. Wir hielten uns wie Ertrinkende umklammert, zitterten um die Wette, und überall hing der Geruch von saurer Angst.

»Eins eins null, oder?«, fragte Ecki, als er wieder sprechen konnte.

»Guck bei B wie Brandt«, krächzte ich mit Reibeisenstimme. Die Angst hatte mir den Mund ausgetrocknet.

Ecki wollte mir das Handy reichen, aber ich hatte Angst, es wieder fallen zu lassen oder keinen Ton herauszubringen. Er atmete noch einmal tief durch, bevor er beherzt Brandts Nummer wählte. Brandt nahm das Gespräch sofort an.

»Hier ist Ecki Matuschek«, meldete sich Ecki mit erstaunlich fester Stimme und skizzierte Brandt unsere Situation. »Er ruft gleich wieder an«, sagte Ecki am Schluss. Das tat Brandt erst nach gefühlten fünf Stunden. Dabei waren seit seinem Anruf keine vier Minuten vergangen. Brandt wollte mich sprechen, und Ecki hielt mir das Handy ans Ohr.

»Wir sind schon auf dem Weg zu Ihnen, auch die Feuerwehr ist bereits unterwegs«, erklärte er mir. »Damit Ihnen nicht langweilig wird, bis wir Sie da rausholen, gebe ich Ihnen noch ein Rätsel auf. Ich habe heute endlich Nachricht von dem spanischen Standesbeamten bekommen. Tommi Mombauer heißt tatsächlich nicht Mombauer mit Nachnamen. Jetzt raten Sie mal, wie stattdessen?«

»Pfeifer«, antwortete ich sofort und wunderte mich, dass ich nicht schon früher darauf gekommen war.

»Genau«, bestätigte Brandt. »Und damit ist er das Verbindungsglied zwischen den beiden Morden. Wissen Sie, wo er hinwollte?«

»Flughafen vielleicht?« Ich brachte kaum einen Ton heraus. Meine Stimme klang völlig angstverklumpt.

»Die Flughafen-Kollegen sind schon informiert.« Brandts Stimme klang im Gegensatz zu meiner wie frisch geölt. Wahrscheinlich um mich zu beruhigen, breitete er weitere Auskünfte des spanischen Standesbeamten vor mir aus. »Hanna Mombauer hat Bertold Pfeifer kurz vor der Geburt von Tommi geheiratet. Deshalb ist Tommi im Geburtsregister von La Savina mit dem Nachnamen seines Vaters eingetragen. Hanna hat sich nur zwei Jahre später scheiden lassen und ihren Mädchennamen wieder angenommen. Diesen Bauplatz für das geplante Hotel hat Pfeifer übrigens von seinem Vater geerbt. Der hat das Gelände vor mehr als dreißig Jahren zu einem Spottpreis gekauft.«

Das war mir so was von egal. Pfeifer war mir egal. Alles war mir egal. Ich wollte nur noch raus aus dieser Horrorwohnung, weg von den Schlangen.

»Sind Sie noch da, Frau Schweitzer?«, erkundigte sich Brandt mit munterer Stimme. »Ich habe Ihnen doch von unserer mühseligen Zeugenbefragung erzählt, erinnern Sie sich? Wir haben die berühmte Stecknadel im Heuhaufen gefunden. Eine alte Dame aus dem Altenheim. Sie hat den Schützenumzug von ihrem Fenster aus verfolgt und einen jungen Mann mit einer auffälligen Tätowierung am Hals zur fraglichen Zeit aus Ihrem Haus kommen sehen. Sie ist sich sicher, den Mann auf einem Foto wiedererkennen zu können. Wir haben sie erst gestern befragen können, weil sie ein paar Tage zu Besuch bei ihrer Schwester war.«

»Hier sind überall Schlangen«, röchelte ich. »Ich hasse Schlangen –«

»Ein Kollege hat schon den Hausmeister erreicht, der einen Ersatzschlüssel für die Pfeifer'sche Wohnung hat«, redete Brandt einfach weiter. »Wir sind gleich bei Ihnen, der Feuerwehrwagen überquert schon die Innere. Können Sie das Martinshorn hören?«

Ich lauschte einen Moment. Aber im dreizehnten Stock verpuffte ein Martinshorn zu einem feinen Ton im fernen Rauschen des Straßenverkehrs.

»Halten Sie durch«, feuerte mich Brandt an. »Hab ich Ihnen schon erzählt, dass die Melde in meinem Garten ganz ausgezeichnet wächst? Was würden Sie als Köchin damit machen?«

»Kurz in wenig Butter dünsten, leicht mit Muskatnuss würzen. Oder als Soufflé?«

Ich weiß nicht, wie lange es dauerte, bis ich hörte, wie ein Schlüssel im Schloss gedreht wurde. Dann traten leise mehrere Leute in Schutzanzügen mit Keschernetzen und langen Stecken bewaffnet in den Flur. Teilweise mit den Stecken, teilweise mit der bloßen Hand begannen sie, die Schlangen einzusammeln. Ich konnte nicht zusehen, legte meinen Kopf wieder auf Eckis Schulter und schloss die Augen.

»'s ist gleich vorbei, Kathi«, flüsterte er mir beruhigend ins Ohr. »Ich weiß doch, was für ein Graus die Viecherl für dich sind. Phobien! Weißt schon, dass man was dagegen machen kann. Vielleicht hättst du's doch mal mit systematischer Desensibilisierung versuchen soll'n?«

Ich hätte ihn am liebsten auf die Füße oder sonst wohin getreten, weil er jetzt mit diesem Psychoquatsch anfing. Aber noch konnte ich nirgendwohin treten, noch musste ich bewegungslos auf dem Tisch ausharren. Der Riss im Glastisch hatte sich weiter ausgedehnt.

»Da musst dich entspannen und dir dabei so eine schöne Blumenwies'n vorstellen«, machte Ecki weiter. »Dann eine harmlose kleine Ringelnatter, und wenn's das aushältst, zwei von der Sorte –«

»Hör auf, Ecki, oder ich fang an zu schreien«, zischte ich ihn an. »Entspannen kann ich mich wahrscheinlich mein ganzes Leben nicht mehr.«

»Sicher wird's das wieder geben«, tröstete mich Ecki, schlang seine Arme fest um meinen Körper und wiegte mich sacht. Unter meinen Füßen knirschte Glas.

Die Glasplatte hielt noch, bis wir vom Tisch sprangen, weil die Leute in den Schutzanzügen endlich alle Schlangen eingesammelt hatten. Ich hörte das Glas splittern und die Scherben zu Boden rieseln, begleitet vom wütenden Zischen und Rascheln der eingefangenen Schlangen. Ich sauste wie eine Wahnsinnige nach draußen und stolperte im Flur in ein Aufgebot an Feuerwehrleuten und Polizisten. Mein Kreislauf spielte verrückt, mein Kopf drehte sich, und mein Blick war nicht klar.

Wie im Nebel sah ich, wie zwei Sanitäter eine Trage aus dem Fahrstuhl rollten und gleichzeitig Brandt auf mich zukam. Aber ich konnte keine Sekunde länger hierbleiben, ich musste sofort raus aus dem dreizehnten Stock. Und so stürmte ich an all den Leuten vorbei ins Treppenhaus und sauste die Treppen hinunter, als wäre der Teufel hinter mir her.

»Brauchst nicht so zu rasen. 's ist doch jetzt alles vorbei, Kathi«, rief Ecki mir hinterher, und erst da merkte ich, dass er mir gefolgt war.

Ich hielt kurz inne und drehte mich zu ihm um. »Vorbei?« Meine Stimme krächzte noch zittrig vor Angst. »Die Nummer werde ich mein Leben lang nicht vergessen.« Dann rannte ich weiter. Frische Luft, ich brauchte frische Luft.

»Sicher wirst das. Der Mensch kann alles vergessen«, schnaufte Ecki hinter mir. »'s ist doch gut ausgang'n. Ich hab uns doch zu guter Letzt aus dem Schlamassel zog'n.«

»Was hast du?« Wie eine heiße Fontäne schoss die Wut aus meiner Gefühlssuppe hervor und vertrieb die Angst, die mich bis jetzt gefangen gehalten hatte.

»Weißt doch, dass ich immer bei dir bin, wenn's brenzlig wird«, brabbelte Ecki weiter, und mir stieg die Galle hoch bei dem Blödsinn, den er von sich gab.

»Ein Lügner und Betrüger bist du«, brüllte ich im Weiterlaufen, und merkte, dass es verdammt guttat, wieder brüllen zu können.

»Der ganze Horror ist doch nur passiert, weil du so ein elender, feiger Hund bist.«

»Geh, Kathi, hast schon recht, dass du ordentlich bös mit mir bist«, lenkte Ecki schnell ein. »Aber 's wird wieder bess're Zeiten geb'n.«

Ich fasste es nicht! Kaum dem totalen Horror entronnen, redete Ecki schon von besseren Zeiten. »Neunter Stock«, las ich auf einer Tür und rannte weiter. Nackte, graue Betonstufen unter meinen Füßen, die Wände in einem sumpfigen Grün gestrichen, das mich verdammt an den Farbton einer der Schlangen erinnerte, und die kühlfeuchte, modrige Luft von fensterlosen Räumen trieben mich nach unten. Während ich immer weiter rannte, passierten in meinem Kopf diese furchtbaren vierzehn Tage Revue. Der Abend der Schaumschläger, Angeber, Geschäftemacher und Bankrotteure auf dem LVR-Turm, wo ich schon so vieles hätte erfahren können. Mombauers Tod und die Sorge um die Zukunft der »Weißen Lilie«. Minkas Ermordung und Eckis Verrat. Der furchtbare Verdacht, dass er ein Mörder sein könnte. Die tote Sabine Mombauer vor der »Weißen Lilie«. Die Hölle aus Enttäuschung, Verletzung, Trauer, Verzweiflung und Wut, durch die ich gegangen war.

Sechster Stock, die Wut trieb mich weiter die Treppe hinunter und führte mich für einen Augenblick zurück in Pfeifers Wohnung, die ich mit den Männern in Schutzanzügen betrat. Mit ihren Augen betrachtete ich dieses eng umschlungene Paar auf dem Glastisch, und im Gegensatz zu den Männern in den Schutzanzügen wusste ich, dass die zwei kein Paar mehr waren.

Diese Erkenntnis traf mich mit bitterer Gewissheit im vierten Stock. Ich liebte Ecki nicht mehr. Die Liebe war ertränkt worden in tiefen Verletzungen, vergiftet von Nächten voller Verzweiflung, zu Tode geritten von falschen Hoffnungen, zerrieben an Gegensätzen und Missverständnissen. Sie war aufgebraucht, abhandengekommen, hatte sich erschöpft. Es würde keinen Neuanfang, kein wie auch immer geartetes Weitermachen mit Ecki geben.

Das machte mich gleichzeitig traurig und froh, erleichtert und ängstlich, aber ich wusste genau, dass diese Entscheidung richtig war. Je weiter ich nach unten rannte, desto mehr verrauchte die Wut. Sie machte in der zweiten Etage der Erschöpfung Platz, die mich wie ein Bleimantel einhüllte und jeden weiteren Schritt schwer machte.

Ich schleppte mich die letzten beiden Stockwerke wie in Trance nach unten, und das glühende Abendlicht ließ mich schwindeln, als ich endlich vor die Tür des Hochhauses taumelte.

Brandt erwartete mich und zeigte wieder diesen besorgten Hundeblick. »Sie haben einen Schock, Sie sollten sich untersuchen lassen«, sagte er, aber ich schüttelte den Kopf.

»Ich werd mich um sie kümmern«, schnaufte Ecki, den ich seit der vierten Etage nicht mehr wahrgenommen hatte und der noch nicht wusste, dass ich ihn auf dem Weg nach unten endgültig aus meinem Leben gefegt hatte.

»Sie müssen mir zuerst eine ganze Reihe von Fragen beantworten, Herr Matuschek!«, wies Brandt ihn zurecht. Dann drehte er sich wieder zu mir und fragte, ob mich ein Polizeiwagen nach Hause fahren sollte.

»Wenn's sofort geht, ja.«

Brandt telefonierte kurz, und die paar Minuten, bis der Streifenbeamte mich abholte, verbrachten wir drei in müdem Schweigen. Ich ging weg, ohne mich noch einmal nach Ecki umzudrehen.

Auf der Fahrt nach Deutz rief ich Adela an. Ich konnte jetzt auf keinen Fall allein sein. Die Treppen zu unserer Wohnung stieg ich zähneklappernd nach oben, mir war plötzlich so kalt, als hätte ich Tage in einer Eishöhle gesessen. Adela erwartete mich an der Wohnungstür und steckte mich sofort in eine warme, nach Lavendel duftende Badewanne. Ich stopfte alle Kleider in den Wäschesack, und der Gestank der Angst, der noch in allen Poren steckte, machte sich im Bad breit. Das Wasser tat gut und reinigte zumindest die Haut. Adela kam mit Tee und ihrem Medizinkästchen zurück, verabreichte mir ein paar Globuli, die mich beruhigen sollten, setzte sich dann an den Wannenrand und tätschelte mal wieder meine Hand.

»Es ist aus«, sagte ich. »Aus und vorbei mit Ecki.«

Adela nickte und tätschelte. »Aber er hat Minka nicht umgebracht, oder?«

Ich tauchte einmal kurz unter und wieder auf, bevor ich Nein sagte. In diesem Punkt glaubte ich Ecki.

»Gut«, seufzte sie erleichtert. »Es ist viel besser und fällt leichter, sich von einem freien Mann zu trennen als von einem, der auf dem Weg in Gefängnis ist. Gib zu, dass ich in dem Punkt recht hatte.«

»Ja«, gab ich zu.

»Er wird mir fehlen. Diese Wiener Leichtigkeit, sein Küss-die-Hand-Charme, und du weißt ja, wie gern ich mit ihm über Oldtimer gefachsimpelt habe …«

Ich tauchte wieder unter und hörte nicht zu.

»Schon recht«, sagte Adela, als ich auftauchte. »Weiß er's schon?«

»Ich sag es ihm, wenn er von der Polizei zurückkommt.«

Am nächsten Morgen saßen wir zum letzten Mal zu viert in unserer Küche. Ecki war erst spät in der Nacht wiedergekommen. Ich hatte gehört, wie Adela ihn im Wohnzimmer einquartierte, als ich aus einem Alptraum aufgeschreckt war, in dem ich bewegungsunfähig in einem Schlangennest gelegen hatte. Es dauerte, bis ich wieder einschlafen konnte und den Rest der Nacht von Schlangen verschont wurde.

Ecki berichtete von einem stundenlangen Verhör und davon, dass parallel zu ihm Thomas Pfeifer befragt wurde, der von der Polizei am Flughafen gefasst worden war, als er eine Maschine nach Ibiza besteigen wollte.

Adela verteilte Kaffee und Brötchen und wollte wissen, ob die Beweislage in Minkas Fall genauso erdrückend war. Ecki zuckte mit den Schultern und gestand, dass er noch lange nicht aus dem Schneider war. Er müsse sich für weitere Verhöre bereithalten und dürfe die Stadt nicht verlassen.

»Dann musst du dir für die Zeit ein anderes Quartier suchen«, sagte ich und forderte Ecki auf, nach dem Frühstück mit mir einmal um den Block zu spazieren.

Es gab nicht mehr viel zu sagen. Ich sprach klar und eindeutig, wie ich es immer tat, wenn ich eine Entscheidung gefällt hatte. Eckis halbherzige Versuche, mich vom Gegenteil zu überzeugen, wehrte ich ab. Wieder zurück in der Kasemattenstraße, packte er seinen großen Koffer, den ich schon vor die Tür gesetzt hatte, und verschwand.

Epilog

Zwei Tage später machte ich die »Weiße Lilie« wieder auf. Scarlett, die schon früher mal bei mir gearbeitet hatte, sprang als Ersatz für Ecki im Service ein, Gülbahar übernahm dauerhaft den Spülposten, und in der Küche schufteten Arîn und ich allein, weil ich keinen neuen Koch einstellen wollte, bevor die Sache mit dem Pachtvertrag geregelt war. Natürlich hingen mir die letzten vierzehn Tage in den Knochen. Ich konnte nicht sagen, dass es mir gut ging. Aber unsere Frauenwirtschaft tat mir wohl, und Kochen half mir immer, wieder festen Boden unter den Füßen zu kriegen.

Brandt rief öfter an. Er hatte noch tausend Fragen zu Ecki, zu Eilert, zu Pfeifer und zu Minka. Um alle Aussagen auf ihren Wahrheitsgehalt zu überprüfen und die Puzzleteilchen der beiden Mordgeschichten richtig zusammenzusetzen, brauchte er Zeit. Er melde sich bei mir, wenn er so weit sei, versprach er.

Es war ein trüber, nasskalter Montag Ende August, als Brandt sich mit mir verabredete. Ein scharfer Westwind trieb den Regen über den Roncalliplatz. Seit Tagen stieg das Thermometer nicht über fünfzehn Grad, der Rhein führte gut Wasser, nichts erinnerte an Sommer. Nicht mal die Touristen, die in Regenjacken und mit von Klarsichtfolie geschützten Reiseführern Kölns Fremdenverkehrsattraktion Nummer eins umrundeten.

»Und Sie waren wirklich noch nie hier oben?«, fragte Brandt, als ich am neu gestalteten Eingang zum Turm zu ihm stieß.

War ich nicht, und ich wettete mit Brandt, dass bestimmt auch viele gebürtige Kölner den Südturm des Domes noch nicht bestiegen hatten. Brandt jedoch war schon unzählige Mal oben gewesen. Er kletterte nach jedem Fall, den er beendet hatte, auf den Turm.

»Als Abschluss sozusagen. Damit ich wieder einen anderen Blick auf die Welt kriege.«

Das regnerische Wetter sorgte dafür, dass sich die Zahl der Dombesteiger an diesem Tag in Grenzen hielt. Eine spanische Großfamilie, die vor uns an der Kasse gestanden hatte, überholten wir schnell vor dem Eingang des Turmes. Beherzt nahm ich die ersten Stufen in Angriff, aber meine Beine wurden bald langsamer, und das Atmen stach in die Lunge. Die Stufen waren verdammt hoch, und die enge Wendeltreppe wollte kein Ende nehmen. Die Aussicht vom Dom auf die Stadt bekam man nicht umsonst, sie musste mit einem mühsamen Aufstieg erkämpft werden.

»Stein ist kein Material für die Ewigkeit.« Schnaufend deutete Brandt auf die Stufen, die vom millionenfachen Rauf- und Runterlaufen in der Mitte völlig ausgetreten waren.

»Was ist schon für die Ewigkeit?«, fragte ich mit Blick auf die dicht bekritzelten Wände, wo Menschen aus aller Welt mit Namen oder kleinen Sprüchen an ihren Besuch erinnerten. Schriftzüge, die verblassten oder überschrieben wurden und spätestens in ein paar Jahren verschwinden würden. Auch ewige Liebe gab es nicht. Viele Liebesgeschichten, nicht nur meine, endeten, ohne den Auf-immer-und-ewig-Schwur eingelöst zu haben.

Schritt für Schritt, immer wieder tief Luft holend, setzten wir den Aufstieg fort. Im Glockenstuhl machten wir die erste Pause. Ich war sehr gespannt auf Brandts Bericht. In den letzten Wochen hatte ich wie eine Wilde gearbeitet und die schrecklichen vierzehn Tage verdrängt. Doch jetzt wollte ich wissen, was von meinen Ahnungen, Vermutungen und Spekulationen die Morde betreffend den polizeilichen Ermittlungen standhalten konnte.

Aber Brandt redete nicht über den Fall, er zeigte mir den »decken Pitter«, die erste Glocke des Domgeläuts. »Erinnern Sie sich?«, fragte er wie ein begeisterter Fremdenführer. »Der Klöppel ist am Dreikönigstag gerissen. Der Klöppel der größten Glocke reißt am Tag der Kölner Stadtheiligen direkt vor dem Hochamt. Wenn das den Mystikern nicht tausend und mehr Spekulationen eröffnet! Oder den Karnevalisten.«

Aber mich interessierten mögliche Spekulationen von Mystikern oder Karnevalisten nicht, mich interessierten meine eigenen. »Hat Pfeifer die beiden Frauen jetzt ermordet oder nicht?«, platzte ich heraus.

»Sie glauben gar nicht, wie froh ich bin, dass ich diesen Fall endlich vom Tisch habe!« Noch schwer atmend legte Brandt seine Unterarme auf das Geländer, hinter dem die schweren Glocken hingen. Dann begann er zu erzählen. »Was den Tod von Sabine Mombauer betrifft, haben wir Pfeifer schnell in die Enge treiben können. Weil wir ihren Schlüsselbund bei ihm gefunden haben, die Zeugin ihn eindeutig identifiziert hat, seine Handyauswertung bewies, dass er als Letzter mit seiner Cousine telefoniert hat, es seine Schlange war und, und, und.«

Wenn ich in den letzten Wochen aus den Fenstern der »Weißen Lilie« hinaus auf den Spielplatz geblickt hatte, dann hatte ich immer wieder Sabines Körper auf dem Boden liegen sehen. Den nackten Fuß, in den die Kobra sie gebissen hatte. Den verrenkten Kopf, die verdrehten Arme. Manchmal hörte ich auch ihre Stimme, die bei unserem letzten Gespräch so hoffnungsfroh, so befreit geklungen hatte. Was für eine Tragik, in so einem Moment sterben zu müssen!

»Hat er gesagt, warum er Sabine umgebracht hat?«, wollte ich wissen.

»Die Frage nach dem Warum beantworten die Täter selten eindeutig. Auch Pfeifer nicht.«

Die spanische Großfamilie hatte den Glockenstuhl jetzt auch erreicht und drängte sich ans Geländer. Harte rollende Rs schwirrten durch die Luft, und neugierige Kinder versuchten, die Hände bis zu den Glocken vorzustrecken. Ich deutete nach oben, Brandt nickte, und gemeinsam machten wir uns an die zweite Etappe des Aufstiegs. Brandt ging voraus.

»Er war sich so sicher, dass seine Cousine das Haus verkauft, weil er immer alles von ihr gekriegt hat, was er wollte. Stellen Sie sich vor, er hatte das Haus schon Eilert angeboten!«

»Das kann ich mir gut vorstellen! Sogar sehr gut! Aber dann hat Sabine einen Rückzieher gemacht.«

»Genau. Für Pfeifer lag das Geld für die Provision von seiner Cousine und das, was er Eilert für das Haus aus der Tasche ziehen wollte, schon auf seinem Konto. Er brauchte das Geld dringend für sein Hotelprojekt. Und dann ruft Sabine ihn an und sagt, dass sie zurück in die elterliche Wohnung zieht und Ihre Pacht verlängert.« Brandt holte an einem der Fensterschlitze Luft und deutete hinunter auf das Labyrinth Kölner Dachlandschaften. »Habgier, da haben Sie sein Motiv.«

»Und nur weil er dringend Geld braucht, setzt er der Frau, die so viel für ihn getan hat, eine Giftschlange auf den Fuß«, schnaufte ich. »Wie krank ist das denn?«

»Ganz so war es nicht«, korrigierte mich Brandt. »Sabines letzter Anruf erreichte ihn bei einem Reptilienfreund, wo er gerade die Monokelkobra kaufte. Weil er seine Felle davonschwimmen sah, wollte er noch mal mit seiner Cousine reden. Deshalb hatte er die Monokelkobra dabei. Sosehr er auch auf seine Cousine einredete, sie blieb bei ihrem Entschluss. Da erst nahm er die Kobra aus der Schachtel. Als Drohgebärde, als Druckmittel. Denn natürlich kannte er die panische Angst seiner Cousine vor Schlangen. Und dann ist die Sache angeblich aus dem Ruder gelaufen. Die Cousine hat wild mit den Armen gerudert, die Schlange ist Pfeifer entwischt, muss irgendwie Sabines Fuß gebissen haben, die voller Panik zum offenen Fenster gestürzt und hinausgefallen ist.«

»Einer Schlangenphobistin dieses Viech entgegenzuhalten ist Folter pur!« Die Vorstellung von Sabines Mombauers letzten Minuten ließ mein Herz wieder krankhaft rasen. Ich sah, wie Pfeifers sanfte Mädchenaugen Sabine anblickten und seine Hände gleichzeitig den Karton öffneten und die Schlange freiließen. Wie sich die falschen sanften Augen an der Furcht der Cousine weideten. Gab es ein Grausamkeits-Gen? Oder wie entwickelte man eine so krankhafte Lust an der Angst anderer?

»Er hat sie in den Tod getrieben. Für mich ist das eindeutig Mord.«

»Wir haben von Polizeiseite alles getan, dass das Gericht das auch so sehen kann«, versicherte mir Brandt und stieg weiter nach oben.

»Und was ist mit Eilert?«, fragte ich. »Der wäscht seine Hände in Unschuld und will nichts von Pfeifers miesen Tricks wissen, oder? Bestimmt hat er Pfeifer schon zugesagt, Mombauers Haus zu kaufen! Optional natürlich und erst wenn Pfeifer nachweisen kann, dass ihm das Haus wirklich gehört.«

»So in etwa«, stimmte Brandt vorsichtig zu. »Aber ohne Eilert hätten wir Pfeifer den Mord an Minka Nowak nicht so schnell nachweisen können. Zum Beispiel die fünfzigtausend Euro, die er ihm für Frau Maibach gegeben hat! Auf dem Konto von Pfeifer bei seiner spanischen Bank ist genau in dieser Zeit diese Summe eingezahlt worden. Pfeifer hat irgendwann eingestanden, dass es sich um dieses Geld handelte. Des Weiteren hat uns Eilert verraten, dass Pfeifer zu den regelmäßigen Nutzern seines Motorbootes zählte und er das Boot sehr wohl nach Matuschek hätte benutzen können. Weil Eilert den Schlüssel dazu erst am nächsten Tag auf seinem Schreibtisch gefunden hat.«

Na klar, Eilert lässt Pfeifer über die Klinge springen und wäscht sich die Hände in Unschuld, dachte ich. Wir waren am Ende der Wendeltreppe, aber noch nicht am Ende des Berichts über Brandts Ermittlungen angelangt.

»Pfeifer hat den Mord an Minka zuerst geleugnet. Er hat behauptet, dass Matuschek Minka umgebracht hat, weil er sie loswerden wollte. Matuschek habe auch das Kettchen hinter seine Heizung geworfen, um ihn zu belasten. Und das, nachdem Pfeifer ihm bei sich Unterschlupf gewährt hatte«, erzählte Brandt weiter. »Damit stand Aussage gegen Aussage. Zwei Dinge haben uns weitergebracht. Zum einen hat die Spurensicherung Pfeifers DNA bei dem Einbruch in Minkas Spind nachgewiesen und Pfeifer daraufhin zugegeben, dass er von ihren Notizen wusste und hoffte, sie im Spind zu finden.«

»Deswegen hat er sie umgebracht? Weil sie für ihn spioniert hat?«, fragte ich ungläubig.

»Ich habe von zwei Dingen gesprochen«, wies mich Brandt sanft zurecht. »Eine Kollegin von Minka aus dem ›All-inclusive‹ hat sich daran erinnert, dass Minka in der Zeit ihrer Affäre mit Pfeifer mal davon gesprochen hat, dass dieser Eilert abzocken würde.«

»Sie wusste von den fünfzigtausend?«, echote ich, und dann fielen mir Chidamber und sein Geld ein. »Und weil sie für den Meisterkurs dringend Geld brauchte, hat sie sechstausend Euro Schweigegeld von Pfeifer gefordert?«

»So in etwa«, wiederholte Brandt. »Nach zähen, hartnäckigen Verhören hat er zugegeben, dass sie ihn erpressen wollte, er sich aber niemals erpressen lässt. Erst sei ihm nur die Hand ausgerutscht, sagt er, aber dann habe er sie in seiner Wohnung so lange geprügelt, bis sie stürzte und sich das Genick brach. Er habe sie dann zu Eilerts Boot geschafft und in den Rhein geworfen. Es kam ihm sehr zupass, dass er davor den Streit zwischen Nowak und Matuschek miterlebt hatte. So konnte er den Verdacht auf Matuschek lenken. Wie gesagt, es waren zähe, hartnäckige Verhöre, bis Pfeifer das alles zugegeben hat.«

Brandt schüttelte sich so, als wollte er den Dreck des Verhörs loswerden. Dann deutete er auf die offene Stahltreppe, die zur Aussichtsplattform führte.

»Wollen wir?«, fragte er. Ich nickte. »Ihr Freund war übrigens erst nach Pfeifers Geständnis wirklich entlastet«, sagt er, bevor er mit den Händen nach dem Geländer der Stahltreppe griff.

»Exfreund«, korrigierte ich ihn.

Ein überraschter Blick, dann begann Brandt mit dem Aufstieg.

Ein heftiger Wind pfiff durch die steinernen Bögen des Turms und trieb uns Regenschwaden ins Gesicht. Der Blick über die Stadt war grau in grau. Die Braunkohlekraftwerke im Westen und das Bergische Land im Osten waren kaum zu erkennen. Die rauchenden Schlote von Wesseling nur Schemen in einer Regensuppe.

»Man wird nicht immer mit einem klaren Blick belohnt, wenn man nach oben steigt.« Brandt setzte sich seine Kapuze auf und schaute in die Ferne.

»Es war nicht nur Habgier«, sagte ich in Gedanken immer noch bei Pfeifer. »Das ›El Solare‹! Der Traum von einem eigenen Hotel. Der Traum von Reichtum und Wohlstand! Dafür hat er das alles getan, dafür ist er über Leichen gegangen. Rücksichtslos, sich selbst überschätzend, menschenverachtend, andere mit sich in den Abgrund ziehend. Gefühllos und gefährlich wie seine Schlangen.«

Brandt schubste mich leicht an und deutete nach Westen, wo der Himmel einen Spaltbreit aufriss und sich ein Streifen wässriges Blau zeigte.

»Was machen Sie denn jetzt mit der ›Weißen Lilie‹?«, fragte er mich. »Sie wissen ja. Wenn Pfeifer verurteilt wird, verfällt sein Anspruch auf das Erbe.«

»Mal sehen, wer das Haus dann unter die Finger kriegt und was der für Pläne damit hat«, antwortete ich. »So schnell gebe ich nicht auf.«

»Und wenn Eilert es kauft?«

»Das wird sich zeigen.«

Eilert würde mit seiner Kette spinnengleich das Land überziehen, so standen die Zeichen der Zeit. Erst wenn es überall nur noch Einheitsbrei zu essen gab, würden die Menschen merken, was sie freiwillig und leichtsinnig aufgegeben hatten. Wenn sie sich dann noch an wirklich gutes Essen erinnern konnten! Aber schon Don Quijote hatte gegen Windmühlen gekämpft, José Bové im Kampf gegen McDonald's gezeigt, dass Widerstand sich lohnte, und manchmal erreichten auch die Großen nicht all das, was sie erreichen wollten.

»Kommt Zeit, kommt Rat«, fügte ich hinzu und wunderte mich, wie locker ich das sagen konnte. Aber jetzt, wo Ecki in unserer Beziehung nicht mehr den Leichtigkeitspart spielte, musste ich ihn selbst übernehmen. »So oder so«, sagte ich zu Brandt. »Sie sollten bald mal zu mir zum Essen kommen.«

Brandt zog seine Kapuze ab, weil der Regen aufgehört hatte, und lachte.

»Ich stell Ihnen sogar ein Extratischchen auf, damit Sie alleine essen können.«

»Ach, wissen Sie, ich würde es durchaus mal an der großen Tafel probieren. So ungesellig, wie ich manchmal tue, bin ich gar nicht.«

Nicht nur der Regen hatte aufgehört, auch der Spalt Himmelsblau zwischen den grauen Wolken war größer geworden. Die Sonne schickte ein paar Strahlen hindurch, und ein Regenbogen spannte sich vom Vorgebirge bis ins Braunkohlerevier.

Purer Kitsch, dachte ich und merkte doch, wie mich die Aussicht auf strahlendere Tage froh machte.

SCHAUMSCHLÄGEREIEN

Was immer Katharina in diesem Buch an Schaumschlägereien aufdeckt, ist erfunden. Gelegentlich werde ich darauf angesprochen, wie die »Weiße Lilie« in Köln-Mülheim so läuft und ob ich mich mit einem Restaurant in dieser Lage über Wasser halten könne. Es freut mich natürlich, dass die Leser meine Geschichte für bare Münze halten, mir sogar abnehmen, dass ich eine wirkliche Köchin bin, aber es stimmt weder das eine noch das andere. Wer Köln kennt, der weiß, dass Ecke Keupstraße/Regentenstraße und auch sonst nirgendwo in Mülheim eine »Weiße Lilie« existiert. Und ich bin zwar eine begeisterte, aber keineswegs professionelle Köchin.

So windig und falsch menschliche Schaumschlägereien sind, die kulinarischen sind vor allem eines: ausgesprochen lecker. Allerdings muss man die meisten von ihnen schnell verzehren, bevor sie in sich zusammenfallen. Denn wie die menschlichen Schaumschlägereien bestehen sie zum größten Teil aus heißer oder kalter Luft. Hier sind die Rezepte:

Vorspeisen
(auch in kleineren Portionen als Amuse-Bouche zu servieren)
Erbsenschaum mit Wasabi, Garnelen und Pumpernickelbröseln
Gurkengelee mit Gin-Schaum und Rauchforelle, Radieschen und asiatischer Kresse
Buttermilch-Holunder-Schaum mit rohem Lachs

Hauptspeisen
Himmel un Ääd
Spargel mit Kratzede, Schwarzwälder Schinken und Sauce hollandaise

Desserts
Weinschaumsoße mit Biskuit
Rhabarberschaum

Erbsenschaum mit Wasabi, Garnelen und Pumpernickelbröseln
Schwierigkeitsgrad: leicht und schnell

Zutaten für vier Portionen als Vorspeise, für acht als Amuse-Bouche:
600 g Tiefkühlerbsen
50 g Schlagsahne
8 schöne Bio-Garnelen
1 TL Wasabipaste (falls die nicht zu finden ist, heimischer Meerrettich)
3 Scheiben Pumpernickelbrot
Abgeriebene Schale von einer Bio-Zitrone
1 EL Butter
Eventuell etwas Knoblauch
Pfeffer, Salz, Öl zum Anbraten der Garnelen

Zubereitung:
Erbsen in Salzwasser kurz garen, dann pürieren und durch ein Sieb streichen. Kalt werden lassen, dann mit Wasabi, Salz und Pfeffer würzen. Bei der Wasabimenge vorsichtig sein, sehr scharf! Pumpernickel im Mixer zerbröseln, in der Butter knusprig backen, zur Seite stellen. Die Garnelen säubern und bis auf die Schwanzflosse schälen.
Kurz vor dem Servieren die Pumpernickelbrösel mit der abgeriebenen Zitronenschale mischen, Portionsringe auf Teller verteilen, deren Böden mit den Bröseln füllen. Jetzt die Sahne schlagen, unter das Erbsenpüree rühren, die Masse mit dem Pürierstab kräftig aufschäumen, mit Salz und Pfeffer abschmecken und auf die Pumpernickelbrösel verteilen. Die Garnelen in Öl, eventuell mit dem Knoblauch, anbraten und auf den Erbsenschaum legen. Servierringe entfernen. Falls vorhanden, mit Schnittlauchstängeln oder Petersilienblättern garnieren.
Ohne Servierringe: Zuerst den Erbsenschaum auf die Teller verteilen, darauf den Pumpernickel bröseln und zum Schluss die Garnelen obenauf legen.

Gurkengelee mit Gin-Schaum und Rauchforelle, Radieschen und asiatischer Kresse

Schwierigkeitsgrad: mittelschwer, man sollte den Umgang mit Gelatine gewohnt sein. Braucht Zeit!

Zutaten für vier Portionen als Vorspeise, für acht als Amuse-Bouche*:*
300 g Bio-Salatgurke
1 Bund Dill
3 Blatt weiße Gelatine
100 ml Riesling
125 ml Gemüsefond oder -brühe
1 Spritzer Zitronensaft
4 geräucherte Forellenfilets
1 Bett asiatische Kresse oder ein Bund normale Kresse
1 Bund Radieschen, falls erhältlich, die weiß-roten aus Frankreich
125 ml Gin
2 Eigelb
Salz, Pfeffer

Zubereitung:
Salatgurke gut waschen, längs aufschneiden und mit einem Löffel alle Kerne entfernen, Gurke würfeln, Dill ebenfalls klein schneiden. Gelatine nach Packungsanweisung in kaltem Wasser einweichen. Riesling mit Brühe aufkochen, Gurkenwürfel darin kurz blanchieren, mit dem Schaumlöffel herausnehmen und abtropfen lassen. Die Rieslingbrühe vom Herd ziehen, die Gelatine ausdrücken und in der warmen Rieslingbrühe auflösen. Den Spritzer Zitronensaft zufügen. Erkalten lassen, in den Kühlschrank stellen. Wenn die Rieslingbrühe zu gelieren beginnt, Gurken und Dill unterrühren und die Masse in vier bzw. acht Förmchen füllen. Mindestens zwei Stunden kalt stellen.
Kurz vor dem Servieren die Förmchen auf Teller stürzen, die Forellenfilets danebenlegen, mit Kresse und Radieschen dekorieren. Unmittelbar vor dem Servieren den Gin-Schaum zubereiten. Dazu zwei Eigelb über dem heißen Wasserbad schaumig schlagen, nach und nach den Gin zugeben. Dabei immer weiterschlagen, bis die Masse gebunden ist. Dann schnell aus dem Wasserbad nehmen, mit Salz und Pfeffer würzen und über die Forellenfilets geben. Sofort servieren!

Buttermilch-Holunder-Schaum mit rohem Lachs

Schwierigkeitsgrad: einfach und schnell

Zutaten für vier Portionen:
400 g roher, sehr frischer Lachs in Sushi-Qualität
Saft und abgeriebene Schale einer Bio-Zitrone
5 EL feinstes Olivenöl
125 g Buttermilch
4 EL Holunderblütensirup
1 TL türkischer Sumach
1 Bund Frühlingszwiebeln oder eine dünne Stange Porree.
Fleur de Sel, Pfeffer aus der Mühle

Zubereitung:
Den Lachs mit einem scharfen Messer in dünne Scheiben schneiden. In Zitronenschale, -saft, Olivenöl, Fleur de Sel und Pfeffer marinieren. Ungefähr eine Stunde im Kühlschrank durchziehen lassen.
Kurz vor dem Servieren die Frühlingszwiebeln in dünne Ringe schneiden. Lachs gleichmäßig auf vier flache Teller verteilen. Die Buttermilch mit dem Holunderblütensirup, dem Sumach, Salz und Pfeffer in einem hohen Gefäß mischen und mit dem Zauberstaub oder dem Milchschäumer schaumig rühren. Schaum abschöpfen, auf dem Lachs verteilen. So lange nachschäumen und verteilen, bis die Flüssigkeit aufgebraucht ist. Mit Frühlingszwiebeln garnieren. Sofort servieren, der Schaum ist sehr empfindlich!

Himmel un Ääd

Schwierigkeitsgrad: einfach und schnell

Ein klassisch rheinisches Arme-Leute-Gericht. Das Zusammenspiel von Äpfeln (Himmel), Kartoffeln und Zwiebeln (Erde) und guter Blutwurst ist ausgesprochen lecker!

Zutaten für vier Portionen:
1 kg Kartoffeln
70 g Butter
250 g Milch, eventuell ein bisschen mehr
4 große, säuerliche Äpfel
2 große rote Zwiebeln

1 Ring gute Blutwurst vom Vertrauensmetzger
Etwas Mehl
Öl, Pfeffer, Salz, Muskatnuss

Zubereitung:
Kartoffeln schälen und in Salzwasser weich kochen. Die Äpfel in Spalten schneiden und in 20 Gramm Butter sanft dünsten. Die Zwiebeln in Ringe schneiden und in Öl knusprig braten. Blutwurst in fingerdicke Scheiben schneiden und leicht mehlieren. Wenn die Kartoffeln gar sind, Wasser abschütten, die heißen Kartoffeln entweder durch die Kartoffelpresse drücken oder mit dem Kartoffelstampfer zu Brei stampfen, dabei die Butter unterarbeiten. Mit dem Schneebesen die Milch unterrühren. Mit Salz, Pfeffer und Muskat würzen. Die Blutwurst in der Pfanne anbraten. Die Äpfel entweder unter das Püree heben oder getrennt mit den Blutwurstscheiben servieren. Die Zwiebelringe auf der Blutwurst verteilen.

Spargel mit Kratzede, Schwarzwälder Schinken und Sauce hollandaise

Schwierigkeitsgrad: mittel. Die Hollandaise braucht ein bisschen Übung.

So wird im Badischen gern Spargel gesessen. Kratzede sind die badische Variante von Kaiserschmarren, allerdings werden sie nicht süß, sondern salzig serviert.

Zutaten für vier Portionen:
800 g frischer Spargel aus der Region
300 g Schwarzwälder Schinken vom Vertrauensmetzger
150 g Mehl
3 Eier
375 ml Milch
Salz, eventuell Schnittlauchröllchen
Butterschmalz oder Öl zum Anbraten
200 g Butter
3 Eigelb
1 TL Zitronensaft
Eventuell etwas Weißwein
Salz und Pfeffer

Zubereitung:
Für den Kratzedeteig Mehl, Milch und drei Eier verrühren, mit Salz und bei Bedarf mit Schnittlauchröllchen abschmecken. Zum Quellen zur Seite stellen. Spargel schälen und in Salzwasser mit einem Stich Butter und einem Zuckerwürfel bissfest garen. Parallel dazu die Kratzede braten. Etwas Fett in einer Pfanne zerlassen, etwas mehr Teig als für einen Pfannkuchen hineinfüllen, den Pfannkuchen nach dem Wenden mit zwei Pfannenwendern auseinanderreißen, »gekratzt«, sodass kleine mundgerechte Pfannkuchenteilchen entstehen.
Die Hollandaise erst kurz vor dem Servieren zubereiten. Dazu die Butter bei schwacher Hitze erwärmen und abschäumen. Die Eigelb über dem heißen Wasserbad mit dem Zitronensaft (und eventuell dem Weißwein) schaumig aufrühren, bis die Masse an den Rändern zu stocken beginnt. Die Schüssel aus dem Wasserbad nehmen und die flüssige Butter in dünnem Strahl unterrühren. Mit Salz und Pfeffer würzen und sofort zu dem fertigen Spargel, den Kratzede und dem Schwarzwälder servieren.

Weinschaumsoße mit Biskuit

Schwierigkeitsgrad: mittel

Ein klassisch badischer Feiertagsnachtisch, der besonders gut schmeckt, wenn man ihn mit frischen Beeren oder Früchten der Saison ergänzt. Besonders geeignet: sanft pochierte Pfirsiche oder Aprikosen.

Zutaten für vier Portionen für den Biskuit:
4 Eier
200 g Zucker
200 g Mehl
1 Prise Salz

Zubereitung:
Eier trennen. Eischnee sehr steif schlagen. Eigelb und Zucker zu einer festen weißen Masse schlagen, das Mehl unterrühren. Zum Schluss vorsichtig den Eischnee unterheben. Die Masse in kleine Silikonförmchen oder in eine mit Papierförmchen bestückte Muffinform füllen. Bei 170 Grad circa 20 bis 25 Minuten backen. Vorsicht! Biskuit ist ein empfindlicher Teig, der sich nur von Backpapier gut lösen lässt!

Zutaten für die Weinschaumsoße
¼ l trockener Weißwein
1 El Zitronensaft
3 Eier
50 g Zucker

Zubereitung:
Eier und Zucker über dem Wasserbad schaumig rühren. Wenn die Masse »Stand« hat (kann etwas dauern!), langsam den Wein und den Zitronensaft zugeben. Sofort über die vorbereiteten Früchte und Biskuits geben. Schnell servieren!

Rhabarberschaum
Schwierigkeitsgrad: einfach

Zutaten für vier Portionen:
500 g frischer Rhabarber
3 El Gelierzucker 1:1
1 El Rotwein
1 El Johannisbeergelee
½ Vanilleschote
2 Eiweiß
1 Prise Salz
2 El Zucker
Eventuell ein paar Amaretti-Kekse und Zitronenmelisse

Zubereitung:
Rhabarber schälen und in kleine Stücke schneiden. Mit dem Gelierzucker, dem Rotwein, dem Johannisbeergelee und der Vanilleschote in einen Topf geben und bei milder Hitze weich kochen. Die Vanilleschote entfernen und das Ganze pürieren. Dann kühl stellen. Vor dem Servieren zwei Eiweiß mit einer Prise Salz und dem Zucker sehr steif schlagen, das Rhabarberpüree unterheben, in Gläser füllen. Mit Amaretti-Keksen und Zitronenmelisse dekorieren. Kalt servieren.
Tipp: Ein guter Nachtisch zum Spargelessen. So braucht man nicht allen Eischnee, der bei der Hollandaise übrig bleibt, wegzuwerfen.

Dank

Es stimmt schon: Das Schreiben eines Romans ist eine einsame Angelegenheit, für die man monatelang in einem unterirdischen Schreibtunnel verschwindet, bevor man nach dem letzten Satz wieder ins wirkliche Leben zurücktaumelt. Aber ohne Unterstützung, fachliche Hilfe und Tipps hätte ich »Himmel un Ääd« nicht schreiben können.

Bedanken möchte ich mich bei Bettina Hoffmann und ihrer tollen Brigade vom »Schindelsee«, mit der ich zehn Tage arbeiten durfte. Bei Martina Kaimeier, die mir wieder eine wunderbare Plot-Sparringspartnerin war. Bei Heinz Huylmans und Jörg Morka für Polizeitipps, bei Beate Morgenstern für medizinische Beratung. Bei meinen erprobten Testlesern Irene Schoor und Rainer Smits und besonders bei meiner jungen Stuttgarter Kollegin Tanja Jaurich, die mir mit vielen klugen Anmerkungen geholfen hat. Bei meinen wunderbaren Kolleginnen Gisa Klönne, Ulla Lessmann und Ulrike Rudolph für hervorragende »Ladies' Wine Nights« mit wundervollen Menüs und Weinen und vielen inspirierenden Gesprächen. Bei Gisa, Mila, Ulrike und Beate Sauer für drei Tage Westerwald, wo Keanu Chidamber das Licht der Welt erblickte und die Yoni-Massage in »Himmel un Ääd« Einzug hielt. Bei Marion Heister fürs Lektorat und ihre Begeisterung für Katharina, die nun schon den sechsten Band über anhält. Bei dem tollen Emons Team. Bei Lynn für zahlreiche Jammertelefonate zwischen Köln und Mannheim, wo wir gegenseitig über die viele Arbeit gestöhnt haben. Bei Nora für die CD und den Rosenduft.

Brigitte Glaser
LEICHENSCHMAUS
Broschur, 288 Seiten
ISBN 978-3-89705-292-5

»Ein Leckerbissen für alle Freunde des Kochens.«
Kölnische Rundschau

»Endlich ein kulinarischer Krimi, in dem die Beschäftigung mit der gehobenen Küche nicht nur ein Vorwand für verbrecherische Aktivitäten ist. Spannende Lektüre für Genießer.«
essen & trinken

Brigitte Glaser
KIRSCHTOTE
Broschur, 320 Seiten
ISBN 978-3-89705-347-2

»Witzig und spannend.« Frau im Spiegel

»Hier ist Spannung garantiert: Ein sinnliches und üppiges In-die-Töpfe-Gucken bei der Starköchin Katharina Schweitzer.«
Buchhändler heute

Brigitte Glaser
MORDSTAFEL
Broschur, 320 Seiten
ISBN 978-3-89705-400-4

»Spannend und amüsant zu lesen.«
Rheinische Post

»Mit viel erzählerischem Schwung und Sinn für tragikomische Szenen schildert Brigitte Glaser die Geschehnisse in einem Spitzen-Restaurant.«
Live Magazin

Brigitte Glaser
EISBOMBE
Broschur, 256 Seiten
ISBN 978-3-89705-514-8

»Authentisch und lebendig erzählt die Autorin von den kriminellen Ereignissen im Küchenkosmos der pfiffigen Köchin.« Köln Sport

»Spannend und liebevoll geschrieben.«
koeln.de

Brigitte Glaser
BIENEN-STICH
Broschur, 288 Seiten
ISBN 978-3-89705-681-7

»Geschickt konstruiert Glaser gefährliche Situationen, die immer wieder und wohldosiert die Spannung anheben – um sich im Nachhinein als harmlose Ereignisse zu entpuppen. Eine verwirrende, temporeiche und spannende Geschichte.«
Mittelbadische Presse

»Brigitte Glaser hat nicht nur einen amüsanten Krimi geschrieben, sondern setzt sich auch kritisch mit Fragen der Umwelt auseinander. Ein spannendes, lesenwertes Buch.« Kirchenzeitung Köln

Brigitte Glaser
TATORT VEEDEL
Die ersten 33 Fälle von Orlando & List
Mit Illustrationen von Carmen Strzelecki
Gebunden, 256 Seiten
ISBN 978-3-89705-487-5

»Brigitte Glaser bevorzugt nicht zwingend glatte Lösungen: Zwischen Gut und Böse zeichnet sie viele Grautöne, die den Leser zuweilen nachdenklich zurücklassen.« Rheinische Post

»Ein Stadtführer der etwas anderen Art.« Kölner Stadt-Anzeiger

www.emons-verlag.de